Laut Obduktionsbefund hat der Tote etwa sechs bis acht Wochen in seiner Wohnung gelegen, bis er entdeckt wurde. Und dann hat es noch weitere vierzehn Tage gedauert, bis die Akte Svärd bei Kommissar Martin Beck landete.

Man will Martin Beck nicht gleich überlasten. Er ist nach seiner schweren Schussverletzung und fünfzehnmonatiger Rekonvaleszenz zum ersten Mal wieder im Büro.

Martin Beck macht sich lustlos an die Arbeit. Lustlos, weil er viel Zeit gehabt hat, über sein eigenes Leben, seine Arbeit und den Sinn bzw. Un-Sinn des schwedischen Polizeiapparats nachzudenken; lustlos, weil er, wo er geht und steht, über Fehler, Nachlässigkeit und allgemeine Untüchtigkeit der Beamten stolpert. So fiel es zum Beispiel nicht einmal auf, dass in der Wohnung des Toten keine Waffe gefunden wurde.

Martin Beck muss sich mit dem Gedanken vertraut machen, dass ein Selbstmörder nach einer absolut tödlichen Schussverletzung noch Gelegenheit gefunden hat, die Waffe zu beseitigen, oder ein Mörder es fertig gebracht hat, eine von innen verschlossene und verriegelte Wohnung zu verlassen …

Der vorliegende Band ist der achte Roman mit Kriminalkommissar Martin Beck.

Per Wahlöö wurde 1926 in Lund, Schweden, geboren, machte nach dem Studium der Geschichte als Journalist Karriere, ging in den fünfziger Jahren nach Spanien und wurde 1956 vom Franco-Regime ausgewiesen. Er ließ sich nach längeren Reisen, die ihn um die halbe Welt führten, wieder in Schweden nieder und arbeitete dort als Schriftsteller. Zusammen mit seiner Frau Maj Sjöwall schrieb er einen Zyklus von zehn Kriminalromanen, die zu Welterfolgen wurden. Per Wahlöö starb 1975 in seiner Heimatstadt Lund.

MAJ SJÖWALL / PER WAHLÖÖ

Verschlossen und verriegelt

Roman

Deutsch von
Hans-Joachim Maass

Wunderlich Taschenbuch

Herausgegeben von Bernd Jost

Neuausgabe März 2006

Veröffentlicht im Rowohlt Taschenbuch Verlag,
Reinbek bei Hamburg, Mai 1975

Die Originalausgabe erschien bei
P. A. Norstedt & Söners Förlag, Stockholm,
unter dem Titel «Det slutna rummet»

Umschlaggestaltung any.way, Barbara Hanke/Cordula Schmidt
(Foto: IFA Bilderteam/Rauch)
Satz Minion PostScript, PageMaker;
Pinkuin Satz und Datentechnik, Berlin
Druck und Bindung Clausen & Bosse, Leck
Printed in Germany
ISBN 13: 978 3 499 26604 1
ISBN 10: 3 499 26604 0

Verschlossen und verriegelt

1

Die Turmuhr der Maria-Kirche schlug gerade zwei, als sie den U-Bahnhof an Wollmar Yxkullsgatan verließ. Sie blieb stehen und zündete sich eine Zigarette an, bevor sie mit raschen Schritten in Richtung Mariatorget weiterging.

Der Klang der Kirchturmuhr vibrierte in der Luft und erinnerte sie an die düsteren Sonntage ihrer Kindheit. Sie war nur wenige Blocks von der Maria-Kirche entfernt geboren und aufgewachsen. In dieser Kirche war sie getauft und vor fast zwölf Jahren auch konfirmiert worden. Das einzige, was sie von der Konfirmation und der Lesung erinnerte, war, dass sie den Pfarrer gefragt hatte, was Strindberg gemeint habe, als er vom «melancholischen Diskant» der Glocken der Maria-Kirche schrieb, aber sie wusste nicht mehr, was für eine Antwort sie bekommen hatte.

Die Sonne brannte ihr im Rücken, und nachdem sie Sankt Paulsgatan überquert hatte, verlangsamte sie ihre Schritte, um nicht ins Schwitzen zu geraten. Sie fühlte plötzlich, wie nervös sie im Grunde war, und bereute, dass sie zu Hause vorm Weggehen nicht noch eine Lergigan genommen hatte.

Als sie den Springbrunnen mitten auf dem Platz erreicht hatte, tauchte sie ihr Taschentuch in das kalte Wasser, ging dann weiter und setzte sich auf eine Bank im Schatten der Bäume. Sie nahm die Brille ab und rieb sich mit dem nassen Taschentuch schnell das Gesicht, putzte mit einem Zipfel des hellblauen Hemds die Brille und setzte sie wieder auf. Die Brille hatte große, spiegelnde Gläser und verbarg die obere Hälfte ihres Gesichts. Dann nahm sie den breitkrempigen Hut aus blauem

Denim ab, hob das strähnige blonde Haar, das so lang war, dass es die Achselklappen des Hemds berührte, und trocknete sich den Nacken. Sie setzte den Hut auf, zog ihn in die Stirn und saß regungslos da, während sie das zu einem Ball zusammengeknüllte Taschentuch zwischen den Händen hielt.

Nach einer Weile breitete sie das Taschentuch neben sich auf der Bank aus und trocknete die Handflächen an den Jeans. Sie sah auf ihre Armbanduhr, die zwölf Minuten nach zwei zeigte, und gestattete sich selbst drei Minuten, um ihre Nerven zu beruhigen, bevor sie weitergehen musste.

Als der Viertelstundenschlag kam, öffnete sie die Klappe der dunkelgrünen Schultertasche aus Segeltuch, die auf ihren Knien lag, nahm das Taschentuch, das jetzt völlig trocken war, und stopfte es in die Tasche.

Dann stand sie auf, hängte die Tasche über die rechte Schulter und setzte sich in Bewegung.

Die Nervosität ließ nach, als sie auf Hornsgatan zusteuerte. Bestimmt würde alles gut gehen, redete sie sich ein.

Es war der letzte Tag im Juni, ein Freitag, und für viele hatte gerade der Urlaub begonnen. Der Verkehr auf Hornsgatan war lebhaft, sowohl auf der Fahrbahn wie auf den Bürgersteigen. Als sie den Platz überquert hatte, bog sie nach links ein und gelangte in den Schatten der Häuser.

Sie hoffte, mit der Wahl gerade dieses Tages richtig gehandelt zu haben. Sie hatte Vor- und Nachteile abgewogen und sich klargemacht, dass sie das Vorhaben möglicherweise eine Woche verschieben musste. In dem Fall wäre zwar kein Schaden entstanden, aber sie wollte sich nicht gern der Nervenbelastung aussetzen, die das Warten zwangsläufig mit sich bringen würde. Sie kam früher als berechnet an und blieb auf der schattigen Seite der Straße stehen, während sie das große Fenster auf der anderen Seite beobachtete. Die Sonne spiegelte sich in dem blanken Glas, und der dichte Verkehr nahm ihr teilweise die

Sicht, aber dass die Gardinen vorgezogen waren, konnte sie trotzdem erkennen.

Sie ging langsam auf dem Bürgersteig auf und ab, tat als betrachte sie die Schaufenster, und obwohl etwas weiter unten auf der Straße eine große Uhr vor einem Uhrmacherladen hing, blickte sie ständig auf ihre Armbanduhr. Die Tür auf der anderen Straßenseite behielt sie die ganze Zeit im Auge.

Um fünf nach drei ging sie zum Zebrastreifen an der Straßenkreuzung, und vier Minuten später stand sie vor der Tür der Bankfiliale.

Sie stellte die Klappe der Tasche hoch, bevor sie die Tür aufstieß und hineinging.

Sie ließ den Blick über den Raum schweifen, der die Zweigstelle einer der großen Banken beherbergte. Er war lang und schmal; die Tür und das einzige Fenster machten die ganze Stirnseite aus. Rechts verlief ein Tresen vom Fenster bis hin zur hinteren Schmalseite, und links waren vier Schreibpulte an der Wand angebracht; dahinter standen ein niedriger, runder Tisch und zwei mit rotkariertem Stoff bezogene Hocker. Ganz hinten führte eine ziemlich steile Treppe in einer Windung zu den Räumen, in denen vermutlich der Tresor und die Schließfächer untergebracht waren.

Außer ihr befand sich nur ein Kunde in der Schalterhalle. Ein Mann, der an der Kasse stand und Geldscheine und Papiere in seine Aktentasche stopfte.

Hinterm Tresen saßen zwei weibliche Bankangestellte, und etwas weiter von ihnen entfernt stand ein Mann und blätterte in einer Kartei.

Sie ging zu einem der Schreibpulte, kramte einen Bleistift aus dem Außenfach der Tasche, während sie aus dem Augenwinkel beobachtete, wie der Kunde durch die Tür zur Straße hinausging. Sie nahm ein Formular aus dem Gestell und fing an, darauf herumzukritzeln. Es dauerte nicht lange, da sah sie den männlichen Bankangestellten zur Tür gehen und sie ins Schloss werfen. Dann bückte er sich und löste den Haken, der die innere Tür hielt, und während diese mit einem kleinen Seufzer zufiel, kehrte er an seinen Platz hinterm Tresen zurück.

Sie nahm das Taschentuch aus der Tasche, hielt es in der linken Hand und tat, als wollte sie sich schnäuzen, während sie mit dem Formular in der Hand auf den Kassenschalter zuging.

Dort angelangt, steckte sie das Formular in die Tasche, holte die Einkaufstasche aus Nylon hervor und legte sie auf den Tresen, ergriff die Pistole, richtete sie auf die Kassiererin und sagte mit dem Taschentuch vorm Mund: «Dies ist ein Überfall. Die Pistole ist geladen, und ich schieße, wenn Sie Schwierigkeiten machen. Packen Sie alles Geld, das Sie haben, hier hinein.»

Die Frau hinterm Tresen starrte sie an, nahm langsam die Einkaufstasche und legte sie vor sich. Die andere Frau, die sich gerade kämmte, hielt mitten in der Bewegung inne und ließ langsam die Hände sinken. Sie öffnete den Mund, als wollte sie etwas sagen, gab aber keinen Laut von sich. Der Mann, der noch immer hinter seinem Schreibtisch stand, machte eine heftige Bewegung: Sofort richtete sie die Pistole auf ihn und fauchte: «Stillstehen! Und halten Sie die Hände so, dass ich sie sehen kann.» Dann winkte sie der vor Schreck offensichtlich gelähmten Frau hinterm Schalter ungeduldig mit dem Pistolenlauf zu. «Beeilen Sie sich mit dem Geld. Ich will alles!»

Die Kassiererin fing an, Geldscheinbündel in die Tasche zu stopfen, und als sie damit fertig war, legte sie sie auf den Tresen. Der Mann am Schreibtisch sagte plötzlich: «Das schaffen Sie nie. Die Polizei wird …»

«Ruhig!», schrie sie.

Dann warf sie das Taschentuch in ihre geöffnete Schultertasche und ergriff die Einkaufstasche, die sich angenehm schwer anfühlte. Sie deutete mit der Pistole nacheinander auf die drei Bankangestellten, während sie langsam rückwärts zur Tür wich.

Plötzlich rannte jemand von der Treppe am hinteren Ende des Raums auf sie zu. Es war ein groß gewachsener blonder Mann in weißen, gut gebügelten Hosen und blauer Klubjacke mit blanken Knöpfen und einem goldbestickten Emblem auf der Brusttasche.

Ein lauter Knall füllte den ganzen Raum und wurde dröhnend von Wand zu Wand geworfen, und während ihr Arm nach oben gerissen wurde, sah sie, wie der Mann mit dem goldenen Emblem zurückgeschleudert wurde, sah, dass er neue weiße Schuhe anhatte mit dicken roten, geriffelten Gummisohlen, und erst als sein Kopf mit einem hässlichen dumpfen Laut auf dem Steinfußboden aufschlug, begriff sie, dass sie ihn erschossen hatte.

Sie warf die Pistole in die Umhängetasche, starrte mit wildem Blick auf die drei vor Schreck erstarrten Menschen hinterm Tresen und rannte zur Tür. Sie hatte Schwierigkeiten mit dem Schloss, und bevor sie auf die Straße trat, konnte sie gerade noch denken: Nur jetzt nicht die Ruhe verlieren, ich muss ganz ruhig gehen – aber als sie auf den Bürgersteig trat, setzte sie sich in Trab und hastete auf die nächste Querstraße zu.

Sie nahm die Menschen um sich herum nicht wahr, fühlte nur, dass sie mehrere Personen anstieß, während der Knall des Schusses noch immer in ihren Ohren widerhallte.

Sie bog um die Ecke und fing an zu laufen. Sie hatte die Einkaufstasche in der Hand. Die schwere Umhängetasche schlug ihr gegen die Hüfte. Sie riss die Tür zu dem Haus auf, in dem sie als Kind gewohnt hatte, und lief den vertrauten Weg auf den Hof hinaus. Dort erst begann sie langsamer zu gehen. Sie durchquerte den Flur eines Hinterhauses und trat auf einen weiteren Hof hinaus. Sie ging eine steile Kellertreppe hinunter und setzte sich auf die unterste Stufe.

Sie versuchte, die Einkaufstasche noch auf die Pistole in der Schultertasche draufzustopfen, aber es ging nicht. Sie nahm

Hut, Brille und die blonde Perücke ab und verstaute alles in der Tasche. Ihr eigenes Haar war dunkel und kurz geschnitten. Sie stand auf, knöpfte das Hemd auf, zog es aus und legte es zu den anderen Dingen in die Tasche. Unter dem Hemd trug sie ein schwarzes, kurzärmliges T-Shirt. Sie hängte die Tasche über die linke Schulter, nahm die Nylontasche in die Hand und ging zurück auf den Hinterhof. Sie ging noch durch mehrere Eingangstüren, überquerte noch weitere Höfe und kletterte über einige Mauern, bevor sie schließlich auf einer Straße am anderen Ende des Häuserblocks stand.

Sie betrat einen Konsum-Laden, kaufte zwei Liter Milch, die sie in eine Tragetüte legte. Auf die Milchkartons packte sie ihre schwarze Einkaufstasche aus Nylon.

Dann ging sie zu Slussen und nahm die U-Bahn nach Hause.

2

Gunvald Larsson kam in seinem eigenen Wagen zum Tatort. Der Wagen war rot und ein Modell der in Schweden höchst ungewöhnlichen Marke EMW, nach Ansicht vieler für einen Ersten Kriminalassistenten viel zu exklusiv, besonders wenn er ihn im Dienst fuhr.

An diesem schönen Freitagnachmittag hatte er sich gerade hinters Lenkrad gesetzt, um nach Hause zu fahren, als Einar Rönn auf den Hof des Polizeihauses gerannt kam und seine Pläne für einen stillen Abend draußen in Bollmora zunichte machte. Einar Rönn war ebenfalls Erster Kriminalassistent in der Abteilung für Gewaltverbrechen und vermutlich der einzige Freund, den Gunvald Larsson hatte, und wenn er sagte, es tue ihm Leid, dass Gunvald Larsson seinen freien Abend opfern müsse, so meinte er es wirklich.

Als Rönn in einem Dienstfahrzeug in Hornsgatan ankam, waren bereits mehrere Wagen und ein paar Leute von den Polizeiwachen von Söder am Ort. Gunvald Larsson befand sich schon in der Bank.

Vor der Bank hatte sich eine kleine Menschenansammlung gebildet, und als Rönn den Bürgersteig überquerte, kam einer der uniformierten Polizeibeamten, der dort stand und die Neugierigen anglotzte, auf ihn zu und sagte: «Ich habe hier ein paar Zeugen, die sagen, sie hätten den Schuss gehört. Was soll ich mit ihnen machen?»

«Halten Sie sie einen Augenblick fest», sagte Rönn. «Und versuchen Sie, die anderen Leute dazu zu bewegen, dass sie sich verziehen.»

Der Konstapel nickte, und Rönn setzte seinen Weg in die Bank fort.

Der Tote lag mit ausgebreiteten Armen und angezogenem linken Knie mit dem Rücken auf dem Marmorfußboden zwischen dem Tresen und der Reihe der Schreibpulte. Das eine Hosenbein war hochgerutscht und ließ eine weiße Orlon-Socke mit dunkelblauem Anker auf dem Strumpfschaft sowie ein sehr sonnengebräuntes Bein sehen, das von glänzenden blonden Haaren bedeckt war. Das Geschoss hatte den Mann mitten ins Gesicht getroffen, und Blut und Gehirnmasse waren aus dem Hinterkopf herausgelaufen.

Die Bankangestellten hatten sich in der hinteren Ecke des Raums versammelt; Gunvald Larsson saß bei ihnen, das eine Bein lässig über eine Schreibtischecke geworfen, und machte sich auf einem Block Notizen, während eine der Frauen mit schriller und empörter Stimme sprach.

Als er Rönn entdeckte, hielt er der Frau seine große rechte Handfläche entgegen. Die Frau verstummte mitten in einem Satz. Gunvald Larsson stand auf, nahm die Schalterklappe hoch und ging mit dem Block in der Hand zu Rönn. Mit einem Kopfnicken zu dem Mann auf dem Fußboden hin sagte er: «Er ist kein besonders angenehmer Anblick. Wenn du hier bleibst, kann ich die Zeugen irgendwohin mitnehmen, vielleicht zur alten Revierwache zwei in Rosenlundsgatan. Dann könnt ihr hier in Ruhe arbeiten.»

Rönn nickte. «Und das hat ein Mädchen fertig gebracht», sagte er. «Und das Geld hat sie auch mit. Hat jemand gesehen, wohin sie verschwunden ist?»

«Von den Bankangestellten jedenfalls keiner», erwiderte Gunvald Larsson. «Draußen will ein Bursche einen Wagen wegfahren gesehen haben, aber die Nummer hat er sich nicht gemerkt, und er ist sich auch nicht sicher, welche Marke es war. Damit können wir also nicht viel anfangen. Ich werde später mal mit ihm reden.»

«Und wer ist das da?», fragte Rönn mit einem kurzen Nicken zu dem Toten.

«Irgendein Idiot, der den Helden spielen wollte. Er hat versucht, sich auf die Bankräuberin zu stürzen, und da hat sie vor Schreck natürlich abgedrückt. Ein Bankkunde, die Angestellten kannten ihn. Er war unten gewesen und hatte irgendwas aus seinem Schließfach geholt und platzte mitten in den Überfall, als er hochkam.»

Gunvald Larsson blickte auf seinen Notizblock. «Er war Turnlehrer und hieß Gårdon. Mit ‹å›.»

«Er hielt sich vielleicht für Buzz Gordon persönlich», meinte Rönn.

Gunvald Larsson streifte ihn mit einem Blick. Rönn errötete und sagte ausweichend: «Nun, in dem Ding da muss es doch wohl ein Bild von der Bankräuberin geben.» Er zeigte auf die Kamera, die an der Decke angebracht war.

«Wenn sie richtig eingestellt ist und wenn überhaupt ein Film drin ist», sagte Gunvald Larsson skeptisch. «Und wenn die Kassiererin daran gedacht hat, auf den Knopf zu drücken.»

Die meisten Banken waren neuerdings mit Kameras ausgerüstet, die von der Kassiererin durch den Druck auf einen im Boden eingelassenen Knopf ausgelöst werden konnten. Das war die einzige Maßnahme, die Bankangestellte bei einem Überfall zu ergreifen hatten. Seitdem bewaffnete Banküberfälle immer häufiger geworden waren, hatten die Banken ihr Personal angewiesen, das geforderte Geld auszuhändigen und im Übrigen nichts zu unternehmen, um den oder die Bankräuber aufzuhalten oder zu stören und sich damit in Lebensgefahr zu begeben. Diese Verhaltensmaßregel war nicht, wie man sich vielleicht verleiten lassen könnte zu glauben, aus humanitären Gründen oder aus Fürsorge für die Bankangestellten zustande gekommen, sondern gründete sich auf die Erfahrung, dass Banken und Versicherungen billiger davonkamen, wenn man Räuber mit ihrer Beute ziehen ließ. Dann brauchte man keinen Schadenersatz oder vielleicht lebenslange Unterhaltszahlungen an hinterbliebene Familien zu leisten, was leicht der Fall sein konnte, wenn jemand zu Schaden kam oder getötet wurde.

Der Gerichtsarzt traf ein, und Rönn ging zum Wagen hinaus, um seine Mordtasche zu holen. Er bediente sich altmodischer Methoden, nicht selten ohne Erfolg. Gunvald Larsson zog zusammen mit den drei Bankangestellten sowie vier weiteren Personen, die sich als Zeugen gemeldet hatten, zu der alten Polizeiwache in Rosenlundsgatan ab.

Man stellte ihm ein Vernehmungszimmer zur Verfügung. Er zog seine Jacke aus Sämischleder aus und hängte sie über eine Stuhllehne, bevor er mit der vorläufigen Befragung begann.

Wenn die drei ersten Zeugenaussagen, die von den Bankangestellten gemacht wurden, so gut wie identisch waren, so wichen die vier folgenden umso mehr voneinander ab.

Der erste dieser Zeugen war ein zweiundvierzigjähriger Mann, der sich in dem Augenblick, in dem der Schuss ertönte, fünf Meter von der Tür der Bank entfernt in einem Hauseingang befunden hatte. Er hatte ein Mädchen mit schwarzem Hut und Sonnenbrille vorbeihasten sehen. Als er, wie er sagte, eine halbe Minute später auf die Straße gesehen habe, habe er beobachtet, wie ein grüner PKW, wahrscheinlich ein Opel, fünfzehn Meter entfernt mit quietschenden Reifen angefahren sei. Der Wagen sei schnell in Richtung Hornsplan verschwunden, und er glaube, das Mädchen mit dem Hut auf dem Rücksitz gesehen zu haben. Die Wagennummer habe er nicht erkennen können, meine aber, dass der Wagen ein Stockholmer Kennzeichen gehabt habe.

Der nächste Zeuge, eine Frau, war Inhaberin eines direkt an die Bank angrenzenden Ladens. Die Frau hatte gerade in der offenen Tür ihres Geschäfts gestanden, als sie einen Knall hörte. Zuerst, so sagte sie, habe sie geglaubt, der Laut sei hinten aus ihrem Laden gekommen, und in dem Glauben, ihr Gaskocher sei explodiert, sei sie in die Pantry gerannt. Nachdem sie gesehen habe, dass sie sich geirrt hatte, sei sie zur Eingangstür zurückgegangen. Sie habe auf die Straße geschaut und einen großen blauen Wagen mit kreischenden Reifen auf die Fahrbahn hinauskurven sehen. Im selben Augenblick sei eine Frau aus der Bank gekommen und habe geschrien, dass jemand erschossen worden sei. Die Zeugin hatte nicht gesehen, wer im Auto saß und welches Kennzeichen der Wagen hatte. Sie wusste nichts von Autos und meinte nur, der Wagen habe wie ein Taxi ausgesehen.

Der dritte Zeuge war ein zweiunddreißigjähriger Metallarbeiter, und er lieferte eine etwas detailliertere Darstellung der Ereignisse. Er habe den Schuss nicht gehört, sagte er, jedenfalls nicht bewusst. Er habe auf dem Bürgersteig gestanden, als das Mädchen aus der Bank kam. Sie habe es offensichtlich eilig gehabt und ihn im Vorbeigehen angestoßen. Er habe ihr Gesicht nicht gesehen, schätze ihr Alter aber auf etwa dreißig Jahre. Sie habe blaue Hosen und ein Hemd getragen, einen Hut aufgehabt und eine dunkle Tasche getragen. Er habe sie zu einem Wagen mit Stockholmer Kennzeichen und zwei Dreien in der Wagennummer gehen sehen. Der Wagen sei ein hellbeiger Renault 16 gewesen. Am Steuer habe ein magerer Mann von etwa zwanzig bis fünfundzwanzig Jahren gesessen. Er habe langes, strähniges schwarzes Haar gehabt und ein kurzärmeliges weißes Baumwollhemd getragen. Er sei auffallend blass gewesen. Ein weiterer Mann, der etwas älter ausgesehen habe, habe auf dem Bürgersteig gestanden und dem Mädchen die Tür zum Rücksitz aufgehalten. Nachdem er hinter ihr die Tür zugeworfen habe, habe er sich neben den Fahrer auf den Vordersitz gesetzt. Dieser Mann sei grob gebaut, etwa einsachtzig groß und habe leicht gekräuseltes und sehr üppiges aschfarbenes Haar sowie eine rötliche Gesichtsfarbe gehabt. Er habe schwarze Hosen mit ausgestellten Beinen und ein schwarzes Hemd aus irgendeinem glänzenden Material getragen. Der Wagen habe auf der Fahrbahn gewendet und sei in Richtung Slussen verschwunden.

Nach dieser Zeugenaussage fühlte Gunvald Larsson sich etwas verwirrt und las durch, was er geschrieben hatte, bevor er den letzten Zeugen hereinrief.

Dieser war ein fünfzigjähriger Uhrmacher, der direkt vor der Bank in seinem Wagen gesessen und auf seine Frau gewartet hatte, die auf der anderen Straßenseite in einem Schuhgeschäft gewesen war. Der Uhrmacher sagte, er habe mit heruntergekurbelter Seitenscheibe dagesessen und den Schuss gehört, ohne sich zu wundern, da man ja auf einer so stark befahrenen Straße wie Hornsgatan so viele Geräusche höre. Es sei fünf Minuten nach drei gewesen, als er die Frau aus der Bank habe kommen sehen. Sie sei ihm aufgefallen, weil sie es offenbar so eilig gehabt hatte, dass sie sich nicht einmal bei einer alten Dame entschuldigte, die von ihr angerempelt worden war. Er habe sich gedacht, typisch für die Stockholmer, immer gehetzt und unfreundlich. Er selbst komme aus Södertälje. Die Frau habe lange Hosen getragen und auf dem Kopf habe sie so etwas wie einen Cowboyhut gehabt und in der Hand eine schwarze Einkaufstasche. Sie sei zur nächsten Querstraße gelaufen und dann um die Ecke verschwunden. Nein, in einen Wagen war sie nicht gestiegen, auch unterwegs nicht stehen geblieben, sondern direkt zur Straßenecke gegangen und dann verschwunden.

Gunvald Larsson gab die Beschreibungen der beiden Männer im Renault an die Zentrale durch; dann stand er auf, kramte seine Papiere zusammen und sah auf die Uhr. Es war inzwischen sechs geworden.

Wahrscheinlich hatte er sich einen Haufen Arbeit umsonst gemacht.

Das Aussehen der verschiedenen Wagen war schon weit früher von den Polizisten, die als Erste am Tatort eingetroffen waren, durchgegeben worden. Außerdem ergaben die Zeugenaussagen kein geschlossenes Gesamtbild. Alles war natürlich wieder einmal zum Teufel gegangen.

Er überlegte einen Augenblick, ob er den besten Zeugen noch dabehalten sollte, verwarf den Gedanken aber. Alle schienen nur den Wunsch zu haben, möglichst schnell nach Hause zu kommen. Er musste sich eingestehen, dass es ihm selbst nicht anders erging. Dies würde aber mit hoher Wahrscheinlichkeit eine vergebliche Hoffnung bleiben. Also ließ er die Leute gehen. Er zog sich die Jacke an und ging zurück in die Bank. Die sterblichen Überreste des tapferen Turnlehrers waren weggeschafft worden, und ein junger Streifenbeamter kam aus seinem Wagen und teilte mit, dass Kriminalassistent Rönn in seinem Dienstzimmer auf Kriminalassistent Larsson warte.

Gunvald Larsson ging seufzend zu seinem Wagen.

3

Er wachte auf und war erstaunt, dass er lebte.

Dies war nichts Neues. Seit genau fünfzehn Monaten hatte er jeden Tag mit der gleichen verwirrenden Frage die Augen aufgeschlagen.

Wie ist es möglich, dass ich lebe? Und, kurz darauf: Warum?

Unmittelbar vor dem Aufwachen hatte er einen Traum gehabt. Auch er war fünfzehn Monate alt. Dieser Traum variierte ständig, folgte aber immer einem bestimmten Muster.

Er ritt. Im Galopp, vornübergebeugt, während beißender Wind ihm durchs Haar fuhr. Dann lief er den Bahnsteig eines Bahnhofs entlang. Vor sich sah er einen Mann, der gerade eine Pistole hob. Er wusste, wer der Mann war und was geschehen würde. Der Mann war Charles J. Guiteau, und die Waffe war eine Pistole zum Scheibenschießen der Marke Hämmerli International.

In der Sekunde, als der Mann schoss, warf er sich nach vorn und fing die Kugel mit dem Körper auf. Der Schuss traf ihn wie ein Hammer mitten in die Brust. Er hatte sich offenbar geopfert, aber zugleich war ihm klar, dass seine Tat vergebens gewesen war. Der Präsident lag schon zusammengesunken auf der Erde, der glänzende Zylinderhut war ihm vom Kopf gefallen und rollte in einem Halbkreis zur Seite.

Wie immer wachte er genau in dem Augenblick auf, da die Kugel ihn traf. Zuerst wurde alles schwarz, eine Welle brennender Hitze schoss ihm durchs Gehirn, und dann schlug er die Augen auf.

Martin Beck lag still im Bett und blickte zur Decke. Es war hell im Zimmer.

Er dachte an den Traum. Dieser schien nicht besonders sinnvoll zu sein, jedenfalls nicht in dieser Version. Überdies war er voller Ungereimtheiten. Zum Beispiel die Waffe; sie hätte ein Revolver sein müssen oder möglicherweise eine Derringer. Und wie konnte Garfield dort liegen, tödlich verwundet, obwohl er selbst nachweislich die Kugel in die Brust bekommen hatte?

Er wusste nicht, wie der Mörder tatsächlich ausgesehen hatte. Wenn er je ein Bild des Mannes zu Gesicht bekommen hatte, so war die Erinnerung daran schon vor langer Zeit verblasst. In seinen Träumen hatte Guiteau meist blaue Augen, einen blonden Schnurrbart und glattes, schräg zurückgekämmtes Haar, aber heute hatte er mehr wie ein Schauspieler in einer wohl bekannten Rolle ausgesehen.

Ihm fiel sofort ein, in welcher: John Carradine als Spieler in *Stage Coach*.

Das Ganze war verblüffend romantisch.

Eine Kugel in der Brust kann jedoch leicht zu etwas höchst Unpoetischem werden. Das wusste er aus Erfahrung. Wenn sie die rechte Lunge durchbohrt und dann in der Nähe des Rückgrats stecken bleibt, ist die Wirkung zeitweise schmerzhaft und auf längere Sicht sehr langwierig.

Im Traum gab es aber auch vieles, was mit seiner eigenen Wirklichkeit übereinstimmte. Zum Beispiel die Pistole zum Scheibenschießen. Sie hatte einem entlassenen Polizeibeamten mit blauen Augen, blondem Schnurrbart und schräg zurückgekämmtem Haar gehört. Er war ihm unter einem kühlen Vorfrühlingshimmel auf einem Hausdach begegnet. Ein anderes Argument als einen Pistolenschuss hatte es nicht gegeben.

Am selben Abend war er in einem Bett in einem Zimmer mit weißen Wänden aufgewacht, genauer gesagt in der Thorax-Klinik von Karolinska Institutet. Man hatte ihm gesagt, die Verwundung sei nicht lebensgefährlich, aber er hatte sich trotzdem gefragt, wie es möglich sei, dass er lebte.

Später hatte man gesagt, dass die Verwundung zwar nicht mehr lebensgefährlich sei, die Kugel aber ein bisschen unglücklich sitze. Er hatte die feine Differenzierung dieses «nicht mehr» begriffen, aber gefallen hatte sie ihm nicht. Die Chirurgen hatten wochenlang die Röntgenbilder studiert, bevor sie endlich den Fremdkörper aus seiner Brust herausholten. Dann hatten sie gesagt, dass die Verwundung nun endgültig nicht mehr lebensbedrohend sei. Er werde im Gegenteil völlig wiederhergestellt werden, unter der Voraussetzung allerdings, dass er alles ruhig angehen lasse. Zu dem Zeitpunkt hatte er aber schon aufgehört, ihnen zu glauben.

Er hatte trotzdem alles mit größter Ruhe angehen lassen. Eine andere Möglichkeit war ihm eigentlich auch nicht verblieben.

Jetzt sagte man, er sei wiederhergestellt. Allerdings gab es auch diesmal einen Zusatz. Körperlich. Außerdem sollte er nicht rauchen. Seine Atemwege waren nie sehr gut gewesen, und eine durchschossene Lunge hatte die Sache nicht besser gemacht. Nach der Ausheilung waren seltsame Schatten neben den Narben aufgetaucht.

Martin Beck stand auf.

Ging durchs Wohnzimmer auf den Flur und holte die Zeitung, die auf der Fußmatte lag. Ging weiter in die Küche, während er die Schlagzeilen auf der ersten Seite überflog. Das Wetter war gut und sollte es den Meteorologen zufolge auch bleiben. Im Übrigen schien alles andere sich wie gewohnt zum Schlechteren zu entwickeln.

Er legte die Zeitung auf den Küchentisch und nahm einen Becher Joghurt aus dem Kühlschrank. Das Zeug schmeckte wie gewöhnlich, nicht gut und auch nicht direkt schlecht, nur ein wenig abgestanden und künstlich. Wahrscheinlich war der Becher zu alt und war das schon gewesen, als er ihn gekauft hatte. Die Zeit, in der man in Stockholm etwas Frisches kaufen konnte, ohne sich die Hacken abzulaufen oder Schwindel erregende Überpreise zu bezahlen, war schon lange vorbei.

Die nächste Station war das Badezimmer. Nachdem er sich gewaschen und die Zähne geputzt hatte, kehrte er ins Schlafzimmer zurück, machte das Bett, zog die Pyjamahose aus und fing an, sich anzuziehen.

Unterdessen sah er sich interessiert in der Wohnung um. Diese war, was die meisten Stockholmer eine Traumwohnung nennen würden, eine Dachwohnung in einem Haus an Köpmangatan in Gamla Stan. Er wohnte seit mehr als drei Jahren hier und erinnerte sich noch daran, wie wohl er sich hier bis zu jenem Tag auf dem Dach gefühlt hatte.

Jetzt fühlte er sich meist eingesperrt und einsam, selbst wenn er Besuch hatte. Dies hatte vermutlich nichts mit der Wohnung zu tun; in jüngster Zeit hatte er sich oft dabei ertappt, dass er sich auch im Freien eingesperrt fühlte.

Er spürte ein vages Bedürfnis, vielleicht das Bedürfnis, eine Zigarette zu rauchen. Die Ärzte hatten ihm zwar gesagt, dass er aufhören müsse, aber darum kümmerte er sich nicht. Entscheidender war die Tatsache, dass das staatliche Tabakmonopol aufgehört hatte, die Marke zu produzieren, die er immer geraucht hatte. Jetzt wurden überhaupt keine Zigaretten mit Pappmundstück mehr verkauft. Zwei- oder dreimal hatte er andere Marken probiert, sich aber nicht an sie gewöhnen können.

Heute kleidete er sich mit besonderer Sorgfalt an, und während er den Krawattenknoten band, betrachtete er lustlos seine Schiffsmodelle, die auf einem Regal über dem Bett standen. Drei Stück, zwei davon fertig und das dritte halb fertig. Er hatte vor mehr als acht Jahren mit dem ersten Modell angefangen, hatte sie aber seit jenem Tag im April letzten Jahres nicht mehr angerührt.

Seitdem waren sie ziemlich staubig geworden. Seine Tochter hatte sich mehrmals erboten, etwas dagegen zu unternehmen, aber er hatte sie gebeten, das sein zu lassen.

Es war halb acht Uhr morgens am 3. Juli 1972, einem Montag. Das Datum des Tages hatte eine besondere Bedeutung.

Gerade heute sollte er wieder anfangen zu arbeiten.

Er war noch immer Polizeibeamter, genauer gesagt Kriminalkommissar und Chef von Riksmordkommissionen.

Martin Beck zog das Jackett an und steckte die Zeitung in die Tasche. Er wollte sie in der U-Bahn lesen. Das war ein kleiner Teil der Routine, zu der er zurückzukehren im Begriff war.

Er ging im Sonnenschein an Skeppsbron entlang und atmete die vergiftete Luft ein. Fühlte sich alt und ausgehöhlt.

Sein Äußeres spiegelte jedoch nichts davon wider. Im Gegenteil, er wirkte gesund und spannkräftig. Er bewegte sich rasch und geschmeidig. Ein hoch gewachsener sonnengebräunter Mann mit kräftiger Kinnpartie und ruhigen graublauen Augen unter der breiten Stirn.

Martin Beck war neunundvierzig Jahre alt. Er würde bald seinen fünfzigsten Geburtstag feiern, wenn auch die meisten fanden, dass er jünger wirkte.

4

Das Zimmer im Södra-Polizeihaus an der Västberga allé legte davon Zeugnis ab, dass lange Zeit ein anderer als Chef der Mordkommission gearbeitet hatte.

Das Zimmer war zwar sauber und aufgeräumt, und irgendjemand hatte sich die Mühe gemacht, eine Vase mit Kornblumen und Gänseblümchen auf den Schreibtisch zu stellen, aber dennoch merkte man dem Raum einen unbestimmten Mangel an Pedanterie an. Dieser Eindruck war oberflächlich, aber vorhanden, und irgendwie wirkte der Raum anheimelnd.

Dies galt besonders für die Schreibtischschubladen.

Es stand völlig außer Zweifel, dass jemand vor kurzem eine Menge Dinge daraus entfernt hatte, aber einen Teil liegen gelassen hatte. Zum Beispiel alte Taxiquittungen und Kinokarten, kaputte Kugelschreiber und leere Tablettenschachteln. Mehrere Bleistiftschalen mit Ketten verhakter Büroklammern, Gummiringen, Zuckerstücken und Süßstoffpäckchen. Zwei Erfrischungstücher, ein Paket Papiertaschentücher, drei Patronenhülsen und eine schadhafte Uhr der Marke Exacta. Außerdem eine große Zahl von Zetteln mit verschiedenen Notizen, die in klarer, leicht lesbarer Handschrift geschrieben waren.

Martin Beck war im Haus herumgegangen und hatte den Leuten Hallo gesagt. Die meisten waren alte Bekannte, aber längst nicht alle.

Jetzt saß er am Schreibtisch und untersuchte die Armbanduhr, die nicht mehr funktionsfähig zu sein schien. Das Glas war auf der Innenseite beschlagen, und als er die Uhr schüttelte, schepperte es düster unterm Zifferblatt, als hätte sich jede Schraube des Werks gelöst.

Lennart Kollberg pochte an die Tür und trat ein. «Hej», sagte er. «Willkommen.»

«Danke. Ist das deine Uhr?»

«Ja», sagte Kollberg düster. «Ich hab sie durch die Waschmaschine laufen lassen. Ich hatte vergessen, meine Taschen auszuräumen.» Er sah sich um und fuhr entschuldigend fort: «Ich hab am Freitag wirklich noch versucht, hier ein wenig aufzuräumen, aber dann wurde ich unterbrochen. Ja, du weißt ja, wie es ist …»

Martin Beck nickte. Kollberg war derjenige, den er in der Zeit seiner Rekonvaleszenz am häufigsten getroffen hatte, und sie hatten sich nicht viel Neues zu sagen.

«Wie geht's mit dem Abnehmen?»

«Fein», erwiderte Kollberg. «Heute Morgen hatte ich ein halbes Kilo weniger. Bin von hundertvier auf hundertdreieinhalb runter.»

«Dann hast du also bloß zehn zugenommen, seitdem du hier anfingst?»

«Achteinhalb», sagte Kollberg mit einer Miene verletzter Würde. Er zuckte die Achseln und fuhr klagend fort: «Es ist zum Kotzen. Das ganze Vorhaben ist gegen die Natur. Und Gun lacht mich nur aus. Bodil übrigens auch. Wie geht's dir denn eigentlich?»

«Gut.»

Kollberg hob die Augenbrauen, sagte aber nichts. Stattdessen zog er den Reißverschluss seiner Aktenmappe auf und holte einen Ordner aus hellrotem Kunststoff hervor. Er schien einen nicht allzu umfangreichen Bericht zu enthalten. Vielleicht dreißig Seiten oder so.

«Was ist denn das?»

«Nennen wir's mal ein Geschenk.»

«Von wem?»

«Von mir zum Beispiel. Na ja, eigentlich nicht. Es kommt von Gunvald Larsson und Rönn. Sie finden es unwahrscheinlich lustig.» Kollberg legte den Ordner auf den Tisch. Dann sagte er: «Ich muss leider weg.»

«Wohin?»

«RPS.»

Was im Klartext «Rikspolisstyrelsen» hieß, Reichspolizeiführung.

«Warum?»

«Wegen dieser verdammten Banküberfälle.»

«Dafür gibt's doch ein Sonderdezernat.»

«Das Sonderdezernat braucht Verstärkung. Am Freitag hat sich schon wieder ein Holzkopf totschießen lassen.»

«Ja, ich hab davon gelesen.»

«Der Polizeichef hat sofort beschlossen, das Sonderdezernat zu verstärken.»

«Mit dir?»

«Nein», sagte Kollberg. «Eigentlich mit dir, glaube ich. Aber dieser Befehl kam am Freitag, und da war ich noch immer Boss hier, und folglich fasste ich einen selbständigen Entschluss.»

«Nämlich?»

«Nämlich dir dieses Irrenhaus zu ersparen und selbst einzuspringen, um das Sonderdezernat zu verstärken.»

«Danke.» Martin Beck meinte wirklich, was er sagte. Die Arbeit im Sonderdezernat würde vermutlich tägliche Konfrontationen etwa mit dem Reichspolizeichef bringen, mit mindestens zwei hohen Ministerialbeamten, etlichen verschiedenen Intendenten und anderen aufgeblasenen Amateuren. Kollberg hatte diese Prüfungen freiwillig auf sich genommen.

«Na ja», sagte er. «Im Austausch habe ich dir dies hier mitgebracht.» Er legte einen dicken Zeigefinger auf die Kunststoffmappe.

«Was ist das?»

«Ein Fall», sagte Kollberg. «Ein wirklich hochinteressanter Fall, im Gegensatz zu Banküberfällen und anderem. Schade nur, dass …»

«Was denn?»

«Dass du keine Kriminalromane liest.»

«Warum das?»

«In dem Fall könntest du ihn besser würdigen. Rönn und Larsson glauben, dass alle Menschen Kriminalromane lesen. Eigentlich ist es ihr Fall, aber sie sind derart mit Arbeit eingedeckt, dass sie ihre Fälle an den vergeben, der sie haben will. Dieser hier ist etwas zum Nachdenken. Man braucht nur dazusitzen und nachzudenken.»

«Na schön, ich werde ihn mir mal ansehen», sagte Martin Beck leidenschaftslos.

«In den Zeitungen hat kein Wort gestanden. Bist du nicht neugierig?»

«Doch, sehr. Also dann.»

«Servus», sagte Kollberg. Vor der Tür hielt er inne, blieb einige Sekunden mit hochgezogenen Augenbrauen stehen. Dann schüttelte er bekümmert den Kopf und ging zum Fahrstuhl.

5

Martin Beck hatte gesagt, dass er auf den Inhalt der roten Mappe neugierig sei, aber das war nicht gerade die reine Wahrheit gewesen.

Im Grunde interessierte ihn der Fall überhaupt nicht.

Warum hatte er es dann für richtig gehalten, auf die Frage eine ausweichende und irreführende Antwort zu geben? Um Kollberg einen Gefallen zu tun? Kaum. Um ihn zu täuschen? Noch weiter hergeholt. Einmal lag keine Veranlassung dafür vor, und außerdem war es unmöglich. Sie kannten sich seit allzu vielen Jahren allzu gut, und dazu war Kollberg einer der ausgebufftesten Menschen, denen er je begegnet war. Kollberg konnte man nicht täuschen.

Vielleicht hatte er sich selbst täuschen wollen? Auch dieser Gedanke war unsinnig.

Martin Beck fuhr fort, die Frage durchzukauen, während er die Durchsicht seines Dienstzimmers systematisch vollendete.

Als er mit den Schubladen fertig war, machte er sich an die Möbel, stellte die Stühle um, stellte den Schreibtisch in einem anderen Winkel auf, schob den Aktenschrank einige Zoll näher an die Tür heran, schraubte die Schreibtischlampe los und platzierte sie auf der rechten Tischkante. Sein Stellvertreter hatte sie offenbar lieber auf der linken Seite gehabt, oder vielleicht hatte es sich einfach nur so ergeben. In Kleinigkeiten handelte Kollberg oft so, wie es der Zufall ergab. In wesentlichen Dingen dagegen war er ein Perfektionist. So hatte er zum Beispiel mit dem Heiraten gewartet, bis er zweiundvierzig Jahre alt war, und das mit der klar ausgesprochenen Motivation, dass er eine perfekte Frau haben wollte.

Er hatte auf die Richtige gewartet.

Martin Beck dagegen konnte auf fast zwei Jahrzehnte einer missglückten Ehe mit einer Partnerin zurückblicken, die alles andere als die Richtige gewesen war.

Jetzt war er immerhin geschieden, aber er hatte mit diesem Schritt vermutlich gezögert, bis es zu spät war. Während des letzten halben Jahres hatte er sich manchmal bei der Frage ertappt, ob die Scheidung alles in allem nicht ein Fehler gewesen war. Vielleicht war eine missgelaunte und trübselige Frau doch aufregender als gar keine.

Dies war jedoch keine wesentliche Fragestellung.

Er nahm die Vase mit den Blumen und brachte sie zu einer der Schreibdamen hinaus. Diese schien sich darüber zu freuen.

Martin Beck setzte sich auf den Schreibtischsessel und sah sich um. Die Ordnung war wiederhergestellt.

Wollte er sich einreden, dass sich nichts geändert hatte?

Die Frage war sinnlos, und um sie so schnell wie möglich zu vergessen, zog er die rote Mappe zu sich heran.

Der Kunststoff war durchsichtig, und Martin Beck sah sofort, dass es sich um einen Todesfall handelte. Das war okay. Todesfälle waren aufs engste mit seinem Beruf verbunden.

Aber wo war er eingetreten? Bergsgatan 57. Also praktisch auf den Treppenstufen des Polizeihauses.

Generell konnte er sagen, dass dieser Fall weder ihn noch seine Abteilung etwas anging; dies war eine Aufgabe für die Stockholmer Kriminalpolizei. Einen Augenblick lang fühlte er sich versucht, zum Telefon zu greifen und irgendjemanden in Kungsholmen anzurufen und zu fragen, worum es sich eigentlich handelte. Vielleicht sollte er einfach den ganzen Vorgang in einen Umschlag stecken und an den Absender zurückschicken.

Der Drang, sich starr an die Vorschriften zu halten, war so stark, dass es einer Kraftanstrengung bedurfte, ihn zu unterdrücken.

Um sich abzulenken, sah Martin Beck auf die Uhr. Schon Zeit zum Lunch. Er hatte keinen Hunger.

Martin Beck stand auf, ging in den Waschraum und trank einen Becher lauwarmes Wasser. Als er zurückkam, merkte er, dass die Luft in seinem Dienstzimmer warm und stickig war. Trotzdem zog er nicht sein Jackett aus und knöpfte nicht einmal den Hemdkragen auf.

Er setzte sich hin, holte die Papiere hervor und begann zu lesen.

Achtundzwanzig Jahre als Polizeibeamter hatten ihn viel gelehrt, unter anderem die Kunst, Berichte zu lesen, Wiedergekäutes und Unwesentliches schnell auszusieben und das Grundmuster zu erkennen, sofern es eins gab.

Es kostete ihn weniger als eine Stunde, den Vorgang sorgfältig durchzulesen. Das meiste war schlecht geschrieben, einige Berichte waren direkt unverständlich, und einige Abschnitte zeichneten sich durch besonders unglückliche Formulierungen aus. Beck wusste sofort, wer der Verfasser dieser Elaborate war: Einar Rönn, ein Polizeibeamter, der in stilistischer Hinsicht von der Art des Amtskollegen war, der in seiner berüchtigten Straßenverkehrsordnung neben vielem anderen bestimmt hatte, dass die Dunkelheit anbricht, wenn die Straßenbeleuchtung eingeschaltet wird.

Martin Beck blätterte die Papiere noch einmal durch und hielt hier und da inne, um bestimmte Details zu kontrollieren.

Dann legte er den Vorgang beiseite, stützte die Ellbogen auf die Tischplatte und lehnte die Stirn gegen die Handflächen.

Er runzelte die Stirn und durchdachte das, was sich ereignet zu haben schien.

Der Bericht zerfiel in zwei Teile. Der erste war alltäglich und widerwärtig.

Vor fünfzehn Tagen, also am Sonntag, dem 18. Juni, hatte eine Mieterin des Hauses Bergsgatan 57 auf Kungsholmen die Polizei angerufen. Das Gespräch war um 14 Uhr 19 registriert worden, doch der Polizeiwagen mit zwei Beamten war erst zwei Stunden später am Ort erschienen – obwohl das Haus in Bergsgatan nicht mehr als fünf Minuten zu Fuß vom Stockholmer Polizeihauptquartier entfernt lag. Doch die Verspätung war leicht zu erklären. Der Mangel an Polizeibeamten in Stockholm schrie zum Himmel, außerdem war es Urlaubszeit und zu allem Überfluss auch noch ein Sonntag gewesen. Überdies hatte nichts darauf hingedeutet, dass die Angelegenheit besonders dringend sei. Die Polizisten Karl Kristiansson und Kenneth Kvastmo hatten das Haus betreten und mit der Anruferin gesprochen, einer Frau, die im zweiten Stock des Vorderhauses wohnte. Sie teilte mit, dass ein unangenehmer Geruch im Treppenhaus sie seit einigen Tagen irritiere, und äußerte den Verdacht, dass irgendetwas möglicherweise nicht in Ordnung sei.

Die beiden Polizisten hatten den Geruch auch sofort bemerkt. Kvastmo hatte ihn als Verwesungsgeruch definiert, seiner Formulierung zufolge erinnere er stark an den Gestank verwesten Fleisches. Nähere Geruchshinweise – auch das ein Ausdruck Kvastmos – habe die Männer zu einer Wohnungstür im ersten Stock geführt. Den am Ort zugänglichen Informationen zufolge gehörte diese Tür zu einer Einzimmerwohnung, die seit einiger Zeit von einem etwa sechzigjährigen Mann bewohnt wurde, dessen Name wahrscheinlich Karl Edvin Svärd laute. Diesen Namen habe man nämlich handschriftlich auf einem Stück Karton gefunden, das unter dem elektrischen Klingelknopf angebracht sei. Da jetzt die Vermutung nahe lag, dass sich in der Wohnung die Leiche eines Selbstmörders befand, die Leiche eines auf natürliche Weise Gestorbenen oder ein toter Hund – dies alles noch immer Kvastmos Version –, unter Umständen aber auch eine kranke oder hilflose Person, habe man sich entschlossen, in die Wohnung einzudringen. Die elektrische Klingel habe offenbar nicht funktioniert, und Klopfen an die Tür habe keine Reaktion ausgelöst.

Ein Versuch, mit einem Hausmeister oder Hauswart oder einer anderen Person, die möglicherweise einen Zweitschlüssel hätte haben können, Kontakt aufzunehmen, sei fehlgeschlagen.

Die Beamten hatten dann weitere Anweisungen verlangt und den Befehl erhalten, in die Wohnung einzudringen. Sie hatten einen Schlosser hinzugezogen, was weitere anderthalb Stunden Verzögerung mit sich gebracht hatte.

Der Schlosser hatte nach seiner Ankunft festgestellt, dass die Tür durch ein Sicherheitsschloss gesichert war und kein Briefschlitz vorhanden war. Das Schloss wurde daraufhin mit einem Spezialwerkzeug entfernt, aber dennoch hatte man die Tür nicht öffnen können.

Kristiansson und Kvastmo, die sich jetzt schon weit über ihre normale Dienstzeit hinaus mit dem Fall beschäftigt hatten, hatten dann weitere Instruktionen eingeholt. Sie wurden angewiesen, die Tür mit Gewalt zu öffnen. Auf ihre Anfrage, ob nicht jemand aus der Kriminalabteilung anwesend sein müsse, erhielten sie die lakonische Antwort, dass weiteres Personal nicht zur Verfügung stehe.

Der Schlosser hatte sich entfernt, weil er der Meinung gewesen war, er habe das Seine getan.

Gegen sieben Uhr abends hatten Kvastmo und Kristiansson die Tür geöffnet, indem sie die Splinte der Außenscharniere herausschlugen. Dennoch hatten sich weitere Schwierigkeiten ergeben. Sie hatten dann nämlich entdeckt, dass die Tür mit zwei kräftigen Metallriegeln sowie einem so genannten «foxlock», einem in den Türpfosten verankerten Eisenbalken versehen war. Nach einer weiteren Stunde Arbeit hatten die Polizeibeamten sich Einlass in die Wohnung verschaffen können, wo sie drückende Hitze und überwältigender Verwesungsgeruch empfing.

In dem Zimmer, das an der Straßenseite lag, hatten sie eine männliche Leiche gefunden. Die Leiche hatte drei Meter vom Fenster zu Bergsgatan entfernt dicht neben einem eingeschalteten elektrischen Heizkörper gelegen. Das, zusammen mit der draußen herrschenden Hitzewelle, hatte die Leiche auf «mindestens den doppelten Umfang» anschwellen lassen. Sie hatte sich in einem fortgeschrittenen Dekompensationsstadium befunden, und das Vorkommen von Leichenmaden war reichlich gewesen.

Das Fenster zur Straße war von innen verriegelt, und das Schnapprollo war heruntergezogen gewesen. Das zweite Fenster der Wohnung, in der Kochnische, ging auf den Hof. Es war mit Klebeband abgedichtet und schien lange nicht geöffnet worden zu sein. Die Möblierung war sparsam und die Einrichtung dürftig. Die Wohnung war stark verwohnt. Decken, Fußböden, Wände, Tapeten und Anstrich waren lange nicht erneuert worden.

In der Kochnische und im Wohnraum befanden sich nur wenige Gebrauchsgegenstände.

Aus einem Rentenbescheid ging hervor, dass der Tote der zweiundsechzigjährige Karl Edvin Svärd, ein vor sechs Jahren vorzeitig auf Rente gesetzter Lagerarbeiter, war.

Nachdem die Wohnung von einem Kriminalassistenten namens Gustavsson untersucht worden war, hatte man die Leiche zur routinemäßigen Obduktion ins Gerichtsmedizinische Institut gebracht.

Der Fall wurde vorläufig als Selbstmord bewertet, alternativ als Todesfall aufgrund von Hunger, Krankheit oder einer anderen natürlichen Ursache.

Martin Beck suchte in seinen Jackentaschen nach den nicht mehr existierenden Zigaretten der Marke Florida.

In den Zeitungen war nichts über den Fall Svärd erschienen. Die Geschichte war viel zu banal. Stockholm hat eine der höchsten Selbstmordraten der Welt, etwas, was man sorgsam verschweigt oder, wenn das Thema doch zur Sprache kommt, mit verschiedenen verlogenen oder manipulierten Statistiken zu kaschieren sucht. Die häufigste Erklärung ist die einfachste: dass nämlich andere Länder noch viel mehr mit den Statistiken mogeln. Aber seit einigen Jahren wagen nicht einmal mehr Regierungsmitglieder, dies laut oder öffentlich zu sagen, vielleicht in dem Gefühl, dass die Leute trotz allem lieber ihren eigenen Augen trauen als irgendwelchen politischen Ausflüchten.

Sollte es sich im Fall Svärd nun nicht um einen Selbstmord handeln, wäre die Sache noch peinlicher. Der so genannte Wohlfahrtsstaat leidet nämlich keinen Mangel an kranken, verarmten und einsamen Menschen, die sich im günstigsten Fall von Hundenahrung ernähren und die man ohne Fürsorge lässt, bis sie dahinschwinden und in ihren Rattenlöchern von Wohnungen sterben.

Nein, dies war nichts für die Öffentlichkeit. Sogar kaum etwas für die Polizei.

Aber das war nicht alles. Die Geschichte des Frührentners Karl Edvin Svärd hatte eine Fortsetzung.

6

Martin Beck war schon lange genug im Beruf, um zu wissen, dass, wenn in einem Bericht irgendetwas unbegreiflich erscheint, dies in neunundneunzig von hundert Fällen daran liegt, dass jemand geschlampt, sich geirrt, sich verschrieben, die Pointe verpasst oder einfach nicht die Fähigkeit hat, sich verständlich zu machen.

Der zweite Teil der Geschichte des Toten im Haus an Bergsgatan lag im Dunkeln.

Zunächst hatte alles seinen routinemäßigen Verlauf genommen. Die Leiche war am Sonntagabend fortgeschafft und in eine Kühlkammer gelegt worden. Am Tag darauf hatte man die Wohnung desinfiziert – eine sicher sehr notwendige Maßnahme-, und die zuständigen Polizeibeamten hatten ihren Bericht abgeliefert.

Die Obduktion war am Dienstag vorgenommen worden, und der Befund war der Polizei am folgenden Tag zugegangen.

Eine alte Leiche zu sezieren ist kein Vergnügen, besonders dann nicht, wenn man von vornherein weiß, dass es sich um eine Person handelt, die sich das Leben genommen hat oder eines natürlichen Todes gestorben ist. Wenn der Betreffende dazu noch einen weniger hervorragenden Platz in der Gesellschaft eingenommen hatte, etwa nichts weiter als ein vor der Zeit auf Rente gesetzter Lagerarbeiter gewesen war, so verliert die Angelegenheit jedes Interesse.

Das Obduktionsprotokoll war von einer Ärztin unterzeichnet worden, von der Martin Beck noch nie etwas gehört hatte. Vermutlich irgendeine Urlaubsvertretung. Der Wortlaut war überdies besonders wissenschaftlich und schwer verständlich.

Dies mochte der Grund für die etwas schleppende und schläfrige Behandlung des Vorganges sein. Denn soweit ersichtlich, waren die Papiere erst eine Woche später bei Einar Rönn vom Dezernat für Gewaltverbrechen gelandet. Und erst dort hatten sie berechtigtes Aufsehen erregt.

Martin Beck zog das Telefon zu sich heran, um seit sehr langer Zeit das erste dienstliche Gespräch zu führen. Er nahm den Hörer ab und legte die rechte Hand auf die Wählscheibe; in dieser Stellung hielt er inne.

Er hatte die Nummer des Gerichtsmedizinischen Instituts vergessen und war gezwungen, sie nachzuschlagen.

Die Pathologin schien erstaunt. «Natürlich», sagte sie. «Ich erinnere mich. Der Bericht wurde hier vor zwei Wochen abgeschickt.»

«Ich weiß.»

«Ist irgendetwas unklar?»

«Es gibt da nur ein paar Dinge, die ich nicht verstehe.»

«Die Sie nicht verstehen? Wieso?»

War da nicht ein leicht verletzter Unterton in der Stimme? «Ihrem Bericht zufolge soll der Betreffende Selbstmord begangen haben.»

«Aber sicher.»

«Auf welche Weise?»

«Geht das nicht aus dem Bericht hervor? Habe ich mich wirklich so unklar ausgedrückt?»

«Nein, durchaus nicht.»

«Was ist es dann, das Sie nicht verstehen?»

«Ziemlich viel, wenn ich ehrlich sein soll. Aber das liegt natürlich an meinem eigenen Unwissen.»

«Sie meinen die Terminologie?»

«Unter anderem.»

«Man muss immer mit gewissen Schwierigkeiten dieser Art rechnen, wenn man keine medizinischen Kenntnisse hat», sagte sie tröstend. Ihre Stimme war hell und klar. Sie war sicher sehr jung.

Martin Beck schwieg eine Zeit lang. An dieser Stelle hätte er sagen sollen: Meine beste junge Dame, dieser Bericht ist nicht für Pathologen, sondern für einen ganz anderen Personenkreis bestimmt. Er ist von der Ordnungspolizei angefordert worden und hätte also so formuliert werden müssen, dass auch ein Polizeiassistent ihn begreifen kann. Aber das sagte er nicht. Warum?

Die Ärztin unterbrach seinen Gedankengang, indem sie sagte: «Hallo, sind Sie noch da?»

«Ja, ich bin noch da.»

«Gibt es etwas Besonderes, was Sie wissen wollen?»

«Ja. In erster Linie würde ich gern wissen, worauf sich Ihre Selbstmordhypothese gründet.»

Als sie antwortete, hatte ihre Stimme sich verändert und einen fragenden Unterton bekommen. «Lieber Kommissar, ich bitte Sie. Wir haben diese Leiche von der Polizei bekommen. Bevor ich obduzierte, habe ich selbst telefonisch mit dem Polizeibeamten Verbindung aufgenommen, der, wie ich vermute, mit der Untersuchung betraut ist. Er sagte, es gehe um eine routinemäßige Angelegenheit. Er wollte nur eine einzige Frage beantwortet haben.»

«Welche?»

«Ob der Betreffende Selbstmord begangen hat.»

Martin Beck rieb die Knöchel seiner Hand irritiert am Brustbein. Manchmal tat es dort noch immer weh, wo die Kugel ihn getroffen hatte. Man hatte ihm gesagt, das sei psychosomatisch bedingt, das werde vorbeigehen, wenn sein Unterbewusstsein sich von der Vergangenheit gelöst habe.

Jetzt war es offensichtlich genau umgekehrt. Was ihn irritierte, war in hohem Maße die Gegenwart. Sein Unterbewusstsein konnte kaum ein Interesse an dieser Geschichte haben.

Hier war ein grundlegender Fehler begangen worden. Die Obduktion hätte selbstverständlich völlig voraussetzungslos durchgeführt werden müssen. Dem Gerichtsarzt bestimmte Alternativen an die Hand zu geben war etwas, was hart an die Grenze der Amtspflichtverletzung ging, besonders dann, wenn der Pathologe, wie in diesem Fall, eine junge und unerfahrene Ärztin war. «Erinnern Sie sich an den Namen des Polizeibeamten?»

«Kriminalassistent Aldor Gustavsson. Ich gewann den Eindruck, dass er für die Sache zuständig ist. Er machte einen erfahrenen Eindruck und schien sich seiner Sache sicher zu sein.»

Martin Beck wusste nichts über den Kriminalassistenten Aldor Gustavsson und seine möglichen Qualifikationen. Er sagte: «Die Polizei hat Ihnen also bestimmte Direktiven gegeben?»

«So kann man's natürlich ausdrücken. Auf jeden Fall hat die Polizei unmissverständlich klargemacht, dass hier ein Suizidverdacht vorlag.»

«Aha.»

«Suizid bedeutet, wie Sie vielleicht wissen, Selbstmord.»

Martin Beck gab darauf keine Antwort. Stattdessen sagte er: «War die Obduktion schwierig?»

«Eigentlich nicht. Wenn man einmal davon absieht, dass die organischen Veränderungen recht umfassend waren. Das gibt der Arbeit ja immer einen etwas anderen Charakter.»

Martin Beck fragte sich, wie viele Obduktionen sie in eigener Verantwortung durchgeführt haben mochte, verzichtete aber darauf zu fragen. «Hat die Obduktion lange gedauert?»

«Überhaupt nicht. Weil es nur um die Frage ging: Suizid oder akuter Krankheitszustand, habe ich damit begonnen, den Thorax zu öffnen.»

«Warum?»

«Der Tote war ja schon älter. Bei plötzlichen Todesfällen liegt es da doch immer nahe, an eine Herzinsuffizienz oder einen Infarkt zu denken.»

«Warum sind Sie von einem plötzlichen Todesfall ausgegangen?»

«Weil dieser Polizeibeamte es angedeutet hat.»

«Auf welche Weise?»

«Sehr geradeheraus, möchte ich sagen.»

«Was hat er gesagt?»

«Entweder hat der Alte sich das Leben genommen, oder er hat einen Herzschlag gekriegt. Ungefähr so.»

Wieder ein himmelschreiender Fehlschluss. In den Akten sprach nichts dagegen, dass Svärd etwa mehrere Tage vor seinem Tod gelähmt oder ohnmächtig in der Wohnung gelegen hatte.

«Also schön, Sie haben den Brustkorb geöffnet.»

«Ja. Die Antwort auf die Frage ergab sich fast sofort. Es konnte keinen Zweifel geben, mit welcher Alternative wir es zu tun hatten.»

«Selbstmord?»

«Aber sicher.»

«Auf welche Weise?»

«Der Mann hatte sich ins Herz geschossen. Die Kugel steckte noch im Thorax.»

«Hat der Schuss das Herz getroffen?»

«Auf jeden Fall die Herzgegend. Der primäre Schaden ist der Aorta zugefügt worden.» Sie machte eine kurze Pause und sagte etwas säuerlich: «Drücke ich mich verständlich aus?»

«Ja.»

Martin Beck formulierte die nächste Frage sorgfältig. «Haben Sie eine umfassende Erfahrung, wenn es um Schusswunden geht?»

«Ich würde meinen, genügend Erfahrung. Der Verlauf ist in diesem Fall wirklich ziemlich unkompliziert gewesen.»

Wie viele Erschossene mochte sie in ihrem Leben obduziert haben? Drei? Zwei? Vielleicht nur einen?

Die Ärztin ahnte vielleicht seine unausgesprochenen Zweifel und sagte erklärend: «Ich habe vor zwei Jahren in Jordanien gearbeitet, während des Bürgerkriegs. Damals hatten wir reichlich Schusswunden.»

«Aber vermutlich nicht so viele Selbstmorde.»

«Nein, das ist richtig.»

«Nun ist es so, dass nur wenige Selbstmörder aufs Herz zielen», sagte Martin Beck. «Die meisten schießen sich durch den Mund und einige wenige zielen auf die Schläfe.»

«Na ja, das stimmt schon. Aber dieser Mann war alles andere

als der erste Typus. In der Psychologie habe ich gelernt, dass es bei Selbstmördern einen tiefverwurzelten Instinkt gibt, die Waffe gerade aufs Herz zu richten. Besonders bei Personen, die im Selbstmord etwas Romantisches sehen. Und diese Neigung dürfte bei vielen anzutreffen sein.»

«Wie lange kann Svärd Ihrer Meinung nach mit dieser Schusswunde gelebt haben?»

«Nicht lange. Eine Minute, vielleicht zwei oder drei. Die inneren Blutungen waren zu stark. Ich würde eine Minute sagen, aber das ist nur eine Vermutung. Der Spielraum ist sehr eng. Spielt das eine Rolle?»

«Vielleicht nicht. Mich interessiert aber etwas anderes. Sie erhielten die sterblichen Überreste am 29. Juni.»

«Ja, das kann stimmen.»

«Wie lange ist der Mann Ihrer Ansicht nach da schon tot gewesen?»

«Tja ...»

«Ihr Bericht ist in diesem Punkt vage.»

«Das ist wirklich nicht leicht zu sagen. Ein erfahrenerer Pathologe als ich hätte da vielleicht eine präzisere Antwort geben können.»

«Aber was meinen Sie?»

«Mindestens zwei Monate, aber ...»

«Aber?»

«Aber das hängt auch von den Umständen in der Wohnung ab. Wärme und Luftfeuchtigkeit spielen eine große Rolle. Der Zeitraum kann kürzer gewesen sein, zum Beispiel wenn der Körper großer Wärme ausgesetzt gewesen ist. Andererseits war die Verwesung schon sehr fortgeschritten, wie ich schon sagte ...»

«Und die Eintrittswunde?»

«Die Zersetzung des Gewebes macht auch die Beantwortung dieser Frage schwierig.»

«War es ein Schuss aus nächster Nähe?»

«Meiner Meinung nach nicht. Aber ich kann mich irren, das möchte ich betonen.»

«Welcher Meinung sind Sie denn?»

«Dass er sich auf die andere Art erschossen hat. Es gibt ja zwei klassische Methoden, nicht wahr?»

«Ja», sagte Martin Beck. «Das ist richtig.»

«Entweder man presst die Mündung der Waffe gegen den Körper und drückt ab, oder man hält den Arm mit der Pistole – oder was es sonst sein mag – ausgestreckt von sich, wobei die Waffe umgekehrt in der Hand liegt. Dann muss man doch mit dem Daumen abdrücken, nicht wahr?»

«Genau. Und das ist also, was Sie glauben?»

«Ja. Allerdings mit allen denkbaren Vorbehalten. Es ist tatsächlich schwierig, bei einer Leiche, die sich schon so verändert hat, einen Kontaktschuss festzustellen.»

«Ich verstehe.»

«Dann bin wohl jetzt ich diejenige, die nichts versteht», sagte das Mädchen leichthin. «Warum stellen Sie mir all diese Fragen? Spielt es eine so große Rolle, wie er sich nun genau erschossen hat?»

«Es hat den Anschein. Svärd wurde in seiner Wohnung tot aufgefunden. Alle Fenster und Türen waren von innen verschlossen. Er lag neben einem elektrischen Heizkörper.»

«Gerade das könnte den Zersetzungsprozess erklären», sagte die Ärztin lebhaft. «Dann kann ein Monat eine genügend lange Zeit sein.»

«Wirklich?»

«Ja. Und das könnte auch erklären, warum sich Spuren, die auf einen Kontaktschuss hindeuten könnten, nicht haben finden lassen.»

«Ich verstehe», sagte Martin Beck. «Ich danke Ihnen für Ihre Hilfe.»

«Oh, keine Ursache. Wenn ich Ihnen noch mehr erklären soll, rufen Sie mich ruhig an.»

«Adjö.» Er legte den Hörer auf. Das Mädchen war richtig gut mit dem Erklären. Bald würde es nur noch eines zu erklären geben. Dieser eine Umstand bereitete dafür umso mehr Kopfzerbrechen.

Svärd konnte nicht Selbstmord begangen haben.

Es ist nicht leicht, sich ohne das nötige Zubehör zu erschießen. In der Wohnung an Bergsgatan war keine Schusswaffe gefunden worden.

7

Martin Beck fuhr fort, das Telefon zu bearbeiten.

Er versuchte, die Streifenwagenbesatzung zu erreichen, die zuerst nach Bergsgatan beordert worden war, aber keiner der beiden Beamten schien im Dienst zu sein. Nach einigem Herumtelefonieren stellte sich heraus, dass der eine Urlaub und der zweite dienstfrei hatte, um als Zeuge vor Gericht auszusagen.

Gunvald Larsson saß in einer Konferenz, und Einar Rönn war dienstlich außer Haus.

Nach einer kleinen Ewigkeit gelang es Martin Beck endlich, mit dem Ersten Polizeiassistenten Verbindung zu bekommen, der die Angelegenheit an das Dezernat für Gewaltverbrechen weitergeleitet hatte. Dies war erst am Montag, dem 26., geschehen, und Martin Beck sah sich veranlasst, eine Frage zu stellen: «Stimmt es, dass der Bericht der Obduzentin schon am Mittwoch vorlag?»

Der Mann zögerte mit der Antwort, bevor er sagte: «Ich weiß es wirklich nicht mehr so genau. Ich selbst habe ihn jedenfalls erst am Freitag gelesen.»

Martin Beck sagte nichts. Er wartete auf eine Art Erklärung, die auch nicht ausblieb.

«Wir arbeiten hier im Distrikt nur mit halber Besetzung. Wir können gerade nur das Allernotwendigste erledigen. Die Vorgänge stapeln sich. Es wird mit jedem Tag schlimmer.»

«Vorher hat also niemand das Obduktionsprotokoll gelesen?»

«Doch, der hiesige Kommissar. Und am Freitagvormittag fragte er mich, wer die Pistole sichergestellt hat.»

«Welche Pistole?»

«Die Waffe, mit der Svärd sich erschossen hat. Ich wusste nichts von einer Pistole, aber ich nahm an, dass einer der Beamten, die in Svärds Wohnung beordert worden waren, sie gefunden hatte.»

«Ich habe ihren Bericht hier», sagte Martin Beck. «Wenn sich in der Wohnung eine Schusswaffe befunden hätte, hätte das doch erwähnt werden müssen.»

«Ich kann nicht sehen, dass diese Streifenwagenbesatzung einen Fehler gemacht hat», sagte der Mann abwehrend. Ihm lag daran, seine Leute in Schutz zu nehmen, und es war auch nicht schwer zu verstehen, warum. In den letzten Jahren hatte die Kritik an der uniformierten Polizei immer mehr zugenommen, ihr Verhältnis zur Allgemeinheit war schlechter als je, und ihre Arbeitsbelastung hatte sich fast verdoppelt. Die Konsequenz war, dass zahlreiche Polizisten einfach ihren Beruf aufgaben, und diejenigen, die aufsteckten, waren leider meist die besten. Obwohl im Land schwere Arbeitslosigkeit herrschte, konnte man keine neuen Leute auftreiben, und die Qualität der Bewerber ließ immer mehr zu wünschen übrig. Die Beamten, die es noch gab, hatten stärker als jemals das Bedürfnis nach Zusammenhalt.

«Vielleicht nicht», sagte Martin Beck.

«Diese Jungs haben genau das getan, was sie tun sollten. Als sie die Wohnungstür aufgebrochen und den Toten gefunden hatten, holten sie sofort einen Vorgesetzten.»

«Diesen Gustavsson?»

«Genau. Ein Kriminalbeamter. Es war seine Sache, Schlussfolgerungen zu ziehen und über Beobachtungen zu berichten, die über das bloße Auffinden der Leiche hinausgingen. Und ich nahm an, die beiden hätten ihn auf die Pistole aufmerksam gemacht und er hätte sie an sich genommen.»

«Und dann hätte er es also einfach unterlassen, darüber zu berichten?»

«So was gibt's», sagte der Polizeimann kurz.

«Nun, in dem Zimmer scheint sich aber gar keine Waffe befunden zu haben.»

«Nein. Aber das habe ich erst am Montag herausbekommen, also vor einer Woche, als ich mit Kristiansson und Kvastmo gesprochen habe. Da habe ich die Papiere sofort nach Kungsholmsgatan rübergeschickt.»

Kungsholmens Polizeiwache und die Räume der Kriminalpolizei befanden sich im selben Häuserblock, und Martin Beck erlaubte sich zu sagen: «Nun, sehr weit weg ist es ja nicht.»

«Wir haben keinen Fehler gemacht», sagte der Mann abweisend.

«Ich interessiere mich wirklich mehr für das, was geschehen ist, als für eventuelle Fehler, die jemand gemacht haben könnte.»

«Wenn jemand einen Fehler gemacht hat, dann auf keinen Fall die Ordnungspolizei.»

Die Replik war, gelinde gesagt, ein Seitenhieb, und Martin Beck hielt es für angebracht, das Gespräch zu beenden. «Ich danke für die Hilfe», sagte er. «Adjö.»

Der nächste Mann an der Strippe war Kriminalassistent Gustavsson, der unerhört gehetzt wirkte. «Ach so, diese Geschichte», sagte er. «Ja, ich begreife gar nichts. Aber ich nehme an, das sind so Sachen, die einem passieren können.»

«Was, bitte schön?»

«Unerklärliche Ereignisse, Rätsel, die einfach nicht zu lösen sind. Man sieht ja sofort, dass man genauso gut gleich aufgeben kann.»

«Bitte kommen Sie her», sagte Martin Beck.

«Jetzt? Nach Västberga?»

«Ganz richtig.»

«Das ist leider unmöglich.»

«Das glaube ich nicht.» Martin Beck sah auf die Uhr. «Sagen wir um halb vier», sagte er.

«Aber es geht ganz einfach nicht …»

«Halb vier», sagte Martin Beck und legte auf. Er erhob sich aus dem Stuhl und begann im Zimmer auf und ab zu gehen, die Hände auf dem Rücken verschränkt.

Dieser Auftakt war bezeichnend für eine Entwicklung, die sich in den letzten fünf Jahren ergeben hatte. Es geschah immer öfter, dass man eine Untersuchung damit beginnen musste, dass man versuchte herauszufinden, was die Polizei getan oder unterlassen hatte. Dies erwies sich nicht selten als schwieriger als der eigentliche Fall an sich.

Aldor Gustavsson erschien um fünf Minuten nach vier.

Der Name hatte Martin Beck nichts gesagt, aber er erkannte den Mann vom Aussehen wieder. Ein magerer, dunkelhaariger Bursche um die Dreißig mit forschem und schlaksigem Auftreten.

Martin Beck erinnerte sich, ihn im Wachlokal der Stockholmer Kriminalpolizei gelegentlich gesehen zu haben, auch bei ein paar anderen wenig hervorragenden Gelegenheiten. «Bitte, setzen Sie sich.»

Gustavsson setzte sich auf den besten Stuhl, legte die Beine übereinander und holte eine Zigarre hervor. Zündete sie an und sagte: «Haarige Geschichte, was? Was willst du wissen?»

Martin Beck schwieg eine Weile und rollte seinen Kugelschreiber zwischen den Fingern. Dann sagte er: «Um welche Zeit sind Sie in Bergsgatan eingetroffen?»

«Irgendwann am Abend. Gegen zehn oder so.»

«Wie sah es um diese Zeit dort aus?»

«Zum Kotzen. Alles voller Maden, große weiße Dinger. Stank zum Weglaufen. Einer der Beamten hatte sich im Flur übergeben.»

«Wo befanden sich die Polizisten?»

«Der eine hielt vor der Wohnungstür Wache. Der andere saß unten im Wagen.»

«Hatten sie die Tür die ganze Zeit über im Auge behalten?»

«Ja. Jedenfalls haben sie das behauptet.»

«Und was hast … du gemacht?»

«Ich bin natürlich rein und hab mich umgeguckt. Es sah zum Kotzen aus, wie ich schon sagte. Aber es hätte ja was für die Kriminalpolizei sein können. Man kann ja nie wissen.»

«Aber du bist zu einem anderen Schluss gekommen?»

«Na sicher doch. Die Sache war ja klar wie Kloßbrühe. Die Tür war von innen drei- oder vierfach gesichert. Die Jungs hatten sie kaum aufgekriegt. Und das Fenster war zugehakt und das Schnapprollo runtergezogen.»

«War das Fenster da immer noch geschlossen?»

«Nein. Diese beiden Knaben aus dem Streifenwagen hatten es natürlich geöffnet, gleich nachdem sie reingekommen waren. Sonst hätte man sich da nicht ohne Gasmaske aufhalten können.»

«Wie lange bist du dort gewesen?»

«Nicht lange. Gerade genug, um festzustellen, dass es kein Fall für die Kriminalpolizei war. Es musste ja entweder Selbstmord oder ein natürlicher Tod gewesen sein. Der Rest war also Sache der Ordnungspolizei.»

Martin Beck blätterte in dem Bericht. «Hier ist kein Verzeichnis über sichergestellte Gegenstände», sagte er.

«Nein? Tja, daran hätte vielleicht jemand denken sollen. Aber andererseits war das auch überflüssig. Es gab kaum Sachen in der Wohnung. Einen Tisch und einen Stuhl und ein Bett, glaube ich, und dann ein bisschen Kram in der Kochnische.»

«Aber du hast dich umgesehen?»

«Na sicher. Ich habe alles inspiziert, bevor ich Klarzeichen gab.»

«Wofür?»

«Wofür? Was meinst du?»

«Bevor du Klarzeichen wofür gegeben hast?»

«Für den Abtransport der Leiche natürlich. Der Alte musste doch obduziert werden. Auch wenn jemand sich selbst umbringt, muss er auseinander genommen werden. So sind doch die Vorschriften.»

«Kannst du deine Beobachtungen zusammenfassen?»

«Sicher. Leicht. Die Leiche lag ungefähr drei Meter vom Fenster entfernt.»

«Ungefähr?»

«Ja, ich hatte zufällig kein Maßband bei mir. Die Leiche schien ein paar Monate alt zu sein, völlig vergammelt, mit anderen Worten. Es gab zwei Stühle und ein Bett im Zimmer.»

«Zwei Stühle?»

«Ja.»

«Du hast eben gesagt, es gab nur einen.»

«Ach so. Nun, es waren auf jeden Fall zwei, glaube ich. Und dann waren da noch ein kleines Regal mit einigen alten Zeitungen und Büchern und in der Kochnische ein paar Töpfe und ein Kaffeekessel, und dann das Übliche.»

«Das Übliche?»

«Na, Dosenöffner und Messer und Gabeln und Mülleimer und solches Zeug.»

«Aha. Und auf dem Fußboden? Hat da was gelegen?»

«Nichts, außer der Leiche natürlich. Ich fragte die Streifenbeamten und sie sagten, sie hätten auch nichts gefunden.»

«War sonst noch jemand in der Wohnung?»

«Nee. Ich fragte die Jungs, und sie sagten nein. Niemand sonst außer mir und den beiden. Dann kamen die Knaben mit dem Kombiwagen und nahmen die Leiche in einem Plastiksack mit.»

«Und später hat man erfahren, woran Svärd gestorben ist.»

«Ja. Genau. Er hat sich erschossen. Unfassbar, sage ich. Und wo hat er die Kanone gelassen?»

«Du hast keine denkbare Erklärung?»

«Überhaupt keine. Das ist doch völlig idiotisch. Ein unlösbarer Fall, wie ich schon sagte. Kommt nicht oft vor, was?»

«Hatten die Polizeibeamten eine Meinung dazu?»

«Nein, die sahen ja nur, dass der Mann tot war und dass alles verschlossen war. Wäre da irgendwo ein Kracher gewesen, hätten sie ihn gefunden oder ich. Er hätte ja neben dem toten Alten liegen müssen.»

«Hast du dich erkundigt, wer der Tote war?»

«Ja, selbstverständlich. Svärd hieß er, das stand ja sogar an der Tür. Und man hat ja sofort gesehen, was für ein Mensch das war.»

«Was für einer?»

«Tja, ein Sozialfall. Wahrscheinlich ein alter Säufer. Und die nehmen sich ja so oft das Leben oder saufen sich zu Tode oder gehen an einem Herzschlag oder so was ein.»

«Du kannst sonst nichts von Interesse berichten?»

«Nein. Das Ganze ist unbegreiflich, wie gesagt. Ein Rätsel. Ich glaube nicht einmal, dass du diese Nuss knacken kannst. Außerdem gibt's ja auch Wichtigeres zu tun.»

«Vielleicht.»

«Doch, das will ich meinen. Kann ich jetzt abhauen?»

«Noch nicht», sagte Martin Beck.

«Mehr habe ich nicht zu sagen», sagte Aldor Gustavsson und zerdrückte die Zigarre im Aschenbecher.

Martin Beck erhob sich und ging ans Fenster. Stand mit dem Rücken zum Besucher. «Ich habe ein paar Dinge zu sagen», sagte er.

«Ach so? Was denn?»

«Einiges. Unter anderem ist die Wohnung letzte Woche kriminaltechnisch untersucht worden. Obwohl die meisten eventuellen Spuren zerstört waren, hat man einen großen und zwei kleinere Blutflecke auf dem Teppich gefunden. Hast du irgendwelche Blutflecke gesehen?»

«Nein. Aber ich habe auch nicht nach so was gesucht.»

«Offensichtlich nicht. Wonach hast du eigentlich geguckt?»

«Nach nichts Besonderem. Der Fall schien ja klar zu sein.»

«Wenn du nun diese Blutspuren übersehen hast, wäre es ja auch denkbar, dass dir noch andere Dinge entgangen sind.»

«Eine Schusswaffe war jedenfalls nicht da.»

«Hast du darauf geachtet, wie der Tote gekleidet war?»

«Nein, nicht direkt. Er war ja schon völlig vergammelt. Wahrscheinlich hat er irgendwelche Lumpen angehabt. Und außerdem – was hätte das auch für eine Rolle spielen sollen?»

«Klar, du hast sofort gemerkt, dass der Tote ein armer und einsamer Mensch gewesen ist. Nicht gerade prominent.»

«Genau. Wenn man so viele Säufer und Sozialfälle gesehen hat wie ich, dann …»

«Was dann?»

«Na ja, man kennt ja seine Pappenheimer.»

Martin Beck fragte sich, ob Gustavsson die leiseste Vorstellung hatte, woher die Redensart stammte. Laut sagte er: «Wenn nun der Tote besser an die Gesellschaft angepasst gewesen wäre, wärst du sicher etwas sorgfältiger vorgegangen?»

«Ja, in solchen Fällen braucht man etwas mehr Feingefühl. Wirklich, was alles von einem verlangt wird …» Er sah sich um. «Obwohl es vielleicht nicht so aussieht, sind wir doch überreich mit Arbeit eingedeckt. Man kann nicht immer gleich Sherlock Holmes spielen, wenn man einen toten Penner findet. Gibt's noch was?»

«Ja, eines noch. Ich möchte hiermit klar zum Ausdruck bringen, dass du deine Dienstpflichten bei diesem Auftrag grob vernachlässigt hast.»

«Was?» Gustavsson stand auf. Plötzlich schien ihm aufzugehen, dass Martin Beck in der Position war, ihm bei seiner weiteren Karriere ernsthaft zu schaden. «Na, hör mal», sagte er. «Nur weil ich diese Blutflecke und eine nicht vorhandene Pistole übersehen habe.»

«Die Unterlassungssünden sind nicht das Schlimmste», sagte Martin Beck. «Obwohl auch sie unverzeihlich sind. Aber du hast zum Beispiel die Gerichtsärztin angerufen und ihr Direktiven gegeben, die auf fehlerhaften und vorgefassten Meinungen beruhten. Außerdem hast du diese beiden Polizisten glauben lassen, der Fall sei so einfach, dass du nur in die Wohnung zu gehen und dich umzusehen brauchtest, um alles zu klären. Du hast gesagt, eine kriminaltechnische Untersuchung sei nicht nötig, und dann hast du die Leiche abtransportieren lassen, ohne dass auch nur Fotos gemacht worden wären.»

«Aber, Herrgott noch mal, der Alte musste sich doch das Leben genommen haben.»

Martin Beck drehte sich um und sah ihn an.

«Sind … sind dies … dienstliche Beanstandungen?»

«Ja, sehr schwere sogar. Adjö.»

«Moment, so warte doch noch, ich werde alles tun, um zu helfen …»

Martin Beck schüttelte den Kopf. Der Mann ging. Offensichtlich beunruhigt, aber noch ehe er die Tür richtig geschlossen hatte, hörte Martin Beck ihn sagen: «Altes Arschloch.»

Aldor Gustavsson hätte natürlich nicht Kriminalassistent sein dürfen, nicht einmal Polizeibeamter. Er war unbegabt, unverschämt und ein Wichtigtuer und hatte die völlig falsche Einstellung zu seinem Job.

Früher war es immer so gewesen, dass die Besten aus dem

uniformierten Polizeikorps zur Kriminalpolizei kamen. Im Großen und Ganzen war es wohl noch jetzt so.

Aber wenn ein Mensch wie Gustavsson vor ein paar Jahren Kriminalbeamter hatte werden können, wie sollte es dann in Zukunft werden?

Martin Beck fand, sein erster Arbeitstag sei beendet.

Morgen würde er losgehen und sich seinen verschlossenen Raum ansehen.

Was sollte er an diesem Abend unternehmen? Etwas essen, irgendwas, dann in irgendwelchen Büchern blättern, von denen er wusste, dass er sie lesen sollte. Einsam in einem Bett liegen und auf den Schlaf warten. Sich eingesperrt fühlen.

In seinem eigenen verschlossenen Raum.

8

Einar Rönn war ein Mensch, der sich gern an der frischen Luft aufhielt, und er hatte den Polizistenberuf gewählt, weil er eine gewisse Beweglichkeit und reichlich Gelegenheit zum Aufenthalt im Freien versprach. Mit den Jahren und den Beförderungen bestand sein Tag immer mehr aus Schreibtischarbeit, und die Aufenthalte an der frischen Luft – sofern man in Stockholm überhaupt davon sprechen konnte – waren immer seltener geworden. Es war für ihn lebenswichtig geworden, den Urlaub in der wilden Bergwelt seiner Heimat zu verbringen. Im Grunde verabscheute er Stockholm und machte sich schon jetzt, mit fünfundvierzig, Gedanken über seine Pensionierung, nach der er für immer nach Arjeplog zurückzukehren gedachte.

Sein Jahresurlaub stand kurz bevor, und er hatte schon Befürchtungen, man könnte ihn jeden Augenblick bitten, darauf zu verzichten, wenn nicht zumindest dieser Bankraub vorher aufgeklärt würde.

Um selber etwas zur erfolgreichen Beendigung der Ermittlungen beizutragen, nahm er es am Montagabend auf sich, nach Sollentuna hinauszufahren und mit einem Zeugen zu sprechen, statt zu seiner Frau nach Vällingby heimzukehren.

Nicht genug damit, dass er sich freiwillig erbot, den Zeugen aufzusuchen, der genauso gut zur Kripo hätte gebeten werden können, er zeigte auch eine solche Begeisterung über die Aufgabe, dass Gunvald Larsson, der seine egoistischen Motive nicht durchschaute, besorgt fragte, ob er und Unda Krach gehabt hätten.

«Doch, das nicht gerade», sagte Rönn mit einer der für ihn typischen Satzkonstruktionen.

Der Mann, den Rönn besuchen sollte, war der zweiunddreißigjährige Metallarbeiter, der von Gunvald Larsson bereits über seine Beobachtungen vor der Bank in Hornsgatan befragt worden war.

Er hieß Sten Sjögren und wohnte allein in einem Reihenhaus an Sångarvägen. Er stand in dem kleinen Garten vor dem Haus und goss einen Rosenstrauch. Als Rönn aus dem Wagen stieg, stellte er die Gießkanne ab und öffnete die Gartenpforte. Er wischte die Handflächen am Hosenboden ab, bevor er Rönn die Hand gab, ging dann vor diesem die Treppenstufen hinauf und hielt ihm die Außentür auf.

Es war ein kleines Haus. Im Erdgeschoss befand sich außer Küche und Flur nur ein Zimmer. Die Zimmertür war angelehnt. Der Raum war völlig leer. Der Mann sah Rönns Blick.

«Meine Frau und ich haben uns gerade getrennt», sagte er. «Sie hat einige Möbel mitgenommen. Im Augenblick ist es hier also ein bisschen ungemütlich. Aber wir können auch nach oben gehen.»

Im ersten Stock befand sich ein größeres Zimmer mit offenem Kamin, und davor, um einen niedrigen, weißbemalten Tisch gruppiert, standen einige nicht zusammenpassende Sessel. Rönn setzte sich; der Mann blieb stehen. «Möchten Sie etwas trinken?», fragte er. «Ich kann Kaffee kochen, im Kühlschrank wäre auch noch Bier.»

«Bitte, ich nehme das gleiche wie Sie», sagte Rönn.

«Dann trinken wir ein Bier», sagte der Mann. Er lief die Treppe hinunter, und Rönn hörte ihn in der Küche hantieren.

Rönn sah sich im Zimmer um. Viele Möbel waren nicht da, aber eine Stereoanlage und ziemlich viele Bücher. In einem Korb neben dem Kamin lag ein Packen Zeitungen; *Dagens Nyheter, Vi, Ny Dag* und *Metallarbetaren.*

Sten Sjögren kam mit Gläsern und zwei Dosen Bier zurück, die er auf den Tisch stellte. Sjögren war mager und sehnig und hatte rotblondes, zerzaustes Haar von – wie Rönn es nennen würde – normaler Länge. Sein Gesicht war mit Sommersprossen übersät, und er hatte ein helles, offenes Lächeln. Nachdem er die Dosen geöffnet und Bier in die Gläser gegossen hatte, setzte er sich Rönn gegenüber hin, hob das Glas und trank. Rönn nippte an seinem Bier und sagte: «Ich würde gern etwas über Ihre Beobachtungen am Freitag in Hornsgatan hören. Man soll sich bei so was ranhalten, solange die Erinnerung nicht zu sehr verblasst ist.» Das klang ja richtig gut, dachte Rönn zufrieden.

Der Mann nickte und stellte sein Glas ab. «Ja, hätte ich geahnt, dass es sich um Raubüberfall und Mord zugleich gehandelt hat, würde ich die Puppe und die Knaben und den Wagen ein bisschen mehr beschnuppert haben.»

«Sie sind jedenfalls der beste Zeuge, den wir bis jetzt gefunden haben», sagte Rönn aufmunternd. «Sie gingen also Hornsgatan entlang. In welche Richtung gingen Sie?»

«Ich kam von Slussen und war auf dem Weg zu Ringvägen. Diese Tante kam hinter mir her und stieß mich ziemlich heftig an, als sie mich überholte.»

«Können Sie sie beschreiben?»

«Nicht besonders gut, fürchte ich. Ich hab sie eigentlich nur von hinten und nur einen kurzen Augenblick von der Seite gesehen, als sie in den Wagen gestiegen ist. Sie war kleiner als ich, zehn Zentimeter vielleicht. Ich bin einsachtundsiebzig. Das Alter – tja, das ist schwer zu sagen … sicher nicht jünger als fünfundzwanzig und nicht älter als fünfunddreißig, also um die Dreißig. Sie hatte Jeans an, die gewöhnlichen blauen, und ein hellblaues Hemd oder eine Bluse, das über die Hose hing. Was sie an den Füßen hatte, ist mir nicht aufgefallen, aber sie hat einen Hut aufgehabt, so einen aus Jeansstoff mit ziemlich breiter Krempe. Ja, und helles Haar, das gerade herabhing. Nicht so furchtbar lang, wie es viele heutzutage haben. Halblang, würde ich sagen. Dann hatte sie eine Umhängetasche, grün, so ein amerikanisches Militärmodell.» Er holte eine Packung Zigaretten aus der Brusttasche seines Khakihemds und hielt sie Rönn hin, der den Kopf schüttelte und sagte: «Haben Sie gesehen, ob sie etwas bei sich trug?»

Der Mann stand auf, holte eine Streichholzschachtel vom Regal überm Kamin und steckte sich eine Zigarette an. «Das weiß ich nicht mehr. Möglich wär's, aber ich erinnere mich nicht.»

«Der Körperbau? War sie schmal oder dick oder …»

«So durchwachsen, würde ich sagen. Auf jeden Fall weder besonders schlank noch besonders dick. Normal, kann man sagen.»

«Haben Sie ihr Gesicht gesehen?»

«Nur einmal und auch nur ganz kurz, als sie in den Wagen stieg. Aber einmal hatte sie diesen Hut auf und außerdem eine große Sonnenbrille.»

«Würden Sie sie wieder erkennen, wenn Sie ihr wieder begegneten?»

«Am Gesicht auf keinen Fall. Und wahrscheinlich auch

nicht, wenn sie andere Sachen anhätte. Ein Kleid, zum Beispiel.»

Rönn nippte nachdenklich an seinem Bier. Dann sagte er: «Sind Sie vollkommen sicher, dass es eine Frau war?»

Der andere sah ihn erstaunt an. Dann runzelte er die Stirn und sagte zögernd: «Ja, zumindest bin ich davon ausgegangen, dass es eine Puppe war. Aber jetzt, wo Sie mich so fragen, bin ich mir nicht mehr völlig sicher. Es war mehr so ein allgemeiner Eindruck, den ich hatte. Man fühlt ja meist, wen man vor sich hat, eine Puppe oder einen Knaben, obwohl da manchmal kaum ein Unterschied zu sehen ist. Ich kann's wirklich nicht beschwören, dass es 'ne Tante war, ihr auf die Titten zu sehen, dazu war keine Zeit.» Er verstummte und blinzelte Rönn durch den Zigarettenrauch an. «Tatsächlich, Sie könnten Recht haben», fuhr er fort. «Es muss nicht unbedingt ein Mädchen gewesen sein, es kann sehr wohl ein Mann gewesen sein. Das wäre außerdem auch viel wahrscheinlicher, von Weibern, die Banken ausrauben und Leute erschießen, hört man ja selten was.»

«Sie meinen also, dass es genauso gut ein Mann gewesen sein kann?», fragte Rönn.

«Ja, jetzt, wo Sie's sagen. Na klar, es muss ein Kerl gewesen sein.»

«Nun, und die beiden anderen? Können Sie die beschreiben? Und den Wagen?»

Sjögren zog ein letztes Mal an seiner Zigarette und warf den Stummel in den offenen Kamin, wo schon eine große Zahl Kippen und abgebrannte Streichhölzer lagen.

«Der Wagen war ein Renault R16, das weiß ich genau», sagte er. «Er war hellgrau oder beige, ich weiß nicht, wie die Farbe heißt, aber sie ist fast weiß. An das genaue Kennzeichen kann ich mich nicht erinnern, aber es war ein Wagen aus Stockholm, er hatte ein A vorweg, und ich sehe noch zwei Dreien vor mir. Es können natürlich auch drei gewesen sein, aber mindestens zwei, und ich glaube, dass sie hintereinander standen, irgendwo mitten in der Zahlenreihe.»

«Sind Sie sicher, dass es ein Wagen mit dem Kennzeichen A war?», fragte Rönn. «Kein AA oder AB, zum Beispiel?»

«Nein, nur A, daran erinnere ich mich deutlich. Ich habe ein unglaublich gutes Bildgedächtnis.»

«Das ist ausgezeichnet», sagte Rönn. «Wenn alle Augenzeugen das hätten, wäre schon viel gewonnen.»

«O ja», sagte Sjögren. «*I am a camera.* Haben Sie das gelesen? Ist von Isherwood.»

«Nein», sagte Rönn. Er hatte den Film gesehen, aber das sagte er nicht. Er hatte ihn sich angesehen wegen Julie Harris und wusste weder, wer Isherwood war, noch dass der Film überhaupt nach einem Roman gedreht worden war.

«Aber Sie haben natürlich den Film gesehen», sagte Sjögren. «So ist es mit allen guten Büchern, die verfilmt werden: Die Leute sehen sich den Film an und machen sich nicht die Mühe, das Buch zu lesen. Nun war dieser Film ziemlich gut, obwohl er einen blöden Titel hatte. *Wilde Nächte in Berlin,* wa?»

«Ach so», sagte Rönn, der überzeugt war, dass der Film *Ich bin eine Kamera* geheißen hatte, als er ihn gesehen hatte. «Doch, das klingt ziemlich dämlich.»

Es war unterdessen dämmrig geworden und Sten Sjögren stand auf und machte die Stehlampe an, die hinter Rönns Sessel stand. Nachdem Sjögren sich wieder hingesetzt hatte, fuhr Rönn fort: «Also dann mal wieder zur Sache. Sie wollten die Männer im Wagen beschreiben.»

«Ja, als ich sie zuerst sah, saß nur einer von ihnen im Wagen.»

«Aha?»

«Der andere stand auf dem Bürgersteig und hielt die Tür zum Rücksitz angelehnt. Er war groß, ein bisschen größer als ich, und kräftig. Nicht dick, aber grob gebaut. Er sah stark aus.

Er kann in meinem Alter sein, so zwischen dreißig und fünfunddreißig, und er hatte dichtes krauses Haar, beinahe so wie Harpo Marx, nur dunkler. Mausfarben. Er hatte schwarze Hosen an, ganz enge, mit ausgestellten Beinen, und ein schwarzes, blankes Hemd. Das Hemd war ziemlich weit aufgeknöpft, und ich glaube, dass er irgend so 'n Silberdings an 'ner Kette um den Hals hatte. Er war ziemlich sonnenverbrannt oder, besser gesagt, ziemlich rot in der Visage. Als die Puppe, wenn's 'ne Puppe war, angelaufen kam, öffnete er die hintere Tür, dass sie reinspringen konnte, und dann warf er die Tür zu und setzte sich vorne hin, und dann brummte der Wagen mit ziemlicher Geschwindigkeit ab.»

«In welche Richtung?», fragte Rönn.

«Er hat auf der Straße gewendet und ist ab in Richtung Mariatorget.»

«Aha», sagte Rönn. «Ach so. Und der andere? Der zweite Mann?»

«Der saß hinterm Lenkrad, den habe ich nicht so gut gesehen. Aber der sah jünger aus. So Anfang zwanzig vielleicht. Und er war mager und blass, soviel habe ich immerhin gesehen. Er hatte ein weißes T-Shirt an, und seine Arme waren schrecklich dünn. Das Haar war schwarz, ziemlich lang und speckig. Er hatte eine Sonnenbrille auf, und jetzt fällt mir noch ein, dass er am linken Handgelenk ein breites schwarzes Uhrenarmband trug.» Sjögren lehnte sich mit dem Bierglas in der Hand im Sessel zurück. «So, jetzt habe ich alles erzählt, woran ich mich erinnern kann. Oder habe ich was vergessen? Was meinen Sie?»

«Ich weiß nicht», sagte Rönn. «Sollte Ihnen noch etwas einfallen, so hoffe ich, dass Sie von sich hören lassen. Werden Sie in der nächsten Zeit zu Hause sein?»

«Ja, leider», sagte Sjögren. «Ich habe zwar Urlaub, aber kein Geld, um irgendwohin zu verreisen. Ich werde also hier am Haus herumpusseln.»

Rönn leerte sein Glas und stand auf. «Gut», sagte er. «Es ist sehr gut möglich, dass wir Ihre Hilfe bald wieder brauchen werden.»

Sjögren erhob sich ebenfalls und folgte Rönn die Treppe hinunter. «Soll ich das alles etwa noch mal runterleiern?», sagte er. «Wäre es nicht besser, das alles ein für alle Mal auf Band aufzunehmen?»

Er öffnete die Haustür, und Rönn trat auf die Treppe hinaus.

«Ich habe eher daran gedacht, dass wir Sie vielleicht einmal brauchen werden, um diese Typen zu identifizieren, wenn wir sie erst mal geschnappt haben. Es ist auch denkbar, dass wir Sie bitten müssen, mal zur Kripo zu kommen, um ein paar Bilder anzusehen.»

Sie gaben sich die Hand, und Rönn sagte: «Na, wir werden sehen. Vielleicht brauchen wir Sie nicht mehr zu belästigen. Vielen Dank fürs Bier.»

«Oh, keine Ursache. Ich bin jederzeit dabei, wenn ich irgendwie helfen kann.»

Als Rönn ging, winkte Sten Sjögren freundlich von seiner Treppe herunter.

9

Von Polizeihunden abgesehen, sind berufsmäßige Verbrechensbekämpfer selten mehr als nur Menschen. Sogar bei wichtigen und schwerwiegenden Ermittlungen kommt es vor, dass sie Proben typisch menschlicher Reaktionen zeigen. Wenn man etwa gerade dabei ist, ein einzigartiges und entscheidendes Beweismittel zu studieren, ist die Spannung oft groß.

Das Sonderdezernat zur Bekämpfung von Banküberfällen machte da keine Ausnahme. Sowohl die Angehörigen des Dezernats wie ihre hohen Gäste, die sich selbst eingeladen hatten, hielten den Atem an. Im Raum herrschte Halbdunkel, und aller Augen blickten gebannt auf die rechteckige Vorführleinwand, auf der bald lebende Bilder vom Überfall in Hornsgatan zu sehen sein würden. Man würde mit eigenen Augen einen bewaffneten Banküberfall sehen können, einen Mord und dazu die Person, die ihn begangen hatte und die zudem von einer immer gleich bleibenden wachen und erfinderischen Abendpresse schon als «Mordende Sexbombe» oder «Blonde Schönheit mit Sonnenbrille und Pistole» bezeichnet worden war. Die Epitheta zeigten, dass die Journalisten sich in Ermangelung eigener Phantasie bei anderen Anregungen holten, was wiederum eine beschönigende Umschreibung dessen war, worum es eigentlich ging, nämlich um reines und schlichtes Plagiieren.

Die letzte Sexkönigin, die man wegen eines Banküberfalls eingebuchtet hatte, war ein plattfüßiges und pickliges Wesen von fünfundvierzig Jahren gewesen, das zuverlässigen Angaben zufolge bei ihrer Verhaftung siebenundachtzig Kilo wog und ein dreifaches Kinn aufwies. Die Presse rückte auch nicht einmal dann von ihren lyrischen Beschreibungen ab, als die Frau vor Gericht ihre Zahnprothese verlor. So würde eine große Zahl unkritischer Leser für alle Zukunft überzeugt sein, sie sei lieblich und anmutig gewesen, mit blitzenden Sternenaugen und genau die richtige, die sich als Stewardess bei der Pan Am oder um den Titel der Miss Universum hätte bewerben sollen.

So ist es immer, wenn Frauen Verbrechen begehen, die in der Öffentlichkeit Aufsehen erregen. In der Abendpresse sehen sie alle aus, als kämen sie aus der ersten Schauspielschule des Landes.

Dass der Film vom Überfall erst jetzt gezeigt werden konnte, lag daran, dass das Fotolabor wie üblich große Mühe hatte aufwenden müssen, um den belichteten Film nicht zu beschädigen. Mit der Kassette hatte irgendwas nicht gestimmt. Es war den Technikern jedoch gelungen, den Film herauszuspulen, und zwar ohne den kleinsten Riss.

Die Beleuchtung schien wenigstens dieses eine Mal richtig gewesen zu sein. Man hatte verlauten lassen, das Ergebnis sei technisch perfekt.

«Na, dann sehen wir uns mal Schweinchen Dick an», sagte Gunvald Larsson.

«Ich mag den rosa Panther lieber», sagte Kollberg.

«Einige machen sich natürlich Hoffnungen auf den Nürnberger Parteitag», bemerkte Gunvald Larsson.

Sie saßen ganz vorn und unterhielten sich ungeniert miteinander; hinter ihnen herrschte tiefes Schweigen. Die anwesenden Potentaten, in erster Linie der Chef der Reichspolizei und Superintendent Malm von der Reichspolizeiführung, schwiegen, und Kollberg überlegte, was sie wohl denken mochten.

Vermutlich erwogen sie die Möglichkeiten, aufsässigen Untergebenen das Leben sauer zu machen. Vielleicht gingen ihre Gedanken zurück in jene Zeit, als wirklich noch Recht und Ordnung geherrscht, als eine schwedische Polizeidelegation ohne mit der Wimper zu zucken Heydrich zum Internationalen Polizeipräsidenten gewählt hatte. Wie viel besser war die Situation noch vor einem Jahr gewesen, als noch niemand zu bezweifeln wagte, dass es angebracht sei, die Polizeiausbildung wiederum völlig in die Hände reaktionärer Militärs zu legen.

Der Einzige, der kicherte, war Bulldozer Olsson.

Kollberg und Gunvald Larsson hatten früher sehr wenig füreinander übrig gehabt. Aber bestimmte gemeinsame Erlebnisse in den letzten Jahren hatten ihr Verhältnis etwas gebessert. Nicht etwa dahingehend, dass sie jetzt Freunde geworden oder je auf den Gedanken gekommen wären, sich außerhalb des Dienstes zu treffen, aber es kam immer öfter vor, dass sie auf gleicher Wellenlänge waren. Und hier, innerhalb des Sonderdezernats, fühlten sie eine uneingeschränkte Zusammengehörigkeit.

Die Schwierigkeit mit der Technik war beendet.

Der Raum vibrierte vor unterdrückter Spannung.

«Also, jetzt werden wir ja sehen», sagte Bulldozer Olsson begeistert. «Wenn die Bilder wirklich so gut sind, wie die Jungs behaupten, dann zeigen wir sie heute Abend in den Nachrichten, und dann haben wir den ganzen Verein so gut wie in der Tasche.»

«*Daddy Long Legs* ist auch ganz ordentlich», sagte Gunvald Larsson.

«Oder Splitternacktes *Made in Sweden*», sagte Kollberg. «Stell dir vor, ich hab noch nie einen Pornofilm gesehen – Louise, siebzehn Jahre, zieht sich aus, oder so was.»

«Ruhe da vorn», schnarrte der Reichspolizeichef.

Der Film begann. Die Bildschärfe war ausgezeichnet. Keiner der Anwesenden hatte je ein ähnlich makelloses Ergebnis gesehen. In den meisten Fällen sahen die Banditen aus wie diffuse Flecke, Pfannkuchen oder verlorene Eier, aber diesmal war das Bild perfekt.

Die Kamera war sehr geschickt angebracht gewesen, sodass man die Kasse von hinten sah, und dank eines neuen, besonders lichtempfindlichen Films war die Person, die auf der anderen Seite des Tresens stand, sehr deutlich zu sehen.

Zunächst war natürlich niemand dort. Aber schon nach einer halben Minute trat ein Mensch ins Blickfeld, blieb stehen und sah sich um, zuerst nach rechts und dann nach links. Danach starrte der Betreffende direkt ins Objektiv, als wollte er sein Aussehen auch *en face* sorgfältig verewigt wissen.

Auch die Kleidung war klar zu erkennen, Sämischlederjacke und ein hübsch geschnittenes Hemd mit langen, weichen Kragenenden.

Das Gesicht war kraftvoll und grimmig mit zurückgestrichenem blondem Haar und buschigen hellen Augenbrauen. Der Blick wirkte unzufrieden. Die Figur hob eine große behaarte

Hand und riss aus einem Nasenloch ein Härchen heraus. Betrachtete es lange.

Alle sahen sofort, wer es war.

Gunvald Larsson.

Das Licht ging an.

Das Sonderdezernat war sprachlos.

Dann sprach der Reichspolizeichef: «Davon darf nichts an die Öffentlichkeit dringen.»

Natürlich nicht. Nichts durfte je an die Öffentlichkeit dringen. Und dann Intendent Malm mit schriller Stimme: «Absolut nichts darf durchsickern. Dafür sind Sie mir alle verantwortlich.»

Kollberg platzte laut heraus vor Lachen.

«Wie konnte das nur passieren?», fragte Bulldozer Olsson. Selbst er schien ein wenig bestürzt zu sein.

«Tja», sagte der Filmexperte. «Technisch lässt es sich erklären. Der Auslöser kann sich verhakt haben und dann hat die Kamera später angefangen zu laufen als geplant. Das sind empfindliche Dinger.»

«Wenn ich auch nur ein Wort darüber in der Presse sehe», donnerte der Reichspolizeichef, «dann ...»

«Dann wird das Ministerium wohl wieder einen roten Rausschmissläufer bestellen müssen», sagte Gunvald Larsson. «Vielleicht gibt es eine Sorte mit Himbeergeschmack, falls man auf die Schnauze fällt.»

«Was für eine fabelhafte Verkleidung sie hatte», prustete Kollberg. Der Reichspolizeichef stürzte zur Tür. Malm schwänzelte hinterher. Kollberg rang nach Luft.

«Was soll man dazu sagen?», stöhnte Bulldozer Olsson.

«Wenn ihr mich fragt, ich fand den Film richtig gut», sagte Gunvald Larsson bescheiden.

10

Kollberg hatte sich wieder in der Gewalt und sah nachdenklich auf die Person, die gegenwärtig als sein Chef angesehen werden musste.

Bulldozer Olsson war der Motor des Sonderdezernats. Er liebte Banküberfälle förmlich, und die lawinenartige Zunahme solcher Verbrechen während des letzten Jahres hatte ihn geradezu aufblühen lassen. Er war derjenige, der die Ideen und die Energie hatte; er konnte ohne weiteres achtzehn Stunden am Tag arbeiten, und das Woche für Woche, ohne sich je zu beklagen oder deprimiert oder auch nur spürbar müde zu werden. Manchmal fragten sich seine erschöpften Mitarbeiter, ob er vielleicht selber der Leiter der vielgenannten Schwedische Verbrechen AG war.

Bulldozer Olsson war ein Mann, der die Polizeiarbeit für das Spaßigste und Spannendste hielt, was man sich überhaupt vorstellen konnte.

Dies lag sicher daran, dass er kein Polizist war.

Er war Staatsanwalt und leitete die Voruntersuchungen in dem unüberschaubaren Gestrüpp bewaffneter Banküberfälle. Einige davon waren zur Hälfte aufgeklärt, und einige mehr oder minder schuldige Personen saßen in U-Haft oder waren angeklagt, aber jetzt war es dahin gekommen, dass allwöchentlich neue Überfälle passierten, die, wie jeder wusste, ganz oder teilweise zusammenhingen, aber niemand konnte genau sagen, wie.

Dabei wurden aber keineswegs nur Banken ausgeraubt.

Unendlich viel mehr Privatpersonen wurden überfallen, in jeder Stunde wurden Menschen niedergeschlagen und beraubt, auf Straßen und Plätzen, in Geschäften oder in der U-Bahn, in Wohnungen, überall, aber die Banküberfälle wurden viel ernster genommen. Wer sich an den Banken verging, versündigte sich an den Grundlagen der Gesellschaft.

Das herrschende Gesellschaftssystem war offensichtlich wenig brauchbar. Nur mit größtem Wohlwollen konnte es als gerade eben funktionstüchtig bezeichnet werden. Um die Polizei war es schlechter bestellt. Während der letzten zwei Jahre hatten allein in Stockholm 220 000 Ermittlungen aufgrund polizeilicher Ohnmacht eingestellt werden müssen, und von den schweren Delikten, die der Ordnungsmacht bekannt geworden waren und die an und für sich nur einen Bruchteil der Gesamtzahl ausmachten, wurde nur jedes vierte aufgeklärt.

In dieser Lage vermochten die letztlich Verantwortlichen wenig mehr, als den Kopf zu schütteln und ratlose Mienen aufzusetzen. Seit langem hatten es sich alle zur Gewohnheit gemacht, allen anderen die Schuld zu geben; jetzt war niemand mehr da, dem man die Schuld in die Schuhe schieben konnte, und der einzige konstruktive Vorschlag, der in letzter Zeit vorgebracht worden war, bestand darin, dass man den Menschen das Biertrinken verbieten solle. Angesichts der Tatsache, dass Schweden ein Land mit vergleichsweise sehr geringem Bierkonsum ist, lässt sich leicht ausrechnen, wie wirklichkeitsfremd viele Vertreter der obersten Behörden des Landes dachten – wenn sie überhaupt dachten.

Eines war jedoch klar. Die Polizei hatte in sehr weitem Umfang sich selbst die Schuld zuzuschreiben. Nach der Zentralisierung im Jahre 1965 war das Polizeiwesen unter einen Hut gebracht worden, und es war von Anfang an klar gewesen, dass dieser Hut dem falschen Mann gehörte.

Viele Kritiker und Gesellschaftsanalytiker hatten sich schon lange gefragt, welche Philosophie das Handeln der zentralen Polizeiführung steuerte. Diese Frage war selbstverständlich nie beantwortet worden; gemäß der Doktrin, dass nie etwas an die Öffentlichkeit dringen darf, antwortete der Reichspolizeichef grundsätzlich nie auf Fragen. Stattdessen hielt er mit großem

Entzücken Reden, und diesen Reden fehlte in der Regel selbst rhetorischer Pfiff.

Vor einigen Jahren hatte irgendjemand bei der Polizei die Möglichkeit entdeckt, mit einfachen, aber nicht sofort durchschaubaren Methoden die Kriminalstatistik zu manipulieren, sodass sie ein schiefes Bild ergab, ohne dabei völlig falsch zu sein. Es begann damit, dass man sich ein militanteres und einheitliches Polizeikorps wünschte sowie noch umfangreichere technische Hilfsmittel im Allgemeinen und eine bessere Bewaffnung im Besonderen. Um dies zu erreichen, musste man die Risiken des Berufs übertreiben. Da allgemeines Geschwätz als politisches Druckmittel nicht ausreichte, fand man einen anderen Ausweg: Man manipulierte die Statistik.

Hierbei boten die politischen Demonstrationen in der zweiten Hälfte der sechziger Jahre großartige Möglichkeiten. Die Demonstranten plädierten für Frieden und wurden mit Gewalt niedergeknüppelt; sie waren fast nie mit etwas anderem bewaffnet als mit Plakaten und ihrer Überzeugung, man begegnete ihnen aber mit Tränengas, Wasserwerfern und Gummiknüppeln. Fast jede Manifestation der Gewaltlosigkeit entwickelte sich zu Chaos und Tumult. Menschen, die sich friedlich verhalten wollten, wurden misshandelt und festgenommen. Dann wurden sie wegen «Gewalttätigkeit» oder wegen «Widerstands gegen die Staatsgewalt» angezeigt, und unabhängig davon, ob sie vor Gericht gestellt wurden oder nicht, wurden die Angaben in die Statistik eingefüttert. Die Methode funktionierte ausgezeichnet. Jedes Mal, wenn man ein paar Hundertschaften Polizei losschickte, um auf einen Demonstrationszug einzuprügeln, schoss die Zahl angeblicher Fälle von Polizistenmisshandlung in die Höhe.

Die uniformierte Polizei wurde ermuntert, mit eiserner Faust durchzugreifen, wie es heißt, und zahlreiche Beamte taten dies auch mit Begeisterung und bei allen möglichen Anlässen. Wenn man einem Säufer eins mit dem Gummiknüppel über den Schädel gibt, ist die Gefahr relativ groß, dass er zurückschlägt. Das war eine einfache Lektion, jeder konnte sie lernen.

Die Taktik setzte sich durch. Die Polizei wurde bis an die Grenze des Denkbaren bewaffnet. Situationen, die früher von einem einzigen Mann hatten bewältigt werden können, der mit nichts als einem Bleistift und einer Spur gesunden Menschenverstands ausgerüstet gewesen war, erforderten plötzlich einen Einsatzwagen voller Polizisten mit Maschinenpistolen und kugelsicheren Westen.

Auf etwas längere Sicht zeitigte diese Taktik ein Ergebnis, mit dem man nicht gerechnet hatte. Gewalt gebiert nicht nur Abneigung und Hass, sondern auch Unsicherheit und Furcht.

Jetzt hatte man es so weit gebracht, dass die Menschen tatsächlich Angst voreinander hatten. Stockholm wurde zu einer Stadt, in der Zehntausende furchtsamer Individuen lebten, und ängstliche Menschen sind gefährlich.

Viele der sechshundert Polizeibeamten, die den Dienst quittiert hatten, hatten es aus Angst getan. Obwohl sie, wie gesagt, bis an die Zähne bewaffnet gewesen waren und in ihren Streifenwagen gehockt hatten.

Etliche waren natürlich auch aus anderen Gründen aus Stockholm geflüchtet, beispielsweise aus allgemeinem Unbehagen oder aus Ekel über das Gewerbe, das sie hatten ausüben müssen.

Der eingeschlagene Kurs hatte sich also als falsch erwiesen. Seine tiefste Motivation war in Dunkel gehüllt. Viele glaubten jedoch, im Dunkel braune Farbtöne zu ahnen.

Es gab genügend Beispiele für ähnliche Manipulationen, und einige von ihnen zeugten von einem sehr weit getriebenen Zynismus. Vor einem Jahr hatte man gegen die Scheckbetrügereien zugeschlagen. Die Leute überzogen ihre Konten, und einige Formulare landeten in den falschen Taschen. Die Zahlen nicht aufgeklärter Kleinbetrügereien würden, so meinte man,

Misstrauen ins Wirtschaftsleben tragen; radikale Maßnahmen seien erforderlich. Die Reichspolizeiführung empfahl, Schecks nicht länger als Zahlungsmittel zuzulassen. Jeder wusste, was dies bedeutete: Im gleichen Augenblick, da die Leute gezwungen wären, Bargeld mit sich herumzutragen, hätten Räuber auf Straßen und Plätzen grünes Licht. Genauso kam es auch. Aber die so genannten Scheckbetrügereien waren natürlich eliminiert und die Führung der Polizei konnte sich mit diesem dubiosen Erfolg brüsten. Dass draußen in den Städten tagtäglich Menschen zusammengeschlagen wurden, nahm sich dagegen weniger bedeutungsvoll aus.

Diese Tatsache passte ins Muster der Gewalttätigkeit und sollte mit zahlreicheren und noch besser bewaffneten Polizisten bekämpft werden.

Blieb nur die Frage, woher man sie nehmen wollte.

Die offizielle Kriminalstatistik des ersten Halbjahrs war ein großartiger Triumph. Sie wies eine Verringerung um zwei Prozent aus, obwohl jeder wusste, dass die Zahl der Verbrechen stark zugenommen hatte. Die Erklärung war einfach. Polizeibeamte, die es nicht gibt, können keine Verbrechen entdecken. Überdies war bislang jeder überzogene Scheck als einzelnes Delikt gezählt worden.

Als der Politischen Polizei verboten wurde, private Telefone abzuhören, eilten die Theoretiker der Polizeiführung auch zu Hilfe. Durch Angstpropaganda und heftige Übertreibungen gelang es, den Reichstag zur Verabschiedung eines Gesetzes zu bewegen, das bei der Bekämpfung des Rauschgifthandels das heimliche Abhören von Telefongesprächen erlaubt. Jetzt konnten die Kommunistenbekämpfer also ruhig weiterlauschen, während der Handel mit dem Rauschgift üppiger als zuvor florierte.

Es macht keinen Spaß, Polizist zu sein, dachte Lennart Kollberg.

Was tut man, wenn die Organisation, in der man arbeitet, zu verfaulen droht? Wenn man die Ratten des Faschismus hinter den Paneelen rascheln hört? Er hatte dieser Organisation ein Erwachsenenleben lang gedient.

Was tut man?

Sagt man, was man denkt, wird man gefeuert.

Nicht gut.

Es musste mehr Möglichkeiten geben, etwas Sinnvolles zu unternehmen.

Und außerdem: Es gab natürlich noch mehr Beamte, die so dachten wie er, aber welche und wie viele?

Bulldozer Olsson wurde von solchen Problemen nicht heimgesucht. Er fand das Leben superdufte und das meiste klar wie Kloßbrühe. «Aber eines begreife ich nicht», sagte er.

«Wirklich nicht?», sagte Gunvald Larsson. «Was denn?»

«Wohin ist dieser Wagen verschwunden? Die Straßenabsperrungen haben doch vorschriftsmäßig funktioniert, nicht wahr?»

«Es scheint so.»

«Die Brücken dürften also nach spätestens fünf Minuten bewacht gewesen sein.»

Södermalm ist eine Insel mit sechs Zufahrten. Das Sonderdezernat hatte schon seit langem detaillierte Pläne zur raschen Absperrung der Stadtteile der Stockholmer City ausgearbeitet.

«Ja», sagte Gunvald Larsson. «Ich hab's bei der Ordnungspolizei gecheckt. Wenigstens diesmal scheint alles geklappt zu haben.»

«Was war's denn für 'ne Karre?», fragte Kollberg. Er hatte noch keine Zeit gehabt, sich mit den Details zu beschäftigen.

«Ein Renault R16, hellgrau oder beige, Stockholmer Kennzeichen, mit einem A und zwei Dreien.»

«Die Kiste hatte natürlich eine falsche Nummer», sagte Gunvald Larsson.

«Ja, sicher, aber bis jetzt habe ich noch von keinem Menschen gehört, der zwischen Mariatorget und Slussen einen Wagen umspritzen kann. Und selbst wenn sie unterwegs umgestiegen sind …»

«Ja?»

«Wo ist dann der Renault geblieben?»

Bulldozer Olsson marschierte auf und ab, während er die Handflächen gegen die Stirn schlug. Er war ein Mann um die Vierzig, rundlich und rötlich und unter mittelgroß. Seine Bewegungen waren ebenso lebhaft wie sein Intellekt. Jetzt sagte er mehr zu sich selbst: «Sie stellen den Wagen nahe bei einem U-Bahnhof in einer Garage ab oder in der Nähe einer Bushaltestelle. Dann haut einer von ihnen mit den Kohlen ab. Der zweite wechselt die Nummernschilder aus. Dann macht er auch ’ne Fliege. Am Samstag kommt der Autoknabe und besorgt das Umspritzen. Und gestern früh war die Karre fertig zum Abholen. Aber …»

«Aber was?», sagte Kollberg.

«Aber meine Leute haben bis ein Uhr heute Nacht sämtliche Renaults kontrolliert, die Södermalm verlassen haben.»

«Also ist er entwischt oder noch da», sagte Kollberg.

Gunvald Larsson sagte gar nichts. Er betrachtete mit Abscheu die Kleidung Bulldozer Olssons: Zerknitterter hellblauer Anzug, schweinchenrosa Hemd mit breiter, geblümter Krawatte, schwarze Strümpfe und spitze braune Schuhe mit Steppmuster, bemerkenswert ungeputzt.

«Und was meinst du mit ‹Autoknabe›?»

«Die befassen sich nie selbst mit den Wagen. Die heuern jemanden an, der die Wagen an einem vorher verabredeten Ort abliefert und sie später abholt. Dieser Typ kommt oft aus einer anderen Stadt, etwa Malmö oder Göteborg. Mit den Transportfragen nehmen die es immer sehr genau.»

Kollberg machte ein noch verständnisloseres Gesicht. «Die? Welche die?»

«Malmström und Mohrén, natürlich.»

«Und wer sind Malmström und Mohrén?»

Bulldozer Olsson sah ihn verblüfft an, dann ging ihm ein Licht auf. «Natürlich. Du bist ja neu in der Bande. Malmström und Mohrén sind zwei unserer geschicktesten Bankräuber. Sie sind jetzt seit vier Monaten draußen. Dies ist ihr vierter Coup in dieser Zeit. Sie sind Ende Februar aus Kumla abgehauen.»

«Kumla soll doch ausbruchsicher sein, wie ich gehört habe», sagte Kollberg.

«Malmström und Mohrén sind nicht ausgebrochen. Sie haben über ein Wochenende Urlaub auf Ehrenwort erhalten, von dem sie natürlich nicht zurückkamen. Ihr erstes Ding haben sie nicht vor Ende April gedreht. Davor haben sie bestimmt Urlaub auf den Kanarischen Inseln oder in Gambia gemacht.»

«Und dann?»

«Dann haben sie sich ihre Ausrüstung beschafft. Waffen und andere Dinge. So was kriegt man in Spanien oder in Italien.»

«Aber es war doch eine Frau, die am Freitag die Bank ausgeraubt hat», sagte Kollberg.

«Verkleidet», sagte Bulldozer Olsson in belehrendem Ton. «Mit blonder Perücke und falschem Busen verkleidet. Ich gehe jede Wette ein, dass Malmström und Mohrén dies Ding gedreht haben. Kein anderer kann so frech sein. Verstehst du, gerade dieser Job ist unerhört interessant. Unheimlich spannend. Mir kommt es vor, als spielte man –»

«– eine Partie Korrespondenzschach gegen einen Großmeister», sagte Gunvald Larsson müde. «Aber wie groß der Meister auch sein mag – eines kann man doch nicht wegargumentieren, dass sowohl Malmström wie Mohrén die reinsten Schränke sind. Jeder wiegt leicht seine fünfundneunzig Kilo und hat Schuhgröße sechsundvierzig und Hände wie 'n Klodeckel. Mohrén hat einen Brustumfang von 118 Zentimeter. Das sind fünfzehn mehr als bei Anita Ekberg in ihren besten Tagen. Ich kann mir den nur schwer im Kleid und mit falschem Busen vorstellen.»

«Hatte die Frau nicht Hosen an?», fragte Kollberg. «Und war sie nicht ziemlich klein?»

«Sie haben die Tat natürlich nicht selber ausgeführt», sagte Bulldozer Olsson unbeeindruckt. «Das ist ganz typisch für sie.» Er stürzte zu einem der Schreibtische und riss einen Zettel an sich. «Fünfzigtausend in Borås, vierzig in Gubbängen, sechsundzwanzig in Märsta und jetzt neunzig, das macht mehr als zweihunderttausend. Bald sind sie soweit.»

«Für was?», warf Kollberg ein.

«Den großen Coup. Das Riesending mit einem großen R. Diese anderen Sachen sind nur für die Finanzierung. Aber jetzt, ja, jetzt kommt bald der große Otto.» Er schien vor Begeisterung fast außer sich zu sein und rannte im Zimmer auf und ab. «Aber wo, meine Herren? Wo? Mal sehen, mal sehen, jetzt müssen wir nachdenken. Wenn ich jetzt Werner Roos wäre, was wäre mein nächster Zug? Wo würde ich den Angriff auf den König ansetzen? Wo würdet ihr es tun? Und wann?»

«Wer, zum Teufel, ist Werner Roos?», fragte Kollberg.

«Er ist Purser bei der SAS», sagte Gunvald Larsson.

«Vor allem ist er Verbrecher», rief Bulldozer Olsson aus. «Werner Roos ist auf seine Art ein Genie. Er ist der Kopf, der alles bis ins kleinste Detail plant. Ohne ihn wären Malmström und Mohrén reine Nullen. Er ist es, der die ganze intellektuelle Arbeit macht. Ohne ihn würden viele Gauner arbeitslos herumlaufen. Und er selbst ist der größte Schurke von allen! Er ist ein Art Professor für …»

«Schrei doch nicht wie ein Verrückter», sagte Gunvald Larsson. «Du bist jetzt nicht vor Gericht.»

«Wir fassen ihn», sagte Bulldozer Olsson, als wäre ihm ein genialer Einfall gekommen. «Wir schnappen ihn. Jetzt gleich.»

«Und lassen ihn morgen wieder frei», sagte Gunvald Larsson.

«Macht nichts. Es ist ein unerwarteter Schachzug. Vielleicht erstaunt ihn das.»

«Glaubst du? Es wäre in diesem Jahr doch schon das fünfte Mal.»

«Spielt keine Rolle», sagte Bulldozer Olsson und rannte zur Tür.

Bulldozer Olsson hieß eigentlich Sten mit Vornamen. Aber das hatte jeder vergessen, mit Ausnahme vielleicht seiner Frau. Aber sie hatte vielleicht schon vergessen, wie er aussah.

«Es scheint allerhand zu geben, was ich nicht begreife», beklagte sich Kollberg.

«Was Roos angeht, hat Bulldozer vermutlich Recht», meinte Gunvald Larsson. «Er ist ein ausgekochter Hund und hat immer ein Alibi. Phantastische Alibis. Er ist in Singapur oder San Francisco oder Tokio, sobald irgendwas passiert.»

«Aber wie kann er wissen, dass ausgerechnet diese Typen Malmström und Mohrén hinter diesem Coup stecken?»

«Eine Art sechster Sinn vermutlich.»

Gunvald Larsson zog die Schultern hoch. Dann sagte er: «Begreifst du das? Malmström und Mohrén sind zwei berüchtigte Gangster. Man hat sie zigmal einzubuchten versucht, sie haben immer ein Alibi, aber schließlich schafft man es, und sie wandern nach Kumla. Und dann kriegen sie plötzlich Urlaub.»

«Nun ja, man kann Menschen doch nicht ewig zusammen mit einem Fernsehgerät in eine Zelle stecken.»

«Richtig», sagte Gunvald Larsson. «Das ist wahr.»

Beide schwiegen eine Weile. Beide dachten an das Gleiche. Es hatte den Staat Millionen gekostet, das Kumla-Gefängnis zu bauen. Es war mit allen denkbaren technischen Finessen ausgerüstet worden, um die Insassen auch physisch der Gesellschaft zu entfremden. Ausländer mit Erfahrungen von den verschiedensten Strafanstalten pflegten zu sagen, dass der Zellenblock der Anstalt der inhumanste und persönlichkeitsvernichtendste der Welt sei.

Dass es keine Wanzen in den Matratzen und keine Maden im Essen gibt, kann den Mangel an menschlichem Kontakt nicht aufwiegen.

«Übrigens, was diesen Mord in Hornsgatan angeht …», begann Kollberg.

«Es war kein Mord. Eher ein Unfall. Sie hat aus Versehen geschossen. Hat vielleicht nicht einmal gewusst, dass die Pistole geladen war.»

«Bist du sicher, dass es eine Puppe war?»

«Ja.»

«Aber dieses Gequatsche von Malmström und Mohrén? Wie passt das ins Bild?»

«Nun, es läßt sich doch denken, dass sie ein Mädchen vorgeschickt haben.»

«Hat man denn keine Fingerabdrücke gefunden? Soviel ich weiß, hat sie keine Handschuhe angehabt.»

«Doch, hat man. Am Türgriff. Aber einer der Bankangestellten hat ihn angefasst und sie verschmiert, bevor wir sie sichern konnten. Da war nichts mehr zu holen.»

«Hat man eine ballistische Untersuchung gemacht?»

«Darauf kannst du Gift nehmen. Wir haben den Jungs Geschoss wie Patrone rübergeschickt. Sie meinen, dass sie aus einer Fünfundvierziger stammen, wahrscheinlich einer Llama Automatic.»

«Ziemlicher Ballermann. Besonders für ein Mädchen.»

«Ja. Bulldozer sagt, das wäre typisch für diese Bande, Malmström, Mohrén und Roos. Sie nehmen immer solche Riesenkanonen, um den Leuten Angst einzujagen. Bloß …»

«Bloß was?»

«Malmström und Mohrén schießen nicht auf Menschen. Jedenfalls haben sie das bisher noch nie getan. Wenn irgendjemand Zicken macht, schießen sie in die Decke, um die Ordnung wiederherzustellen.»

«Hat es Sinn, diesen Roos festzunehmen?»

«Na ja, Bulldozer denkt wahrscheinlich so: Wenn Roos wieder eins seiner Prachtalibis hat, wenn er am Freitag beispielsweise in Yokohama gewesen ist, dann können wir absolut sicher sein, dass er das Ding ausgekocht hat. Ist er dagegen in Stockholm gewesen, sieht die Sache schon etwas zweifelhafter aus.»

«Was sagt Roos denn selbst? Wird er nicht wütend?»

«Nie. Er gibt offen zu, ein alter Kumpel von Malmström und Mohrén zu sein, und bedauert es lautstark, dass sie auf die schiefe Bahn geraten sind. Beim letzten Mal hat er uns gefragt, ob er seinen alten Kumpanen irgendwie helfen könne. Malm war zufällig dabei. Er hat beinahe einen Schlaganfall gekriegt.»

«Und Olsson?»

«Olsson brüllte vor Lachen. Fand das einen duften Schachzug.»

«Worauf wartet er eigentlich noch?»

«Hast du doch gehört. Auf den nächsten Zug. Dass Roos ein Riesending plant, das Malmström und Mohrén ausführen sollen. Malmström und Mohrén wollen wahrscheinlich so viel Geld zusammenkratzen, um in aller Stille auswandern und für den Rest ihres Lebens von den Zinsen leben zu können.»

«Und es muss ein Bankraub sein?»

«Bulldozer interessiert sich nur für Banküberfälle. Alles andere ist ihm scheißegal», sagte Gunvald Larsson. «Wie man hört, hat er entsprechende Order bekommen.»

«Was ist mit diesem Zeugen geschehen?»

«Einars?»

«Ja.»

«Er war heute Morgen hier und hat sich Bilder angesehen. Hat aber niemanden wiedererkannt.»

«Aber er ist sich dieser Sache mit dem Auto sicher?»

«Unbedingt.»

Gunvald Larsson zog an seinen Fingern, bis es in den Gelenken knackte. Endlich sagte er: «Mit diesem Auto ist irgendwas faul.»

11

Es schien ein warmer Tag zu werden, und Martin Beck holte seinen leichtesten Anzug aus dem Kleiderschrank. Es war ein hellblauer Anzug, den er vor einem Monat gekauft und erst einmal getragen hatte. Als er sich die Hose anzog, erinnerte ihn ein großer, klebriger Schokoladenfleck auf dem rechten Knie daran, dass er bei dieser Gelegenheit mit den beiden Kollberg'schen Kindern zusammengetroffen war und es eine Orgie mit Schokoladenlollis und Negerküssen gegeben hatte.

Martin Beck stieg aus der Hose, nahm sie mit in die Küche und ließ warmes Wasser über den Zipfel eines Küchenhandtuchs laufen. Damit bearbeitete er den Fleck. Er breitete sich sofort aus und wurde größer. Aber Martin Beck gab nicht auf, er fuhr fort, den Stoff mit zusammengebissenen Zähnen zu reiben. Er dachte, dass er Inga eigentlich nur in solchen Situationen vermisste, aber sonst äußerst selten. Das sagte einiges darüber, wie ihre Ehe gewesen war. Schließlich war das halbe Hosenbein durchnässt. Der Fleck schien wenigstens teilweise verschwunden zu sein. Martin Beck zog mit Daumen und Zeigefinger die Bügelfalte nach und hängte die Hose über einen Stuhl. Die Sonne schien durch das offene Fenster herein.

Es war erst acht Uhr, aber er war schon seit mehreren Stunden wach, da er am Abend ausnahmsweise früh ins Bett gegangen und ruhig und traumlos geschlafen hatte. Sein erster richtiger Arbeitstag seit langem war zwar nicht besonders anstrengend gewesen, schien aber dennoch an seinen Kräften gezehrt zu haben.

Martin Beck machte den Kühlschrank auf, betrachtete die Milchtüte, das Butterpäckchen und die einsame Flasche Mineralwasser und dachte, dass er am Abend auf dem Nachhauseweg ein bisschen einkaufen musste. Bier und Joghurt. Oder vielleicht sollte er morgens lieber mit dem Joghurt aufhören, er schmeckte wirklich nicht besonders gut. Aber in dem Fall musste er sich zum Frühstück etwas anderes einfallen lassen. Der Arzt hatte ihm gesagt, dass er mindestens die Pfunde wiederhaben musste, die er seit der Entlassung aus der Klinik verloren hatte, und am liebsten noch ein paar dazu.

Das Telefon im Schlafzimmer klingelte. Martin Beck machte den Kühlschrank zu, ging ans Bett und nahm den Hörer ab. Es war Schwester Birgit aus dem Altersheim. «Frau Beck geht es nicht sehr gut», sagte sie. «Sie hatte heute Morgen hohes Fieber, über neununddreißig. Ich dachte, das würde Sie interessieren, Kommissar.»

«Natürlich. Ist sie jetzt wach?»

«Vor fünf Minuten war sie's noch. Sie ist aber sehr müde.»

«Ich komme sofort», sagte Martin Beck.

«Wir waren gezwungen, sie in ein anderes Zimmer zu verlegen, wo wir sie besser unter Aufsicht haben können», sagte Schwester Birgit. «Aber bitte kommen Sie zuerst zu mir ins Büro.»

Martin Becks Mutter war zweiundachtzig Jahre alt, und die letzten beiden Jahre hatte sie in der Krankenabteilung des Altersheims zugebracht. Die Krankheit hatte einen langsamen Verlauf genommen und sich zunächst in leichten Schwindelanfällen geäußert, die dann in immer kürzeren Intervallen erfolgten und immer schwerer wurden. Schließlich war Becks Mutter auch teilweise gelähmt. Während des letzten Jahres hatte sie sich nur noch im Rollstuhl fortbewegen können. Seit Ende April nun hatte sie das Bett nicht mehr verlassen.

Während seiner eigenen Rekonvaleszenz hatte Martin Beck sie oft besucht, aber es war quälend gewesen, mit anzusehen, wie sie langsam verfiel, wie Alter und Krankheit ihren Geist zunehmend verwirrten. Bei seinen letzten Besuchen hatte sie ihn für ihren Mann gehalten, seinen Vater, der bereits seit zweiundzwanzig Jahren tot war.

Es hatte ihn auch betroffen, wie einsam und von der Außenwelt abgeschnitten sie in ihrem Krankenzimmer dahinlebte. Bis zum Beginn der Schwindelanfälle hatte sie das Altersheim oft verlassen und war in die Stadt gefahren, um einzukaufen und Menschen um sich zu sehen oder einige der wenigen Freunde zu besuchen, die ihr geblieben waren. Sie war oft zu Inga und Rolf nach Bagarmossen gefahren oder zur Enkelin Ingrid, die in Stocksund eine kleine Wohnung hatte. Natürlich war ihr die Zeit schon vor dem Einsetzen der Krankheit oft lang geworden; sie hatte sich oft einsam gefühlt, hatte aber noch Möglichkeiten, von Zeit zu Zeit andere Menschen zu sehen als nur Kranke und Hilflose, solange sie noch gesund und beweglich gewesen war. Sie hatte damals noch Zeitungen gelesen, gelegentlich ferngesehen oder Radio gehört. Ab und zu war sie sogar in ein Konzert oder ins Kino gegangen. Sie wusste, was in der Welt vorging, und interessierte sich auch dafür.

Die psychische Veränderung hatte sich rasch eingestellt, nachdem sie in die Isolation gezwungen worden war.

Martin Beck hatte miterlebt, wie sie abstumpfte und jedes Interesse für das Leben außerhalb der Wände ihres Krankenzimmers verlor, um schließlich jeden Kontakt mit der Wirklichkeit und der Gegenwart zu verlieren.

Er nahm an, es sei ein seelischer Abwehrmechanismus, der es bewirkte, dass ihr Bewusstsein sich nur noch in der Vergangenheit bewegte; in ihrer jetzigen Wirklichkeit gab es nichts Versöhnliches mehr.

Es hatte ihn sehr erschreckt, als er begriff, wie ihre Tage dahingingen, als sie sich noch im Rollstuhl aufhalten konnte und sich noch über seine Besuche und seine Anwesenheit freute.

Um sieben Uhr morgens wurde sie gewaschen, angekleidet und in den Rollstuhl gesetzt. Dann bekam sie ihr Frühstück. Danach saß sie allein in ihrem Zimmer. Sie hörte nicht mehr Radio, weil ihr Gehör zu schlecht geworden war. Das Lesen war ihr zu mühsam geworden und ihre schwachen Hände konnten auch keine Handarbeit mehr halten. Um zwölf Uhr gab es Mittagessen, und um drei beendeten die Schwestern ihren Dienst damit, dass sie sie auszogen und ins Bett legten. Später bekam sie ein leichtes Abendessen, aber sie hatte keinen Appetit mehr und konnte oft überhaupt nichts zu sich nehmen. Einmal hatte sie gesagt, das Personal schimpfte mit ihr, weil sie nichts esse, aber das mache ihr nichts aus, denn dann komme immerhin jemand zu ihr und spreche mit ihr.

Martin Beck wusste, dass Personalmangel im Altersheim ein schweres Problem war. Es war fast unmöglich, Schwestern und Schwesternhelferinnen für die Krankenabteilung zu bekommen. Er wusste auch, dass das vorhandene Personal freundlich zu den alten Menschen war und gut für sie sorgte und sein Bestes tat – trotz miserabler Gehälter und unbequemer Arbeitszeiten. Er hatte viel darüber nachgedacht, wie er seiner Mutter das Dasein angenehmer machen könnte; er hatte erwogen, sie in ein privates Krankenheim zu bringen, wo man ihr mehr Zeit und Aufmerksamkeit würde widmen können, aber er hatte bald eingesehen, dass es kaum eine bessere Pflege für sie gab als dort, wo sie sich befand, und dass er sie als Einziges öfter besuchen musste, wenn er etwas für sie tun wollte. Während er die Möglichkeiten überdachte, das Los seiner Mutter zu verbessern, war ihm aufgegangen, wie viel schlechter so unglaublich viele alte Menschen gestellt waren.

Wenn man arm und einsam und ohne die Fähigkeit alt wird, für sich selbst zu sorgen, bedeutet das, dass man nach einem langen tätigen Leben plötzlich seiner Würde und Identität beraubt wird und dazu verurteilt ist, zusammen mit anderen ebenso ausgestoßenen und vernichteten Alten in irgendeiner Anstalt auf das Ende zu warten.

Die Anstalten hießen nicht so, man nannte sie nicht einmal mehr Altersheime. Seniorenheime oder gar Seniorenhotels waren die neuen Euphemismen, mit denen man vergessen machen wollte, dass die meisten alten Menschen sich nicht freiwillig dort aufhielten, sondern ganz einfach zu dieser Anstaltspflege verurteilt waren – verurteilt von einem so genannten Wohlfahrtsstaat, der nichts mehr von ihnen wissen wollte.

Das Urteil war hart, und das Verbrechen bestand darin, zu alt geworden zu sein. Man war ein abgenutztes Rädchen im Getriebe der Gesellschaft und reif für den Müll.

Martin Beck sah ein, dass es seiner Mutter trotz allem noch besser ging als den meisten alten und kranken Menschen. Sie hatte gespart und eine ansehnliche Summe auf die hohe Kante gelegt, um ihr Alter zu sichern und niemandem zur Last zu fallen. Obwohl der Wert des Geldes sich infolge der Inflation katastrophal verringert hatte, erhielt sie immerhin noch ärztliche Betreuung und verhältnismäßig nährstoffreiches Essen. In dem großen und hellen Krankenzimmer, das sie mit niemandem zu teilen brauchte, war sie von ihren eigenen altbekannten Gegenständen umgeben. Dies alles konnte sie noch von ihrem Ersparten kaufen.

Die Hose war in der prallen Sonne schnell getrocknet, und der Fleck war fast völlig verschwunden. Martin Beck zog sich an und bestellte ein Taxi.

Der Park, der das Altersheim umgab, war groß und wohlgepflegt mit hohen Laubbäumen und schattigen, kühlen Fußwegen, die sich durch Lauben, Blumenbeete und Terrassen schlängelten. Bevor Martin Becks Mutter krank wurde, war sie gern mit ihm hier spazieren gegangen, mit ihrem Arm unter dem seinen.

Martin Beck ging direkt ins Büro, aber dort fand er weder Schwester Birgit noch sonst jemanden. Im Flur traf er eine Schwesternhelferin, die ein Tablett mit Thermoskannen trug. Er fragte nach Schwester Birgit, und als die Helferin in singendem Finnland-Schwedisch ihm erklärte, dass Schwester Birgit bei einem Patienten sei, fragte er nach dem Zimmer von Frau Beck. Die Helferin nickte in Richtung auf ein Zimmer weiter hinten im Flur und ging mit ihrem Tablett weiter.

Martin Beck machte die Tür vorsichtig auf. Das Zimmer war kleiner als das, das seine Mutter bisher gehabt hatte, und sah auch mehr nach Krankenzimmer aus. Alles war weiß bis auf den roten Tulpenstrauß, den er ihr vor zwei Tagen gebracht hatte und der jetzt auf einem Tisch am Fenster stand.

Seine Mutter lag im Bett und starrte mit Augen an die Decke, die mit jedem seiner Besuche größer zu werden schienen. Ihre mageren Hände zupften an der Decke. Er trat ans Bett und nahm ihre Hand. Sie nahm den Blick von der Zimmerdecke und wandte sich ihm zu. «Bist du den ganzen Weg hierher gekommen», flüsterte sie mit kaum hörbarer Stimme.

«Du sollst nicht soviel sprechen, Mama, das strengt dich an», sagte Martin Beck und setzte sich auf den Stuhl neben dem Bett, ohne ihre Hand loszulassen. Er sah ihr müdes kleines Gesicht mit den großen, fiebrig glänzenden Augen an. «Wie geht's dir, Mama?», fragte er.

Sie antwortete nicht sofort, sondern sah ihn nur an und blinzelte ein paar Mal, langsam und mit Mühe, als wären die Lider sehr schwer, als müsste sie sich anstrengen, sie zu heben. «Mir ist kalt», sagte sie schließlich. Martin Beck sah sich im

Zimmer um. Auf einem Hocker am Fußende des Bettes lag eine Wolldecke. Er nahm sie und legte sie über seine Mutter. «Danke, das ist lieb», flüsterte sie.

Er setzte sich wieder hin und sah sie an. Er wusste nicht, was er sagen sollte, hielt nur ihre schmale, kalte Hand in seiner.

Beim Atmen röchelte es leicht in ihrer Kehle. Allmählich wurden ihre Atemzüge ruhiger, und sie schloss die Augen.

Er blieb sitzen und hielt ihre Hand. Vor dem Fenster sang eine Amsel, aber sonst war alles still. Als er sehr lange stillgesessen hatte, ließ er vorsichtig ihre Hand los und stand auf. Er strich ihr über die Wange, die heiß und trocken war.

Als er gerade ein paar Schritte zur Tür gemacht hatte, wobei er sie unverwandt anblickte, schlug sie die Augen auf und sah ihn an.

«Zieh dir die blaue Mütze an, es ist kalt draußen», flüsterte sie und schloss wieder die Augen.

Nach einer Weile ging Martin Beck wieder ans Bett, beugte sich über sie, küsste sie auf die Stirn und ging.

12

Kenneth Kvastmo, einer der Polizeibeamten, die sich zur Wohnung Svärds mit Gewalt Zutritt verschafft hatten, sollte auch an diesem Tag als Zeuge vor Gericht aussagen. Martin Beck suchte ihn im Gerichtsgebäude auf. Er fand ihn, wie er in einem Flur wartend herumstand, und konnte sich seine zwei wesentlichsten Fragen beantworten lassen, bevor Kvastmo aufgerufen wurde.

Martin Beck verließ darauf das Gerichtsgebäude und ging die zwei Blocks bis zu dem Haus, in dem Svärd gewohnt hatte. Auf diesem kurzen Weg kam er an den beiden Großbaustellen auf beiden Seiten des Polizeihauses vorbei. Vor dem Südflügel wurde die Baugrube für die neue U-Bahn-Linie nach Järvafältet ausgehoben, und weiter oben am Berg wurde der Fels für die unterirdischen Teile des neuen Polizeihauses weggesprengt, in dem auch Martin Beck eines Tages untergebracht sein würde. Im Augenblick war er dankbar, dass sein Arbeitsplatz sich im Polizeihaus auf Söder und nicht hier befand. Der Motorenlärm von Södertäljevägen dürfte ein leises Säuseln sein im Vergleich zu der Kakophonie, die hier von Baggern, Pressluftbohrern und Lastwagenmotoren erzeugt wurde.

Die Tür zur Wohnung im ersten Stock war instand gesetzt und danach versiegelt worden. Martin Beck brach das Siegel und trat ein.

Das Flurfenster zur Straße war geschlossen, und er konnte den schwachen, aber aufdringlichen Leichengeruch wahrnehmen, der sich in den Wänden und der dürftigen Einrichtung der Wohnung festgesetzt hatte.

Martin Beck ging zum Fenster und betrachtete es. Es war von älterem Typus, wurde nach außen geöffnet und war mit einer Schließvorrichtung versehen, bei der der ringförmige bewegliche Haken in einer Ösenschraube im Fensterbogen hängt und beim Schließen des Fensters über einen Zapfen am Fensterrahmen gesteckt wird. Es gab zwei Haken, aber der untere Zapfen fehlte. Die Farbe war abgeblättert. Im unteren Teil des Fensterbogens und des Fensterrahmens war das Holz aufgeplatzt. Durch den Fensterspalt musste es hereinregnen und auch ziehen.

Martin Beck zog das Schnapprollo herunter. Es war dunkelblau, aber alt und verblichen.

Er ging zur Tür und warf einen Blick ins Zimmer. So hatte es ausgesehen, als die beiden Polizeibeamten die Wohnung betraten, jedenfalls den Worten Kvastmos zufolge. Martin Beck kehrte zum Fenster zurück, zog leicht an der Schnur, worauf das Rollo sich langsam und quietschend aufdrehte. Dann öffnete er das Fenster und blickte hinaus.

Rechts lag der lärmende Bauplatz, und dahinter konnte Martin Beck unter anderem die Fenster der Kriminalabteilung des Hauses in Kungsholmsgatan erkennen. Nach links ging der Abhang von Bergsgatan nur noch ein kleines Stück weiter, dann endete die Straße oberhalb der Feuerwache. Ein kurzes Straßenstück vereinigte Bergsgatan mit Hantverkargatan. Martin Beck dachte daran, dass er diesen Weg gehen würde, wenn er mit den Ermittlungen fertig war. Er konnte sich nicht erinnern, wie die Straße hieß oder dass er sie jemals betreten hatte.

Direkt gegenüber dem Fenster lag Kronobergsparken, der ähnlich wie viele andere Parks in Stockholm auf einer natürlichen Anhöhe angelegt worden war. Zu der Zeit, da Martin Beck noch in Kristineberg gearbeitet hatte, war er oft abkürzend von der Steintreppe an der Ecke Polhemsgatan bis zum alten jüdischen Friedhof quer durch den Park gegangen. Manchmal war er stehen geblieben und hatte oben auf der Bergkuppe auf einer Bank unter den Linden eine Zigarette geraucht.

Er hätte jetzt gern eine Zigarette geraucht und tastete in seinen Taschen nach einer Packung, obwohl er wusste, dass er keine bei sich hatte. Er seufzte resigniert und dachte, er sollte wohl lieber Kaugummi kauen oder Halspastillen lutschen. Oder auf Zahnstochern herumkauen wie Månsson in Malmö.

Martin Beck ging in die Kochnische. Da sich das Fenster dort in einem noch schlechteren Zustand als das im Wohnzimmer befand, waren hier die Fensterrahmen mit Klebeband abgedichtet worden.

Alles machte einen verwohnten Eindruck, nicht nur die Tapeten und der Anstrich, sondern auch das kärgliche Mobiliar.

Martin Beck überkam ein Gefühl von Hoffnungslosigkeit, als er sich in der kleinen Wohnung umsah. Er öffnete alle Schubladen und Schränke. Sie enthielten kaum etwas, nur das Allernotwendigste an Hausrat.

Er ging auf den engen Flur hinaus und öffnete die Tür zur Toilette. Badezimmer oder Dusche gab es nicht.

Dann untersuchte er die Wohnungstür und stellte fest, dass sie, wie in den Berichten erwähnt, mit Schließvorrichtungen versehen war, und nichts dagegen sprach, dass sie alle verschlossen gewesen waren, als die Tür schließlich aufgebrochen oder, wie es in der Polizeisprache hieß, «erbrochen» wurde.

Es war wirklich äußerst verblüffend. Die Tür und beide Fenster waren verschlossen gewesen. Kvastmo hatte gesagt, dass nirgendwo in der Wohnung eine Waffe gelegen habe, als Kristiansson und er sie betreten hatten. Danach sei die Wohnung ständig bewacht gewesen, und er halte es für ausgeschlossen, dass jemand sie habe betreten oder irgendwelche Gegenstände daraus habe entfernen können.

Martin Beck stellte sich wieder an die Tür und ließ den Blick durch das Zimmer schweifen. An der inneren Stirnwand stand ein Bett, daneben ein Regal. Auf dem Regal standen eine Lampe mit einem gelben, zerknitterten Stoffschirm und ein gesprungener Aschenbecher aus grünem Glas, mit einer großen Streichholzschachtel darin. Daneben lagen ein paar zerlesene Zeitschriften und drei Bücher. An der Wand zur Rechten stand ein Stuhl, dessen Sitzfläche mit einem grün-weiß karierten fleckigen Stoff bespannt war; an der gegenüberliegenden Wand standen ein braun gestrichener Tisch und ein Holzstuhl in der gleichen Farbe. Auf dem Fußboden stand ein Elektroheizkörper mit schwarzer Leitungsschnur, die sich zu einem Kontakt in der Wand ringelte. Der Stecker war herausgezogen. Hier hatte auch ein Teppich gelegen, aber den hatte man ins Labor geschickt. In dem Gewebe hatte man neben zahlreichen anderen Flecken und Schmutzteilchen auch drei Blutflecken von der Blutgruppe Svärds gefunden.

Eine Tür von Svärds Wohnzimmer führte in einen begehbaren Kleiderschrank. Auf dem Fußboden entdeckte er ein schmutziges Flanellhemd von unbestimmbarer Farbe, drei schmutzige Strümpfe und eine leere braune kleine Tragetasche aus Segeltuch; weiter, auf einem Kleiderbügel, einen ziemlich neuen Popelinemantel und an den Wandhaken eine graue Flanellhose mit leeren Taschen, einen gestrickten grünen Pullover und ein graues Unterhemd mit langem Arm.

Das war alles.

Dass sich Svärd die Schusswunde irgendwoanders zugezogen hatte, dann in seine Wohnung zurückgekehrt war, die Tür verriegelt und sich zum Sterben niedergelegt hatte, war der Pathologin zufolge völlig ausgeschlossen. Martin Beck war zwar ein medizinischer Laie, aber er besaß genügend Erfahrung, um zu wissen, dass sie Recht hatte.

Wie aber war es dann zugegangen?

Wie hatte Svärd erschossen werden können, wenn sich niemand außer ihm in der Wohnung befunden und er nicht Selbstmord begangen hatte?

Zu Anfang, als Martin Beck entdeckt hatte, wie nachlässig das Ganze gehandhabt worden war, hatte er sich noch in der Hoffnung gewiegt, dass selbst diese Rätsel sich mit der Schlamperei irgendeines Beamten würden erklären lassen, aber jetzt gewann er mehr und mehr die Überzeugung, dass sich in dem Raum keine Waffe befunden und Svärd selbst die Tür verschlossen und verriegelt hatte. Damit erschien der Todesfall vollkommen unerklärlich.

Martin Beck durchsuchte die ganze Wohnung noch einmal gründlich, fand aber nichts, was das Geschehene hätte erklären können. Schließlich verließ er die Wohnung, um die übrigen Mieter des Hauses zu befragen.

Als er eine Dreiviertelstunde später auf die Straße trat, war er nicht viel klüger als vorher. Der zweiundsechzigjährige ehemalige Lagerarbeiter Karl Edvin Svärd war offensichtlich ein sehr einsamer Mensch gewesen. Er hatte drei Monate in der

Wohnung gewohnt, und nur einige der übrigen Hausbewohner hatten gewusst, dass es ihn überhaupt gab. Wenn sie ihn gelegentlich hatten kommen und gehen sehen, dann nie anders als allein. Keiner von ihnen hatte je ein Wort mit ihm gewechselt. Man hatte ihn nicht betrunken gesehen, und aus seiner Wohnung waren nie störende Geräusche oder Geräusche überhaupt zu hören gewesen.

Martin Beck blieb vor dem Hauseingang stehen. Er sah zum Park hoch, der sich auf der anderen Straßenseite grün und üppig belaubt erhob. Martin Beck überlegte, ob er sich ein Weilchen dort oben hinsetzen und unter den Linden abschalten sollte, aber dann fiel ihm wieder sein Entschluss ein, die kleine Straße oben auf der Bergkuppe zu erforschen.

Olof Gjödingsgatan.

Er las den Namen auf dem Straßenschild und erinnerte sich, dass Olof Gjöding im 18. Jahrhundert Lehrer an der Schule von Kungsholmen gewesen war. Martin Beck fragte sich, ob die damalige Schule am selben Ort gelegen hatte wie das heutige Gymnasium in Hantverkargatan.

Wo es zu Polhemsgatan hinunterging, befand sich ein Tabakladen. Martin Beck ging hinein und kaufte sich eine Schachtel Zigaretten.

Auf dem Weg zu Kungsholmsgatan zündete er eine Zigarette an und fand sie scheußlich. Er dachte an Karl Edvin Svärd und fühlte sich elend und verwirrt.

13

Als am Dienstag die Mittagsmaschine aus Amsterdam in Arlanda landete, standen zwei Polizeibeamte in Zivil in der Ankunftshalle bereit, um den Purser des Flugzeugs in Empfang zu nehmen. Sie waren angewiesen worden, diskret aufzutreten und kein unnötiges Aufsehen zu erregen, und als der Purser endlich in Begleitung einer Stewardess erschien, zogen sie sich abwartend etwas zurück.

Werner Roos entdeckte sie sofort. Entweder kannte er sie von früher, oder er witterte einfach, dass die Polizei da war – ihm war jedenfalls sofort klar, dass die Gegenwart der Männer ihm galt. Er blieb stehen, sagte einige Worte zu der Stewardess, die ihm zunickte und ihren Weg durch die Glastür fortsetzte.

Werner Roos ging mit entschlossenen Schritten auf die beiden Beamten zu.

Er war hoch gewachsen, breitschultrig, von der Sonne gebräunt und trug eine dunkelblaue Uniform. In der einen Hand hielt er seine Mütze und in der anderen eine schwarze Ledertasche mit breiten Riemen. Er hatte blondes Haar, üppige Koteletten, in die Stirn fallende zerzauste Locken, und seine buschigen Augenbrauen waren drohend zusammengezogen. Er schob das Kinn vor und sah die Männer mit einem kalten Blick aus blauen Augen an.

«Nun, was soll dieses Empfangskomitee?», sagte er.

«Staatsanwalt Olsson hätte sich gern kurz mit ihnen unterhalten. Seien Sie also bitte so nett und begleiten Sie uns zur Kungsholmsgatan», sagte der eine Polizeibeamte.

«Der Kerl hat 'ne Meise», sagte Roos. «Ich bin vor zwei Wochen das letzte Mal bei ihm gewesen, und ich habe heute nicht mehr zu sagen als damals.»

«Ja, ja», sagte der ältere der Polizisten. «Darüber können Sie sich mit ihm unterhalten, wir haben nur unsere Anweisungen zu befolgen.»

Roos hob irritiert die Schultern und begann, auf den Ausgang zuzugehen. Als sie beim Wagen angekommen waren, sagte er: «Aber Sie müssen mich vorher nach Märsta fahren, verdammt noch mal. Ich muss mich erst umziehen. Die Adresse kennen Sie ja.» Er ließ sich auf den Rücksitz fallen, kreuzte die Arme auf der Brust und setzte eine grimmige Miene auf.

Der jüngere Beamte, der den Wagen lenkte, protestierte dagegen, wie irgendein Taxifahrer herumkommandiert zu werden, aber er wurde von seinem Kollegen beruhigt, der ihm die Adresse in Märsta nannte.

Sie folgten Roos in dessen Wohnung und warteten im Flur, während er sich eine hellgraue Hose, ein Polohemd und eine Wildlederjacke anzog. Dann fuhren sie zum Polizeihaus in Kungsholmsgatan und begleiteten ihn zu dem Zimmer, in dem Bulldozer Olsson wartete.

Bulldozer sprang aus seinem Stuhl hoch, als die Tür geöffnet wurde, verabschiedete die beiden Beamten in Zivil mit einem Wedeln der Hand und zog Werner Roos einen Stuhl heran. Dann ließ er sich hinterm Schreibtisch nieder und sagte leichthin: «Ja, Herr Roos, wer hätte ahnen können, dass wir uns so bald wiedersehen.»

«Sie, nehme ich an», sagte Roos. «Meine Schuld ist es wahrhaftig nicht. Ich würde gern wissen, was für einen Grund Sie haben, mich jetzt festnehmen zu lassen.»

«Oh, doch nicht so feierlich, Herr Roos. Sagen wir, wir haben Sie wegen einiger Auskünfte hergebeten. Jedenfalls für den Anfang.»

«Ich finde es nebenbei überflüssig, dass Sie mich von Ihren Handlangern an meinem Arbeitsplatz abholen lassen. Ich hätte zum Beispiel jetzt einen neuen Flug haben können, und ich habe wirklich keine Lust, meine Stelle zu verlieren, nur weil es Ihnen plötzlich Spaß macht, hier zu sitzen und mit mir Scheiß zu reden.»

«Aber, wer wird denn so schlecht denken? Ich weiß, dass Sie jetzt achtundvierzig Stunden frei haben, Herr Roos. So ist es doch, nicht wahr? Wir haben also viel Zeit, und Sie haben keinen Schaden davon», sagte Bulldozer freundlich.

«Sie können mich nicht länger als sechs Stunden hier festhalten», sagte Roos und sah auf seine Armbanduhr.

«Zwölf Stunden, Herr Roos. Vielleicht noch länger, wenn es erforderlich sein sollte.»

«In dem Fall, Herr Staatsanwalt, sollten Sie mir freundlicherweise mitteilen, wessen ich verdächtigt werde», entgegnete Werner Roos arrogant.

Bulldozer hielt Roos eine Schachtel Prince hin. Dieser schüttelte verächtlich den Kopf und zog eine Schachtel Benson & Hedges aus der Tasche. Er zündete die Zigarette mit einem vergoldeten Dunhill-Feuerzeug an und wartete, während Bulldozer Olsson ein Streichholz anriss und seine Filterzigarette ansteckte.

«Ich habe noch nicht gesagt, dass Sie unter Verdacht stehen, Herr Roos», sagte er und schob den Aschenbecher weiter vor. «Ich habe mir nur gedacht, dass wir uns ein bisschen über diesen Coup am Freitag unterhalten sollten.»

«Welchen Coup?», fragte Werner Roos und setzte eine verständnislose Miene auf.

«In der Bank in Hornsgatan. Ein geglückter Coup insoweit, als neunzigtausend ein hübsches Sümmchen sind, aber mit weniger glücklichem Ausgang, zumindest für den Bankkunden, der dabei erschossen wurde», sagte Bulldozer Ollson trocken.

Werner Roos starrte ihn erstaunt an und schüttelte langsam den Kopf. «Jetzt sind Sie aber wirklich auf dem falschen Dampfer», sagte er. «Am Freitag soll das gewesen sein, sagten Sie?»

«So ist es», sagte Bulldozer. «Sie waren natürlich irgendwo in der Weltgeschichte unterwegs, Herr Roos. In der Luft, um genau zu sein. Wo waren wir denn am Freitag?» Bulldozer Olsson lehnte sich im Stuhl zurück und sah Roos amüsiert an.

«Wo Sie sich befunden haben, Herr Olsson, weiß ich nicht, aber ich war am Freitag in Lissabon. Das können Sie bei der Gesellschaft gern nachprüfen. Ankunft in Lissabon 14 Uhr 45 mit zehn Minuten Verspätung. Rückflug am Samstagvormittag

9 Uhr 10, und um 15 Uhr 30 sind wir in Arlanda gelandet. Am Freitag habe ich im Hotel Tivoli gegessen und übernachtet, was sich ebenfalls leicht nachprüfen lässt.» Werner Roos lehnte sich auch im Stuhl zurück und sah Bulldozer triumphierend an, der vor Entzücken strahlte. «Hübsch», sagte er. «Ein sehr hübsches Alibi, Herr Roos.» Er beugte sich vor, zerdrückte die Zigarette im Aschenbecher und fuhr maliziös fort: «Aber die Herren Malmström und Mohrén waren nicht in Lissabon, oder?»

«Warum, zum Teufel, hätten sie in Lissabon sein sollen? Außerdem ist es nicht meine Sache, darüber informiert zu sein, was Malmström und Mohrén gerade treiben.»

«Wirklich nicht, Herr Roos?»

«Nein, das habe ich schon oft gesagt. Und was dieses Ding am Freitag angeht, so habe ich in den letzten Tagen nicht einmal die Zeit gehabt, schwedische Zeitungen zu lesen. Ich habe also nicht die leiseste Ahnung von irgendeinem Bankraub.»

«Dann kann ich Sie aufklären, Herr Roos. Der Überfall wurde kurz vor Geschäftsschluss verübt. Jemand, der sich als Frau verkleidet hatte, schnappte sich zuerst neunzigtausend in Scheinen, erschoss dann einen Mann, einen Bankkunden, und flüchtete schließlich in einem Renault vom Tatort. Diese Erschießung erschwert natürlich den Straftatbestand, wie Sie sich vielleicht vorstellen können, Herr Roos.»

«Aber ich kann mir nicht vorstellen, was ich mit dieser Geschichte zu tun haben soll», sagte Roos irritiert.

«Wann haben Sie Ihre Freunde Malmström und Mohrén zuletzt gesehen?», fragte Bulldozer.

«Das habe ich Ihnen doch schon beim letzten Mal gesagt. Seitdem habe ich sie nicht mehr gesehen.»

«Und Sie wissen auch nicht, wo sie sich aufhalten?»

«Nein, das Einzige, was ich über sie weiß, ist das, was Sie mir erzählt haben. Ich habe sie nicht mehr gesehen, seitdem man sie in Kumla eingesperrt hat.»

Bulldozer starrte Werner Roos durchdringend an. Dann schrieb er etwas auf einen vor ihm liegenden Block, klappte ihn zu und stand auf. «Nun ja», sagte er lässig, «das wird sich leicht feststellen lassen.» Er ging zum Fenster und ließ die Jalousetten zum Schutz gegen die Nachmittagssonne herunter, die ins Zimmer strömte.

Werner Roos wartete, bis er sich wieder gesetzt hatte. Dann sagte er: «Ich kann jedenfalls eines sagen: Wenn es zu einer Schießerei gekommen ist, waren Malmström und Mohrén nicht beteiligt. So dumm sind die nicht.»

«Möglich, dass Malmström und Mohrén nie schießen würden, aber das schließt doch nicht aus, dass sie beteiligt waren. Dass sie zum Beispiel im Fluchtauto saßen. Oder?»

Roos zuckte die Achseln und starrte grimmig auf den Fußboden. Sein Kinn bohrte sich in den Rollkragen.

«Außerdem wäre es ja vorstellbar, dass sie sich eines Komplizen bedienten, in diesem Fall einer Frau», fuhr Bulldozer enthusiastisch fort. «Das ist eine Möglichkeit, mit der man rechnen muss. War nicht die Verlobte Malmströms bei dem letzten Coup dabei, der sie schließlich in den Knast brachte?» Er schnipste mit den Fingern. «Gunilla Bergström, ja. Sie hat anderthalb Jahre bekommen, wir wissen also, wo sie sich befindet.»

Roos warf ihm einen Blick zu, ohne den Kopf zu heben.

«Sie ist nämlich noch nicht ausgebrochen», sagte Bulldozer beiläufig. «Aber es gibt ja noch mehr Mädchen, und die Herren haben offensichtlich nichts gegen weibliche Mitarbeiter. Oder was meinen Sie, Herr Roos?»

Werner Roos zuckte wieder die Achseln und reckte sich. «Tja, was soll ich dazu sagen», bemerkte er gleichgültig. «Mich geht's ja nichts an.»

«Nein, natürlich nicht.» Bulldozer nickte, während er Roos nachdenklich betrachtete. Dann beugte er sich vor und legte die

Handflächen auf die Tischplatte. «Sie behaupten also, Malmström und Mohrén während des letzten halben Jahres nicht gesehen und auch nichts von ihnen gehört zu haben?»

«Ja, das behaupte ich», erwiderte Werner Roos. «Wie ich schon früher gesagt habe, bin ich nicht für das verantwortlich, was sie möglicherweise anstellen. Wir kennen uns seit der Volksschule, das habe ich nie geleugnet. Wir sind seitdem von Zeit zu Zeit zusammen, auch das habe ich nie zu verbergen versucht. Aber das bedeutet nicht, dass wir ständig zusammenhocken oder dass sie mir erzählen, wo sie hinwollen oder was sie vorhaben. Ich bin der Erste, der es bedauern würde, falls sie auf Abwege geraten sein sollten, aber mit ihrer eventuellen verbrecherischen Tätigkeit habe ich nichts zu schaffen. Wie ich bereits sagte, würde ich gern mithelfen, sie wieder auf den rechten Weg zu bringen. Aber jetzt habe ich sie also schon lange nicht mehr gesehen.»

«Sie sehen doch gewiss ein, Herr Roos, dass ihre Behauptung Sie selbst in eine sehr verdächtige Lage bringen kann, wenn sich zeigen sollte, dass Sie doch mit den beiden Kontakt gehabt haben.»

«Das kann ich nicht einsehen.»

Bulldozer lächelte ihn freundlich an. «Oh, das können Sie bestimmt.» Er schlug mit den Handflächen auf den Tisch und erhob sich. «Ich habe jetzt noch ein paar Dinge zu erledigen», sagte er. «Wir müssen unsere kleine Unterhaltung jetzt abbrechen. Wir können sie später wieder aufnehmen. Wenn Sie mich entschuldigen wollen, Herr Roos?»

Bulldozer ging rasch aus dem Zimmer. Bevor er die Tür hinter sich schloss, warf er Werner Roos noch einen Blick zu.

Roos machte einen sehr bekümmerten und nachdenklichen Eindruck. Bulldozer rieb sich vergnügt die Hände und eilte durch den Korridor.

Nachdem die Tür hinter Bulldozer Olsson zugefallen war, stand Werner Roos auf, schlenderte zum Fenster und spähte durch die Lamellen der Jalousetten. Er pfiff leise und melodiös vor sich hin. Dann blickte er auf seine Rolex, zog die Brauen zusammen und setzte sich hastig auf Bulldozers Stuhl. Er zog das Telefon zu sich heran, nahm den Hörer ab und wartete auf das Amtszeichen. Er wählte eine Nummer, und während er wartete, zog er nacheinander die Schubladen des Aktenschränkchens neben dem Schreibtisch auf und betrachtete den Inhalt. Es meldete sich jemand, und er sagte: «Hallo, Kleines, ich bin's. Du, können wir uns heute Abend ein bisschen später treffen? Ich bin gezwungen, noch mit jemandem zu sprechen, und das kann sich ein paar Stunden hinziehen.» Er nahm einen Bleistift mit der Aufschrift *Behördeneigentum* aus einem Kästchen und stocherte damit beim Zuhören in seinem freien Ohr herum. «Na klar, wir gehen dann essen», sagte er. «Ich habe einen Mordshunger.» Er betrachtete den Bleistift, warf ihn zurück ins Kästchen und schob die Schublade zu. «Nein, ich bin jetzt nicht in einem Lokal», sagte er. «Es ist so 'ne Art Hotel, aber der Fraß ist miserabel. Ich warte mit dem Essen bis nachher. Um sieben, passt es dir? Gut, dann hole ich dich um sieben ab. Bis dann.» Er legte auf, stand auf, steckte die Hände in die Hosentaschen und begann, pfeifend auf und ab zu wandern.

Bulldozer ging zu Gunvald Larsson ins Zimmer. «Ich habe Roos jetzt hier», sagte er.

«Na, wo hat er am Freitag gesteckt? War er in Kuala Lumpur oder in Singapur?»

«In Lissabon», sagte Bulldozer entzückt. «Er hat sich wirklich den perfekten Tarnberuf für einen Gangster zugelegt. Niemand kann so fabelhafte Alibis vorzeigen.»

«Und was sagt er sonst?»

«Nichts. Er weiß von nichts, jedenfalls was Dinge anbelangt, die mit Banküberfällen zu tun haben, und Malmström und Mohrén hat er seit Ewigkeiten nicht mehr gesehen. Er ist aalglatt, verschlagen und lügt, ohne rot zu werden.»

«Ein reizender Mensch, mit anderen Worten», sagte Gunvald Larsson. «Nun, was hast du mit ihm vor?»

Bulldozer ließ sich in den Stuhl vor Gunvald Larsson fallen.

«Ich werde ihn laufen lassen», sagte er. «Und dann wird er beschattet. Kannst du einen Mann auf ihn ansetzen, jemanden, den er nicht kennt?»

«Wohin soll er beschattet werden? Nach Honolulu? In dem Fall melde ich mich freiwillig.»

«Mir ist es ernst», sagte Bulldozer.

Gunvald Larsson seufzte. «Also schön, ich werd's versuchen», sagte er. «Wann soll er anfangen?»

«Gleich», sagte Bulldozer. «Ich lasse Roos jetzt laufen. Er hat bis Donnerstagnachmittag frei, und bis dahin wird er uns zu Malmströms und Mohr ins Versteck führen. Wir müssen ihn nur ständig im Auge behalten.»

«Donnerstagnachmittag», sagte Gunvald Larsson. «Dann brauchen wir mindestens zwei Mann, die sich ablösen.»

«Und sie müssen verflucht gut im Beschatten sein», sagte Bulldozer. «Er darf nichts merken, sonst ist alles verloren.»

«Gib mir eine Viertelstunde», sagte Gunvald Larsson. «Ich rufe durch, wenn die Sache klar ist.»

Als Werner Roos zwanzig Minuten später in Kungsholmsgatan ein Taxi bestieg, saß Kriminalassistent Rune Ek in einem grauen Volvo hinterm Lenkrad bereit.

Rune Ek war ein korpulenter Mann von fünfundfünfzig. Er war weißhaarig, trug eine Brille und hatte Magengeschwüre. Sein Arzt hatte ihn gerade auf strenge Diät gesetzt. Er hatte folglich nicht sehr viel von den folgenden Stunden an einem einsamen Tisch im Speisesaal von *Operakällaren.* Werner Roos und sein rothaariges Gegenüber jedoch schienen sich nichts zu versagen, weder an Essen noch Trinken, als sie an ihrem Fenstertisch auf der Veranda schlemmten.

Die lange, helle Sommernacht verbrachte Ek in einem Erlenhain in Hässelby, wo er als Spanner die Brüste der Rothaarigen betrachtete, die von Zeit zu Zeit in den Wellen des Mälaren auftauchten, während Werner Roos wie ein zweiter Tarzan herumturnte.

Später, als die Morgensonne rot zwischen den Baumwipfeln auftauchte, setzte Ek seine Spannertätigkeit in den Büschen vor einem Bungalow in der Villenstadt von Hässelby fort. Nachdem er festgestellt hatte, dass das frisch gebadete Paar allein im Haus und überdies eingeschlafen war, ging Ek zum Wagen zurück und beschäftigte sich die folgende halbe Stunde damit, Kletten aus Haar und Kleidung zu entfernen.

Als Rune Ek etwa eine Stunde später abgelöst wurde, hatte Werner Roos sich noch nicht gezeigt. Den Umständen nach zu schließen, konnte es noch viele Stunden dauern, bevor er sich aus den Armen der Rothaarigen losriss, um – wie zu hoffen war – seine Freunde Malmström und Mohrén aufzusuchen.

14

Hätte jemand Gelegenheit gehabt, das Sonderdezernat der Polizei mit der Bankräuberbande zu vergleichen, so hätte der Betreffende sie weitgehend ebenbürtig gefunden. Das Sonderdezernat verfügte über gewaltige technische Hilfsmittel, aber seine Gegner hatten ein großes Betriebskapital und besaßen überdies die Initiative.

Malmström und Mohrén wären wahrscheinlich gute Polizisten geworden, wenn jemand sie hätte dazu bringen können, einen derart dubiosen Beruf zu ergreifen. Ihre physischen Voraussetzungen waren fabelhaft, und auch an ihrer Intelligenz gab es im Großen und Ganzen nichts auszusetzen.

Keiner von ihnen hatte sich allerdings je mit etwas anderem

als mit Verbrechen beschäftigt, und jetzt, im Alter von dreiunddreißig beziehungsweise fünfunddreißig Jahren, konnte man sie mit Fug und Recht als tüchtige Berufsverbrecher bezeichnen. Aber da ihre eigentliche Beschäftigung nur in einem engen Kreis von Staatsbürgern Ansehen genoss, hatten sie sich andere Berufe zugelegt. In Pässen, Führerscheinen und anderen Papieren nannten sie sich Ingenieur oder Prokurist; klug gewählte Berufsbezeichnungen in einem Land, das von Ingenieuren und Prokuristen förmlich überschwemmt wird. All ihre Papiere waren auf andere Namen ausgestellt und selbstredend gefälscht, machten aber sowohl auf den ersten wie auf den zweiten Blick einen äußerst überzeugenden Eindruck. Die Pässe zum Beispiel hatten bereits eine Reihe von Proben bestanden, sowohl bei schwedischen wie bei ausländischen Grenzkontrollen.

Persönlich wirkten die Herren Malmström und Morén womöglich noch glaubwürdiger. Sie machten einen sympathischen und aufrichtigen Eindruck und waren zudem in bester körperlicher Verfassung. Vier Monate in Freiheit hatten ihr Äußeres ein wenig verändert; beide waren tief sonnengebräunt, Malmström hatte sich einen Bart stehen lassen und Mohrén kultivierte einen Schnurrbart und Koteletten.

Die Sonnenbräune hatten sie sich nicht an so simplen Touristenzentren wie Mallorca oder den Kanarischen Inseln besorgt, sondern während einer dreiwöchigen so genannten Fotosafari in Ostafrika. Dies war reine Erholung gewesen; später hatten sie ein paar Geschäftsreisen unternommen, eine nach Italien, um ihre Ausrüstung zu vervollständigen, und die andere nach Frankfurt, um einige fähige Assistenten anzuwerben.

In der Heimat hatten sie ein paar bescheidene Banküberfälle hinter sich gebracht und außerdem zwei private Geldverleiher ausgeraubt, die es aus steuertechnischen Gründen nicht gewagt hatten, Strafanzeige zu erstatten.

Die Bruttoeinnahmen aus dieser Tätigkeit waren bedeutend,

aber sie hatten auch große Unkosten gehabt und mussten auch für die nächste Zukunft mit erheblichen Ausgaben rechnen.

Die Höhe der Investitionen steht jedoch in einem bestimmten Verhältnis zu den Gewinnerwartungen, soviel hatten sie jedenfalls aus den Grundregeln der sozialen Marktwirtschaft gelernt, und das Mindeste, was sich von ihrer Zielsetzung sagen ließ, war, dass sie sehr ehrgeizig war.

Malmström und Mohrén arbeiteten für eine Idee, die zwar keineswegs neu war, dennoch aber nicht der Verlockung ermangelte.

Sie wollten noch ein Ding drehen und sich dann ins Privatleben zurückziehen.

Sie wollten endlich den wirklich großen Otto in Szene setzen.

Die Vorbereitungen waren im Großen und Ganzen abgeschlossen, alle Finanzierungsprobleme gelöst, und der Plan war so gut wie verabschiedet.

Sie wussten zwar noch nicht, wo und wann, aber dafür das Wichtigste: wie.

Das Ziel war tatsächlich in Sicht.

Malmström und Mohrén waren, wie gesagt, ordentliche Profis, aber weit davon entfernt, richtige Großverbrecher zu sein.

Großverbrecher fallen nämlich nicht auf die Schnauze.

Großverbrecher rauben keine Banken aus. Sie sitzen in Büros und Amtsstuben und drücken auf Knöpfe. Sie gehen kein Risiko ein. Sie vergreifen sich nicht an den heiligen Kühen der Gesellschaft, sondern widmen sich stattdessen der legalen Ausbeutung, die nur Einzelpersonen trifft.

Sie profitieren von allem, angefangen bei der Vergiftung der Natur und der Bevölkerung, und tun dann so, als würden sie den Schaden mit untauglichen Mitteln beheben, bis zum absichtlichen Verkommenlassen und Abreißen ganzer Stadtteile, an deren Stelle neue Wohnviertel entstehen, die schon bei der Einweihung weit schlechter und gesundheitsgefährdender sind als die alten zum Zeitpunkt des Abbruchs.

Und vor allem – um es zu wiederholen – werden sie nicht erwischt.

Malmström und Mohrén hatten dagegen eine fast pathologische Begabung, hereinzufallen. Jetzt endlich glaubten sie zu verstehen, woran es lag. Dass sie in zu kleinem Maßstab operierten.

«Weißt du, woran ich beim Duschen gedacht habe?», sagte Malmström. Er trat gerade aus dem Badezimmer und breitete sorgfältig ein Badelaken vor sich auf dem Fußboden aus; ein weiteres hatte er um die Hüften gewickelt und das dritte um die Schultern drapiert. Malmström hatte einen Reinlichkeitstick. Dies war schon das vierte Mal, dass er an diesem schönen Tag unter die Brause gegangen war.

«Na klar», sagte Mohrén. «Weiber.»

«Wie hast du das erraten?»

Mohrén saß am Fenster und blickte über die Dächer von Stockholm hinaus. Er trug Shorts und ein dünnes weißes Hemd und hatte einen Marinefeldstecher vor den Augen.

Die Wohnung, in der sich die Männer aufhielten, lag in einem der großen Mietshäuser von Danviksklippan, und die Aussicht war wirklich nicht schlecht.

«Arbeit und Weiber soll man nicht durcheinander bringen», sagte Mohrén. «Du hast ja gesehen, was dabei rauskommt.»

«Ich bringe gar nichts durcheinander», sagte Malmström beleidigt. «Darf man jetzt nicht einmal mehr denken?»

«Nichts für ungut», sagte Mohrén großherzig. «Denke du ruhig, wenn du kannst.» Er folgte mit dem Feldstecher einem weißen Dampfer, der in Richtung Strömmen fuhr. «Es ist tatsächlich die *Nörrskär*», sagte er. «Dass es den Kahn immer noch gibt.»

«Wen gibt's noch?»

«Niemand, der dich interessieren könnte. An welche hast du gedacht?»

«An diese Puppen in Nairobi. Das waren geile Hühner, was? Ich habe schon immer gesagt, dass diese Nigger was Besonderes an sich haben.»

«Neger heißt das», sagte Mohrén belehrend. «In diesem Fall Negerinnen. Aber für Neger trifft das absolut nicht zu.»

Malmström sprayte sich sorgfältig unter den Armen und an einigen anderen Stellen. «Soso», sagte er.

«Außerdem haben Negerinnen auch nichts Besonderes los. Wenn du zufällig diesen Eindruck bekommen hast, dann liegt das daran, dass du sexuell ausgehungert warst.»

«Das glaubst du wohl selbst nicht», sagte Malmström. «Übrigens, hatte deine viele Haare an der Fotze?»

«Doch», sagte Mohrén. «Das hatte sie wirklich, wenn ich's mir recht überlege. Verblüffend viel. Es war außerdem ziemlich rau. Kratzig und unangenehm.»

«Und die Titten?»

«Schwarz», sagte Mohrén. «Hängetitten, ein bisschen jedenfalls.»

«Meine hat gesagt, sie sei Mätresse. Oder auch Matratze. Kann das stimmen?»

«Serviererin, hat sie gesagt. Wahrscheinlich ist dein Englisch ein bisschen eingerostet. Sie hat dich übrigens für einen Lokführer gehalten.»

«Na ja, geil war sie jedenfalls. Was war deine?»

«Lochkartenprogrammiererin.»

«Mmm.»

Malmström holte versiegelte Kunststofftüten mit Unterwäsche und Strümpfen hervor, riss sie auf und fing an, sich anzuziehen.

«Du wirst noch dein ganzes Geld auf Unterhosen verschwenden», sagte Mohrén. «Eine höchst bemerkenswerte Leidenschaft, muss ich sagen.»

«Ja, scheißteuer ist das alles geworden.»

«Die Inflation», sagte Mohrén. «Wir sind selbst schuld daran.»

«Wie, zum Teufel, sollten wir?», fragte Malmström. «Wir haben doch jahrelang im Knast gesessen.»

«Wir geben zu viel Geld für unnützes Zeug aus. Ganoven sind immer Verschwender.»

«Du jedenfalls nicht.»

«Nein, aber ich bin auch eine rühmliche Ausnahme. Im Übrigen ist mein Lebensmitteletat ziemlich hoch.»

«Du hast ja nicht einmal was für diese Tanten in Afrika hinblättern wollen. Deinetwegen haben wir drei Tage vergeudet, um ein paar Weiber zu finden, die es gratis machten.»

«Das hatte nicht nur ökonomische Gründe», sagte Mohrén. «Und die Inflation in Kenia hab ich auch nicht damit bekämpfen wollen. Aber es ist nun mal meine Überzeugung, dass das ewige Schielen nach Geld den Geldwert untergräbt. Wenn jemand in Kumla sitzen sollte, dann die Regierung.»

«Mmm.»

«Und die Unternehmensbosse. Ich habe übrigens von einem interessanten Beispiel gelesen, wie Inflation entstehen kann.»

«Aha.»

«Als die Engländer im Oktober 1918 Damaskus eroberten, brachen die Truppen mit Gewalt in der Zentralbank ein und klauten alle Moneten, die da waren. Die Soldaten kapierten gar nicht, was das Geld wert war. Unter anderem gab ein australischer Kavallerist einem Burschen eine halbe Million dafür, dass dieser sein Pferd hielt, während er selbst pinkelte.»

«Muss man ein Pferd halten lassen, wenn man pinkelt?»

«Die Preise verhundertfachten sich, und nur ein paar Stunden später kostete eine Rolle Klopapier tausend Eier.»

«Hatten die Australier wirklich Klopapier? Damals?»

Mohrén seufzte. Mitunter hatte er das Gefühl, dass sein Intellekt darunter litt, dass er nie mit einem anderen Menschen sprechen konnte als mit Malmström. «Damaskus liegt in Arabien», sagte er schwer. «In Syrien, um genau zu sein.»

«Sieh mal an.» Malmström hatte sich jetzt angekleidet und studierte das Ergebnis im Spiegel. Er zwirbelte murrend den Bart und schnipste einige für normale Sterbliche unsichtbare Staubteilchen von der Klubjacke. Er legte die Badelaken nebeneinander auf den Fußboden, ging zum Kleiderschrank und holte die Waffen hervor. Legte sie säuberlich in eine Reihe und holte Werg sowie Reinigungsöl.

Mohrén warf einen zerstreuten Blick auf das Arsenal. «Wie oft hast du das eigentlich schon gemacht? Außerdem ist das Zeug doch so gut wie fabrikneu.»

«Man muss die Klamotten in Ordnung halten», sagte Malmström. «Waffenpflege ist wichtig.»

Die Ausrüstung hätte vermutlich ausgereicht, einen kleineren Krieg oder zumindest eine Revolution anzuzetteln. Da lagen zwei Pistolen, ein Revolver, zwei Maschinenpistolen und drei Schrotflinten mit abgesägtem Lauf.

Die Maschinenpistolen waren vom gewöhnlichen schwedischen Armeemodell, aber alle anderen waren ausländische Fabrikate.

Die beiden Pistolen waren großkalibrig, eine spanische Neun-Millimeter-Parabellum der Marke Firebird und eine automatische Llama IX A vom Kaliber .45; der Revolver war ebenfalls ein spanisches Fabrikat, ein fünfundvierziger Astra Cadix, ebenso eine der Schrotflinten, eine Maritza. Die beiden anderen kamen aus anderen Gegenden des Kontinents, eine belgische Continental Supra de Luxe und eine österreichische Ferlach mit der romantischen Typenbezeichnung Forever Yours.

Malmström war mit den Pistolen fertig und nahm sich jetzt

des belgischen Gewehrs an. «Wer diese Knarre abgesägt hat, sollte selber eine Schrotladung in den Arsch kriegen», sagte er.

«Er hat das Ding vermutlich nicht auf die gleiche Weise bekommen wie wir.»

«Was? Das kapiere ich nicht.»

«Er hat das Ding nicht ehrlich erworben, meine ich», sagte Mohrén ernst. «Wahrscheinlich hat er's gestohlen.» Er kehrte wieder zur Aussicht zurück. Nach einer Weile sagte er: «Stockholm ist wirklich eine sehenswerte Stadt.»

«Wie meinst du das?»

«Man sollte sie nur aus der Ferne sehen. Eigentlich ist es gut, dass man nicht soviel ausgehen muss.»

«Hast du Schiss, in der U-Bahn beklaut zu werden?»

«Unter anderem. Ich könnte mich zum Beispiel mit einem Stilett im Rücken wieder finden. Oder eine Axt in den Schädel kriegen. Oder von einem hysterischen Polizeipferd totgetrampelt werden. Es ist wirklich ein Jammer mit den Menschen hier.»

«Welchen Menschen denn?»

Mohrén machte eine weitausholende Geste. «Mir tun die Menschen dort unten Leid. Stell dir doch nur mal vor – die Raten für den Wagen zusammenkriegen und schuften und schuften und fürs Sommerhäuschen ackern, während die Kinder sich zu Tode kiffen. Und wenn die Frau abends nach sechs die Nase vor die Haustür steckt, wird sie vergewaltigt, und als Mann wagt man sich nicht mal in die Abendandacht.»

«In die Abendandacht?»

«Das nur als Beispiel. Hat man mehr als einen Zehner in der Tasche, wird man ausgeraubt. Und hat man weniger als zehn Kronen bei sich, rammen die Ganoven einem das Messer aus blanker Enttäuschung zwischen die Rippen. Ich habe neulich in der Zeitung gelesen, dass die Polizisten es nicht mehr wagen, allein auf Streife zu gehen. Die Polizei macht sich im Straßenbild immer weniger bemerkbar, und umso größere Schwierigkeiten scheint es bei der Aufrechterhaltung von Recht und Ordnung zu geben. Etwa so. Irgendein hohes Tier im Justizministerium hat das vor kurzem gesagt. Nein, es wird schön sein, einfach von hier wegzufahren und nie mehr zurückzukommen.»

«Und nie mehr Bajen zu sehen», sagte Malmström düster.

«Du mit deinen vulgären Neigungen», sagte Mohrén. Kurz darauf fügte er sachlich hinzu: «In Kumla würdest du das übrigens auch nicht können.»

«Immerhin kriegt man mal was im Fernsehen mit.»

«Red bloß nicht von deinem scheußlichen Zellengenossen», sagte Mohrén mit Grabesernst. Er stand auf und öffnete das Fenster. Breitete die Arme aus und warf den Kopf zurück, als wendete er sich direkt an die Massen. «Hallo, ihr da unten», rief er. Und fügte hinzu: «Wie Lyndon Johnson, als er vom Hubschrauber aus 'ne Wahlrede hielt.»

«Wer ist das denn?», fragte Malmström.

Es läutete an der Tür. Das Klingelzeichen war kompliziert, und sie hörten genau hin.

«Es scheint Mauritzon zu sein», sagte Mohrén und sah auf die Uhr. «Er kommt sogar pünktlich.»

«Ich traue dem Arschloch nicht», sagte Malmström. «Wir wollen kein Risiko eingehen.» Er hakte das Magazin einer der Maschinenpistolen fest. «Hier», sagte er.

Mohrén nahm die Waffe.

Malmström nahm die Astra und ging zur Wohnungstür. Er löste die Sicherheitskette mit der rechten Hand, während er den Revolver in der linken hielt. Malmström war Linkshänder. Mohrén stand zwei Meter schräg hinter ihm.

Dann riss Malmström die Tür auf. «Hej», sagte der Mann hinter der Tür und starrte nervös auf den Revolver.

«Hallo», sagte Malmström.

«Herein, herein», sagte Mohrén. «Sei gegrüßt, schöne Maske.»

Der Mann trat ein. Er war mit Lebensmitteltüten und Paketen beladen. Während er die Sachen abstellte, schielte er auf das ausgebreitete Waffenlager. «Wollt ihr Revolution machen?», fragte er.

«Das haben wir schon immer gemacht», sagte Mohrén. «Aber im Augenblick liegt keine revolutionäre Situation vor. Hast du Krebse bekommen?»

«Wo, zum Teufel, soll ich am 4. Juli Krebse herkriegen?»

«Wofür bezahlen wir dich eigentlich?», fragte Malmström drohend.

«Sehr berechtigte Frage», sagte Mohrén. «Ich kann nicht verstehen, warum du uns nicht mit dem versiehst, was wir bestellt haben.»

«Es gibt Grenzen», sagte Mauritzon. «Ich habe alles rangeschafft, verdammt noch mal, Kracher und Wohnungen und Autos und Pässe und Fahrkarten. Aber Krebse! Nicht mal der König kann im Juli Krebse besorgen.»

«Gewiss nicht», sagte Mohrén. «Aber was machen sie wohl in Harpsund? Was meinst du wohl? Da sitzen sie vermutlich und schlürfen Krebse in sich rein, Palme und Geijer und Calle P. und die ganze Blase. Nein, solche Ausreden können wir nicht akzeptieren.»

«Und dieses Rasierwasser ist einfach nicht aufzutreiben», sagte Mauritzon hastig. «Ich bin wie 'ne wildgewordene Ratte in der ganzen Stadt herumgerannt, aber von dem Zeug hat seit Jahren kein Mensch mehr was gehört.»

Malmströms Miene verfinsterte sich sichtlich.

«Alles andere habe ich erledigt», sagte Mauritzon. «Und hier ist die Post vom Tage.» Er holte einen braunen Umschlag ohne Aufschrift hervor und reichte ihn Mohrén, der ihn gleichgültig in die Gesäßtasche steckte.

Mauritzon unterschied sich vom Typ her sehr von den beiden anderen. Ein Mann um die Vierzig, nicht ganz mittelgroß, schlank und gut gebaut. Er war glatt rasiert und hatte kurz geschnittenes blondes Haar. Die meisten Menschen, besonders Frauen, hielten ihn für gut aussehend. Kleidung und Auftreten zeugten von Bescheidenheit. Überhaupt hatte er keine wie auch immer gearteten Besonderheiten und wirkte darum wenig auffällig, ein Mann, an den man sich schwer würde erinnern können. Dies alles hatte dazu beigetragen, dass er seit Jahren nicht mehr eingesessen hatte. Im Augenblick stand er weder auf der Fahndungsliste noch wurde er überwacht.

Er arbeitete in drei verschiedenen Branchen, die sämtlich Gewinn bringend waren: Rauschgift, Pornographie und Beschaffung. Als Profi arbeitete er tüchtig, energisch und systematisch.

Pornographie in allen nur erdenklichen Formen konnte dank einer wohlwollenden Gesetzgebung in Schweden in unbegrenzten Mengen völlig legal hergestellt und eingekauft werden. Mauritzon benötigte auch beinahe unbegrenzte Mengen für seinen Export. Dieser ging hauptsächlich nach Italien und Spanien, wo er seine Ware mit gutem Verdienst veräußerte; in der Gegenrichtung schmuggelte er hauptsächlich Amphetamine und Morphinbase, nahm aber auch Bestellungen anderer Waren entgegen, etwa von Waffen.

In eingeweihten Kreisen hieß es, Mauritzon könne praktisch alles heranschaffen; es ging sogar das Gerücht, es sei ihm einmal gelungen, ein paar Elefanten ins Land zu schmuggeln, Teilzahlung eines arabischen Scheichs für zwei vierzehnjährige finnische Jungfrauen und eine Kiste Scherzkondome. Die Jungfrauen sollten überdies unecht gewesen sein, mit Jungfernhäutchen aus Kunststoff und Uhu, und die Elefanten waren angeblich nicht weiß. Die Geschichte entsprach jedoch nicht den Tatsachen.

«Auch neue Schulterhalfter?», erkundigte sich Malmström.

«Ja, die liegen unten in der Tragetüte. Darf ich fragen, was mit den alten nicht in Ordnung war?»

«Sie taugen nichts», sagte Malmström.

«Völlig minderwertig», sagte Mohrén. «Woher stammten die eigentlich?»

«Aus dem Zentrallager der Polizei. Die neuen sind aus Italien.»

«Klingt schon besser», sagte Malmström.

«Sonst noch was?»

«Ja, hier hast du die Liste.»

Mauritzon betrachtete sie flüchtig und rasselte herunter: «Ein Dutzend Unterhosen, fünfzehn Paar Nylonsocken, sechs Netzunterhemden, ein Pfund Ukeleirogen, vier Donald-Duck-Masken aus Gummi, zwei Schachteln Pistolenmunition neun Millimeter, sechs Paar Gummihandschuhe, abgelagerten Appenzeller, eine Dose Perlzwiebeln, Werg, ein Astrolabium … Was in Gottes Namen ist das denn?»

«Ein Instrument, mit dem man die Höhe der Sterne messen kann», sagte Mohrén. «Du wirst schon in den verschiedenen Antiquitätenläden herumfragen müssen.»

«Aha. Ich werde mein Möglichstes tun.»

«Das wollen wir hoffen», sagte Malmström.

«Sonst nichts, was ihr haben wollt?»

Mohrén schüttelte den Kopf, aber Malmström zog nachdenklich die Stirn in Falten. «Doch, Fußspray», sagte er.

«Eine besondere Marke?»

«Die teuerste.»

«Verstehe. Keine Weiber?»

Keiner antwortete, und Mauritzon deutete dies als Zögern. «Ich kann jede beliebige Sorte ranschaffen. Es tut euch Jungs nicht gut, hier Abend für Abend herumzubrüten. Ein paar muntere Tanten würden euren Stoffwechsel aufmöbeln.»

«Mein Stoffwechsel ist vorzüglich», sagte Mohrén. «Und die einzigen Damen, die ich mir vorstellen kann, sind klare Sicherheitsrisiken. Kein Kunststoffhymen für mich, wenn ich bitten darf.»

«Ach was, es gibt genug verrückte Weiber, die liebend gern …»

«Das fasse ich als direkte Beleidigung auf», sagte Mohrén. «Nein und nochmals nein.»

Malmström schien wankend zu werden. «Allerdings …»

«Ja?»

«Diese Tante da, deine so genannte Assistentin, die scheint ja noch ziemlich grün zu sein.»

Mauritzon machte eine abwehrende Handbewegung. «Monita? Die ist sicher nichts für euch. Weder hübsch noch besonders gut. Gewöhnlicher Standardficker. Ich habe einen simplen Geschmack, was Frauen betrifft. Sie ist normal, kurz gesagt.»

«Ach so», sagte Malmström enttäuscht.

«Außerdem ist sie verreist. Sie hat 'ne Schwester, die sie von Zeit zu Zeit besucht.»

«Schluss mit dem Gerede», sagte Mohrén. «Alles zu seiner Zeit, und einmal wird der Tag kommen –»

«Was für'n Tag?», fragte Malmström.

«Der Tag, an dem wir unsere Lüste unter würdigen Umständen befriedigen und selbst unsere Wahl treffen können. Ich erkläre die Besprechung hiermit für beendet. Wir sehen uns morgen um die gleiche Zeit.»

«Okay», sagte Mauritzon. «Lasst mich raus.»

«Noch eins.»

«Was denn?»

«Wie nennst du dich jetzt?»

«Wie gewöhnlich. Lennart Holm.»

«Falls irgendwas passiert, dass wir dich schnell zu fassen kriegen können.»

«Ihr wisst, wo ich zu finden bin.»

«Und ich warte noch immer auf meine Krebse.»

Mauritzon zuckte ergeben die Achseln und ging.

«Arschloch», sagte Malmström.

«Wie bitte? Weißt du unseren Freund nicht zu würdigen?»

«Er riecht nach Armschweiß», sagte Malmström vernichtend.

«Mauritzon ist ein Ganove», sagte Mohrén. «Ich mag seine Arbeit nicht. Damit meine ich nicht die Tatsache, dass er für uns den Laufburschen macht. Aber dass er Rauschgift an Schulkinder verkauft und Pornographie an katholische Analphabeten. Das ist … unwürdig.»

«Ich traue ihm nicht», sagte Malmström.

Morén hatte das braune Kuvert aus der Tasche gezogen und betrachtete es genau. «Du hast Recht, mein Freund», sagte er. «Der Mann ist nützlich, aber nicht zuverlässig. Guck mal, er hat schon wieder den Brief geöffnet. Möchte gern wissen, wie er die Dinger immer aufkriegt. Irgendein raffiniertes Bedampfen, vielleicht. Wenn Roos sich diesen Trick mit dem Härchen nicht ausgedacht hätte, wären wir nie dahinter gekommen, dass hier jemand am Umschlag gefummelt hat. Es ist wirklich nicht richtig, bei den Honoraren, die er kriegt. Warum ist er so neugierig?»

«Er ist ein linker Bruder», sagte Malmström. «So einfach ist das.»

«Ja, das ist denkbar.»

«Wie viele Riesen hat er eigentlich bekommen, seitdem wir mit ihm arbeiten?»

«Etwa hundertfünfzig. Er hat natürlich auch erhebliche Ausgaben gehabt. Waffen, Autos, Reisen und so weiter. Außerdem geht er ein gewisses Risiko ein.»

«Den Teufel tut er», sagte Malmström. «Nur Roos weiß, dass wir ihn kennen.»

«Und dann die Frau mit dem Schiffsnamen.»

«Mensch, dass er mir dieses Gespenst andrehen wollte», entrüstete sich Malmström. «Sie kann offensichtlich nicht einmal richtig pimpern und hat sich seit gestern wohl nicht mehr gewaschen.»

«Rein objektiv gesehen bist du nicht gerecht», wandte Mohrén ein. «Tatsache ist, dass er dir eine astreine Warendeklaration gegeben hat.»

«Nämlich?»

«Und was das hygienische Detail betrifft, hättest du sie ja erst desinfizieren können.»

«Scheiße.»

Mohrén zog drei Blätter aus dem Umschlag und legte sie vor sich auf den Tisch. «Heureka!», rief er aus.

«Was?»

«Auf genau das hier haben wir gewartet, alter Junge. Komm mal her, guck mal.»

«Ich will mich erst waschen», sagte Malmström und verschwand im Bad.

Er kam nach zehn Minuten zurück. Mohrén rieb sich noch immer die Hände vor Begeisterung.

«Na?», sagte Malmström.

«Es scheint alles so zu sein, wie es sein soll. Hier hast du die Zeichnung und den Plan. Perfekt. Hier sind alle Zeiten. Exakt bis in die kleinste Einzelheit.»

«Und Hauser und Hoff?»

«Kommen morgen. Lies.»

Malmström las. Mohrén lachte laut auf.

«Was gibt's da zu lachen?»

«Die Codes. ‹Jean hat einen langen Schnurrbart›, zum Beispiel. Weißt du, woher er das hat und was es ursprünglich bedeutet hat?»

«Keine Ahnung.»

«Na, spielt auch keine Rolle.»

«Steht da zweieinhalb Millionen?»

«Ohne jeden Zweifel.»

«Netto?»

«Genau das. Die Unkosten haben wir ja schon hereingebracht.»

«Minus zwanzig Prozent für Roos?»

«So ist es. Wir kriegen jeder genau eine Million.»

«Wie viel weiß eigentlich dieser blöde Hund Mauritzon?»

«Nicht viel. Die Zeit kennt er natürlich.»

«Wann ist es denn?»

«Freitag, 14 Uhr 45. Es steht aber nicht da, welcher Freitag.»

«Die Straßennamen sind aber ausgeschrieben», sagte Malmström.

«Vergiss diesen Mauritzon», sagte Mohrén ruhig. «Siehst du, was hier unten steht?»

«Ja.»

«Erinnerst du dich vielleicht, was das bedeutet?»

«Na klar», sagte Malmström. «Natürlich. Das ändert die Sache natürlich.»

«Das will ich meinen», sagte Mohrén. «Mann, habe ich einen Appetit auf Krebse.»

15

Hoff und Hauser waren zwei deutsche Gangster, die Malmström und Mohrén während ihrer Geschäftsreise nach Frankfurt engagiert hatten. Beide hatten gute Referenzen, und die Verhandlungen hätten eigentlich brieflich geführt werden können. Malmström und Mohrén nahmen es jedoch in allen Dingen so genau, wie ihr Chefplaner vorsichtig war, und der Ausflug nach Deutschland wurde teilweise damit motiviert, dass sie sehen wollten, wie ihre eventuellen Helfer aussahen.

Das Treffen fand Anfang Juni statt. Die Kontaktaufnahme mit Hauser sollte in der *Magnolia*-Bar erfolgen. Hauser sollte sie dann mit Hoff zusammenbringen.

Die *Magnolia*-Bar war klein und schummerig und lag im Zentrum der Stadt. Die Beleuchtung war orangefarben und tröpfelte aus verborgenen Lichtquellen. Die Wände waren ebenso wie der Teppichboden violett; die niedrigen Sessel, die um einige kleine, runde Tische aus Plexiglas gruppiert waren, waren rosa. Die Bartheke aus blankpoliertem Messing war halbkreisförmig, die Musik soft, die Mädchen waren blond, hatten viel Busen, viel Dekolleté, und die Drinks waren teuer.

Malmström und Mohrén ließen sich in je einen Sessel an dem einzigen freien Tisch des Lokals fallen. Der Laden machte einen vollen Eindruck, obwohl die Zahl der Gäste kaum zwanzig überstieg. Das weibliche Element bestand aus den beiden Blondinen hinter der Theke; sämtliche Gäste waren Männer.

Ein Barmädchen kam heran und beugte sich über ihren Tisch, dass sie ihre großen hellroten Brustwarzen sehen und ihre wenig angenehme Ausdünstung aus Schweiß und Parfum riechen konnten. Nachdem Malmström seinen Gimlet und Mohrén einen Chivas ohne Eis hingestellt bekommen hatten, blickten sie sich nach Hauser um. Sie hatten keine Ahnung, wie er aussehen mochte; sie wussten nur, dass er ein wirklich harter Bursche sein sollte.

Malmström entdeckte ihn zuerst.

Er stand am hinteren Ende der Bartheke mit einem langen, schmalen Zigarillo im Mundwinkel und einem Whiskyglas in der Hand. Er war hoch gewachsen, schlank und breitschultrig und trug einen sandfarbenen Wildlederanzug. Er hatte dicke Koteletten, und das dunkle Haar, das auf dem Scheitel ein wenig dünn war, lockte sich im Nacken. Er lehnte lässig gegen die Theke und sagte etwas zu dem Barmädchen, das in einer Pause zu ihm ging und mit ihm sprach. Er besaß eine auffallende

Ähnlichkeit mit Sean Connery. Die Blondine sah ihn bewundernd an und kicherte affektiert. Sie hielt ihre gewölbte Hand unter seinen Zigarillo, der im Mundwinkel festgeklebt zu sein schien, und schlug dann leicht mit einem Finger darauf, sodass die lange Aschensäule in ihre Hand fiel. Er tat, als bemerkte er die Geste nicht. Nach einer Weile trank er seinen Whisky in einem Zug aus und erhielt sofort einen neuen. Sein Gesicht war unbeweglich, und sein Blick war auf irgendeinen Punkt oberhalb und hinter den blond gefärbten Locken des Mädchens gerichtet. Er ließ sich nicht dazu herbei, sie mit seinem Blick auch nur zu streifen. Er sah genauso hart aus, wie man ihn beschrieben hatte. Sogar Mohrén war leicht beeindruckt.

Sie warteten darauf, dass er in ihre Richtung sah.

Ein kleiner Mann in einem schlecht sitzenden grauen Anzug, weißem Nylonhemd und weinroter Krawatte ließ sich auf dem dritten Sessel an ihrem Tisch nieder. Er hatte ein rundes, glattes und rosiges Gesicht; die großen porzellanblauen Augen blickten hinter einer randlosen Brille mit dicken Gläsern hervor. Das gewellte, kurz geschnittene Haar war seitlich gescheitelt.

Malmström und Mohrén warfen ihm einen gleichgültigen Blick zu und fuhren fort, den James-Bond-Typ an der Bar zu beobachten.

Der Neuankömmling sagte etwas mit leiser und weicher Stimme, und es dauerte eine ganze Weile, bis ihnen aufging, dass er sie angesprochen hatte, und noch länger, bis sie begriffen, dass dieser Cherub der erwartete Gustav Hauser war und nicht der tolle Typ an der Bar.

Kurze Zeit später verließen sie die *Magnolia*-Bar.

Hauser, der einen knöchellangen dunkelgrünen Ledermantel und einen Tirolerhut trug, marschierte vor ihnen her und wies ihnen den Weg zu Hoffs Wohnung.

Hoff war ein fröhlicher Mann in den Dreißigern. Er empfing sie im Kreis seiner Familie, die aus seiner Frau, zwei Kindern und einem Dackel bestand. Später am Abend gingen die vier Männer essen. Dabei stellte sich heraus, dass sowohl Hoff wie Hauser außerordentlich erfahren in der Branche waren und beide über brauchbare Spezialkenntnisse verfügten. Außerdem waren sie sehr auf Arbeit erpicht, da sie gerade nach Verbüßung einer langen Freiheitsstrafe entlassen worden waren.

Nach drei Tagen Zusammensein mit ihren neuen Kompagnons fuhren Malmström und Mohrén wieder nach Hause, um mit den Vorbereitungen für den großen Coup fortzufahren. Die Deutschen versprachen, sich bereitzuhalten und zur verabredeten Zeit zu erscheinen.

Am Donnerstag, dem 6. Juli, sollten sie also an Ort und Stelle sein. Sie trafen am Mittwoch in Schweden ein.

Hauser hatte mit seinem Wagen die Morgenfähre von Dragor nach Limhamn genommen. Sie waren übereingekommen, dass er Hoff an Skeppsbron abholen sollte. Dieser sollte um 12 Uhr mit einer der Fähren von Öresundsbolaget eintreffen.

Hof war noch nie in Schweden gewesen. Er wusste nicht, wie ein schwedischer Polizist aussieht, und diese Tatsache erklärt vielleicht, dass sich seine Einreise ins Land ein wenig überhastet gestaltete.

Als Hoff die Gangway der *Absalon* hinabstieg, kam ihm ein uniformierter Zöllner entgegen. Für Hoff gab es nur eine Erklärung, nämlich dass der Mann in Uniform Polizeibeamter war, dass irgendetwas schief gegangen war und man jetzt im Begriff war, ihn zu verhaften.

Mit einem Blick stellte er fest, dass Hauser auf der anderen Seite der Straße mit laufendem Motor in seinem Wagen wartete. Desperat riss er seine Pistole heraus und richtete sie auf den verblüfften Zöllner, der unterwegs war, um seine Verlobte zu besuchen, die praktischerweise in der Cafeteria der *Absalon* arbeitete. Bevor er oder irgendein anderer Zeit gehabt hätte, etwas zu unternehmen, war Hoff zunächst über den Drahtzaun gesprungen, der den Bürgersteig vom Kaigebiet trennte, hatte sich zwischen ein paar Taxis durchgedrängt, hatte einen weiteren Zaun übersprungen, zwei Fernlaster umrundet und sich in Hausers Wagen geworfen, während er die ganze Zeit wild mit seiner Pistole herumfuchtelte.

Hauser, der Hoff angerannt kommen sah, hatte die Tür geöffnet und den Wagen anrollen lassen, bevor Hoff ganz bei ihm war. Hauser trat das Gaspedal durch und verschwand um die Ecke, bevor es jemandem einfiel, auf das Kennzeichen zu achten.

Hauser fuhr weiter, bis er sicher war, weder angehalten noch verfolgt zu werden.

16

Glück und Pech haben bekanntlich die Neigung, sich auszugleichen, nämlich insoweit, als des einen Glück sich als das Pech des anderen herausstellt – und umgekehrt.

Mauritzon war ein Mann, der der Ansicht war, sich beides nicht leisten zu können, und darum überließ er nur selten etwas dem Zufall. Alle seine Unternehmungen waren einem von ihm selbst entwickelten Sicherheitssystem zufolge doppelt abgesichert. Dieses Verfahren garantierte, dass nur das unwahrscheinlichste Zusammentreffen verschiedener Unglücksmomente ihn zu Fall bringen konnte.

Berufsbedingte Rückschläge traten natürlich in regelmäßigen Abständen ein; sie verursachten ihm aber lediglich finanzielle Einbußen. So hatte beispielsweise vor einigen Wochen ein ungewöhnlich unbestechlicher italienischer Carabinieri-Leutnant einen ganzen Lastzug mit Pornographie beschlagnahmt; diese Ladung bis zu Mauritzon zurückzuverfolgen war aber kriminaltechnisch unmöglich.

Dagegen war ihm vor einigen Monaten etwas völlig Unbegreifliches widerfahren. Aber auch dieses Ereignis hatte keine Konsequenzen gehabt, und er war überzeugt, dass es viele Jahre dauern würde, bis sich etwas Ähnliches wiederholte. Die Chance, mit seinem stehenden Zweiunddreißig-Reihen-System dreizehn Richtige zu bekommen, war zweifellos größer als die Möglichkeit, der Polizei in die Hände zu fallen.

Mauritzon lag selten auf der Bärenhaut, und sein Programm am Mittwoch war ziemlich gespickt. Zum Auftakt sollte er eine Partie Rauschgift an Centralen abholen und sie in ein Schließfach am U-Bahnhof Östermalmstorg bringen. Dann gedachte er den Schlüssel im Austausch gegen einen Umschlag mit Geld an eine bestimmte Person zu übergeben. Danach wollte er die Kontaktperson aufsuchen, bei der die geheimnisvollen Briefe an Malmström und Mohrén einzutreffen pflegten. Es ärgerte ihn übrigens ein bisschen, dass er trotz aller Versuche nicht hatte herausfinden können, wer der Absender war. Dann würde es Zeit zum Einkaufen sein, Unterhosen und anderes standen auf der Liste, und am Ende des Programms wartete der tägliche Besuch im Haus auf Danviksklippan.

Das Rauschgift bestand aus Amphetaminen und Hasch. Es war kunstvoll in einen Laib Sirupbrot und ein Stück Käse eingeschlossen. Brot und Käse lagen in einer gewöhnlichen Tragetüte zusammen mit anderen völlig harmlosen Dingen.

Mauritzon hatte die Ware bereits geholt und stand am Zebrastreifen vor Centralen, ein unauffälliger und ordentlich gekleideter kleiner Mann mit einer Papiertüte in der Hand.

Neben sich hatte er eine alte Frau auf der einen und eine junge Politesse in grüner Uniform auf der anderen Seite. Um sie herum standen Mengen anderer Menschen. Auf dem Bürgersteig fünf Meter entfernt lungerten zwei Polizeibeamte mit schafsähnlichen Mienen und auf dem Rücken verschränkten Händen.

Der Verkehr war wie alle Tage, das heißt enorm, und die Luft war so mit Abgasen vermengt, dass man beinahe erstickte.

Endlich wurde es grün, und jeder fing sofort an zu schubsen und zu drängeln, um wenn möglich eine Hundertstelsekunde vor seinen Mitmenschen über die Straße zu kommen.

Jemand gab der alten Dame einen Stoß, die sich erschreckt umsah und sagte: «Ich sehe so schlecht ohne meine Brille, aber jetzt ist doch grün?»

«Ja», sagte Mauritzon freundlich. «Warten Sie, ich helfe Ihnen über die Straße.» Die Erfahrung hatte ihn gelehrt, dass sich Hilfsbereitschaft oft auszahlt.

«Haben Sie vielen Dank, das ist sehr nett», sagte die alte Dame. «Es kommt so selten vor, dass jemand an uns Alte denkt.»

Das war die reine Wahrheit.

«Ich hab's nicht eilig», sagte Mauritzon. Er nahm den Arm der alten Dame und begann, sie über die Straße zu lotsen.

Als sie drei Meter von der Bordsteinkante entfernt waren, wurde die alte Dame wieder von einem gehetzten Fußgänger angerempelt. Mauritzon stützte sie, und gleichzeitig hörte er jemanden rufen: «Hallo, Sie da!»

Er hob den Blick und sah, wie die Strafzetteltante anklagend auf ihn zeigte, während sie gleichzeitig brüllte: «Polizei, Polizei!»

Die alte Dame sah sich verwirrt um.

«Haltet den Dieb!», rief die Politesse. Mauritzon runzelte die Augenbrauen, verhielt sich aber still.

«Was ist denn los?», sagte die alte Dame. «Was ist los?» Dann piepste auch sie: «Ein Dieb! Ein Dieb!»

Die beiden Polizisten kamen angestiefelt. «Was ist hier los?», fragte der eine barsch.

«Was ist hier los?», sagte auch der andere, aber nicht ganz so barsch. Er sprach nämlich einen Närke-Dialekt der plärrendsten Art, und es fiel ihm schwer, die barschen und rauen Laute hervorzubringen, die der Dienst angeblich erforderte.

«Ein Trickdieb!», rief die Politesse, die noch immer den Arm ausgestreckt hielt. «Er hat versucht, der alten Dame die Handtasche wegzureißen!»

Mauritzon sah sie an und dachte bei sich: Halt die Schnauze, du dusselige Kuh. Laut sagte er: «Verzeihung, aber das ist ein Irrtum.»

Die Strafzetteltante war eine etwa fünfundzwanzigjährige Blondine, der es mit Erfolg gelungen war, ein schon vorher unvorteilhaftes Aussehen mit Hilfe von Lippenstift und Make-up weiter zu verschlechtern. «Ich hab's selbst gesehen», sagte sie.

«Was?», sagte die Alte. «Wo ist der Dieb?»

«Was geht hier vor?», sagten die beiden Polizisten durcheinander. Mauritzon war die Ruhe selbst. «Es handelt sich wirklich um ein Missverständnis», sagte er.

«Dieser Herr hat mir über die Straße geholfen», sagte die alte Dame.

«Er hat so getan, ja», sagte die Blondine. «So machen die's doch immer. Er hat an der Tasche gezerrt, sodass die Al… ich meine, die Dame hier beinahe umgefallen wäre.»

«Sie haben die Situation verkannt», sagte Mauritzon. «Die Dame ist von jemand anderem angestoßen worden. Ich habe sie nur untergefasst, damit sie nicht hinfiel und sich wehtat.»

«Kommen Sie doch nicht mit der Tour», sagte die Blondine streitsüchtig.

Die Polizisten sahen sich fragend an. Der Barsche war offensichtlich der energischere von beiden und mehr routiniert. Er dachte ein Weilchen nach, und dann fiel ihm der erlösende Spruch ein. «Am besten kommen Sie alle mit.» Pause.

«Alle drei. Sowohl der Verdächtige, die Zeugin und die Klägerin.»

Die alte Dame schien völlig verwirrt zu sein, und die Politesse machte nicht mehr den Eindruck, als wäre sie noch sehr an der Sache interessiert. Mauritzon war beflissener denn je. «Ein reines Missverständnis», sagte er. «Aber das ist leicht passiert, wenn man an die vielen schrägen Vögel denkt, die sich heutzutage auf den Straßen herumtreiben. Ich komme gern mit.»

«Was ist denn?», fragte die alte Dame. «Wohin gehen wir?»

«Zur Wache», sagte der herrische Beamte.

«Zur Wache?»

«Zur Polizeiwache.»

Die Prozession zog los, begafft von vorbeirennenden Mitbürgern.

«Ich habe mich vielleicht geirrt», sagte die Blondine zögernd. Sie war gewöhnt, Autokennzeichen und Namen aufzuschreiben, nicht aber, selbst aufgeschrieben zu werden.

«Das macht doch nichts», sagte Mauritzon sanft. «Man muss immer die Augen offen halten, besonders an solchen Plätzen.»

Neben dem Bahnhof verfügt die Polizei über eine Wache. Sie dient neben vielen anderen Dingen dem Kaffeetrinken und der vorübergehenden Verwahrung von vorläufig Festgenommenen.

Es wurde eine umständliche Prozedur. Zunächst wurden Name und Anschrift der Zeugin notiert wie auch der eventuell Bestohlenen.

«Ich habe mich sicher geirrt», sagte die Zeugin nervös. «Außerdem muss ich meinen Dienst versehen.»

«Wir müssen die Sache aufklären», sagte der geschicktere der beiden Beamten. «Durchsuch seine Taschen, Kenneth.»

Der Mann aus Närke begann Mauritzon zu durchsuchen und förderte eine Reihe alltäglicher Gegenstände zutage. Gleichzeitig ging das Verhör weiter. «Wie ist Ihr Name?»

«Arne Lennart Holm», sagte Mauritzon. «Rufname Lennart.»

«Und die Anschrift?»

«Vickergatan 6.»

«Ja, der Name stimmt», sagte der andere Polizist. «So steht's auch in dem Führerschein, den ich hier habe. Es ist also völlig richtig, dass er tatsächlich Arne Lennart Holm heißt. Es stimmt also.»

Der Beamte, der das Verhör führte, wandte sich jetzt der alten Dame zu. «Haben Sie etwas verloren, meine Dame?»

«Nein.»

«Aber ich verliere langsam die Geduld», sagte die Blondine schneidend. «Wie heißen Sie eigentlich?»

«Das gehört nicht hierher», sagte der Beamte abweisend.

«Oh, immer mit der Ruhe», sagte Mauritzon versöhnlich.

«Haben Sie etwas verloren, meine Dame?»

«Nein. Das haben Sie doch schon mal gefragt.»

«Was hatten Sie an Wertsachen bei sich?

«Sechs Kronen fünfunddreißig im Portemonnaie. Und dann die Dauerkarte und den Rentenbescheid.»

«Sind diese Sachen noch da?»

«Aber ja.»

Der Beamte klappte sein Notizbuch zu, sah die versammelte Runde an und sagte: «Die Sache scheint klar zu sein. Sie beide können gehen. Holm bleibt.» Mauritzon verstaute seine Habe in den Taschen.

Die Tragetüte stand an der Tür. Eine Gurke und sechs Rhabarberstiele sahen daraus hervor.

«Was enthält die Tüte da?», fragte der Polizist.

«Lebensmittel.»

«Aha. Am besten kontrollierst du das auch, Kenneth.»

Der Mann aus Närke fing an, die Lebensmittel hervorzukramen, und legte sie auf die Bank an der Tür, auf der ausruhende Polizisten sonst ihre Mützen und Koppel abzulegen pflegten, in eine Reihe.

Mauritzon sagte nichts. Er verfolgte gelassen die Prozedur.

«Ja», sagte Kenneth. «Es sind tatsächlich Lebensmittel, genau wie Holm sagte. Brot, Butter, Käse, Rhabarber und Kaffee, na ja, wie Holm sagte.»

«Na schön», sagte sein Kollege abschließend. «Die Sache ist ausgestanden. Du kannst die Sachen wieder reintun, Kenneth.» Er überlegte kurz, wandte sich dann Mauritzon zu und sagte: «Ja, Herr Holm. Das war eine leidige Geschichte. Aber wie Sie verstehen werden, müssen wir Polizisten unsere Arbeit tun. Wir bedauern den Irrtum und hoffen, dass es nicht zu lästig für Sie war.»

«Durchaus nicht», sagte Mauritzon. «Es ist doch klar, dass Sie Ihre Arbeit tun müssen.»

«Auf Wiedersehen, Herr Holm.»

«Auf Wiedersehen.»

Die Tür öffnete sich, und ein weiterer Polizist betrat den Raum. Er trug einen blaugrauen Overall und führte einen Schäferhund an der Leine. In der anderen Hand hielt er eine Fanta.

«Mann, ist das eine Hitze», sagte er und warf seine Mütze auf die Bank. «Platz, Jack.» Er schraubte die Kapsel ab und setzte die Flasche an den Mund. Hielt inne und sagte irritiert: «Platz, Jack!»

Der Hund setzte sich, stand aber fast sofort wieder auf und begann, an der Tragetüte zu schnüffeln.

Mauritzon ging zur Tür.

«Also, auf Wiedersehen, Herr Holm», sagte Kenneth.

«Auf Wiedersehen», sagte Mauritzon.

Der Hund hatte inzwischen den ganzen Kopf in der Tragetüte.

Mauritzon öffnete die Tür mit der linken Hand und streckte die rechte nach der Tüte aus. Der Hund knurrte.

«Einen Augenblick», sagte der Polizist im Overall.

Seine Kollegen starrten ihn verständnislos an. Mauritzon schob den Kopf des Hundes beiseite und nahm die Tragetüte.

«Halt», sagte der Hundeführer und stellte die Limonadenflasche auf die Bank.

«Verzeihung?», sagte Mauritzon fragend.

«Das ist ein Rauschgiftspürhund», sagte der Polizist und führte die Hand zum Pistolenkolben.

17

Der Boss des Rauschgiftdezernats hieß Henrik Jacobsson. Er hatte diese Stellung seit bald zehn Jahren inne und war ein Mann, der unter hartem Druck stand. Jeder meinte, er müsse blutende Magengeschwüre oder motorische Störungen haben oder herumrennen und auf den Gardinen kauen. Aber seine Konstitution hatte das meiste überdauert, und heute gab es nichts mehr, was ihn auch nur die Augenbrauen heben ließ.

Er betrachtete den auseinander genommenen Käse und den ausgehöhlten Laib Brot und die Tüten mit Hasch und die Amphetaminkapseln und einen seiner Mitarbeiter, der noch immer damit beschäftigt war, Rhabarberstängel aufzuschneiden.

Vor ihm saß Mauritzon, scheinbar ruhig, aber innerlich doch reichlich aufgewühlt. Seine doppelte Sicherung war durchbrochen worden, auf die unwahrscheinlichste und idiotischste Weise. Wie hatte das passieren können? Dass so etwas einmal vorkam, konnte er akzeptieren, aber etwas Ähnliches war vor nur wenigen Monaten bereits geschehen. Zweimal? Wahrscheinlich würde er in dieser Woche dreizehn Richtige im Toto haben.

Jetzt hatte er fast alles gesagt, was gesagt werden konnte. Zum Beispiel, dass die unglückselige Einkaufstüte nicht ihm gehöre, dass er sie in Centralen von einem Unbekannten bekommen habe und sie einem anderen Unbekannten auf Mariatorget hätte weitergeben sollen und dass ihm zwar klargewesen sei, dass da irgendwas faul sei an diesem Transport, dass er den hundert Kronen aber nicht habe widerstehen können, die der Unbekannte ihm angeboten habe.

Jacobsson hatte zugehört, kommentarlos und ohne ihn zu unterbrechen, aber auch ohne im Mindesten überzeugt zu wirken. Und jetzt sagte er: «Ja, Holm, wir nehmen dich vorläufig fest, wie ich schon sagte. Wahrscheinlich wird morgen Nachmittag der Haftbefehl kommen. Du darfst einmal telefonieren, vorausgesetzt, dass du die Ermittlungen nicht behinderst oder erschwerst.»

«Ist es so ernst?», sagte Mauritzon demütig.

«Kommt drauf an, was man unter ernst versteht. Wir werden ja sehen, was wir bei der Haussuchung finden.»

Mauritzon wusste genau, was sie in der Einzimmerwohnung Vickergatan finden würden, nämlich eine sehr dürftige Einrichtung und ein paar alte Kleidungsstücke. Das beunruhigte ihn also nicht; dass die Brüder zu gegebener Zeit fragen würden, in welche Schlösser seine übrigen Schlüssel passten, ließ ihn auch ziemlich kalt, weil er darauf nämlich nicht zu antworten gedachte. Seine zweite Wohnung in Armfeltsgatan auf Gärdet hatte folglich die besten Chancen, von herumschnüffelnden Bullen und abstoßenden Vierbeinern unbesudelt zu bleiben.

«Wird es eine Geldstrafe geben?», fragte er noch demütiger.

«Nix da, mein Alterchen», sagte Jacobsson. «Das gibt Gefängnis, allemal. Du bist also ziemlich übel dran, Holm. Möchtest du übrigens etwas Kaffee?»

«Danke, am liebsten Tee, wenn es nicht zu viele Umstände macht.» Mauritzon dachte scharf nach.

Er war noch schlimmer dran, als Jacobsson jetzt noch ahnte. Man hatte ihm nämlich die Fingerabdrücke abgenommen, und sehr bald würde der Computer eine Karte ausspucken, auf der nicht Arne Lennart Holm stand, sondern ganz andere Dinge, und das würde zu vielen Fragen Anlass geben, auf die nur schwer zu antworten sein würde.

Sie tranken Tee und Kaffee und aßen einen halben Weizenkranz. Der Assistent schnitt auch die Gurke mit einem Skalpell auf, mit tiefem Ernst wie ein Starchirurg. «Da ist nichts drin», sagte er.

Jacobsson nickte ruhig und sagte zwischen zwei Bissen: «Aha.» Sah Mauritzon an und fügte hinzu: «Was dich betrifft, macht das keinen Unterschied.»

In Mauritzon begann ein Entschluss zu reifen. Er war zwar zu Boden gegangen, aber noch lange nicht k.o. und ausgezählt. Es galt jedoch, auf die Füße zu kommen, bevor man ihn ausgezählt hatte, und ausgezählt wäre er in derselben Sekunde, in der die Nachricht vom Erkennungsdienst auf Jacobssons Schreibtisch lag. Danach würde ihm keiner mehr ein Wort glauben, egal, was er auftischte.

Er stellte den Pappbecher ab, drückte das Kreuz durch und sagte mit einem völlig neuen Klang in der Stimme: «Lieber gleich die Karten auf den Tisch legen. Ich werde jetzt keine Zicken mehr machen.»

«Danke», sagte Jacobsson ungerührt.

«Ich heiße nicht Holm.»

«Aha, nicht?»

«Nein, ich nenne mich zwar so, aber das ist nicht mein richtiger Name.»

«Wie heißt du denn?»

«Filip Trofast Mauritzon.»

«Schämst du dich dieses Namens?»

«Um die Wahrheit zu sagen, ich bin vor langer Zeit ein paar Mal im Knast gewesen. Da legt man seinen Namen besser ab. Du weißt, wie es ist.»

«Ja.»

«Die Leute erfahren, dass man gesessen hat, und dann kommen die Bullen und sollen prüfen, ob … Verzeihung, die Polizei, meine ich.»

«Das ist nicht tragisch. Ich nehme so leicht nichts krumm.»

Jacobsson sagte eine Zeit lang nichts, und Mauritzon blickte nervös zur Wanduhr. «Direkt gefährliche Sachen waren es nicht», sagte er. «Ein bisschen Hehlerei und ein paar Fälschungen und unerlaubter Waffenbesitz und solche Sachen. Ein Bruch war auch dabei, aber das ist zehn Jahre her.»

«Du hast also auf dich Acht gegeben», sagte Jacobsson. «Bist ein besserer Mensch geworden, vielleicht? Oder hast du noch ein paar Tricks dazugelernt?»

Darauf antwortete Mauritzon mit einem ziemlich schiefen Lächeln. Jacobsson lächelte nicht. Er sagte: «Worauf willst du eigentlich hinaus?»

«Ich will nicht wieder in den Knast.»

«Das ist doch nichts Neues für dich. Und so schlimm ist diese Geschichte doch auch wieder nicht. Die Stadt ist voller Leute, die irgendwann reinfallen. Ich komme jeden Tag mit solchen Leuten zusammen. Sich ein paar Monate ausruhen, das kann nie schaden.»

Mauritzon hatte das starke Gefühl, dass es nicht bloß zu einem kürzeren Urlaub kommen würde. Er betrachtete seine zerstörten Lebensmittel und dachte, wenn man ihn erst einmal verhaftet hätte, würden die Bullen in allen möglichen Dingen herumwühlen und vielleicht hinter das eine oder andere kommen, was gar nicht gut wäre. Andererseits hatte er bei bestimmten ausländischen Banken eine ansehnliche Menge Kapital deponiert. Und wenn er jetzt mit einem blauen Auge davonkam, so würde er möglichst bald machen, dass er die Stadt und bald auch das Land hinter sich ließ. Danach würde sich alles finden; er hatte ohnehin schon geplant, seine alten Jagdgründe aufzugeben. Mit Pornographie und Rauschgift wollte er Schluss machen. Er hatte auch keine große Lust, weiter als – zwar gut bezahlter – Laufbursche für Personen wie Malmström und Mohrén zu arbeiten. Stattdessen gedachte er, in die Milchwirtschaft umzusteigen; der Schmuggel dänischer Butter nach Italien war verblüffend ertragreich. Außerdem beinahe gesetzlich und das einzige Risiko eigentlich nur, von der Mafia liquidiert zu werden. Aber das konnte man auf sich nehmen.

Wie dem auch sein mochte: Unter den gegebenen Umständen war es an der Zeit, außergewöhnliche Maßnahmen zu ergreifen. Mauritzon sagte: «Wer bearbeitet die Banküberfälle?»

«Bulldo…»

Sagte Jacobsson, bevor er Zeit hatte, sich zu bremsen.

«Bulldozer Olsson», sagte Mauritzon sofort.

«Staatsanwalt Olsson», sagte Jacobsson. «Willst du singen?»

«Ich kann ihm vielleicht ein paar Informationen geben.»

«Kannst du diese Informationen nicht ebenso gut mir geben?»

«Es geht um vertrauliche Dinge», sagte Mauritzon. «Es ist sicher nur ein kurzes Telefongespräch nötig.»

Jacobsson überlegte. Er wusste, dass der Reichspolizeichef und seine Handlanger gesagt hatten, dass die Banküberfälle absoluten Vorrang hatten; das einzige Verbrechen, das möglicherweise ernster sein könnte, war, den Botschafter der Vereinigten Staaten mit Eiern zu bewerfen.

Er zog das Telefon zu sich heran und wählte die Nummer, die direkt zum Hauptquartier des Sonderdezernats auf Kungsholmen führte. Bulldozer war sofort an der Strippe. «Hier Olsson.»

«Hier spricht Henrik Jacobsson. Wir haben einen Rauschgiftkurier festgenommen, der behauptet, dass er etwas auszusagen hat.»

«Über die Banküberfälle?»

«Offenbar.»

«Ich bin sofort da», sagte Bulldozer.

Das war er auch. Bulldozer trat ins Zimmer, vornübergebeugt vor Eifer.

Es entspann sich ein kurzes Gespräch.

«Weswegen wollten Sie mich denn sprechen, Herr Mauritzon?», fragte Bulldozer.

«Sind Sie an ein paar Knaben namens Malmström und Mohrén interessiert, Herr Staatsanwalt?»

«Und ob», sagte Bulldozer. Er leckte sich die Lippen. «Ja», sagte er. «Ungeheuer interessiert. Was wissen Sie über die beiden, Herr Mauritzon?»

«Ich weiß, wo Malmström und Mohrén sich befinden.»

«Jetzt im Augenblick?»

«Ja.»

Bulldozer rieb sich vor Erregung die Hände. Dann sagte er, so als käme ihm ein verspäteter Gedanke: «Ich nehme an, dass Sie bestimmte Bedingungen stellen, Herr Mauritzon?»

«Das würde ich gern in einer freundlicheren Umgebung mit Ihnen diskutieren.»

«Mmm», sagte Bulldozer. «Würde beispielsweise mein Zimmer in Kungsholmsgatan eine freundlichere Umgebung sein?»

«Allemal», sagte Mauritzon. «Ich nehme an, dass Sie mit diesem Herrn über die Angelegenheit sprechen müssen, Herr Staatsanwalt.»

Jacobsson war dem Gespräch mit ausdrucksloser Miene gefolgt.

«Genau das», sagte Bulldozer begeistert. «Wir beide müssen uns kurz beraten, Jacobsson. Können wir irgendwo unter vier Augen sprechen?»

Jacobsson nickte resigniert.

18

Jacobsson war ein praktischer Mann. Er trug die Sache mit Fassung.

Seine Bekanntschaft mit Bulldozer Olsson war oberflächlich, aber er kannte seinen Ruf, und das war Grund genug, die Schlacht schon im Voraus verloren zu geben.

Die Szenerie war einfach. Ein kahles Zimmer mit Schreibtisch, zwei Stühlen und einem Aktenschrank. Auf dem Fußboden nicht einmal ein Teppich. Jacobsson saß schweigend am Tisch.

Bulldozer rannte mit gesenktem Kopf und auf dem Rücken verschränkten Händen hin und her. «Nur eine einzige wichtige technische Einzelheit», sagte er. «Ist Mauritzon verhaftet?»

«Nein. Noch nicht.»

«Ausgezeichnet», sagte Bulldozer. «Vorzüglich. Dann brauchen wir ja nicht länger über die Sache zu reden.»

«Na ja …»

«Wenn du willst, kannst du den Reichspolizeichef anrufen. Und den Abteilungsleiter und den Intendenten.»

Jacobsson schüttelte den Kopf. Er wusste alles über die genannten hohen Herren.

«Damit wäre die Sache also geritzt», sagte Bulldozer.

Jacobsson antwortete nicht.

«Du hast da wirklich einen prachtvollen Fang gemacht, nicht wahr? Du weißt, wer er ist, und kannst ihm auf der Spur bleiben. In Zukunft.»

«Ja. Ich werde mit ihm sprechen.»

«Wunderbar.»

Jacobsson ging zu Mauritzon ins Zimmer, betrachtete ihn einen Augenblick und sagte: «Also, Mauritzon, ich habe mir die Sache überlegt. Du hast die Tüte von einem Unbekannten bekommen und solltest sie einem anderen Unbekannten übergeben. So was passiert manchmal in dieser Branche. Es wird schwer zu beweisen sein, dass du nicht die Wahrheit sagst, und eine Verhaftung dürfte wohl nicht angebracht sein.»

«Aha», sagte Mauritzon.

«Die Waren beschlagnahmen wir natürlich. Aber du kannst ja in gutem Glauben gehandelt haben.»

«Dann kann ich also gehen?»

«Ja, unter der Voraussetzung, dass du dich Bull… Staatsanwalt Olsson zur Verfügung stellst.»

Bulldozer musste an der Tür gelauscht haben. Sie ging plötzlich auf, und er machte ein etwas überstürztes Entree. «Kommen Sie, wir verschwinden», sagte er.

«Jetzt gleich?»

«Wir können uns bei mir unterhalten», sagte Bulldozer.

«Aber gern», sagte Mauritzon. «Es wird mir ein Vergnügen sein.»

«Das will ich meinen», sagte Bulldozer. «Hej, Jacobsson.»

Jacobsson sagte nichts. Er sah ihnen mit leerem Blick nach. Er war, wie schon gesagt, allerhand gewöhnt.

Zehn Minuten später war Mauritzon der unbestrittene Mittelpunkt im Hauptquartier des Sonderdezernats. Er saß in dem bequemsten Stuhl, den man hatte auftreiben können, und um ihn herum wurde eine ansehnliche Schar von Detektiven gruppiert. So saß zum Beispiel auch Kollberg da, der die Einkaufsliste anstarrte und sagte: «Ein Dutzend Unterhosen und fünfzehn Paar Strümpfe. Wer soll die denn anziehen?»

«Mohrén wird wohl zwei nehmen und der andere den Rest, vermute ich.»

«Frisst dieser Malmström Unterwäsche?»

«Das glaube ich nicht, aber er wirft die alten Sachen immer weg, wenn er frische Wäsche anzieht. Er will auch immer eine besondere Marke haben. Französische. Die gibt's nur bei Morris.»

«Kein Wunder, dass er Banken ausrauben muss – mit solchen Gewohnheiten.»

Und Rönn, sehr fragend: «Was ist denn ein Astrolabium?»

«Eine Art veralteter Sextant, nur anders», erwiderte Gunvald Larsson. Kurz darauf steuerte auch er eine Frage bei: «Wozu braucht man vier Donald-Duck-Masken?»

«Fragen Sie nicht mich. Sie haben übrigens schon zwei, die ich in der vorigen Woche gekauft habe.»

Rönn sagte bedächtig: «Und was ist mit ‹sechs Schachteln neun› gemeint?»

«Eine Art Spezial-Pariser», sagte Mauritzon müde. «Übergestreift sehen sie ungefähr wie Gummiknüppel mit dunkelblauer Uniform und schweinchenrosa Schnauze aus.»

«Lass doch diesen Wisch jetzt», sagte Bulldozer Olsson gutmütig.

«Und Sie, Herr Mauritzon, brauchen zur Unterhaltung nichts beizutragen. Unsere Späße können wir selber machen.»

«Können wir?», fragte Kollberg mit Grabesstimme.

«Wir wollen uns lieber wesentlichen Dingen zuwenden», sagte Bulldozer und schlug die Handflächen zusammen, um die Stimmung zu heben. Er sah seine Streitmacht auffordernd an, die außer Kollberg, Rönn und Gunvald Larsson noch zwei jüngere Kriminalassistenten umfasste, einen Experten für Tränengas, einen EDV-Techniker und einen völlig untauglichen Konstapel namens Bo Zachrisson, den jeder für irgendwelche Sondereinsätze abstellen zu können glaubte, selbst in diesen Zeiten schreienden Personalmangels.

Der Reichspolizeichef und andere Bonzen hatten sich jedoch seit der seltsamen Filmvorführung glücklicherweise nicht blicken, geschweige denn etwas von sich hören lassen.

«Wiederholen wir», sagte Bulldozer. «Um Punkt sechs Uhr klingelt Mauritzon an der Tür. Können wir das Zeichen noch einmal hören?»

Kollberg klopfte auf den Tisch. Mauritzon nickte. «Genau so ist es», sagte er. Und schränkte ein: «Es klingt zumindest richtig.»

Zuerst ein sehr kurzes Signal, unmittelbar von einem langen gefolgt, Pause, vier kurze, ein langes, sofort darauf ein sehr kurzes.

«Diese Melodie lerne ich nie», sagte Zachrisson missmutig.

«Wir werden versuchen, dir eine andere Aufgabe zuzuteilen», sagte Bulldozer.

«Und was könnte das sein?», fragte Gunvald Larsson. Er war der einzige Angehörige der Gruppe, der Erfahrungen von früheren Versuchen in einer Zusammenarbeit mit Zachrisson hatte. Diese waren nicht sonderlich erfolgreich gewesen.

«Und was soll ich machen?», fragte der EDV-Experte.

«Ja, stell dir vor, das habe ich mich seit Montag auch gefragt», sagte Bulldozer. «Wer hat dich eigentlich hergeschickt?»

«Weiß nicht. Irgendein Intendent hat angerufen.»

«Du könntest vielleicht was ausrechnen», schlug Gunvald Larsson vor. «Die richtige Toto-Reihe, zum Beispiel.»

«Das geht nicht», sagte der Experte düster. «Das versuche ich jede Woche seit mehreren Jahren.»

«Wir versetzen uns in die Situation», sagte Bulldozer. «Wer soll klingeln?»

«Kollberg», sagte Gunvald Larsson.

«Genau. Ausgezeichnet. Malmström macht auf. Er erwartet, Mauritzon zu sehen, der mit Astrolabium und Unterhosen und dem ganzen Kram ankommt. Stattdessen sieht er …»

«Uns», sagte Rönn düster.

«Genau», sagte Bulldozer. «Sowohl er wie Mohrén sind völlig perplex. Sie sind ganz einfach überlistet. Was für Gesichter die machen werden!» Er trabte leise kichernd durchs Zimmer. «Und wie Roos erst mal gucken wird. Schach und matt mit einem Zug!» Bulldozer schien einen Augenblick von diesen Perspektiven überwältigt zu werden. Er fasste sich aber schnell wieder und fuhr fort: «Die Crux ist, dass Malmström und Mohrén bewaffnet sind.»

Gunvald Larsson zuckte gleichmütig die Achseln.

«Das spielt keine große Rolle», sagte Kollberg. Sowohl er wie Gunvald Larsson verstanden sich aufs Zuschlagen, wenn es sein musste, und außerdem würden Malmström und Mohrén wahrscheinlich keinen Widerstand leisten, wenn sie die Hoffnungslosigkeit ihrer Lage einsahen.

Bulldozer deutete seine Gedanken korrekt und sagte: «Wir müssen damit rechnen, dass sie unter Umständen versuchen, sich den Weg freizuschießen. In dieser Lage würdest du eingreifen.» Er zeigte auf den Tränengasexperten. Dieser nickte.

«Wir werden vor der Tür auch einen Hundeführer bereithalten», sagte Bulldozer. «Der Hund greift an …»

«Wie das?», fragte Gunvald Larsson. «Soll das Hundevieh eine Gasmaske tragen?»

«Prima Idee», sagte Mauritzon. Alle sahen ihn fragend an.

«Also», sagte Bulldozer. «Möglichkeit eins: Malmström und Mohrén versuchen Widerstand zu leisten, werden aber überwältigt, der Hund greift ein, und dann werden sie mit Tränengas unschädlich gemacht.»

«Alles auf einmal?», sagte Kollberg zweifelnd. Aber Bulldozer war jetzt ernsthaft in Gang gekommen und wollte keine Einwände hören.

«Möglichkeit zwei: Malmström und Mohrén leisten keine Gegenwehr. Die Polizeibeamten dringen mit gezogenen Waffen in die Wohnung ein und umringen die beiden.»

«Ich nicht», sagte Kollberg. Er weigerte sich aus Prinzip, eine Waffe zu tragen.

Bulldozer wurde jetzt beinahe lyrisch. «Die Verbrecher werden entwaffnet und man legt ihnen Handschellen an. Ich betrete persönlich die Wohnung und erkläre sie für verhaftet. Sie werden abgeführt.» Er dachte ein paar Sekunden über diese vielversprechenden Zukunftsaussichten nach. Dann sagte er lebhaft: «Weiter haben wir noch die interessante Möglichkeit drei: Malmström und Mohrén machen gar nicht auf. Vorsichtig wie sie sind, achten sie genau auf das Klingelzeichen. Wenn sie zu der Überzeugung kommen, dass es nicht dem verabredeten Signal entspricht, soll Mauritzon sich entfernen, in der Nähe warten und nach genau zwölf Minuten wiederkommen und das Klingeln wiederholen. Also genau wie beim ersten Mal.

Wir warten zwölf Minuten und klingeln dann wieder. Dann entsteht automatisch eine der Situationen eins und zwei, und die haben wir bereits analysiert.»

Kollberg und Gunvald Larsson wechselten einen Blick, der auf irgendeine Form von Einverständnis hindeutete.

«Alternative vier», begann Bulldozer. Er wurde von Kollberg unterbrochen, der sagte: «Eine Alternative kann nur eine von zwei Möglichkeiten sein.»

«Das interessiert mich überhaupt nicht. Alternative vier ist also, dass Malmström und Mohrén überhaupt nicht aufmachen. In diesem Fall brecht ihr die Tür mit Gewalt auf und ...»

«... und dringt mit gezogenen Waffen ein und umringt die Verbrecher», vollendete Gunvald Larsson mit einem tiefen Seufzer den Satz.

«Richtig», sagte Bulldozer. «Genau so soll es ablaufen. Dann komme ich ins Zimmer und nehme sie fest. Ausgezeichnet. Das geht ja wie geschmiert. Damit sind alle Möglichkeiten erschöpft. Nicht wahr?»

Es wurde eine Weile still. Dann murmelte Zachrisson: «Alternative fünf ist, dass die Gangster die Tür öffnen und uns alle niedermähen, die Beamten und die Hunde, und dann mit ihren Maschinenpistolen die Flucht ergreifen.»

«Schafskopf», sagte Gunvald Larsson. «Erstens sind Malmström und Mohrén schon Gott weiß wie oft festgenommen worden, ohne dass jemand verletzt worden wäre. Außerdem sind sie zu zweit, und es werden sechs Polizisten und ein Hund vor der Wohnungstür stehen, weitere zehn Mann auf der Treppe und zwanzig auf der Straße und ein Staatsanwalt auf dem Dachboden oder wo auch immer er sich zu postieren gedenkt.»

Zachrisson ließ den Kopf hängen, murmelte aber dennoch düster: «In dieser Welt kann man sich auf nichts verlassen.»

«Soll ich mitkommen?», fragte der EDV-Experte.

«Nein», sagte Bulldozer. «Was könntest du schon dabei ausrichten?»

«Ohne deine Maschine bist du doch hilflos», sagte Kollberg.

«Wir könnten sie ihm vielleicht mit einem Flaschenzug hochhieven», sagte Gunvald Larsson.

«Ihr wisst alles über die Lage der Wohnung und die vorhandenen Ein- und Ausgänge», fasste Bulldozer zusammen. «Das Haus steht seit drei Stunden unter diskreter Bewachung, und wie erwartet ist nichts geschehen. Malmström und Mohrén können nicht wissen, was sie erwartet. Meine Herren, wir sind bereit.» Er zog eine alte silberne Zwiebel aus der Tasche, klappte den Deckel auf und sagte: «In zweiunddreißig Minuten schlagen wir zu.»

«Ist es nicht denkbar, dass sie versuchen, durchs Fenster abzuhauen?», warf Zachrisson ein.

«Von mir aus gern», sagte Gunvald Larsson. «Die Wohnung liegt, wie du weißt, im vierten Stock, und es gibt keine Feuerleiter.»

«Das wäre dann Alternative sechs», sagte Zachrisson.

Bulldozer wandte sich nun Mauritzon zu, der der Debatte gleichgültig gefolgt war. «Ich vermute, Herr Mauritzon, dass Sie keine Lust haben mitzukommen? Oder möchten Sie vielleicht Ihre Kameraden sehen?»

Mauritzon antwortete mit einem Mittelding zwischen Achselzucken und Erschauern.

«Dann schlage ich vor, dass wir Sie hier irgendwo unterbringen, bis die Sache überstanden ist. Sie sind ja Geschäftsmann, Herr Mauritzon, und werden also verstehen, dass ich es in gewisser Weise auch bin. Sollte sich herausstellen, dass Sie uns auf irgendeine Art hereingelegt haben, ändert sich natürlich die Verhandlungslage.»

Mauritzon nickte. «All right», sagte er. «Aber ich weiß, dass sie da sind.»

«Ich finde, Herr Mauritzon ist eine verdammte Ratte», sagte Gunvald Larsson, ohne sich an einen bestimmten der Anwesenden zu wenden.

Kollberg und Rönn studierten zum letzten Mal die Planskizze von der Wohnung; sie war nach den Angaben Mauritzons angefertigt worden und einigermaßen korrekt. Kollberg faltete das Papier zusammen und steckte es in die Tasche. «Okay, dann wollen wir mal», sagte er.

Mauritzon erhob seine Stimme und sagte: «In aller Freundschaft möchte ich nur noch betonen, dass Malmström und Mohrén gefährlicher sind, als Sie glauben. Die werden bestimmt versuchen, sich freizukämpfen. Also gehen Sie kein Risiko ein.»

«Nein», sagte Kollberg. «Wir gehen kein Risiko ein.»

Gunvald Larsson sah Mauritzon grimmig an und sagte: «Damit wollen Sie doch sicher sagen, Herr Mauritzon, dass Sie am liebsten sähen, wenn wir Ihre beiden Kumpel auf der Stelle erschießen, damit Sie selbst für den Rest Ihres Lebens nicht mehr so eine Scheißangst vor ihnen haben müssen.»

«Ich will euch nur warnen», sagte Mauritzon. «Du brauchst gar nicht so eingeschnappt zu sein.»

«Schnauze, Sie Schwein», sagte Gunvald Larsson. Er verabscheute es, von Leuten, die er verachtete, vertraulich behandelt zu werden. Das galt für alle, von Polizeispitzeln angefangen bis hinauf zu Angehörigen der Reichspolizeiführung.

«Alles klar», sagte Bulldozer mit schlecht verhohlenem Eifer. «Die Aktion beginnt. Jetzt geht's los.»

Im Haus an Danviksklippan war alles wie erwartet. Mauritzons Angaben schienen zu stimmen; zum Beispiel stand «S. Andersson» am Namensschild an der Tür.

Rechts und links von dieser Tür drückten sich Gunvald Larsson und Rönn an die Wand. Beide hatten Pistolen in der Hand, Gunvald Larsson seine private Smith & Wesson .38 Master und Rönn eine gewöhnliche 7,65-Millimeter-Walther. Zwischen ihnen stand Kollberg, und hinter ihm scharten sich die Leute auf den Treppenstufen. Dort waren Zachrisson und der Tränengasmensch und der Hundeführer und der Hund und die beiden neuen Kriminalassistenten zuzüglich einiger uniformierter Beamter mit Maschinenpistolen und schusssicheren Westen.

Bulldozer Olsson, so wurde behauptet, befand sich im Fahrstuhl.

Eine Welt in Waffen, dachte Kollberg, während er den Sekundenzeiger auf Gunvald Larssons Uhr verfolgte.

Er selbst war, wie gesagt, unbewaffnet.

Noch vierunddreißig Sekunden. Gunvald Larssons Zeitmesser war eine Luxusuhr, die immer auf die Sekunde genau ging.

Kollberg hatte kein bisschen Angst. Er war schon viel zu lange Polizist, um vor Typen wie Malmström und Mohrén Angst zu haben.

Dagegen fragte er sich, was die da drinnen dachten, worüber sie redeten, eingesperrt mit ihren Unterhosenvorräten und Waffen und Bergen von Gänseleberpastete und russischem Kaviar.

Sechzehn Sekunden.

Einer von ihnen, offenbar Mohrén, war ohne Zweifel ein großer Feinschmecker, wenn man Mauritzon glauben durfte. Kollberg hatte volles Verständnis für diese Neigung; gutes Essen bedeutete ihm selbst ungeheuer viel.

Acht Sekunden.

Was würde aus all dem guten Essen werden, nachdem man Mohrén und Malmström Handschellen angelegt und abgeführt hatte?

Vielleicht könnte er Mohrén das Zeug billig abkaufen?

Wäre das Hehlerei?

Zwei Sekunden.

Russischer Kaviar, der mit dem gelben Deckel, dachte Lennart Kollberg.

Eine Sekunde.

Null.

Er setzte den rechten Zeigefinger auf den Klingelknopf.

Sehr kurz, lang – Pause – kurz – kurz – kurz – kurz – Pause – lang, sehr kurz.

Alle warteten.

Jemand holte hörbar Luft.

Ein Schuh knarrte.

Zachrisson gelang es auf unbekannte Art, seine Pistole zum Rasseln zu bringen.

Wie zum Geier konnte eine Pistole rasseln?

Pistolengerassel.

Interessantes Wort, dachte Kollberg.

Sein Magen knurrte. Wahrscheinlich wegen des Gedankens an russischen Kaviar. Irgendwas wie bei den Pawlow'schen Hunden.

Dies war jedoch alles, was geschah.

Nach zwei Minuten hatte noch immer niemand auf das Klingeln reagiert.

Dem Plan zufolge sollten sie jetzt zehn Minuten warten und dann wieder klingeln.

Kollberg hob die rechte Hand zum Zeichen für die Männer hinter sich, dass sie bis auf weiteres abrücken sollten.

Allein Zachrisson, der Hund, der Hundeführer und der Tränengasspezialist befanden sich noch in Sichtweite, und von ihnen zogen sich die drei Erstgenannten nach oben und der Letztgenannte nach unten auf die Treppe zurück.

Rönn und Gunvald Larsson blieben stehen.

Kollberg kannte den Plan bis ins letzte Detail auswendig, aber er wusste auch, dass Gunvald Larsson nicht die leiseste Absicht hatte, sich daran zu halten.

Darum wich er jetzt ein wenig zur Seite.

Gunvald Larsson veränderte seine Position ebenfalls, baute sich mitten vor der Tür auf und beäugte sie abschätzend. Sie sah nicht unmöglich aus.

Türen einzuschlagen war bei Gunvald Larsson eine Art Manie, dachte Kollberg. Es gelang zwar fast immer, aber Kollberg missbilligte die Methode aus grundsätzlichen Erwägungen und schüttelte deshalb den Kopf und winkte ablehnend mit der Hand.

Wie nicht anders erwartet, ließ sich Gunvald Larsson nicht davon zurückhalten. Er wich bis zur Wand zurück und stützte sich mit der rechten Schulter daran ab.

Rönn schien sein Vorhaben zu ahnen und mitmachen zu wollen.

Gunvald Larsson nahm Anlauf, um sich gegen die Tür zu werfen, geduckt und mit vorgeschobener linker Schulter, ein lebender Rammbock von einhundertacht Kilo und einszweiundneunzig Länge.

Kollberg war natürlich auch mit von der Partie, jetzt, da die Dinge diese Wendung genommen hatten.

Niemand hatte jedoch voraussehen können, was innerhalb der nächsten Minute geschah.

Gunvald Larsson warf sich vorwärts und die Tür flog so widerstandslos auf, so als habe es sie gar nicht gegeben.

Der unerwartete Mangel an Gegengewicht bewirkte, dass Gunvald Larsson geradeaus durch die Türöffnung sauste. Ohne Möglichkeit zu bremsen, flog er wie ein durchgehender Hebekran weiter quer durchs Zimmer und schlug an der gegenüberliegenden Wand kräftig mit dem Kopf auf. Der Rest seiner gewaltigen Körperhülle fuhr jedoch fort, den Gesetzen der Schwerkraft zu folgen. Sein Körper fuhr herum, aber leider zur falschen Seite, sodass er mit dem Hinterteil die Fensterscheibe hinausdrückte und in einer Wolke von Glasscherben rückwärts durchs Fenster fiel. In der allerletzten Sekunde ließ Gunvald Larsson seine Pistole los und packte mit seiner großen Faust den Fenstersims. So blieb er mit mehr als der Hälfte seines Körpers fünf Stockwerke über der Erde vor dem Fenster hängen, während er sich mit der rechten Hand und der rechten Kniekehle verzweifelt festklammerte. Sofort strömte aus tiefen Schnittwunden in der Hand Blut heraus und auch das Hosenbein begann sich rot zu färben.

Rönn war nicht genauso schnell, aber doch genügend flink auf den Füßen, um genau in dem Augenblick über die Türschwelle zu gelangen, da die Tür in quietschenden Scharnieren zurückfiel. Sie traf ihn mit voller Wucht an der Stirn. Er verlor seine Pistole und fiel rücklings auf den Treppenabsatz hinaus.

Als die Tür nach dem Zusammenstoß mit Rönn zum zweiten Mal aufflog, gelang es auch Kollberg, in die Wohnung zu hasten. Ein schneller Überblick zeigte, dass das einzig Lebendige in diesem Raum Gunvald Larssons eine Hand und sein einer Unterschenkel war. Kollberg stürzte hinzu und grapschte mit beiden Händen das Bein.

Das Risiko, dass Gunvald Larsson fallen und zu Tode stürzen würde, war sehr groß. Kollberg lehnte seine ansehnliche Leibesfülle gegen das Bein, und es gelang ihm, den herumfuchtelnden linken Arm seines Kollegen mit der Rechten zu packen. Einige Sekunden lang schien es, als wäre die Gewichtsverteilung zu unvorteilhaft, und sie würden beide hinunterstürzen. Aber Gunvald Larssons zerschundene rechte Hand ließ nicht los, und Kollberg gelang es schließlich unter Aufbietung seiner letzten Kräfte, seinen über der Erde schwebenden Kollegen wieder ins Zimmer zurückzuzerren, zwar zerrissen und blutend, aber doch lebendig.

Rönn hatte nicht das Bewusstsein verloren und kroch jetzt auf allen vieren über die Schwelle, während er nach seiner Pistole tastete, die er hatte fallen lassen.

Der nächste Mann auf der Szene war Zachrisson, und ihm auf den Fersen folgte in langen Sätzen der Hund. Zachrisson sah Rönn auf allen vieren herumkriechen, während ihm das Blut aus der Nase und auf eine auf dem Fußboden liegende Pistole tropfte. Zachrisson entdeckte auch Kollberg und Gunvald Larsson, die vor dem zertrümmerten Fenster ineinander verknäult und blutig dalagen. Die beiden waren offensichtlich außer Gefecht gesetzt.

Zachrisson rief: «Halt! Polizei!» Dann hob er die Pistole und gab einen Schuss ab, der die Deckenlampe traf, eine weiße Glaskugel. Sie explodierte mit einem ohrenbetäubenden Knall.

Dann drehte Zachrisson sich auf dem Absatz um und schoss auf den Hund. Das Tier sank auf die Hinterläufe und ließ ein schmerzerfülltes Jaulen ertönen, das durch Mark und Bein ging.

Zachrissons dritter Schuss ging durch die geöffnete Badezimmertür und durchbohrte die Warmwasserleitung. Ein langer Strahl heißen Wassers schoss fauchend ins Zimmer.

Zachrisson drückte noch einmal ab, aber die Pistole versagte, und der Mechanismus verhakte sich.

Der Hundeführer rannte mit wildem Blick ins Zimmer. «Die Schweine haben Boy erschossen!», schrie er gellend und zog seine Dienstwaffe. Er fuchtelte mit der Pistole herum und sah sich wütend nach jemandem um, an dem er Rache nehmen konnte.

Der Hund heulte schlimmer als zuvor.

Ein Konstapel in blaugrüner kugelfester Weste und mit schussbereiter Maschinenpistole lief durch die Türöffnung, stolperte über Rönn und fiel kopfüber auf den Fußboden. Seine Waffe segelte übers Parkett. Der Hund, der offenbar nicht lebensgefährlich verletzt war, biss ihn in die Wade. Der Polizist begann um Hilfe zu schreien.

Kollberg und Gunvald Larsson, zerschunden und erschöpft, hatten zwei klare Schlussfolgerungen gezogen: Erstens: Es war niemand in der Wohnung gewesen, weder Malmström, Mohrén noch sonst jemand. Zweitens: Die Tür war nicht abgeschlossen und vermutlich nicht einmal richtig zugemacht gewesen.

Der dampfende Warmwasserstrahl aus dem Badezimmer war jetzt siedend heiß und traf Zachrisson mitten ins Gesicht.

Der Polizist in Schutzkleidung kroch auf seine Maschinenpistole zu. Der Hund dachte nicht daran, seinen Biss zu lockern, sondern rutschte hinterher, während er die Zähne tief in das fleischige Bein seines Opfers bohrte.

Gunvald Larsson hob seine blutende Hand und brüllte: «Aufhören, um Himmels willen …»

Und gerade in diesem Augenblick warf der Gasspezialist in rascher Folge zwei Tränengasgranaten durch die Türöffnung. Sie fielen zwischen Rönn und dem Hundeführer auf den Boden und krepierten sofort.

Irgendjemand feuerte noch einen Schuss ab; wer, war nicht festzustellen, aber vermutlich war es der Hundeführer. Das Geschoss schlug einen Zentimeter von Kollbergs einem Knie im Heizkörper ein, sauste als Querschläger pfeifend ins Treppenhaus und traf den Tränengas-Mann in die Schulter. Kollberg versuchte zu schreien: «Wir ergeben uns! Wir ergeben uns!» Es wurde aber nur ein heiseres Krächzen.

Das Gas verbreitete sich rasch und vermengte sich mit Dampf und Korditrauch. Es erfüllte den Raum, und niemand konnte mehr einen der anderen sehen.

Fünf Mann und ein Hund stöhnten, weinten und husteten dort drinnen.

Draußen auf der Treppe saß der Gasexperte und jammerte, während er die rechte Handfläche auf die linke Schulter presste.

Bulldozer Olsson kam aus dem darüberliegenden Stockwerk heruntergestürzt und fragte empört: «Was ist geschehen? Worum geht's? Was ist hier eigentlich los?»

Aus dem gaserfüllten Zimmer kamen schreckliche Laute. Ersticktes Jaulen, Hilferufe und raue, nicht verständliche Verwünschungen.

«Unternehmen abblasen!», befahl Bulldozer mit versagender Stimme und fing an, heiser und hohl zu husten.

Dann drückte er das Kreuz durch und wandte sich der Türöffnung zu, die kaum noch zu erkennen war.

«Malmström und Mohrén», rief er befehlend, während ihm die Tränen übers Gesicht liefen. «Werfen Sie Ihre Waffen weg und kommen Sie mit erhobenen Händen heraus. Ich erkläre Sie für verhaftet.»

19

Am Donnerstag, dem 6. Juli 1972 morgens saßen die Vertreter des Sonderdezernats zur Bekämpfung von Banküberfällen bleich, gefasst und in grimmigem Schweigen zusammen in ihrem Hauptquartier.

Beim Gedanken an die Ereignisse des gestrigen Tages war es keinem besonders wohl zumute.

Besonders Gunvald Larsson nicht.

Im Film ist es vielleicht komisch, wenn jemand durchs Fenster fällt und fünf Stockwerke über der Erde baumelt, aber das trifft nicht für die Wirklichkeit zu. Zerschnittene Hände und ruinierte Kleider reizen auch nicht zum Lachen.

Eigentlich war es seine ruinierte Kleidung, die Gunvald Larsson am meisten fuchste. Er legte sehr viel Wert auf seine Garderobe, die einen großen Teil seines Gehalts verschlang. Und jetzt waren ihm wieder im Dienst einige seiner am meisten geschätzten Kleidungsstücke unbrauchbar gemacht worden, zum wievielten Mal, wusste er nicht.

Einar Rönn war auch nicht fröhlich, und selbst Kollberg fiel es schwer, die nicht übersehbare Situationskomik zu würdigen. Er erinnerte sich noch sehr gut des Kitzelns in der Magengrube in dem Augenblick, da er tatsächlich geglaubt hatte, er und Gunvald Larsson würden in den nächsten fünf Sekunden unten auf dem Boden aufprallen. Im Übrigen war er nicht einmal religiös und glaubte nicht an beflügelte Detektive in irgendeinem großen Polizeihauptquartier da oben.

Die Schlacht an Danviksklippan war mit großer Sorgfalt analysiert worden, doch der schriftliche Bericht war in den Formulierungen sehr vage und ausweichend. Es war Kollberg, der ihn verfasst hatte.

Die Verluste konnten jedoch nicht weggeleugnet werden.

Drei Mann hatten ins Krankenhaus geschafft werden müssen, zum Glück hatte keiner von ihnen lebensbedrohende Verletzungen davongetragen oder lief Gefahr, irgendwelche Schäden zurückzubehalten. Der Tränengasexperte hatte eine Fleischwunde an der Schulter und Zachrisson Brandwunden im Gesicht. Außerdem behaupteten die Ärzte, dass er einen Schock erlitten habe, «seltsam» wirke und es ihm schwer falle, auf einfache Fragen vernünftige Antworten zu geben, aber das mochte daran liegen, dass sie ihn nicht kannten und seine Verstandesgaben überschätzten. Diese zu unterschätzen erschien beinahe unmöglich. Der vom Hund gebissene Konstapel konnte damit rechnen, für etliche Wochen krankgeschrieben zu werden; zerfetzte Muskeln und zerrissene Sehnen heilen nicht im Handumdrehen.

Am schlechtesten stand es allerdings um den Hund. Die Chirurgische Klinik der Tierärztlichen Hochschule teilte mit, dass es zwar gelungen sei, die Kugel zu entfernen, ein Einschläfern aber durchaus noch notwendig werden könne, falls nämlich eine Infektion hinzukomme. Boy sei ein junges und starkes Tier, wurde hinzugefügt, und sein Allgemeinzustand sei befriedigend.

Für den, der die Terminologie kannte, klang dies wenig hoffnungsvoll.

Die Anwesenden waren auch nicht in bester Verfassung.

Rönn hatte ein großes Pflaster auf der Stirn und zwei prachtvolle Veilchen, die seine von Natur rote Nase noch mehr betonten.

Gunvald Larsson hätte eigentlich zu Hause bleiben müssen, denn jemand, der die rechte Hand und das rechte Knie dick verbunden hat, kann mit Fug und Recht als beschränkt diensttauglich bezeichnet werden. Außerdem hatte Gunvald Larsson eine anständige Beule am Kopf.

Was Kollberg betraf, so war sein physischer Zustand etwas besser, aber dafür litt er unter schweren, bohrenden Kopfschmerzen. Er selbst glaubte, dass sie von der wenig gesundheitsfördernden Atmosphäre auf dem Schlachtfeld herrührten. Eine Spezialkur, die aus Cognac, Aspirin und liebevoller sexueller Fürsorge – von seiner Frau mit Geschick ausgeübt – bestanden hatte, hatte eine zwar positive, aber vorübergehende Wirkung gehabt.

Da die feindliche Seite während der Schlacht nicht anwesend gewesen war, waren auch ihre Verluste unbedeutend. Man hatte in der Wohnung zwar einige Dinge beschlagnahmt, aber nicht einmal Bulldozer Olsson konnte sich der Hoffnung hingeben, dass der Verlust einer Rolle Toilettenpapier, eines Pappkartons mit Werg, zweier Dosen eingemachter Preiselbeeren und einer unwahrscheinlichen Menge gebrauchter Unterwäsche etwas war, das Malmström und Mohrén angesichts ihrer künftigen Unternehmungen ernsthaft beunruhigen oder diese Vorhaben in nennenswertem Umfang erschweren könnte.

Zwei Minuten vor neun stürmte schließlich Bulldozer Olsson persönlich durch die Tür. Er hatte bereits zwei Besprechungen hinter sich, eine bei der Reichspolizeiführung und eine mit Leuten vom Betrugsdezernat, und hatte jetzt ordentlich Blut geleckt. «Guten Tag», sagte er gut gelaunt. «Wie geht's euch, Jungs?»

Die Jungs fühlten sich bejahrter als je zuvor, und keiner von ihnen antwortete.

«Roos hat gestern einen smarten Gegenzug gemacht, aber deswegen sollten wir nicht die Köpfe hängen lassen. Man könnte natürlich sagen, dass wir ein paar Bauern geopfert und einen Tempoverlust hingenommen haben.»

«Ich finde, das Ganze hat mehr Ähnlichkeit mit einem Matt wegen Zugunfähigkeit», sagte Kollberg, der Schachspieler war.

«Aber jetzt sind wir am Zug», sagte Bulldozer. «Her mit Mauritzon, dann wollen wir ihm mal auf den Zahn fühlen! Der hat noch was aus dem Hut zu zaubern. Und er hat Angst, meine Herren! Er weiß, dass Malmström und Mohrén jetzt hinter ihm her sind. Der schlechteste Dienst, den wir ihm im Augenblick erweisen könnten, wäre, ihn laufen zu lassen. Und das weiß er auch.»

Rönn, Kollberg und Gunvald Larsson starrten ihren Boss mit rotgeränderten Augen an. Der Gedanke, nach den Anweisungen Mauritzons neue Aktionen zu unternehmen, war wenig ansprechend.

Bulldozer betrachtete sie etwas eingehender. Auch seine Augen waren rotgerändert und geschwollen. «Ich habe mir heute Nacht was überlegt, Jungs», sagte er. «Findet ihr nicht auch, dass wir in Zukunft bei Unternehmen dieser Art etwas jüngere und frischere Kräfte einsetzen sollten? Ich meine solche Unternehmen wie das von gestern.» Nach einer kurzen Pause fügte er hinzu: «Es erscheint mir nicht ganz richtig, dass gesetzte Herren mittleren Alters in relativ hohen Positionen auf diese Weise herumtoben sollen. Wild um sich schießen und so.»

Gunvald Larsson seufzte tief und sank ein wenig in sich zusammen. Er sah aus, als hätte ihm jemand ein Messer in den Rücken gestoßen.

Da hat er völlig Recht, dachte Kollberg. In der Sekunde darauf aber wurde er wütend. Mittleren Alters? Gesetzt? Den Teufel auch!

Rönn murmelte etwas.

«Was hat du gesagt, Einar?», fragte Bulldozer freundlich.

«Nun, wir waren nicht diejenigen, die geschossen haben.»

«Mag sein», sagte Bulldozer. «Mag sein. So, jetzt wollen wir uns mal wieder aufrappeln. Her mit Mauritzon!»

Mauritzon hatte in der Arrestabteilung übernachtet, wenn auch etwas komfortabler als normale Insassen. So hatte er zum Beispiel einen eigenen Nachttopf erhalten und sogar eine Wolldecke, und der Wachhabende hatte ihn gefragt, ob er ein Glas Wasser haben wolle.

Er selbst hatte gegen das Arrangement nichts einzuwenden gehabt und hatte, wie berichtet worden war, sogar gut geschlafen. Am Abend zuvor hatte er jedoch einen beunruhigten und verblüfften Eindruck gemacht, als ihm gesagt worden war, dass Malmström und Mohrén bei ihrer Ergreifung nicht anwesend gewesen seien.

Eine kriminaltechnische Schnelluntersuchung der Wohnung hatte jedoch ergeben, dass die beiden sich noch kurz vorher dort aufgehalten hatten. Fingerabdrücke waren in reicher Zahl vorhanden, und auf einem der Marmeladengläser waren auch Spuren von Mauritzons rechtem Daumen und Zeigefinger gefunden worden.

«Ihr seht wohl, was das bedeutet», sagte Bulldozer inquisitorisch.

«Ja, dass er technisch an ein Glas Preiselbeerkompott gebunden ist», sagte Gunvald Larsson.

«Ja, ja, ja, das ist richtig», sagte Bulldozer angenehm überrascht. «Wir haben ihn schlicht überführt. Das hält sogar vor Gericht stand. Aber daran habe ich eigentlich nicht gedacht.»

«Sondern?»

«Dass es darauf hindeutet, dass Mauritzon die Wahrheit gesagt hat und dies auch weiterhin tun wird. Er wird ausspucken, was er weiß.»

«Ja, über Malmström und Mohrén.»

«Und das ist das Einzige, woran wir wirklich interessiert sind, jedenfalls im Augenblick. Oder?»

Jetzt saß Mauritzon wieder mitten unter ihnen, ein unansehnlicher kleiner Mann mit grundehrlichem Augenaufschlag.

«Ja, lieber Herr Mauritzon», sagte Bulldozer freundlich. «Das ist ja nun nicht ganz so gelaufen, wie wir uns das vorgestellt hatten.»

Mauritzon schüttelte den Kopf. «Komisch», sagte er. «Ich versteh's nicht. Die müssen so was wie 'nen sechsten Sinn gehabt haben.»

«Sechster Sinn», sagte Bulldozer träumerisch. «Ja, das könnte man manchmal glauben. Wenn Roos …»

«Wer?»

«Nichts, Herr Mauritzon. Nichts. Ich hab nur laut vor mich hin gedacht. Etwas anderes beunruhigt mich aber. Unsere private Bilanz stimmt nicht ganz. Ich habe Ihnen einen großen Dienst erwiesen, Herr Mauritzon, und ich warte sozusagen noch auf die Gegenleistung.»

Mauritzon nahm sich sehr viel Zeit zum Überlegen. Schließlich sagte er: «Sie meinen, Herr Staatsanwalt, dass ich trotz allem noch immer nicht auf freiem Fuß bin?»

«Tja», sagte Bulldozer. «Ja und nein. Rauschgifthandel ist ein schweres Verbrechen; wenn man es recht bedenkt, Herr Mauritzon, was würden Sie wohl kriegen? Ich denke so …» Er hielt inne und zählte es sich an den Fingern ab. «Ja, ich kann Ihnen wohl acht Monate versprechen, sechs aber mindestens, weniger auf keinen Fall.»

Mauritzon sah ihn ruhig an.

«Andererseits», fuhr Bulldozer lebhafter fort, «habe ich Ihnen für dieses Mal Absolution versprochen, vorausgesetzt, dass ich einen entsprechenden Gegenwert erhalte.» Bulldozer setzte sich gerade und sagte brutal: «Mit anderen Worten: Wenn du nicht auf der Stelle alles ausspuckst, was du über Malmström und Mohrén weißt, lassen wir dich wegen Beihilfe in den Knast wandern. Deine Fingerabdrücke sind in der Wohnung gefunden worden. Und dann schicken wir dich zu Jacobsson zurück. Außerdem werden wir dafür sorgen, dass du eine ordentliche Tracht Prügel bekommst.»

Gunvald Larsson sah den Chef des Sonderdezernats anerkennend an. «Es wäre mir ein Vergnügen, persönlich …» Er beendete den Satz nicht. Mauritzon zuckte nicht mit einer Wimper.

«Okay», sagte er. «Ich habe etwas, womit ihr sowohl Malmström und Mohrén sowie noch ein paar andere schnappen könnt.»

Bulldozer Olssons Gesicht leuchtete auf. «Interessant, Herr Mauritzon. Und wie kann man diese Prachtburschen finden?»

Mauritzon sah Gunvald Larsson an und sagte: «Es ist so einfach, dass selbst die Hauskatze es schaffen würde.»

«Die Hauskatze?»

«Ja, Sie dürfen nicht mir die Schuld geben, wenn Ihre Leute die Brüder noch mal verpassen.»

«Lieber Herr Mauritzon, keine harten Worte jetzt. Es ist uns allen ja gleichermaßen daran gelegen, dass die Knaben gefasst werden. Also raus mit der Sprache – was wissen Sie?»

«Ich kenne den Plan für ihren nächsten Coup», sagte Mauritzon tonlos. «Mit Zeiten und allem Drum und Dran.»

Staatsanwalt Olsson wären die Augen beinahe aus dem Kopf gefallen. Er drehte drei Runden um Mauritzons Stuhl und rief begeistert: «Erzählen Sie, Herr Mauritzon! Erzählen Sie alles! Sie sind schon so gut wie frei. Sie kriegen eine Polizeieskorte, wenn Sie wollen. Aber erzählen Sie. Lieber Herr Mauritzon, erzählen Sie uns alles.»

Das gesamte Sonderdezernat wurde von seiner Neugier angesteckt. Alle standen auf und umringten ungeduldig den Spitzel.

«Okay», sagte Mauritzon offenherzig. «Ich hatte Malmström und Mohrén versprochen, ihnen ein wenig behilflich zu sein. Mit Einkäufen und so. Sie wollten nicht gern aus dem Haus gehen. Ich sollte außerdem jeden Tag zu einem Tabakladen in Birkastan gehen und nach Post für Mohrén fragen.»

«Was ist das für ein Tabakladen?», fragte Kollberg sofort.

«Auch das will ich gern sagen, aber ihr habt nichts davon. Ich habe mich schon erkundigt. Die Ladenbesitzerin ist eine alte Tante, und die Briefe werden von Rentnern abgegeben. Es sind jedes Mal andere.»

«Aha», sagte Bulldozer. «Briefe? Was für Briefe? Wie viele?»

«In der ganzen Zeit waren es drei», sagte Mauritzon.

«Und Sie haben sie abgeliefert?»

«Ja, aber erst, nachdem ich sie geöffnet und gelesen hatte.»

«Hat Mohrén das nicht gemerkt?»

«Wenn ich Post von irgendwelchen Leuten aufmache, ist das nicht zu merken. Ich habe eine perfekte Methode. Chemisch.»

«Also? Was stand in den Briefen?» Bulldozer konnte nicht stillstehen. Er tanzte mit kurzen Schritten auf dem Fußboden umher wie ein überfüttertes Hähnchen auf einem Backblech.

«Die beiden ersten waren uninteressant. Handelten von ein paar Typen, die H. und H. genannt wurden und die zu einem Ort Q. kommen sollten, und so weiter. Es waren nur kurze Mitteilungen in irgendeinem Code. Ich habe die Umschläge wieder zugeklebt und sie Mohrén übergeben.»

«Und der dritte?»

«Der dritte ist vorgestern gekommen. Er war äußerst interessant. Der Plan für ihren nächsten Coup, wie ich schon sagte. Im Detail.»

«Und Sie haben das Papier Mohrén übergeben?»

«Die Papiere. Es waren drei Blätter. Ja, ich habe sie Mohrén gegeben. Aber erst habe ich Fotokopien gemacht, die ich an einem sicheren Ort aufbewahrt habe.»

«Mein lieber Herr Mauritzon», sagte Bulldozer überwältigt. «An welchem Ort? Wie bald können Sie sie abholen?»

«Sie können sie selbst holen. Ich habe keine Lust dazu.»

«Wann?»

«Sobald ich Ihnen gesagt habe, wo sie sich befinden.»

«So sagen Sie es schon!»

«Immer mit der Ruhe», sagte Mauritzon. «Dies ist echte Ware, also bitte keine Aufregung. Aber zuerst will ich zwei Dinge haben.»

«Was?»

«Erst einmal dieses Papier von Jacobsson, das Sie in der Tasche haben. Wo drinsteht, dass ich nicht wegen eines Rauschgiftverbrechens verdächtigt werde und die Ermittlungen wegen fehlenden Tatverdachts eingestellt worden sind und so weiter.»

«Aber gern, sofort», sagte Bulldozer und steckte die Hand in die Jackentasche.

«Ferner will ich ein ähnliches Papier haben, von Ihnen selbst unterschrieben, was meine angebliche Beihilfe für Malmström und Mohrén betrifft. Dass sich die Sache aufgeklärt hat und ich in gutem Glauben gehandelt habe und so weiter.»

Bulldozer Olsson eilte zur Schreibmaschine.

Das Dokument war in weniger als zwei Minuten ausgefertigt. Mauritzon erhielt die beiden Schriftstücke, las den Text sorgfältig durch und sagte: «Gut. Der Brief mit den Kopien befindet sich im *Sheraton*.»

«Dem Hotel?»

«Ja. Ich habe ihn dorthin geschickt. Er liegt beim Portier. Abholbereit.»

«Für wen?»

«Philip Graf von Brandenburg», sagte Mauritzon bescheiden. «Philip mit Ph.»

Alle sahen ihn verblüfft an. Dann sagte Bulldozer: «Mein lieber Herr Mauritzon, ausgezeichnet, ganz ausgezeichnet. Hätten Sie was dagegen, eine Weile im Nebenzimmer zu warten? Nicht lange. Mögen Sie eine Tasse Kaffee und etwas Kuchen, ein paar Kopenhagener vielleicht?»

«Tee, bitte», sagte Mauritzon.

«Tee», sagte Bulldozer geistesabwesend. «Einar, sorg bitte dafür, dass Herr Mauritzon Tee bekommt und ein paar Kopenhagener und … Gesellschaft.»

Rönn ging mit Mauritzon hinaus und kam in weniger als einer Minute zurück.

«Was tun wir jetzt?», erkundigte sich Kollberg.

«Wir holen den Brief», sagte Bulldozer. «Sofort. Am einfachsten wäre es natürlich, wenn einer von euch losginge und sagte, er sei Graf von Brandenburg und bitte um seine Post. Du zum Beispiel, Gunvald.»

Gunvald Larsson sah ihn mit starren porzellanblauen Augen an. «Ich? Niemals. Lieber reiche ich sofort mein Abschiedsgesuch ein.»

«Dann du, Einar. Wenn wir sagen, wie die Dinge liegen, gibt's bloß Ärger. Die werden sich vielleicht weigern, die Post des Grafen herzugeben, und so weiter. Wir könnten eine Menge wertvolle Zeit verlieren.»

«Na schön», sagte Rönn. «Ich habe hier eine Visitenkarte von Philip Graf von Brandenburg. Mauritzon hatte sie in einem Geheimfach in seiner Brieftasche. Sieht schrecklich nobel aus.»

Die Visitenkarte war leicht grau getönt und hatte in einer Ecke ein versilbertes Monogramm.

«Jetzt mach schon, dass du wegkommst!», sagte Bulldozer ungeduldig. «Beeil dich!»

Rönn ging.

«Es ist doch seltsam», sagte Kollberg. «Wenn ich in das Feinkostgeschäft gehe, in dem ich seit zehn Jahren einkaufe, und darum bitte, einen halben Liter Milch auf Kredit zu kriegen, geben die mir auf der Stelle einen Korb. Aber wenn eine Figur wie Mauritzon in den nobelsten Juwelierladen der Stadt reinstolziert und sagt, er sei der Herzog von Malexander, dann kriegt er zwei Kisten mit Brillantringen und zehn Perlenketten zur Ansicht mit nach Hause.»

«Ja, so ist es doch immer», sagte Gunvald Larsson. «Das ist eben die Klassengesellschaft ...»

Bulldozer Olsson nickte geistesabwesend. Fragen der Klassengesellschaft interessierten ihn nicht.

Der Portier betrachtete den Brief, den er in der Hand hielt, dann die Visitenkarte und schließlich Rönn. «Sind Sie wirklich Graf von Brandenburg?», fragte er misstrauisch.

«Ja», sagte Rönn unsicher. «Das heißt, ich bin sein Bote.»

«Aha», sagte der Portier. «So ist das also. Bitte sehr. Grüßen Sie den Grafen und richten Sie ihm aus, dass wir es uns immer zur Ehre anrechnen, ihn als Gast in unserem Haus begrüßen zu dürfen.»

Jemandem, der Bulldozer Olsson nicht kannte, wäre dieser vermutlich ernsthaft krank oder zumindest leicht geistesgestört erschienen.

Seit mehr als einer Stunde befand er sich in einem Zustand totaler Euphorie. Dieses Gefühl abnormen Wohlbefindens drückte sich zwar nicht in Worten oder in Taten aus, dafür aber in einer motorischen Unruhe. Er konnte keine drei Sekunden lang stillsitzen. Er schien im Zimmer zu schweben, als wäre der zerknitterte blaue Anzug nicht die Hülle eines Staatsanwalts, sondern die eines Zeppelins, und als wäre sein rundlicher kleiner Körper mit Helium gefüllt.

Dieser Unruhegeist ging allen auf die Nerven. Zum Glück gaben die drei Blätter aus dem gräflichen Briefumschlag eine faszinierende Lektüre ab und Kollberg, Rönn und Gunvald Larsson saßen immer noch mit dem gleichen Interesse darüber, wie vor einer Stunde, da sie sie bekommen hatten.

Es gab nicht den geringsten Zweifel, dass das, was auf dem Tisch des Sonderdezernats lag, Fotokopien des so gut wie vollständigen Plans für Malmströms und Mohréns nächsten Bankraub waren.

Es war auch kein x-beliebiger Bankraub. Es war der ganz große Coup, den man schon seit Wochen hatte kommen sehen, ohne aber Näheres darüber zu wissen. Aber jetzt wusste man es plötzlich ganz genau.

Er sollte an einem Freitag um Viertel vor drei steigen. Aller Wahrscheinlichkeit nach am Freitag, dem 7., also am folgenden Tag, oder aber eine Woche später, das hieße am Freitag, dem 14. Juli.

Vieles sprach für die zweite Alternative. In dem Fall hätten sie noch eine Woche Zeit, mehr als genug für die notwendigen Vorbereitungen. Aber selbst wenn Malmström und Mohrén sofort zuschlugen, waren die Papiere aufschlussreich genug, so dass es fast ein Botengang sein würde, sie auf frischer Tat hoppzunehmen und die gesamte Planung über den Haufen zu werfen.

Auf einem Blatt fand sich eine detaillierte Skizze vom Schalterraum der Bank mit sorgfältig eingezeichneten Einzelheiten. Die Skizze schien alles zu enthalten, was die Durchführung des Raubs betraf – Platzierung der verschiedenen Personen, Positionen der Fluchtautos und Fluchtwege aus der Stadt.

Bulldozer Olsson, der über sämtliche Banken im Gebiet von Groß-Stockholm informiert war, hatte nur einen Blick auf die Skizze zu werfen brauchen, um sofort sagen zu können, welche Bank da geplündert werden sollte. Es war eine der größten modernen Banken in der Stockholmer City.

Der Plan war in seiner Einfachheit so genial, dass er nur einen Urheber haben konnte: Werner Roos. Davon war Bulldozer zumindest überzeugt.

Der eigentliche Coup war in drei parallel laufende Aktionen eingeteilt.

Die erste war ein Ablenkungsmanöver.

Die zweite ein vorbeugendes Unternehmen, das sich direkt gegen den Hauptgegner, also die Polizeimacht, richtete.

Die dritte war der eigentliche Raubüberfall.

Zur Durchführung des Plans mussten außer Malmström und Mohrén mindestens noch vier weitere Personen daran beteiligt sein.

Zwei waren sogar namentlich aufgeführt. Hauser und Hoff, die – wie aus den Unterlagen hervorging – beim eigentlichen Bankraub die Bewachung sicherstellen sollten.

Die beiden anderen – es konnte sich allerdings auch um mehr als zwei Mann handeln – sollten das Ablenkungsmanöver und den Präventivschlag übernehmen. Diese Personen waren als «Unternehmer» bezeichnet.

Das Ablenkungsmanöver sollte um 14 Uhr 40 eingeleitet werden und in Rosenlundsgatan auf Södermalm stattfinden. Zu den Requisiten gehörten mindestens zwei Wagen und ein größerer Sprengsatz.

Alles deutete darauf hin, dass sich das Ablenkungsmanöver unter Aufsehen erregenden Umständen abspielen und fast alle verfügbaren Streifenwagen auf sich ziehen würde, die in der Innenstadt und in den südlichen Vororten unterwegs waren. Wie man dabei vorgehen würde, ging aus den Papieren nicht hervor, aber gute Gründe sprachen für die Annahme, dass es eine gewaltige Explosion geben würde, entweder bei einer Tankstelle oder in einem Haus.

Dafür sollte «Unternehmer A» verantwortlich sein.

Eine Minute später – eine taktisch durchaus richtige Überlegung – sollten die präventiven Maßnahmen einsetzen. Dieser

Teil des Plans war ebenso einfach wie frech; man wollte die Ausfahrtswege der Fahrzeuge des Überfallkommandos und anderer Mannschaftswagen blockieren, die als taktische Reserve ständig im Polizeihaus zurückgehalten wurden. Wie das in Einzelheiten vor sich gehen sollte, war schwer vorstellbar, aber eine unvorbereitete Polizei in der Zentrale durfte gewiss mit wenig angenehmen Überraschungen rechnen.

Die unmittelbare Führung dieses Teils oblag dem «Unternehmer B».

Liefen diese beiden vorbereitenden Operationen nach Plan ab, würden um 14 Uhr 45 die überwältigende Mehrheit der beweglichen Polizeikräfte durch das Durcheinander in Rosenlundsgatan auf Södermalm und die taktische Reserve an einsatzbereitem Personal im Polizeihaus auf Kungsholmen blockiert sein.

Genau in diesem Augenblick sollten Malmström und Mohrén, assistiert von den Herren Hoff und Hauser, in der Bank zuschlagen.

Und das wäre also der seit langem vorausgeahnte große Coup.

Für die Flucht verfügte die Bande über zwei Autos, die man später gegen vier andere umtauschen wollte; es würde dann also nur je ein Mann in einem Wagen sitzen. Der Rückzug sollte in nördlicher Richtung erfolgen; ganz natürlich, denn fast alle beweglichen Polizeikräfte würden zu dem Zeitpunkt in die südlichen Stadtteile gelockt sein, und der Rest wäre auf Kungsholmen gebunden.

Selbst die Größe der Beute war der guten Ordnung halber angegeben. Sie wurde auf einen Gesamtbetrag im Wert von zweieinhalb Millionen Schwedenkronen geschätzt.

Diese Tatsache ließ das Sonderdezernat eher auf Freitag, den 14., tippen. Ein Gespräch mit der Bank hatte nämlich ergeben, dass an diesem Tag ungefähr die veranschlagte Summe in den verschiedensten Währungen vorhanden sein würde. Wenn die Bande dagegen schon morgen zuschlug, würde die Beute sehr viel geringer ausfallen.

Die meisten der Anweisungen lagen im Klartext vor oder waren zumindest leicht zu deuten.

«Jean hat einen langen Schnurrbart», sagte Kollberg. «Das ist ein bekannter Satz. Wurde als Funkspruch an die französischen Partisanen kurz vor dem *D-Day* im Zweiten Weltkrieg verwendet.»

Kollberg sah Rönns fragenden Blick und erklärte: «Das bedeutete ganz einfach: Jetzt geht's los, Jungs.»

«Das da am Schluss ist auch einfach», sagte Gunvald Larsson. «*Abandon ship.* Alle Mann von Bord. Das ist es, was Mauritzon nicht kapiert hat. Ganz einfach ein Befehl, sich sofort aus dem Staub zu machen. Darum war die Wohnung leer. Wahrscheinlich vertraut Roos diesem Mauritzon nicht und hat dafür gesorgt, dass sie sich woanders verstecken.»

«Und gleich danach kommt das Wort ‹Mailand›», sagte Kollberg. «Was bedeutet das?»

«Zusammentreffen in Mailand, um die Beute zu teilen», sagte Bulldozer im Brustton der Überzeugung. «Die werden nicht mal aus der Bank rauskommen, wenn wir sie überhaupt erst reinlassen. Das Spiel gehört uns.»

«Ohne Zweifel», sagte Kollberg. «Jedenfalls hat es den Anschein.»

Die Gegenmaßnahmen waren leicht zu treffen, jetzt, wo man all dies wusste. Was in Rosenlundsgatan auch geschah, man würde es weitestgehend ignorieren. Was den Fuhrpark auf Kungsholmen anging, so musste nur darauf geachtet werden, dass Streifenwagen und die Fahrzeuge des Überfallkommandos sich nicht mehr in den Garagen befanden, wenn der Präventivschlag einsetzte. Sie mussten vorher in der Nähe der Bank taktisch richtig platziert werden.

«Ja», sagte Bulldozer nachdenklich. «Der Plan trägt die typische Handschrift von Werner Roos. Aber wie sollen wir ihm das je nachweisen?»

«Mit Hilfe der Schreibmaschine vielleicht», schlug Rönn vor.

«Bei einer elektrischen funktioniert das nicht. Wie sollen wir ihn also schnappen?»

«Das solltest du als Staatsanwalt doch wissen», sagte Kollberg. «In diesem Land braucht man Leute nur vor Gericht zu stellen, dann werden sie auch verurteilt, und mögen sie noch so unschuldig sein.»

«Aber Werner Roos ist schuldig», sagte Bulldozer.

«Was sollen wir mit Mauritzon machen?», fragte Gunvald Larsson.

«Ihn freilassen, natürlich», sagte Bulldozer geistesabwesend. «Er hat das Seine getan. Ist aus dem Spiel.»

«Na, ich weiß nicht so recht», sagte Gunvald Larsson zögernd.

«Am nächsten Freitag», sagte Bulldozer träumerisch. «Stellt euch vor, was uns da erwartet.»

«Ja, denkt nur», sagte Gunvald Larsson sauer.

Das Telefon läutete.

Bankraub in Vällingby.

Es war kein lustiger Bankraub. Spielzeugpistole und nur fünfzehntausend Beute. Der Täter wurde eine Stunde später aufgegriffen, als er in Humlegården herumtorkelte und versuchte, an Passanten Geld zu verteilen. Er hatte jedenfalls Zeit gehabt, sich zu besaufen und eine Zigarre zu kaufen, und die Krönung des Ganzen bestand darin, dass es einem ehrgeizigen Polizisten gelungen war, ihn ins Bein zu schießen.

Das Sonderdezernat erledigte den Fall, ohne das Haus zu verlassen.

«Glaubst du, dass Roos auch hier dahintergesteckt hat?», fragte Gunvald Larsson maliziös.

«Doch», sagte Bulldozer lebhaft. «Da hast du genau den Finger darauf gelegt. Indirekt ist er schuld daran. Sein Beispiel regt auch weniger begabte Verbrecher an. Also indirekt könnte man, wie gesagt, meinen …»

«Mein Gott», sagte Gunvald Larsson. «Hör auf.»

Rönn ging in sein Zimmer. Dort saß jemand, den er sehr lange nicht mehr gesehen hatte. Martin Beck.

«Hej», sagte dieser. «Hast du eine Schlägerei hinter dir?»

«Ja», sagte Rönn. «Indirekt.»

«Was soll das heißen?»

«Ich weiß nicht», sagte Rönn vage. «Heutzutage ist alles so seltsam. Was hast du auf dem Herzen?»

20

Einar Rönns Zimmer lag an der Rückseite des Polizeihauses an Kungsholmsgatan. Von seinem Fenster aus blickte er auf ein riesiges Loch in der Erde. Aus diesem Loch würde nach und nach der neue Prunkbau der Reichspolizeiführung emporwachsen und die Aussicht versperren. Und von diesem hochmodernen Koloss im Herzen Stockholms aus würde die Polizei ihre Fangarme in alle Richtungen ausstrecken und die mutlosen Bürger des Landes in einem eisernen Griff festhalten. Zumindest einen Teil von ihnen, denn nicht jeder konnte auswandern oder Selbstmord verüben.

Standort und die überwältigenden Dimensionen des neuen Polizeihauptquartiers waren von vielen Seiten heftig kritisiert worden, aber schließlich hatte die Polizei doch ihren Willen durchgesetzt. Was das Haus anging.

Was die Polizei oder, richtiger gesagt, einige Personen ihrer Führungsspitze eigentlich wollten, war Macht. Dies war die geheime Absicht, die während der letzten Jahre ihr Handeln bestimmt hatte. Weil die Polizei früher nie als isolierter Machtfaktor in der schwedischen Politik aufgetreten war, gab es auch jetzt nur wenige Menschen, denen klar war, wohin die Reise ging. Und darum erschien auch so vieles von dem, was die Polizei in den letzten Jahren ausgesagt hatte, so widersprüchlich und unbegreiflich.

Das neue Haus war ein wichtiges Symbol für die neue Macht. Es würde eine geplante, zentral gesteuerte Lenkung totalitären Typs erleichtern und überdies zu einer Festung werden, die gegen Einsicht durch Unbefugte leicht zu schützen sein würde. Als unbefugt war in diesem Fall das Volk als Ganzes anzusehen. Ein wichtiger Gedanke war in diesem Zusammenhang nicht zu vergessen: In diesem Land war schon zu viel über die Polizei gelacht worden; bald würde niemand mehr über sie lachen.

Glaubte man.

Aber noch waren dies größtenteils nur Hoffnungen einiger weniger. Was mit ein wenig Glück und entsprechenden politischen Umwälzungen in ein Ministerium des Schreckens umgewandelt werden könnte, war bislang kaum mehr als eine sehr große Baugrube in der steinigen Erde Kungsholmens.

Und von Rönns Fenster aus hatte man noch immer freie Sicht auf den oberen Teil von Bergsgatan und auf das üppige Grün von Kronobergsparken.

Martin Beck hatte sich aus Rönns Schreibtischsessel erhoben und stand am Fenster. Von dort sah man tatsächlich das Fenster der Wohnung, in der Karl Edvin Svärd rund zwei Monate tot gelegen hatte, von niemandem vermisst und mit einer Kugel im Herzen.

«Bevor du Spezialist für Banküberfälle geworden bist, hast du in einem Todesfall ermittelt. Der Mann hieß Svärd.»

Rönn kicherte verlegen. «Spezialist», sagte er. «Hört, hört.»

Rönn war kein übler Mensch, aber so wesensverschieden von Martin Beck, dass es ihnen schon immer schwer gefallen war, zusammenzuarbeiten.

«Aber es stimmt», sagte Rönn. «Ich war gerade mit diesem Todesfall beschäftigt, als ich detachiert wurde.»

«Detachiert?»

«Ja, zu diesem Sonderdezernat abkommandiert.»

Martin Beck empfand eine leise Irritation. Vielleicht, weil Rönn sich unbewusst des militärischen Jargons bediente. Das hatte er noch vor wenigen Jahren nicht getan. «Bist du zu irgendeiner Schlussfolgerung gekommen?»

Rönn fasste sich mit zwei Fingern an seine rote Nase und sagte: «Ich hatte nicht viel Zeit, diese Sache zu bearbeiten. Warum fragst du?»

«Weil ich diesen Fall sozusagen als therapeutische Maßnahme bekommen habe.»

«Tja», sagte Rönn. «Das ist ein ziemlich kniffliger Fall. Ganz wie in einem Detektivroman. Erschossener in einem Zimmer, das von innen verschlossen ist, aber keine Spur von einer Waffe. Außerdem …» Er verstummte, als geniere er sich wegen irgendetwas. Dies war eine seiner störenderen Angewohnheiten. Man musste ständig nachhaken, etwa mit der Frage: «Was wolltest du sagen?»

«Gunvald hat gesagt, ich sollte mich am besten selbst festnehmen.»

«Warum das?»

«Als Verdächtigen. Guck doch mal. Ich könnte ihn ja erschossen haben, hier von meinem Zimmer aus. Durchs Fenster.»

Martin Beck sagte nichts, und Rönn wurde sofort unsicher.

«Das hat er natürlich nur zum Spaß gesagt. Außerdem war Svärds Fenster ja von innen verschlossen, und das Rollo war heruntergezogen und die Fensterscheibe heil. Und außerdem …»

«Was wolltest du sagen?»

«Außerdem kann ich nicht schießen. Ich habe einmal aus acht Meter Entfernung einen Elch verfehlt. Danach hat mir mein Alter nie mehr eine Flinte in die Hand gegeben. Ich durfte nur noch die Thermosflasche tragen und den Schnaps und die Stullen. Also …»

«Ja?»

«Von hier bis da rüber sind es zweihundertfünfzig Meter. Und jemand, der aus acht Meter Entfernung nicht mal einen Elch treffen kann, wird mit einer Pistole nicht mal den Häuserblock dahinten treffen. Oh, ich wollte nicht … Entschuldige …»

«Was wolltest du nicht?»

«Na ja, es muss für dich doch unangenehm sein, dass ich soviel von Pistolen und vom Schießen und so rede.»

«Durchaus nicht. Wie lange hast du dich mit diesem Fall beschäftigt?»

«Nur flüchtig, wie ich schon sagte. Ich habe die kriminaltechnische Untersuchung erledigt, aber zu der Zeit hatte es in der Wohnung ja schon ein ziemliches Herumgerenne gegeben. Und ich habe das Labor angerufen und gefragt, ob jemand an Svärds Händen eine Paraffinprobe gemacht hat. Das war nicht geschehen, und bedauerlicherweise …»

«Ja?»

«Die Leiche war nicht mehr da. Sie war schon eingeäschert. Schöne Geschichte. Was für eine Ermittlung.»

«Hast du dich ein bisschen in Svärds Vergangenheit umgesehen?»

«Nein, dazu bin ich nicht mehr gekommen. Aber da war noch was, was ich zu erledigen versucht habe.»

«Was denn?»

«Wenn er erschossen worden ist, hätte ja auch eine Kugel vorhanden sein müssen. Aber es ist keine ballistische Untersuchung vorgenommen worden. Ich rief also den Obduzenten an – es war übrigens 'ne Puppe –, und die sagte, sie hätte die Kugel in einen Umschlag gesteckt und irgendwo hingelegt. Schlamperei von vorn bis hinten.»

«Na?»

«Sie hat ihn nicht finden können. Den Umschlag, meine ich. Ich sagte ihr, sie müsse ihn unbedingt finden und die Kugel zur ballistischen Untersuchung einschicken. Dann wurde mir der Fall weggenommen.»

Martin Beck sah zu der weit entfernten Häuserzeile an Bergsgatan hinüber und rieb sich mit Daumen und Zeigefinger der rechten Hand nachdenklich die Nasenwurzel. «Du, Einar», sagte er. «Was ist deine private Auffassung? Wie könnte es zugegangen sein? Was glaubst du selbst?»

Als Polizist äußert man private Ansichten über offizielle Ermittlungen nur im engsten Freundeskreis. Martin Beck und Rönn waren weder jemals Freunde noch Feinde gewesen.

Rönn saß eine ganze Zeit schweigend da, sichtlich unangenehm berührt. Schließlich sagte er: «Ich glaube, dass in der Wohnung ein Revolver gelegen haben muss, als die Beamten die Tür aufbrachen.»

Warum gerade ein Revolver? Die Antwort war einfach: Man hatte keine Patronenhülse gefunden. Rönn konnte trotz allem logisch denken. Es musste irgendwo auf dem Fußboden ein Revolver gelegen haben, zum Beispiel unter der Leiche. Später hatte jemand ihn an sich genommen.

«Das setzt voraus, dass einer der Polizisten lügt.»

Rönn schüttelte unlustig den Kopf. «Das habe ich damit nicht ausdrücken wollen. Es kann sein, dass sie geschlampt haben. Wenn man sich vorstellt, dass Svärd sich erschossen hat und der Revolver unter der Leiche lag, konnten ihn weder die Streifenbeamten noch Gustavsson, der dazugeholt worden war, sehen, solange der Körper noch auf dem Boden lag. Vielleicht haben sie den Fußboden nicht mehr untersucht, nachdem die Leiche abtransportiert worden war.»

«Kennst du Aldor Gustavsson?»

«Ja.» Rönn wand sich unglücklich. Aber Martin Beck verzichtete darauf, die unangenehme Frage zu stellen. Stattdessen sagte er: «Da wäre noch etwas, Einar.»

«Was denn?»

«Hast du Gelegenheit gehabt, mit Kristiansson und Kvastmo zu sprechen? Als ich am Montag kam, war nur einer von ihnen da. Jetzt ist der eine im Urlaub, und der andere hat dienstfrei.»

«Ich habe beide herkommen lassen», sagte Rönn.

«Und was hatten sie zu sagen?»

«Sie blieben natürlich bei dem, was sie in ihrem Bericht geschrieben hatten. Von dem Augenblick an, da sie die Tür aufbekamen, bis sie weggingen, seien nur fünf Personen in der Wohnung gewesen.»

«Also sie selbst, Gustavsson und die Männer, die die Leiche abholten?»

«So ist es.»

«Und du hast sie gefragt, ob sie unter der Leiche nachgeschaut haben?»

«Ja. Und Kvastmo hat es bejaht. Kristiansson hatte sich ein paar Mal übergeben müssen und hielt sich meist außerhalb der Wohnung auf.»

Martin Beck zögerte nicht, die Frage auf die Spitze zu treiben. «Und du glaubst, dass Kvastmo gelogen hat?»

Rönn ließ sich unerwartet viel Zeit mit der Antwort. Er hat doch A gesagt, dachte Martin Beck, da braucht er sich mit dem B doch nicht so zu zieren. Rönn fingerte an dem Pflaster auf seiner Stirn und sagte schließlich: «Ich habe schon immer gehört, dass es unangenehm sein soll, von dir verhört zu werden.»

«Was meinst du?»

«Die das behaupten, haben wirklich Recht.»

«Willst du jetzt so gut sein und antworten?»

«Ich bin kein Zeugenpsychologe», sagte Rönn. «Aber ich hatte den Eindruck, dass Kvastmo die Wahrheit sagte.»

«Deine Argumentation ist unlogisch», sagte Martin Beck kalt. «Einerseits nimmst du an, dieser eventuelle Revolver habe sich im Zimmer befunden, während du im gleichen Atem behauptest, die Streifenbeamten haben die Wahrheit gesagt?»

«Weil es keine andere Erklärung gibt», sagte Rönn. «So einfach ist das.»

«Ganz richtig, Einar; ich glaube Kvastmo nämlich auch.»

«Aber du hast doch gesagt, du hättest nicht mit ihm gesprochen», sagte Rönn verblüfft.

«Das habe ich nicht gesagt. Ich habe am Dienstag mit Kvastmo gesprochen. Aber leider nicht so ruhig und ungestört, wie du es getan haben dürftest.»

Rönn sah gekränkt aus. «Du bist wirklich gemein», sagte er. Er zog die mittlere Schublade des Schreibtischs heraus und holte einen liniierten Stenogrammblock hervor. Blätterte eine Weile darin und riss dann ein Blatt heraus, das er Martin Beck reichte. «Ich habe da noch eine Angabe, die dich interessieren könnte», sagte er. «Svärd hatte noch nicht sehr lange auf Kungsholmen gewohnt. Ich habe herausgefunden, wo er früher gewohnt hat. Danach hatte ich keine Gelegenheit mehr, in dieser Sache etwas zu tun. Aber hier ist die Adresse. Bitte sehr.»

Martin Beck sah auf den Zettel. Ein Name und eine Anschrift in Tulegatan. In dem Stadtteil, der in grauer Vorzeit nicht ohne Grund «Sibirien» getauft worden war. Er faltete den Zettel zusammen und steckte ihn in die Tasche. «Danke, Einar.»

Rönn sagte nichts.

«Hej», sagte Martin Beck. Rönn antwortete mit einem sehr kurzen Nicken. Ihr Verhältnis zueinander war nie übertrieben gut gewesen, und jetzt hatte es wohl eine weitere Verschlechterung erfahren.

Martin Beck verließ das Zimmer Rönns und kurz darauf auch das Gebäude. Er ging rasch durch die Stadt. Kungsholmsgatan, weiter über Kungsbron, Kungsgatan entlang Richtung Sveavägen, und von dort bog er nach Norden ab.

Er hätte sein Verhältnis zu Rönn durch eine positive oder freundliche Bemerkung leicht verbessern können.

An Gründen dafür fehlte es nicht. Die Ermittlungen anlässlich des Todes von Svärd waren von Anfang an nachlässig gehandhabt worden, aber von dem Augenblick an, da Rönn die Sache in die Finger bekommen hatte, hatte er sie prompt und völlig korrekt bearbeitet.

Rönn hatte sofort begriffen, dass ein Revolver unter dem toten Körper gelegen haben konnte und dass dies von entscheidender Bedeutung war. Hatte Kvastmo wirklich auf dem Fußboden nachgesehen, nachdem Svärds sterbliche Überreste abtransportiert worden waren? Eigentlich hätte ihm niemand einen Vorwurf machen können, wenn er das versäumt hätte. Gustavsson war sowohl in seiner Eigenschaft als Vorgesetzter wie auch als Spezialist am Tatort gewesen, und seine im Brustton der Überzeugung vorgetragene Beurteilung des Falls befreite die beiden Streifenbeamten weitgehend von jeder Verantwortung.

Wenn Kvastmo dagegen nicht nachgesehen hatte, erschien die Sache sofort in einem anderen Licht. Nachdem der Leichnam fortgeschafft worden war, hatte die Streifenwagenbesatzung die Wohnung versiegelt und war davongefahren. Aber was bedeutete in diesem speziellen Fall der Begriff «versiegeln»?

Da sich die Polizisten keinen Zutritt zu der Wohnung hatten verschaffen können, ohne die Tür aus den Angeln zu heben, und dies erst, nachdem die Tür weitgehend zerstört worden war, hatte die «Versiegelung» also nur darin bestanden, dass die Männer eine Schnur zwischen die Türpfosten gespannt und den normalen gedruckten Wisch darangeheftet hatten, demzufolge die Räumlichkeiten gemäß Paragraph soundso gesperrt seien. In der Praxis bedeutete dies natürlich gar nichts. Mehrere Tage lang hätte praktisch jeder ohne die geringste Mühe die Wohnung betreten und verschiedene Gegenstände daraus entfernt haben können, etwa eine Schusswaffe.

Aber dies setzte zunächst voraus, dass Kvastmo bewusst die Unwahrheit gesagt und ferner das so geschickt angefangen hatte, dass er nicht nur Rönn, sondern auch ihn selbst überzeugt hatte. Sowohl Rönn wie Martin Beck waren alte Hasen in diesem Geschäft, und keiner von ihnen stand in dem Ruf, besonders leicht auf Schwindeleien hereinzufallen.

Weiter: Wenn Svärd sich wirklich selbst erschossen hatte – warum hätte jemand sich die Mühe machen sollen, die Waffe verschwinden zu lassen?

Die Ungereimtheit war unverkennbar. Und das beschränkte sich nicht auf die Tatsache, dass der Mann erschossen in einem Zimmer gelegen hatte, das von innen verschlossen gewesen war und in dem es obendrein keine Waffe gegeben hatte.

Svärd schien keine näheren Verwandten gehabt zu haben. Nach allem, was bekannt war, schien er auch keine Bekanntschaften gepflegt zu haben.

Wenn niemand ihn gekannt hatte – wer hatte dann ein Interesse an seinem Tod gehabt?

Martin Beck gedachte einigen dieser Punkte nachzugehen.

Unter anderem wollte er ein weiteres Detail überprüfen, das den Verlauf der Ereignisse am Sonntag, dem 18. Juni, betraf.

Aber vor allem wollte er mehr über Karl Edvin Svärd wissen. Auf dem Zettel, den er von Rönn bekommen hatte, stand nicht nur die Adresse in Sibirien. Dort war noch etwas notiert, ein Name.

Hauswirt: Rhea Nielsen.

Martin Beck war beim Haus in Tulegatan angekommen. Ein Blick auf die Namenstafel unten im Hauseingang zeigte, dass die Grundeigentümerin im Haus wohnte. Eigentlich bemerkenswert und vielleicht ein Glück für ihn.

Er ging zwei Treppen hinauf und läutete.

21

Der Kombiwagen war grau, ohne jedes besondere äußere Kennzeichen, von den Nummernschildern einmal abgesehen. Die Männer, die ihn als Berufsfahrzeug benutzten, trugen Overalls in etwa der gleichen Farbe. Nichts in ihrem Äußeren deutete darauf hin, womit sie sich beschäftigten. Sie konnten Klempner sein oder Monteure oder irgendeine Art Gemeindeangestellte, und genau das waren sie auch.

Es war beinahe Punkt sechs Uhr nachmittags, und wenn sich innerhalb der nächsten Viertelstunde nichts Alarmierendes ereignete, würden sie gleich die Arbeit des Tages beenden und nach Hause fahren und eine Weile mit ihren Kindern herumalbern, bevor sie sich hinsetzten, um das trotz seiner Seichtheit ständig mit gleichem Ernst erfüllte Fernsehprogramm des Abends zu genießen.

Martin Beck hatte im Haus in Tulegatan niemanden angetroffen, aber diese beiden hatte er zu fassen bekommen. Sie saßen neben ihrem Volkswagen und tranken Bier aus der Flasche. Der Wagen verbreitete einen beißenden Duft nach Desinfektionsmitteln, vor allem aber machte sich ein anderer Geruch bemerkbar, dem keine Chemikalie der Welt beikommen konnte.

Die Hecktüren standen offen; verständlicherweise lüfteten die beiden den Laderaum, sobald sich Gelegenheit dazu bot.

Diese Männer erfüllten in ihrer schönen Stadt eine besondere und recht wichtige Funktion. Ihr Tagewerk bestand darin, dass sie Selbstmörder und andere weniger vorzeigbare Verblichene aus ihrer bürgerlichen Umgebung in ein passenderes Milieu verfrachteten.

Einige Leute, Feuerwehrleute etwa und Polizisten sowie einige Journalisten und ein paar andere Eingeweihte, kannten diese graue Kiste sehr gut und wussten genau, was los war, wenn sie ihnen auf den Straßen begegnete. Die überwältigende Mehrzahl der Menschen aber hielt den Wagen für einen x-beliebigen Kombi, und genau das war auch beabsichtigt. Es gab keinen Anlass, die Menschen noch mutloser und ängstlicher zu machen, als sie ohnehin schon waren.

Wie viele andere mit etwas ausgefallenen Berufen nahmen diese Männer ihren Job, wie er nun einmal war. Sie hatten die Ruhe weg und übertrieben selten oder nie ihre Aufgabe in der Wohlfahrtsmaschinerie. Über ihre Arbeit sprachen sie im Großen und Ganzen nur miteinander; sie hatten schon seit langem eingesehen, dass die meisten Zuhörer höchst negativ reagierten, besonders in fröhlicher Freundesrunde oder beim Kaffeeklatsch ihrer Frauen.

Polizisten trafen sie tagtäglich, aber dabei handelte es sich immer um Bullen der gängigsten Sorte.

Dass ein Kommissar für ihr Tun und Lassen Interesse zeigte und sie sogar persönlich aufsuchte, war geradezu ein bisschen schmeichelhaft.

Der Redegewandtere der beiden wischte sich mit dem Handrücken den Mund ab. «Ja, an den erinnere ich mich. Bergsgatan, wa?»

«Ja, das stimmt.»

«Aber der Name sagt mir nichts. Stål, nicht wahr?»

«Nein, Svärd.»

«Sagt mir trotzdem nichts. Wir kümmern uns selten um die Namen.»

«Ich verstehe.»

«Außerdem war's ein Sonntag. Sonntags ist übrigens immer was los. Viel zu tun.»

«Erinnern Sie sich an den Polizisten, von dem ich gesprochen habe? Kenneth Kvastmo?»

«Nee. Namen sagen mir gar nichts. Ich erinnere mich aber noch an einen Bullen, der da herumstand und starrte.»

«Während Sie die Leiche abholten?»

Der Mann nickte. «Ja, das stimmt haargenau. Ein toffer Typ.»

«Wieso?»

«Es gibt zwei Arten von Bullen. Solche, die kotzen, und solche, die nicht kotzen. Dieser hielt sich nicht einmal die Nase zu.»

«Er war also die ganze Zeit anwesend?»

«Ja, das habe ich doch schon gesagt. Er wollte wohl nachsehen, ob wir unseren Job zufrieden stellend ausführen, sozusagen.»

Der andere kicherte und nahm einen Schluck Bier.

«Nur noch eine Frage.»

«Ja. Was denn?»

«Als Sie die Leiche aufhoben, haben Sie da bemerkt, ob irgendetwas unter ihr lag? Irgendein Gegenstand?»

«Was hätte das denn sein sollen?»

«Eine automatische Pistole, zum Beispiel. Oder ein Revolver.»

Der Mann lachte laut los. «Eine Pistole oder ein Revolver», sagte er. «Wo ist da der Unterschied?»

«Ein Revolver hat eine rotierende Kammer, die durch den Mechanismus bewegt wird.»

«So 'n Cowboykracher?»

«Ja, genau. Aber das spielt jetzt keine größere Rolle. Die Hauptsache ist die Frage, ob unter dem Toten irgendeine Waffe gelegen haben kann.»

«Hören Sie mal, Herr Kommissar. Dieser Klient war nicht mehr ganz frisch.»

«Nicht mehr ganz frisch?»

«Ja, zwei Monate alt etwa.»

Martin Beck nickte.

«Wir haben ihn auf die Kunststoffdecke gehoben und während ich an den Ecken den Sack zulötete, hat Arne die Würmer vom Fußboden aufgefegt. Wir kippen sie meistens in eine präparierte Tüte mit irgendeinem Zeugs drin, so dass sie kaputtgehen.»

«Ja?»

«Wenn Arne also zufällig noch eine Knarre mit aufgefegt hätte, dann hätte er das allemal gemerkt. Nicht wahr?»

Arne nickte und kicherte, so dass ihm der letzte Schluck Bier in die falsche Kehle geriet. «Doch, das hätte ich gemerkt», sagte er.

«Es war also nichts da?»

«Absolut nichts. Außerdem stand dieser Polizeibeamte die ganze Zeit da und guckte zu. Er war übrigens noch da, als wir den Klienten in den Zinksarg legten und weggingen. Das stimmt doch, nicht wahr, Arne?»

«Aber ja», sagte Arne.

«Sie scheinen sich Ihrer Sache sicher zu sein.»

«Hundertprozentig. Unter diesem Klienten lag nichts anderes als eine hübsche Sammlung Cynomyia mortuorum.»

«Was ist das?»

«Leichenwürmer.»

«Sie sind absolut sicher?»

«Sicher bis zum Geht-nicht-mehr.»

«Danke», sagte Martin Beck. Und ging.

Die Männer in den grauen Overalls wechselten einige Bemerkungen. «Da hast du's ihm aber gegeben», sagte Arne.

«Wieso?»

«Mit dem Griechischen. Solche hohen Tiere glauben nie, dass unsereiner noch was mehr kann, als vergammelte Stinker zu verpacken.»

Ein Telefon klingelte. Arne nahm den Hörer ab, grunzte etwas und legte auf. «Scheiße», sagte er. «Schon wieder einer, der sich aufgehängt hat.»

«Ja», sagte sein Kollege resigniert. «So ist das Leben.»

«Leute, die sich aufhängen, habe ich übrigens noch nie ausstehen können. Was findest du übrigens am Leben? Was soll's eigentlich?»

«Ach, komm, lass uns abhauen.»

Martin Beck hatte das Gefühl, dass er rein technisch das meiste von dem wusste, was es über den seltsamen Todesfall in Bergsgatan herauszufinden gab. Zumindest schien die Rolle der Polizei zufrieden stellend geklärt zu sein. Eine wichtige Sache blieb jedoch: nämlich den Bericht über die ballistische Untersuchung zu bekommen, falls eine solche überhaupt durchgeführt worden war.

Über Svärd persönlich wusste er noch immer herzlich wenig, obwohl er einige Zeit darauf verwendet hatte, nähere Angaben über den Toten zu beschaffen.

Der gewalttätige Mittwoch war, was Martin Beck betraf, ziemlich ereignislos gewesen. Er wusste nichts über die Banküberfälle oder über die Mühsal des Sonderdezernats, und darüber war er insgesamt gesehen froh. Nach dem Besuch in der Wohnung Svärds am Dienstagnachmittag war er zuerst ins Polizeihaus in Kungsholmsgatan gegangen, wo alle in eigene Probleme vertieft waren und wo niemand Zeit für ihn hatte, und dann zur Reichspolizeiführung. Dort hatte er sofort von einem Gerücht erfahren, das zunächst lächerlich erschien, bei Licht besehen aber durchaus nicht von Vorteil für ihn war.

Es hieß, er solle befördert werden. Was sollte er werden? Intendent? Ministerialrat? Sektionschef? Wollte man ihn zu Gesundheit und Wohlstand befördern? Dies war jedoch nicht die wesentliche Frage. Wahrscheinlich war die Vermutung das Ergebnis von Bürogeflüster, aber in den meisten Fällen ist so etwas nicht aus der Luft gegriffen.

Er war erst 1967 Kriminalkommissar geworden, und es gab eigentlich gar keinen Grund für die Annahme, dass er überhaupt einen höheren Dienstrang erreichen würde. Unter gar keinen Umständen war damit zu rechnen, dass er vor Ablauf von vier oder fünf weiteren Jahren befördert werden würde. Dies dürfte allen bekannt sein, denn wenn es in einer Behörde etwas gibt, worüber man alles über alle weiß, dann die Gehaltsgruppe und den Beförderungsgang. Das sind Fragen, in denen jeder die eigenen Chancen und die der anderen eifersüchtig überwacht.

Wie hatte das Gerücht also aufkommen können?

Dahinter musste irgendeine Überlegung stecken. Aber welche?

Soweit er es überblickte, konnte man zwischen zwei möglichen Erklärungen wählen.

Einmal war denkbar, dass man ihn als Chef der Reichsmordkommission loswerden wollte, und zwar so liebend gern, dass man bereit war, ihn mit einem Fußtritt die Leiter hinaufzubefördern. Das war die üblichste Methode, missliebige oder allzu offenkundig unfähige Beamte aus dem Weg zu räumen. Dies war jedoch nicht wahrscheinlich; er hatte in der Polizeiführung zwar Feinde, konnte denen aber kaum gefährlich werden, und außerdem würde man kaum darum herumkommen, Kollberg zu seinem Nachfolger zu machen, was in den Augen der hohen Vorgesetzten mindestens ein genauso großes Übel sein musste.

Darum war die zweite Alternative die wahrscheinlichere; sie war jedoch für alle Beteiligten leider bedeutend erniedrigender.

Er hätte vor fünfzehn Monaten um ein Haar das Leben verloren; als einziger höherer Beamter der neueren schwedischen Polizeigeschichte war er von einem so genannten Verbrecher angeschossen worden. Das Ereignis hatte großes Aufsehen erregt, und man hatte seinen Einsatz mit den höchsten Lobesworten bedacht, den dieser wahrhaftig nicht verdiente. Die Polizei hat jedoch aus natürlichen Gründen einen sehr großen Mangel an Helden, und darum war seine Bedeutung für den recht glücklichen Abschluss des damaligen Dramas aufs heftigste übertrieben worden.

Jetzt hatte man also einen Helden im Polizeikorps. Und was fängt man mit einem solchen an? Eine Medaille hatte er schon bekommen, und das Mindeste, was man jetzt noch tun konnte, war natürlich, ihn zu befördern.

Martin Beck selbst hatte genügend Zeit gehabt, die Ereignisse des schicksalsschweren Tages im April 1971 zu analysieren. Er war zu dem Schluss gekommen, dass er falsch gehandelt hatte, nicht nur in moralischer, sondern auch in rein fachlicher Hinsicht. Er war sich auch sehr wohl bewusst, dass mehr als einer seiner Kollegen die gleiche Überlegung gemacht hatte, und zwar lange bevor er selbst Klarheit gewonnen hatte.

Er war angeschossen worden, weil er sich wie ein Idiot verhalten hatte. Und mit dieser Motivierung war man jetzt bereit, ihm eine höhere und verantwortungsvollere Position zu geben.

Er hatte die Situation am Dienstagabend überdacht, sich aber dann nicht mehr damit beschäftigt, als er wieder an seinem Schreibtisch in Västberga saß. Stattdessen hatte er den ganzen Mittwoch dem Fall Svärd gewidmet, einsam in seinem Zimmer gesessen und die Ermittlungen durchgekaut, ohne Engagement, aber mit unerbittlicher Systematik.

Einmal hatte er gedacht, dass dies ungefähr das war, was er jetzt und in Zukunft aus seinem Job würde herausholen können – im günstigsten Fall. Einen Fall allein zu bearbeiten und ihn mit den bewährten und vorgeschriebenen Methoden ohne störende Einmischung zu Ende zu führen.

Irgendwo in seinem Inneren spürte er noch immer eine vage Sehnsucht, er wusste aber nicht, wonach. Vielleicht war es ein aufrichtiges Interesse für das, was er gerade in den Fingern hatte. Es war ihm schon immer leicht gefallen, sich abzukapseln, und jetzt schien er endgültig dabei zu sein, ein Eigenbrötler zu werden, ein Mann ohne Sehnsucht nach Gemeinschaft und Umgang und ohne den ernsthaften Willen, sich aus dem Vakuum zu befreien, das ihn umgab.

War er dabei, zu einem diensttauglichen Roboter degradiert zu werden, eingesperrt wie unter einer Käseglocke aus unsichtbarem Glas?

Was das aktuelle Problem betraf, so hatte er in berufsmäßiger Hinsicht keinerlei Bedenken. Entweder würde er den Fall lösen, oder er würde es nicht schaffen. Die Aufklärungsquote der Morde oder Totschlagsdelikte, die in seiner Abteilung anfielen, war hoch, was zu einem großen Teil darauf beruhte, dass die Verbrechen oft unkompliziert waren und dass die Täter dazu neigten, den Kampf aufzugeben und zu gestehen.

Außerdem war die Mordkommission relativ gut ausgerüstet. Die einzige Abteilung des Polizeikorps, die über größere Mittel im Verhältnis zu der Kriminalität verfügte, die es zu bekämpfen galt, war die Sicherheitspolizei. Eigentlich hatte diese gar keine Aufgabe zu erfüllen, denn sie befasste sich nach wie vor fast ausschließlich mit dem Registrieren von Kommunisten. Mehr oder weniger exotische Faschistenorganisationen übersah sie geflissentlich. Folglich musste sie sich politische Verbrechen und potentielle Sicherheitsrisiken selbst zusammenphantasieren, um überhaupt etwas zu tun zu haben. Das Ergebnis dieser Tätigkeit war auch danach – die Sicherheitspolizei machte sich lächerlich. Sie stellte jedoch eine Art taktischer politischer Reserve dar, die man jederzeit gegen missliebige Ideologien einsetzen konnte. Man konnte sich sehr wohl Situationen vorstellen, in denen sie nicht im Mindesten mehr lächerlich aussehen würde.

Manchmal hatte natürlich auch die Reichsmordkommission Fehlschläge zu verzeichnen; es kam vor, dass Ermittlungen stecken blieben und dass die vorläufigen Ergebnisse zu den Akten gelegt werden mussten. Nicht selten ging es dabei um Fälle, in denen der Täter hartnäckig leugnete und nicht überführt werden konnte, obwohl man ihn kannte. Je primitiver ein Verbrechen ist, umso dürftiger fällt oft das Beweismaterial aus.

Martin Becks letztes Fiasko konnte da als typischer Fall gelten. Ein älterer Mann in Lappland hatte seine gleichaltrige Frau mit einer Axt erschlagen. Das Motiv: Er hatte seit längerer Zeit ein Verhältnis mit der etwas jüngeren Haushälterin des Ehepaars gehabt und das ewige Gezeter und Genörgel und die Eifersucht der Alten satt bekommen. Nach dem Mord hatte er die Leiche in den Holzschuppen gelegt, und weil es Winter war und strenge Kälte herrschte, hatte er zwei Monate gewartet, bevor er eine Tür auf einen Schlitten legte und mit dem Leichnam ins nächste Dorf zog, das mehr als zwanzig straßenlose Kilometer entfernt war. Dann hatte er ganz einfach gesagt, seine Frau sei unglücklich gefallen und mit dem Kopf gegen den Herd gefallen und dass er sie leider nicht eher habe transportieren können, weil es so kalt gewesen sei. Alle Menschen im Dorf wussten, dass dies eine Lüge war, aber der Mann hielt an seiner Geschichte fest, ebenso die Haushälterin. Die örtliche Polizei hatte bei einer amateurhaften Untersuchung des Tatorts alle Spuren zerstört. Dann hatte sie um Hilfe gebeten. Martin Beck verbrachte zwei Wochen in einem seltsamen Hotel, bevor er aufgab und wieder nach Hause fuhr. Tagsüber vernahm er den Mörder, und abends saß er im Speisesaal des Hotels und spürte, wie die Dörfler hinter seinem Rücken grinsten.

Rückschläge gehörten jedoch zu den Ausnahmen.

Die Geschichte mit Svärd war etwas eigenartiger und erinnerte eigentlich an keinen einzigen Fall, mit dem Martin Beck jemals etwas zu tun gehabt hatte. Dies hätte anregend wirken sollen, aber er war an Rätseln nicht im Mindesten interessiert und fühlte sich kein bisschen aufgemuntert.

Das Ergebnis der Schreibtischarbeit am Mittwoch war auch bemerkenswert mager. Die Angaben über den Dahingeschiedenen, die man aus den normalen Quellen beziehen konnte, ergaben auch nichts, worauf man bauen konnte.

Im Strafregister fand sich keine Eintragung über Karl Edvin Svärd, was an und für sich nichts anderes bedeutete, als dass er nie wegen einer Straftat verurteilt worden war. Aber wie vielen Gesetzesbrechern gelingt es tatsächlich davonzukommen, ohne je vor Gericht gestellt zu werden? Ganz davon zu schweigen, dass das Gesetz ohnehin geschaffen war, um bestimmte Gesellschaftsklassen und deren zweifelhafte Interessen zu schützen. Im Übrigen schien es nur aus Lücken zu bestehen.

Der Auszug vom Gesundheitsamt war negativ, was darauf hindeutete, dass Svärd vermutlich kein Alkoholiker gewesen war. Ein Mann in seiner sozialen Stellung hätte es nämlich sicher nicht vermeiden können, dass die Behörden seine Trinkgewohnheiten unter die Lupe nahmen. In Schweden ist es nun einmal so, dass man es «Alkoholkultur» nennt, wenn die Oberschicht säuft, während Bürger zweiter Klasse mit ähnlichen Gewohnheiten sofort zu Alkoholikern oder zu Pflegefällen gestempelt werden, die man dann ohne Pflege ihrem Schicksal überlässt.

Svärd war sein ganzes Erwachsenenleben lang Lagerarbeiter gewesen. Seinen letzten Job hatte er bei einer Speditionsfirma gehabt. Er hatte unter einem Bandscheibenschaden gelitten, eine normale Erscheinung in seinem Beruf, und war im Alter von sechsundfünfzig Jahren für arbeitsunfähig erklärt worden.

Seitdem hatte er sich mit der Rente durchgewurstelt und war mit anderen Worten ein Angehöriger der Kategorie Mensch geworden, für die die Kaufhäuser und Supermärkte überdimensionierte Regale mit Tierfutter bereithalten.

Eine halb leere Dose Katzennahrung der Marke Miau war auch das einzige scheinbar Essbare in seiner Speisekammer gewesen.

Viel mehr als das hatte Martin Beck bei seinen Nachforschungen am Mittwoch nicht herausgefunden.

Ein paar Daten, die sicher ohne Bedeutung waren.

Svärd war gebürtiger Stockholmer gewesen; seine Eltern waren in den vierziger Jahren gestorben. Er war nie verheiratet gewesen und hatte auch keine Unterhaltsverpflichtungen gehabt. Er hatte sich nie an die Fürsorge gewandt. In dem Unternehmen, in dem er seine letzte Stellung gehabt hatte, gab es niemanden, der sich an ihn erinnerte.

Dem Arzt, der ihm seine Leistungsfähigkeit abgesprochen hatte, gelang es, ein paar Aufzeichnungen hervorzukramen, in denen es hieß, der Patient sei zu körperlicher Arbeit unfähig und zu alt für eine Umschulung. Des Weiteren hatte Svärd gesagt, dass er auch keine Lust mehr zum Arbeiten habe; es sei alles so sinnlos.

Vielleicht war auch der Versuch sinnlos, herauszufinden, wer ihn eventuell umgebracht hatte, und in dem Fall, warum.

Da das Vorgehen des eventuellen Mörders unbegreiflich erschien, würde es am einfachsten sein, erst den Mörder zu suchen und ihn dann zu fragen, wie er die Tat verübt hatte.

Jetzt war also Donnerstag, und draußen wurde es schon Abend. Eine knappe Stunde nach dem Besuch bei den Männern mit dem übel riechenden Kombi unternahm Martin Beck einen neuen Versuch in dem Haus in Tulegatan.

Sein Arbeitstag war eigentlich zu Ende, aber er hatte keine Lust, nach Hause zu gehen.

Er ging also wieder zwei Treppen hinauf und wartete dann eine halbe Minute, um Luft zu holen. Unterdessen betrachtete er das ovale, emaillierte Türschildchen mit den grünen Buchstaben auf weißem Grund. *Rhea Nielsen*.

Ein elektrischer Klingelknopf war nicht da, dafür aber ein Glockenstrang. Martin Beck zog daran und wartete.

Eine Glocke läutete. Im Übrigen geschah nichts.

Es war ein altes Mietshaus, und durch die Türfüllungen aus geriffeltem Glas sah er, dass im Flur Licht brannte. Also war jemand zu Hause, denn bei seinem ersten Besuch war alles dunkel gewesen.

Nach einer angemessenen Pause zog er ein zweites Mal am Glockenstrang; das Läuten wiederholte sich, schnelle tapsende Schritte wurden hörbar, dann zeichneten sich hinter der undurchsichtigen Glasscheibe die Konturen eines Menschen ab.

Martin Beck war gewohnt, Leute, denen er im Dienst begegnete, schnell routinemäßig zu beurteilen, eine Art vorläufige Personenbeschreibung vorzunehmen, um es in Dienstprosa auszudrücken.

Die Frau, die die Tür öffnete, schien nach höchstens fünfunddreißig auszusehen, aber irgendetwas ließ ihn glauben, dass sie ein paar Jahre älter war.

Sie war relativ klein, schätzungsweise einsachtundfünfzig. Sie war kompakt gebaut, wirkte dabei aber eher geschmeidig und durchtrainiert als untersetzt und schwerfällig. Ihr Gesicht hatte ein wenig unregelmäßige Züge; die Augen waren blau, der Blick war fest, und sie sah ihm voll in die Augen, als wäre sie gewohnt, Dinge sofort in Angriff zu nehmen, egal, worum es ging.

Ihr Haar war glatt, blond und kurz geschnitten, im Augenblick aber nass und zerzaust.

Sie roch sauber, nach einem Kräutershampoo, und trug ein kurzärmeliges weißes T-Shirt und abgetragene Jeans von blassblauer Farbe, was darauf hindeutete, dass sie schon Hunderte von Malen in der Maschine gewaschen worden waren. Das T-Shirt musste sie gerade erst übergezogen haben; über den Schultern und den Brüsten breiteten sich große nasse Flecke aus.

Ferner: Relativ breitschultrig und schmalhüftig mit kurzem Hals und dichtem hellem Flaum auf den sonnengebräunten

Armen. Barfuß mit ziemlich kurzen Füßen und geraden Zehen, als ginge sie oft in offenen Sandalen oder Holzschuhen und nach Möglichkeit ohne Schuhe.

Der Tatsache bewusst, dass er ihre Füße mit der gleichen berufsmäßigen Sorgfalt betrachtete, die er normalerweise Blutspuren und Leichenflecken widmete, hob er den Blick und sah ihr ins Gesicht. Ihre Augen waren jetzt forschend, und sie runzelte leicht die Stirn. «Ich war gerade dabei, mir die Haare zu waschen», sagte sie. Ihre Stimme war heiser; vielleicht war sie erkältet oder Kettenraucherin. Vielleicht hatte sie diese Stimme von Natur aus.

Er nickte.

«Ich hab ‹Herein!› geschrien. Zweimal sogar. Die Tür ist nicht verschlossen. Ich schließe selten ab, wenn ich zu Hause bin. Wenn ich nicht gerade ungestört sein will, natürlich. Haben Sie mich nicht rufen hören?»

«Nein. Sind Sie Rhea Nielsen?»

«Aber ja. Und Sie sind Polizist, nicht wahr?»

Martin Beck hatte eine bemerkenswert rasche Auffassungsgabe, aber diesmal hatte er sofort das Gefühl, einem Menschen begegnet zu sein, der ihm in dieser Hinsicht überlegen war. Sie hatte ihn innerhalb weniger Sekunden ins richtige Fach getan, und überdies deutete ihr Blick an, dass sie sich schon ein Urteil über ihn gebildet hatte. Welches, blieb abzuwarten.

Die Erklärung für ihr rasches Urteil konnte natürlich sein, dass sie Besuch von der Polizei erwartete, aber er glaubte nicht, dass dies der Fall war.

Er holte seine Brieftasche hervor, um seinen Ausweis zu zeigen. Sie sagte sofort: «Es genügt, wenn Sie mir sagen, wie Sie heißen. Und kommen Sie rein, verdammt noch mal. Ich vermute, dass Sie irgendwas wollen. Und dass keiner von uns Lust hat, im Treppenhaus herumzustehen und dort zu reden.»

Martin Beck fühlte sich aus der Fassung gebracht, nur ein

wenig zwar, aber andererseits war dies ein Gefühl, das er nur äußerst selten erfahren musste.

Sie drehte sich plötzlich um und ging ihm in die Wohnung voraus. Er konnte nicht auf Anhieb erkennen, wie groß sie war oder wie die Wohnung aufgeteilt war. Die Zimmer waren jedenfalls mit alten Möbeln – schönen Einzelstücken – angenehm möbliert.

Einige Kinderzeichnungen, die mit Heftzwecken an der Wand befestigt waren, deuteten darauf hin, dass sie irgendeine Art von Familie hatte. Da hingen weiter Ölgemälde und Zeichnungen und alte Fotos in ovalen Rahmen, aber auch Zeitungsausschnitte und Poster, darunter Porträts von Lenin und Mao, aber die meisten hatten, soweit er feststellen konnte, keinen politischen Inhalt. Viele Bücher, in Regalen und hier und da aufgestapelt, eine beachtliche Plattensammlung, Stereoanlage, ein paar alte und sichtlich oft benutzte Schreibmaschinen, Haufen von Zeitungen und vor allem Papiere, die meisten hektographiert und geheftet. Sie sahen beinahe wie Polizeiberichte aus. Er zog daraus den Schluss, dass es sich um Kompendien verschiedenster Art handelte und dass sie in irgendeiner Form studierte.

Er folgte ihr, ging an einem Zimmer vorbei, das das Kinderzimmer sein musste. Die Betten waren aber so säuberlich gemacht und der Raum war so aufgeräumt, dass die Bewohner im Augenblick kaum in der Nähe sein konnten.

Na ja, es war Sommer, und die meisten Kinder einigermaßen begüterter Eltern waren jetzt auf dem Land, außer Reichweite der schädlichen Luft und der absurden Lebensbedingungen der Stadt.

Sie sah ihn über die Schulter an, nicht sonderlich anerkennend, und sagte: «Ist es Ihnen recht, wenn wir uns in die Küche setzen? Wenn nicht, sagen Sie's bitte.» Der Tonfall war nicht freundlich, aber auch nicht gerade feindselig.

«Von mir aus gern.»

«Bitte, nehmen Sie Platz.»

Sie waren in der Küche angekommen, und er setzte sich an einen großen runden Tisch. Dort standen sechs Stühle verschiedener Art und in fröhlichen Farben, und es war noch Platz für mehr.

«Einen Moment bitte», sagte sie. Sie schien nervös und ruhelos zu sein, trat aber auf, als wäre dies ihr Normalzustand. Am Herd stand ein Paar roter Holzschuhe. Sie stieg hinein und klapperte außer Sichtweite. Er hörte sie mit irgendetwas stöbern, und während ein Elektromotor zu schnurren begann, rief sie: «Sie haben noch nicht gesagt, wie Sie heißen.»

«Beck. Martin Beck.»

«Und Sie sind Polizist?»

«Ja.»

«Was für einer?»

«Reichskriminaler.»

«Gehaltsgruppe fünfundzwanzig?»

«Siebenundzwanzig.»

«Aha. Nicht übel.»

«O nein, durchaus nicht.»

«Und welchen Dienstgrad?»

«Kommissar.»

Der Motor schnurrte. Das Geräusch war ihm aus vergangenen Tagen bekannt, und er begriff beinahe sofort, was sie tat. Trocknete das Haar im Schnellverfahren – mit dem Staubsauger.

«Ich heiße Rhea», sagte sie. «Aber das muss ich wohl gar nicht erst erzählen. Steht ja an der Tür.»

Die Küche war groß – wie oft in alten Häusern –, und obwohl der Tisch mit den vielen Sitzmöglichkeiten einigen Raum beanspruchte, gab es noch Platz für einen Gasherd, eine Spüle, einen Kühlschrank, eine Gefriertruhe und einen Geschirrspüler. Dennoch blieb viel freier Raum übrig. Auf einem Regal über der Spüle standen Krüge und Töpfe, und an Nägeln darunter hingen diverse Naturprodukte, zum Beispiel Wermut- und Thymianbüschel, Vogelbeerentrauben, Bänder mit getrockneten Morcheln und Nelkenpilzen sowie drei lange Knoblauchflechten. Gegenstände, die Atmosphäre schufen und einen aromatischen Duft verbreiteten, in einem Haushalt aber nicht direkt unentbehrlich waren. Wermut und Vogelbeeren sind gute Branntweinkräuter, und Thymian kann man in Erbsensuppe legen. Martin Beck hätte allerdings Majoran den Vorzug gegeben – zu der Zeit, als sein Magen diese schwedische Delikatesse noch vertrug. Pilze zur Hand zu haben ist immer gut, wenn man weiß, was man mit ihnen anfangen kann. Der Knoblauch dagegen, der hier hing, musste als Dekoration betrachtet werden, weil die Menge etwa dem Lebensbedarf eines Durchschnittsverbrauchers entsprach.

Sie kam wieder in die Küche, kämmte sich, bemerkte sofort seinen Blick und sagte: «Um die Vampire auf Abstand zu halten.»

«Der Knoblauch?»

«Aber ja. Gehen Sie nie ins Kino? Peter Cushing weiß alles über Vampire.»

Sie hatte ihr nasses Trikot mit einem ärmellosen türkisfarbenen Kleidungsstück vertauscht, das an ein Unterhemd erinnerte. Er stellte fest, dass sie unter den Armen blondes Haar hatte, dass ihre Brüste klein waren und dass sie keinen BH brauchte. Sie trug auch keinen, und die Brustwarzen zeichneten sich unter dem Stoff deutlich ab.

«Polizist», sagte sie. «Kriminalkommissar.» Sie sah ihn mit diesem direkten Blick an und runzelte die Stirn. «Ich hätte nicht gedacht, dass Beamte der Gehaltsgruppe siebenundzwanzig Leute in ihren Wohnungen aufsuchen.»

«Im Allgemeinen tun sie das auch nicht», sagte er.

Sie setzte sich an den Tisch, stand aber sofort wieder auf. Biss sich auf die Knöchel. Martin Beck hatte das Gefühl, dass es an der Zeit war, irgendeine Initiative zu ergreifen. Er sagte: «Wenn ich Sie recht verstehe, sind Sie der Polizei gegenüber nicht besonders positiv eingestellt.»

Sie streifte ihn mit einem schnellen Blick. «Nein. Ich kann nicht behaupten, dass sie mir je etwas genützt hat. Ich kenne auch niemanden, der etwas von ihr gehabt hat. Dagegen viele, denen sie Ärger und Kummer verursacht hat.»

«Dann werde ich versuchen, Ihnen so wenig Umstände wie möglich zu machen, Frau Nielsen.»

«Rhea», sagte sie. «Alle nennen mich Rhea.»

«Wenn ich richtig orientiert bin, gehört dieses Haus Ihnen?»

«Ja. Ich hab's vor ein paar Jahren geerbt. Aber hier gibt's nichts für die Polizei. Keine Rauschgifthöhlen, keine Spielhöllen, nicht einmal Prostituierte oder Diebe.» Sie hielt kurz inne. «Möglicherweise kommt es hier manchmal zu etwas subversiver Tätigkeit. Zu gedanklichen Verbrechen. Aber Sie gehören nicht zur Politischen Polizei.»

«Woher wollen Sie das wissen?»

Sie lachte, plötzlich und herzlich. Ein schönes, ansteckendes Lachen. «Ich bin doch nicht von gestern», sagte sie.

Nein, wahrhaftig nicht. Dachte Martin Beck. Laut sagte er: «Sie haben Recht. Ich befasse mich fast ausschließlich mit Gewaltverbrechen. Mord und Totschlag.»

«Hier haben wir weder das eine noch das andere. Seit drei Jahren nicht einmal mehr Schlägereien. Im letzten Winter allerdings ist jemand auf dem Boden eingebrochen und hat eine Menge Plunder geklaut. Ich musste bei der Polizei Anzeige erstatten, das verlangen die Versicherungen. Es ist zwar niemand von der Polizei erschienen, die hatten keine Zeit, aber die Versicherungsgesellschaft hat trotzdem bezahlt. Diese Anzeige war offenbar nur pro forma nötig.» Sie kratzte sich im Nacken und sagte: «Also, was willst du?»

«Über einen Mieter sprechen.»

«Einen von meinen?»

Sie runzelte die Stirn, als ob die Möglichkeit sie wirklich beunruhigte und erstaunte.

«Keinen der jetzigen», sagte er.

«Es gibt nur einen, der im letzten Jahr ausgezogen ist.»

«Svärd.»

«Richtig. Hier hat ein Mann gewohnt, der Svärd heißt. Er ist im Frühjahr ausgezogen. Was ist mit ihm?»

«Er ist tot.»

«Hat man ihn erschlagen?»

«Erschossen.»

«Und wer hat das getan?»

«Möglicherweise hat er Selbstmord begangen. Aber wir sind nicht überzeugt davon.»

«Können wir nicht ein bisschen formloser quatschen?»

«Gern. Aber was meinen Sie mit formlos? Dass wir uns duzen?»

Die Frau schüttelte den Kopf. Dann sagte sie: «Formelles Gerede ist hoffnungslos. Ich hasse es. Aber wenn es nötig ist, kann ich äußerst korrekt auftreten. Ich kann auch kokett sein und mich aufdonnern und Lidschatten auflegen und Lippenstift benutzen.»

Martin Beck fühlte sich seltsam unsicher.

Plötzlich sagte sie: «Möchtest du Tee? Tee ist gut.»

Er hätte gern eine Tasse gehabt, sagte aber: «Meinetwegen ist es nicht notwendig. Ich möchte nichts.»

«Blödsinn», sagte sie. «Quatsch. Warte ein bisschen, dann mach ich auch schnell was zu essen. Was Überbackenes wird uns gut tun.»

Er spürte mit einemmal, dass er auch gern etwas gegessen hätte. Bevor er Zeit hatte abzulehnen, sprach sie weiter.

«Es dauert höchstens zehn Minuten. Ich mache dauernd was

zu essen. Überhaupt keine Kunst. Und es ist gut. Man soll immer versuchen, aus allem das Beste zu machen. Wenn alles beschissen auszusehen scheint, kann man sich immer noch was Gutes gönnen. Tee und eine Scheibe Brot im Ofen, dann können wir weiterreden.»

Nein zu sagen schien undenkbar. Er ahnte an ihr etwas Neues. Einen Zug von Beharrlichkeit und Willenskraft, dem schwer zu widerstehen sein könnte. «Bitte, gern», sagte er kleinlaut.

Bevor er überhaupt Zeit gehabt hatte, diese Worte zu äußern, hatte sie schon begonnen. Sie machte zwar ziemlich viel Krach, war dabei aber verblüffend flink und zielbewusst. Er hatte noch nie etwas Ähnliches gesehen, jedenfalls nicht in Schweden.

Während der sieben Minuten, welche die Zubereitung in Anspruch nahm, sagte sie nichts. Sechs Scheiben Brot mit Tomatenscheiben und gratiniertem Käse und eine große Kanne Tee. Er beobachtete sie, während sie die Mahlzeit improvisierte, und fragte sich noch einmal, wie alt sie sein mochte.

Im selben Augenblick, da sie sich ihm gegenüber hinsetzte, sagte sie: «Siebenunddreißig. Aber die meisten halten mich für jünger.»

Er war zu verblüfft, um seine Überraschung verbergen zu können. «Woher wusstest du …», begann er.

«Das war's doch, woran du gedacht hast? Iss jetzt.»

Es schmeckte gut.

«Ich habe ständig Hunger», sagte sie. «Ich futtere zehn-, zwölfmal am Tag.»

Menschen, die zehn- oder zwölfmal am Tag essen, pflegen bestimmte Probleme mit ihrem Gewicht zu haben.

«Ich werde aber nicht dicker dabei», sagte sie. «Übrigens spielt das auch keine Rolle. Einige Pfunde mehr oder weniger verändern keinen Menschen. Ich bin jedenfalls immer die Gleiche. Ich werde nur hippelig, wenn ich nichts zu essen kriege.» Sie mampfte drei Scheiben Brot in sich hinein. Martin Beck aß eine und nach einigem Zögern auch eine zweite. «Du weißt offenbar einiges über Svärd», sagte er.

«Ja. Das kann man sagen.»

Es fiel ihnen sehr leicht, sich zu verstehen. Was seltsamerweise keinen von ihnen erstaunte. Es schien ganz selbstverständlich.

«Es war also irgendetwas mit ihm los», sagte er.

«Ja», sagte Rhea. «Er war ein Sonderling. Ein eigenartiger Knabe. Ich wurde aus ihm nicht schlau, so dass ich beinahe froh war, als er auszog. Wie ist er übrigens gestorben?»

«Er wurde am 18. des vorigen Monats in seiner Wohnung gefunden. Da hatte er schon mindestens sechs Wochen tot dort gelegen. Wahrscheinlich länger. Etwa zwei Monate, würde ich schätzen.»

Sie schüttelte sich. «Pfui Teufel. Die Details möchte ich mir lieber ersparen. Ich bin nämlich empfindlich, wenn es um irgendwelche Scheußlichkeiten geht. Ich träume hinterher davon.»

Er wollte sagen, dass er sie mit unnötigen Beschreibungen verschonen wolle. Dann sah er ein, dass das überflüssig war.

Stattdessen sagte sie: «Eins ist jedenfalls klar.»

«Was denn?»

«Es hätte nie geschehen können, solange er noch hier wohnte.»

«Warum nicht?»

«Weil ich es nie erlaubt hätte.» Sie stützte das Kinn in die linke Hand und klemmte die Nase zwischen Zeige- und Mittelfinger. Sie hatte übrigens eine recht große Nase und starke Hände mit sehr kurzen Fingernägeln. Sie sah ihn ernst an.

Dann stand sie plötzlich wieder auf und wühlte in dem Küchenregal, bis sie Streichhölzer fand und eine Schachtel Zigaretten. Sie rauchte und sog den Rauch tief in die Lungen.

Sie drückte den Stummel aus, verzehrte die vierte Scheibe

Brot und blieb mit den Ellbogen auf den Knien und hängendem Kopf sitzen. Blinzelte ihn an und sagte: «Vielleicht hätte ich ihn nicht am Sterben hindern können, aber er hätte hier keine zwei Monate gelegen, ohne dass ich es bemerkt hätte. Nicht einmal zwei Tage.»

Martin Beck sagte nichts. Sie hatte sicher Recht.

«Hauswirte in diesem Land sind das mieseste Pack, das es gibt», sagte sie. «Aber das System ermuntert ja geradezu zu Ausbeutung.»

Er biss sich auf die Unterlippe. Martin Beck hatte noch nie irgendeine politische Überzeugung zu Markte getragen und versuchte immer, Gesprächsthemen mit politischen Implikationen zu vermeiden. Sie fuhr fort: «Keine Politik, was? Also gut, lassen wir die Politik. Aber es ist doch so, dass ich selbst Hauswirtin bin, rein zufällig. Ich habe den Kasten geerbt, wie ich schon sagte. Eigentlich ist es ein gutes Haus, aber als ich es bekam und herzog, war es das reinste Rattenloch. Mein Alter hatte seit zehn Jahren bestimmt keine Glühlampe ersetzt oder eine kaputte Fensterscheibe bezahlt. Er wohnte weit weg von hier und war nur daran interessiert, die Mieten zu kassieren. Wenn jemand nicht rechtzeitig bezahlte, wurde er auf die Straße gesetzt. Dann teilte er die Wohnungen in Schlafstellen auf und vermietete sie zu gepfefferten Preisen an Ausländer und andere, die keine Wahl mehr hatten. Irgendwo müssen ja auch diese Leute wohnen. Es ist in fast allen Kästen dieser Art das Gleiche.»

Martin Beck hörte, dass jemand die Wohnungstür öffnete und hereinkam. Die Frau reagierte überhaupt nicht.

Ein Mädchen kam in die Küche. Sie trug einen Putzkittel und hatte ein Bündel in der Hand. «Hej», sagte sie. «Kann ich die Waschmaschine benutzen?»

«Aber klar.»

Das Mädchen nahm keine Notiz von Martin Beck, aber Rhea

sagte: «Ihr kennt euch sicher nicht. Dies ist, ja, wie heißt du eigentlich?»

Martin Beck stand auf und gab dem Mädchen die Hand. «Martin», sagte er.

«Ingela», sagte das Mädchen.

«Sie ist gerade eingezogen», sagte Rhea. «Sie wohnt in der Wohnung, die Svärd hatte.» Sie wandte sich an das Mädchen mit dem Bündel. «Wie findest du die Wohnung?»

«Fabelhaft. Aber das Klo hat heute wieder nicht richtig funktioniert.»

«Mist. Ich rufe morgen früh den Klempner an.»

«Sonst ist alles prima. Hör mal …»

«Ja?»

«Ich hab kein Waschpulver.»

«Steht hinter der Badewanne.»

«Ich bin total blank.»

«Macht nichts. Nimm nicht mehr als für fünfzig Öre. Du kannst mir irgendwann mal einen Gegendienst leisten. Die Haustür abschließen oder so.»

«Nett.» Das Mädchen verschwand im Badezimmer. Rhea steckte sich eine neue Zigarette an. «Da haben wir schon einen Punkt. Svärds Wohnung war gut. Ich habe sie vor zwei Jahren in Ordnung bringen lassen. Sie kostete nur achtzig Kronen im Monat. Trotzdem ist er ausgezogen.»

«Warum?»

«Weiß ich nicht.»

«Kein Krach?»

«Nein. Ich habe nie Krach mit den Leuten, die hier wohnen. Es sollte auch ohne gehen. Jeder hat natürlich seine Eigenheiten. Aber das ist doch nur gut so.»

Martin Beck sagte nichts. Er fühlte, dass er anfing, sich zu entspannen. Außerdem merkte er, dass Fragen unnötig waren.

«Svärds seltsamste Eigenheit war, dass er vier Schlösser an

der Tür hatte. Und das in einem Haus, in dem kaum jemand abschließt, es sei denn, er möchte unbedingt in Ruhe gelassen werden. Als er auszog, schraubte er alle Ketten und Riegel ab und nahm das ganze Zeug mit. Er war genauso gut geschützt wie die kleinen Mädchen heutzutage.»

«Du meinst in übertragenem Sinn?»

«Ja. Sexuell. Hier jammern die staatserhaltenden Kräfte, weil die Gören, besonders die Mädchen, zu pimpern anfangen, sowie sie dreizehn sind. Idioten. Es weiß doch jeder, dass man anfängt, geil zu werden, wenn man dreizehn ist oder so. Mit der Pille und Kupferspiralen ist ein Mädchen doch so sicher wie Fort Knox. Es gibt also nichts mehr, wovor man Angst haben müsste. Zu meiner Zeit hatte man doch immer eine Scheißangst, ein Kind zu kriegen. Wie, zum Teufel, bin ich eigentlich auf dieses Thema gekommen?»

Martin Beck lachte.

Er war erstaunt. Es war aber eine Tatsache. Er hatte gelacht. «Wir haben gerade über Svärds Tür gesprochen», sagte er.

«Ja. Und du hast gelacht. Hätte nie gedacht, dass du lachen kannst. Oder vielleicht hast du auch nur vergessen, wie das ist.»

«Vielleicht habe ich heute zufällig schlechte Laune.» Das war eine missglückte Erwiderung. Ein Hauch von Enttäuschung zog über ihr Gesicht.

Sie hatte Recht gehabt, und sie wusste es.

Sie hinters Licht führen zu wollen wäre eine Dummheit, und er sagte: «Entschuldige.»

«So richtig liebeskrank wurde ich zwar erst mit sechzehn, aber früher war das ja auch anders. Da wurde noch vom ‹befestigten Armenhaus› gesprochen, na ja, das war wohl noch früher. Heute könnte man eher von der befestigten Unsicherheit sprechen. Da hat irgendjemand die Pointe versaut.» Sie drückte ihre Zigarette aus und sagte sachlich: «Ich quatsche viel zu viel. Immer. Und das ist nur eine Schwäche von vielen. Aber ein

Charakterfehler ist es wohl sicher nicht. Zu sprechen ist kein Defekt des Charakters, was?»

Er schüttelte den Kopf. Sie rieb sich den Nacken und sagte: «Hatte Svärd immer noch alle diese Schlösser?»

«Ja.»

Sie schüttelte den Kopf und strampelte die Holzschuhe von den Füßen. Setzte die Hacken auf den Fußboden und drehte die Füße nach innen, so dass die großen Zehen sich aneinander rieben. «Ich habe es nie begriffen. Muss eine Manie gewesen sein. Aber manchmal hat mir das Sorge gemacht. Ich habe Zweitschlüssel zu allen Türen. Mehrere Leute, die hier wohnen, sind alt. Sie könnten mal krank werden und Hilfe brauchen. Da muss man doch in die Wohnungen reinkommen können. Aber was hilft ein Zweitschlüssel, wenn die Tür von innen verbarrikadiert ist? Svärd war ja auch schon ziemlich alt.»

Die Geräusche aus dem Badezimmer hörten sich plötzlich anders an, und sie rief: «Brauchst du Hilfe, Ingela?»

«Ja … Ich glaube, schon.»

Sie stand auf und blieb eine Weile weg. Kam zurück und sagte: «Das wäre geschafft. Übrigens, was das Alter betrifft, da geht's uns beiden wohl ähnlich.»

Martin Beck lächelte. Er wusste, dass beinahe jeder ihn für fünf Jahre jünger hielt als die Fünfzig, die er bald erreichen würde.

«Svärd war den Jahren nach nicht so alt», sagte sie. «Aber er war nicht ganz auf der Höhe. Offensichtlich ziemlich übel dran. Er rechnete damit, nicht mehr lange zu leben, und gerade als er umziehen wollte, musste er ins Krankenhaus, um sich untersuchen zu lassen. Was dabei rausgekommen ist, weiß ich nicht. Er sollte aber Bestrahlungen kriegen, und das klingt gar nicht gut, finde ich.»

Martin Beck spitzte die Ohren. Dies war eine Neuigkeit. Aber eben ging wieder die Wohnungstür auf. Jemand sagte: «Rhea?»

«Ja. Hier in der Küche.»

Ein Mann trat ein. Bei Martin Becks Anblick zögerte er ein wenig, aber sie schob ihm mit dem Fuß sofort einen Stuhl hin. «Setz dich.»

Der Mann war verhältnismäßig jung, vielleicht fünfundzwanzig, mittelgroß und normal gebaut. Ovales Gesicht, mittelblond, graue Augen und gesunde Zähne. Kleidung: kariertes Hemd, Kordhosen und Sandalen. In der Hand hielt er eine Flasche Rotwein. «Ich habe die hier mitgebracht», sagte er.

«Und ich wollte den ganzen Tag bei Tee bleiben», sagte Rhea. «Aber schön, Gläser kannst du selbst rausholen. Vier. Ingela ist im Bad und wäscht.» Sie beugte sich vor und kratzte sich am linken Fußknöchel. Sagte: «Eine Flasche durch vier, das ist nicht viel. Ich habe selbst noch ein paar. Hol mal eine aus der Speisekammer. Links hinter der Tür. Der Korkenzieher ist in der obersten Schublade links von der Spüle.»

Der Neuankömmling folgte ihren Anweisungen. Er schien es gewohnt zu gehorchen. Nachdem er sich gesetzt hatte, sagte Rhea: «Ihr kennt euch sicher noch nicht, Martin und Kent.»

«Hej», sagte der Mann.

«Hej», sagte Martin Beck. Sie gaben sich die Hand. Rhea goss Wein in die Gläser und rief mit ihrer rauen Stimme: «Ingela, hier gibt's Wein, wenn du fertig bist.» Dann sah sie bekümmert auf den Mann im karierten Hemd und sagte: «Du siehst jammervoll aus. Was ist los? Wieder was schief gegangen?»

Kent nahm einen Schluck Wein und schlug die Hände vors Gesicht. «Rhea», sagte er. «Was soll ich bloß anfangen?»

«Immer noch kein Job?»

«Keine Chance. Da stehe ich nun mit einem fertigen Examen, und dann gibt's keine freien Stellen. Weiß der Teufel, ob's je welche gibt.» Er streckte sich vor und versuchte, ihre Hand zu nehmen. Das irritierte sie, und sie zog die Hand zurück.

«Ich habe heute einen verzweifelten Einfall gehabt», sagte er. «Ich muss wissen, was du davon hältst.»

«Lass hören.»

«Ich überlege, ob ich in der Polizeischule anfange. Da kommt man ja sogar als Hilfsschüler an. Sie haben zu wenig Leute, und mit meinen Papieren dürfte es leicht sein vorwärtszukommen, wenn ich erst mal gelernt habe, Rüpeln eins auf die Schnauze zu schlagen.»

«Hast du denn Lust, Leute zu vermöbeln?»

«Natürlich nicht, das weißt du doch. Aber ich könnte mich vielleicht nützlich machen. Von innen reformieren, wenn ich das Schlimmste überstanden habe.»

«Im Übrigen richtet sich die Tätigkeit der Polizei kaum gegen Rüpel und Rowdys», sagte sie. «Und wie willst du unterdessen Stina und die Kinder versorgen?»

«Ich müsste ein Darlehen aufnehmen. Ich habe mich heute erkundigt, als ich die Bewerbungsunterlagen abholte. Ich habe sie bei mir. Ich wollte dich bitten, den Text mit mir durchzugehen. Du verstehst doch alles.» Er holte ein paar zusammengefaltete Formulare und eine Werbebroschüre aus der Gesäßtasche, schob die Papiere über den Tisch und sagte: «Sag mir, ob es wahnsinnig klingt.»

«Ziemlich, wenn ich ehrlich sein soll. Im Übrigen glaube ich nicht, dass die Polizei auch nur das geringste Interesse an denkenden Menschen hat, die ihren Laden von innen umkrempeln wollen. Hast du saubere Papiere? Politisch?»

«Ich habe eine Zeit lang bei Clarté mitgemacht, aber das ist alles, und heute nehmen sie doch jeden, von organisierten Linken abgesehen, also ausgesprochenen Kommunisten.»

Sie dachte nach, trank einen Schluck Wein und zuckte die Achseln. «Tja, warum nicht. Es hört sich verrückt an, aber vielleicht wird's interessant.»

«Die Frage ist nur, ob …» Er trank. Dann prostete er Martin

Beck zu, der ebenfalls trank, bis auf weiteres allerdings vorsichtig.

«Was meinst du?», sagte sie. Sie schien noch immer irritiert zu sein.

«Na ja, hält man's aus? Tut man das?»

Sie sah Martin Beck spitzbübisch an. «Frag doch Martin. Er ist Experte.»

Der Mann sah Martin Beck mit überraschter und zweifelnder Miene an. «Weißt du etwas darüber?»

«Ein bisschen. Die Wahrheit ist, dass die Polizei alle guten Leute braucht, die sie nur kriegen kann. Es ist ein abwechslungsreicher Beruf, wie's da auch in der Broschüre steht, und es gibt viele Arten von Tätigkeiten. Wer sich beispielsweise für Hubschrauber interessiert oder Mechanik oder Organisationsprobleme oder Pferde ...»

Rhea schlug mit der Handfläche auf den Tisch, dass die Gläser hochsprangen. «Red doch nicht solchen Scheiß», sagte sie heftig. «Antworte ehrlich, verdammt noch mal.»

Martin Beck sagte zu seinem eigenen Erstaunen: «Man hat eine Chance, die ersten Jahre durchzuhalten, wenn man bereit ist, Tag für Tag mit Holzköpfen umzugehen und von Vorgesetzten gepiesackt zu werden, die entweder Streber sind oder Wichtigtuer oder nur Idioten. Man darf keine eigenen Ansichten haben. Dann hat man gute Aussichten, selbst genauso zu werden.»

«Du magst die Polizei offenbar nicht», sagte Kent misstrauisch. «Aber so schlimm wird's wohl nicht sein. Es gibt zu viel unbegründeten Hass auf die Polizei. Was glaubst du, Rhea?»

Sie lachte besonders herzlich. Dann sagte sie: «Versuch's doch. Du wirst bestimmt ein guter Polizist. Die Konkurrenz soll nicht überwältigend sein.»

«Kannst du mir beim Ausfüllen der Formulare helfen?»

«Gib mir was zu schreiben.»

Martin Beck hatte einen Kugelschreiber in der Brusttasche

und gab ihn ihr. Sie stützte den blonden Kopf in die Hand und fing an zu schreiben, völlig auf die Aufgabe konzentriert. «Das wird nur in Kladde», sagte sie. «Das andere Exemplar musst du hinterher auf der Maschine ausfüllen. Du kannst eine von meinen leihen.»

Das Mädchen, das Ingela hieß, war mit der Wäsche fertig, kam herein und setzte sich. Sie redete ganz allgemein vor sich hin, meist über Lebensmittelpreise und die Schummelei mit den Datumsstempeln auf den Lebensmittelpackungen. Sie arbeitete offenbar in einem Supermarkt.

Die Türglocke läutete, die Tür wurde geöffnet, und jemand näherte sich mit schlurfenden Schritten. Es war eine ältere Dame, die sagte: «Das Bild auf meinem Fernseher ist so schlecht.»

«Wenn es an der Antenne liegt, werde ich Eriksson bitten, morgen mal nachzusehen. Sonst müssen wir das Gerät reparieren lassen. Es ist natürlich nicht mehr ganz neu, aber ich habe ein paar Freunde, die eins entbehren können. Schlimmstenfalls können wir ihr altes Gerät leihen. Ich kann das morgen in Ordnung bringen.»

«Ich habe heute gebacken und dir ein Weizenbrot mitgebracht, Rhea.»

«Danke. Riesig nett. Das mit dem Fernseher kriegen wir schon hin, ganz bestimmt.»

Sie war inzwischen mit dem Ausfüllen der Formulare fertig geworden und gab sie dem Mann im karierten Hemd zurück. Die Schreiberei war erstaunlich schnell zu Ende gegangen. Jetzt sah sie wieder Martin Beck an, mit dem gleichen festen Blick wie vorhin.

«Als Hauswirt muss man so etwas wie ein Kurator sein», sagte sie. «Das ist notwendig, leider gibt es nicht viele, die so denken. Fast alle spekulieren nur aufs Geld und geizen mit allem. Weiter denken sie nicht, und ich finde das gemein. Ich versuche hier, mein Bestes zu tun. Die Leute sollen im Haus so etwas wie eine Gemeinschaft vorfinden und sich wohl fühlen. Die Wohnungen hier sind jetzt in Schuss, aber für Außenreparaturen habe ich kein Geld. Ich möchte die Mieten nicht mehr erhöhen als unbedingt notwendig, jedenfalls jetzt zum Herbst nicht. Ein bisschen muss ich trotzdem erhöhen. Ein Haus macht viel Arbeit, wenn man es erhalten will. Man hat ja Verantwortung für die Mieter.»

Martin Beck fühlte sich überraschend wohl. Er hatte keine Lust, diese Küche zu verlassen. Außerdem war er etwas schläfrig geworden. Das lag am Wein. Seit fünfzehn Monaten hatte er überhaupt nichts mehr getrunken.

«Ach ja», sagte sie. «Wir wollten ja noch über Svärd sprechen.»

«Hatte er irgendwelche Wertsachen in seiner Wohnung?»

«Nichts. Zwei Stühle, einen Tisch und ein Bett. Einen abgetretenen Teppich und das Allernotwendigste an Hausrat. Kaum Kleidung. Darum muss das mit den Schlössern auch eine Manie gewesen sein. Er ging allen Leuten aus dem Weg. Er sprach zwar mit mir, aber nur, wenn es unbedingt nötig war.»

«Er war also arm wie eine Kirchenmaus, wenn ich es recht verstehe.»

Sie sah sehr nachdenklich aus. Füllte ihr Glas und trank. «Ich bin mir da nicht völlig sicher», sagte sie. «Er schien eher pathologisch zu sein. Er hat zwar immer die Miete bezahlt, aber nur mit Hängen und Würgen. Dabei waren's doch nur achtzig Eier im Monat. Und soviel ich weiß, hat er nie etwas anderes als Hundenahrung gekauft. Katzennahrung war's übrigens. Er trank nicht, hatte überhaupt keine Ansprüche. Selbst wenn er nur die Rente gehabt hätte, würde er sich doch von Zeit zu Zeit ein Stück Wurst haben leisten können. Es leben zwar verdammt viele alte Menschen von Hundefraß, aber sie haben im Allgemeinen auch höhere Mieten und etwas mehr Ansprüche an ihr

Dasein. Sie wollen zum Beispiel ein Gläschen Wein trinken. Svärd hatte nicht mal ein Radio. Ich habe auch ein bisschen Psychologie gemacht, und ich habe in den Vorlesungen von Leuten gehört, die von Kartoffelschalen lebten und in fünfzig Jahre alten Klamotten rumliefen, aber trotzdem Hunderttausende von Kronen in die Matratzen eingenäht hatten. Das kennt man doch. Ein psychisches Phänomen, ich habe vergessen, wie es heißt.»

«Aber Svärd hatte kein Geld in der Matratze.»

«Und er ist umgezogen. Das passte eigentlich nicht zu ihm. Die neue Wohnung muss teurer gewesen sein, und außerdem hat's ja auch Geld gekostet, die Sachen zu transportieren. Da stimmt was nicht.»

Martin Beck leerte sein Weinglas. Er wäre gern bei diesen Menschen geblieben, aber jetzt musste er gehen. Er hatte Stoff zum Nachdenken bekommen. «Ich gehe jetzt. Hej und danke.»

«Ich wollte Spaghetti mit Fleischsoße machen. Das ist gar nicht schlecht, wenn man die Soße selbst macht. Du kannst gern bleiben.»

«Nein. Ich muss jetzt gehen.»

Sie folgte ihm barfuß hinaus. Sie kamen am Kinderzimmer vorüber, und sie warf einen Blick hinein. «Ja», sagte sie. «Die Kinder sind auf dem Land. Ich bin geschieden.» Nach einer kurzen Pause sagte sie: «Du auch, nicht wahr?»

«Ja.»

In der Tür sagte sie: «Also hej. Komm mal wieder. Ich habe tagsüber Vorlesungen in der Sommeruniversität, aber nach sechs bin ich immer zu Hause.» Kurze Pause. Sie sah ihn schelmisch an und sagte: «Wir können ja über Svärd quatschen.»

Ein dicker Mann in Hausschuhen und ungebügelten grauen Hosen kam die Treppe herunter. Er trug ein rot-gelb-blaues FNL-Abzeichen am Hemd. «Rhea», sagte er. «Die Glühbirne auf dem Boden ist kaputt.»

«Hol ’ne neue aus dem Putzschrank», sagte sie. «Fünfundsiebzig Watt reichen.»

«Du willst bleiben», sagte sie zu Martin Beck. «Bleib doch.»

«Nein. Ich gehe jetzt. Danke für den Tee und die Schnitten und den Wein.» Er sah, dass sie einen Augenblick daran dachte, ihn zu nötigen. Vermutlich mit den Spaghetti als Druckmittel. Aber sie verkniff es sich und sagte: «Also noch mal, hej.»

«Hej.»

Keiner von ihnen sagte: Auf bald.

Es wurde schon dunkel, als er in südlicher Richtung heimwärts trabte.

Er dachte an Svärd.

Er dachte an Rhea.

Ihm war leichter zumute als seit langer, langer Zeit, aber das war ihm noch nicht bewusst

22

Kollberg und Gunvald Larsson saßen einander an Larssons Schreibtisch gegenüber und machten nachdenkliche Gesichter.

Es war noch immer Donnerstag, und sie hatten Bulldozer Olsson mit seinen Träumen von dem herannahenden Glückstag allein gelassen, an dem er Werner Roos hinter Schloss und Riegel bringen würde.

«Was, zum Teufel, ist eigentlich in Bulldozer gefahren?», sagte Gunvald Larsson. «Will er Mauritzon wirklich so ohne weiteres laufen lassen?»

Kollberg zog die Schultern hoch. «So ist es wohl leider», sagte er.

«Aber ich verstehe nicht, dass er ihn nicht beschatten lassen will», fuhr Gunvald Larsson fort. «Die Chancen, dass sich das auszahlen würde, sind doch sehr groß. Oder glaubst du, dass Bulldozer irgendeinen anderen genialen Einfall auf der Pfanne hat?»

Kollberg schüttelte den Kopf. «Meiner Meinung nach opfert Bulldozer lieber den Trumpf, den er durch das Beschatten Mauritzons eventuell gewinnen könnte, als etwas anderes aufs Spiel zu setzen, das ihm wertvoller ist.»

Gunvald Larsson zog die Augenbrauen hoch. «Und was könnte das sein? Außer Bulldozer ist doch niemand hinter dieser Bande her.»

«Das ist schon richtig», sagte Kollberg. «Aber hast du dir schon mal überlegt, dass kaum jemand von uns über so viele ausgezeichnete Informationsquellen verfügt wie Bulldozer? Er kennt massenhaft alte Knastbrüder und Ganoven, und sie haben ungewöhnlich großes Vertrauen zu ihm, weil er sie nie reinlegt und immer Wort hält. Sie vertrauen ihm und wissen, dass er nie etwas verspricht, was er nicht halten kann. Bulldozers Singvögel sind sein wertvollster Aktivposten.»

«Du meinst, wenn es sich rumspricht, dass er seine Informanten beschatten lässt, wenn sie bei ihm gewesen sind und ihm einen Tipp gegeben haben, wäre es zu Ende mit dem Vertrauen und all den feinen Informationen?»

«Genau das», erwiderte Kollberg.

«Ich finde es jedenfalls saudumm, diese Chance sausen zu lassen», sagte Gunvald Larsson. «Wenn man jetzt ganz diskret herausfindet, wohin Mauritzon verschwindet und was er als nächstes unternimmt, brauchte das doch nicht unbedingt Bulldozers Bier zu sein.» Er sah Kollberg fragend an.

«Na schön», sagte Kollberg. «Ich bin selbst ziemlich neugierig auf das, was Herr Trofast Mauritzon vorhat. Ist Trofast ein Vor- oder ein Nachname?»

«Ein Hundename», sagte Gunvald Larsson. «Vielleicht tritt er manchmal als Hund verkleidet auf. Aber ich glaube, wir müssen uns ranhalten, denn er wird ihn jeden Augenblick freilassen. Wer fängt an?»

Kollberg sah auf seine neue Armbanduhr – gleiche Marke und gleiches Modell wie die maschinengewaschene. Er hatte seit ein paar Stunden nicht mehr gegessen und fing an, sich hungrig zu fühlen. Wer abnehmen will, soll wenig, aber oft essen, hatte er irgendwo gelesen, und er hielt sich mit Begeisterung zumindest an den letzten Teil dieses Ratschlags. «Ich schlage vor, dass du anfängst», sagte er. «Ich bleibe hier in der Nähe des Telefons, und du kannst mich anrufen, wenn du Hilfe brauchst oder abgelöst werden willst. Du kannst übrigens meinen Wagen nehmen, der fällt nicht so auf wie deiner.» Er holte die Autoschlüssel aus der Tasche und gab sie Gunvald Larsson.

«Gut», sagte dieser. Er stand auf und knöpfte sein Jackett zu. In der Tür drehte er sich um und sagte: «Wenn Bulldozer nach mir fragt, musst du dir was einfallen lassen. Tschüs, ich lasse von mir hören.»

Kollberg wartete zwei Minuten, dann ging er in die Kantine hinunter, um seine Abmagerungsmahlzeit einzunehmen.

Gunvald Larsson brauchte nicht lange zu warten. Mauritzon kam aus dem Haus, zögerte einen Augenblick und wandte sich in Richtung Agnegatan. Er bog nach rechts ab, ging zu Hantverkargatan, bog links ab und setzte seinen Weg zum Kungsholmstorg fort, wo er stehen blieb.

Gunvald Larsson wartete ein Stück entfernt in einem Hauseingang.

Er war sich der Schwierigkeit des Unternehmens bewusst; einmal würde es ihm bei seiner Größe und dem mächtigen Körper schwer fallen, in einer dichten Menschenmenge unterzutauchen, zum andern würde Mauritzon ihn sofort erkennen, wenn er nur einmal in seine Richtung blickte. Wenn Mauritzon jetzt die Absicht hatte, mit dem Bus zu fahren, würde Gunvald Larsson kaum mit demselben Bus fahren können, ohne entdeckt zu werden. Beim Taxenstand auf der anderen Straßenseite stand ein freies Taxi, und er hoffte, es würde nicht besetzt werden, bis er es brauchte. Er verzichtete auf Kollbergs Wagen.

Der Zweiundsechziger hielt an der Haltestelle, und Mauritzon stieg ein.

Gunvald Larsson wartete, bis sich der Bus so weit entfernt hatte, dass Mauritzon ihn nicht mehr durchs Rückfenster würde sehen können, bevor er zum Taxenstand ging.

Die Fahrerin war eine junge Frau mit zerzaustem blondem Haar und munteren braunen Augen. Sie war begeistert, als Gunvald Larsson seinen Ausweis zeigte und sie bat, dem Bus zu folgen.

«Wie spannend», sagte sie. «Ist es ein gefährlicher Gangster, den Sie jagen?»

Gunvald Larsson antwortete nicht.

«Ich verstehe, streng geheim. Machen Sie sich keine Sorgen, ich kann schweigen wie ’ne Wand.» Es stellte sich heraus, dass sie genau das nicht konnte.

«Am besten fahren wir ein bisschen vorsichtig, so dass wir an den Haltestellen dahinter bleiben können», sagte sie.

«Gut», sagte Gunvald Larsson kurz. «Aber halten Sie Abstand.»

«Ich verstehe. Sie wollen nicht gesehen werden. Klappen Sie doch die Sonnenblende runter, dann kann man sie von oben nicht sehen.»

Gunvald Larsson klappte die Sonnenblende herunter. Die Frau gab ihm einen verschwörerischen Blick, entdeckte seine bandagierte Hand und rief aus: «Oh, wie ist denn das passiert? Sie haben sich mit Banditen geschlagen, was?»

Gunvald Larsson grunzte.

«Es ist ein gefährlicher Beruf, Polizist zu sein», fuhr sie fort. «Aber schrecklich spannend, natürlich. Bevor ich mit dem Taxifahren anfing, wollte ich tatsächlich Polizistin werden. Am liebsten wäre ich Detektivin geworden, aber mein Mann war dagegen.»

Gunvald Larsson schwieg.

«Es kann natürlich auch ganz schön spannend sein, Taxi zu fahren. Jetzt zum Beispiel.» Sie schenkte Gunvald Larsson ein strahlendes Lächeln. Er lächelte schief und angestrengt zurück.

Sie hielt immer genügenden Abstand vom Bus und fuhr überhaupt ungewöhnlich gut, was ihre Redseligkeit einigermaßen aufwog.

Gunvald Larsson blieb einsilbig und sagte nur gelegentlich etwas, während seine Chauffeuse weiterplapperte, bis Mauritzon in Erik Dahlbergsgatan endlich ausstieg. Er war der Einzige, der den Bus verließ, und während Gunvald Larsson nach Geld suchte, beäugte das Mädchen neben ihm Mauritzon neugierig. «Der sieht überhaupt nicht wie ein Ganove aus», stellte sie enttäuscht fest. Sie bekam ihr Geld und schrieb schnell eine Quittung aus. «Na, viel Glück jedenfalls», fügte sie hinzu und fuhr langsam an.

Mauritzon ging schräg über die Fahrbahn und bog in Armfeltsgatan ein. Nachdem er um die Ecke verschwunden war, eilte Gunvald Larsson hinterher und lugte um die Ecke, gerade als Mauritzon in einem Hauseingang verschwand.

Nach einer Weile öffnete Gunvald Larsson die Haustür. Er hörte, wie irgendwo im Haus eine Wohnungstür zugeschlagen wurde. Er ging hinein und betrachtete die Tafel mit den Namen.

Sein Blick fiel sofort auf den Namen Mauritzon, und er hob erstaunt die Augenbrauen. Filip Trofast Mauritzon wohnte hier also unter eigenem Namen. Gunvald Larsson erinnerte sich, dass Mauritzon bei den Verhören eine Adresse in Vickergatan als Wohnung angegeben hatte. Dort wohnte er als Lennart Holm. Sehr praktisch, dachte Gunvald Larsson. Er hörte, wie der Fahrstuhl in Gang gesetzt wurde, und schlüpfte schnell wieder auf die Straße.

Er wollte nicht über die Straße gehen und riskieren, dass Mauritzon ihn vom Fenster aus entdeckte, darum hielt er sich dicht an der Hauswand, als er zur Ecke Erik Dahlbergsgatan zurückkehrte. Dort bezog er Posten und äugte vorsichtig in Armfeltsgatan, um die Haustür im Auge zu behalten.

Nach einiger Zeit begann die Schnittwunde in seiner Kniekehle zu schmerzen. Es war noch zu früh, um Kollberg anzurufen, und außerdem traute er sich nicht von seinem Beobachtungsposten fort. Mauritzon konnte jederzeit auftauchen.

Als Gunvald Larsson eine Dreiviertelstunde lang an der Straßenecke gewartet hatte, trat Mauritzon plötzlich aus dem Hauseingang. Gunvald Larsson konnte gerade noch sehen, dass der Mann auf ihn zuging, bevor er zurückzuckte, schnell die Straße hinunterhumpelte und im nächsten Hauseingang verschwand.

Mauritzon ging mit raschen Schritten an ihm vorüber, den Blick starr geradeaus gerichtet. Er hatte sich umgezogen und trug eine kleine Reisetasche.

Er überquerte Valhallavägen, und Gunvald Larsson folgte ihm in größtmöglichem Abstand.

Mauritzon ging schnell Richtung Karlaplan. Zweimal sah er sich nervös um; beim ersten Mal suchte Gunvald Larsson hinter einem geparkten Kombi Deckung, beim zweiten Mal hechtete er in einen Hauseingang.

Wie Gunvald Larsson bereits erraten hatte, war Mauritzon auf dem Weg zur U-Bahn. Unten auf dem Bahnsteig waren nicht viele Leute, und Gunvald Larsson hatte Mühe, in Deckung zu bleiben. Nichts deutete jedoch darauf hin, dass Mauritzon ihn bemerkt hatte. Mauritzon bestieg einen Zug in südlicher Richtung, und Gunvald Larsson stieg in den Wagen hinter Mauritzons.

Bei Hötorget stiegen sie aus, und Mauritzon verschwand in der Menschenmenge.

Gunvald Larsson sah sich auf dem Bahnsteig nach ihm um, aber der Mann war wie vom Erdboden verschluckt. Gunvald Larsson spähte zu den verschiedenen Aufgängen hin, ohne Mauritzon zu entdecken; schließlich nahm er die Rolltreppe zum Obergeschoss des Bahnhofs.

Er ging zu den fünf verschiedenen Aufgängen. Kein Mauritzon. Schließlich blieb er vor Ströms Schaufenster stehen. Er fluchte vor sich hin und fragte sich, ob Mauritzon ihn trotz seiner Vorsicht entdeckt hatte. In dem Fall hätte er quer über den Bahnsteig laufen und in einen Zug in nördlicher Richtung springen können.

Gunvald Larsson betrachtete düster ein paar italienische Wildlederschuhe, die im Fenster lagen und die er liebend gern besessen hätte, wenn es sie in seiner Größe gegeben hätte. Er war vor ein paar Tagen im Geschäft gewesen und hatte nach ihnen gefragt.

Er drehte sich um, um nach oben zu gehen und den Bus nach Kungsholmen zu nehmen, als er plötzlich Mauritzon am anderen Ende der Halle erspähte. Dieser war auf dem Weg zur Treppe zu Sveavägen, und außer der schwarzen Reisetasche hatte er jetzt noch ein Paket mit einer kunstvoll geschnürten Bandschleife bei sich. Nachdem er auf der Treppe verschwunden war, folgte ihm Gunvald Larsson.

Mauritzon ging Sveavägen in südlicher Richtung hinunter und betrat das Büro von Flygcity. Gunvald Larsson bezog hinter einem Lieferwagen in Lästmakargatan Stellung.

Durch die großen Fenster konnte er sehen, wie Mauritzon an den Schalter ging und mit einer hoch gewachsenen Blondine in Uniform sprach.

Gunvald Larsson fragte sich, wohin Mauritzon zu reisen gedachte. In den Süden, natürlich, vielleicht zu einem Ort am Mittelmeer. Oder noch weiter weg, nach Afrika vielleicht, das als Reiseziel sehr beliebt geworden war. Mauritzon hatte aus nahe liegenden Gründen Angst, in Stockholm zu bleiben; in dem Augenblick, in dem Malmström und Mohrén aufging, dass er gesungen hatte, würden sie ihn sicher nicht sehr gnädig behandeln.

Er sah, wie Mauritzon seine Tasche öffnete und die Konfektschachtel – oder was immer es sein mochte – hineinstopfte. Danach bekam Mauritzon seine Tickets, steckte sie in die Jackentasche und trat auf die Straße. Gunvald Larsson sah ihn langsam in Richtung Sergels Torg schlendern; dann betrat er selbst das Reisebüro. Das Mädchen, das Mauritzon bedient hatte, blätterte in einer Kartei. Sie warf Gunvald Larsson einen flüchtigen Blick zu. «Ja, was kann ich für Sie tun?»

«Ich würde gern wissen, ob der Herr, der eben hier war, ein Ticket gekauft hat, und wenn ja, wohin», sagte Gunvald Larsson.

«Ich weiß nicht, ob ich Ihnen das erzählen darf», sagte die Blondine. «Warum fragen Sie?»

Gunvald Larsson legte seinen Ausweis auf den Tresen. Das Mädchen sah auf die Karte, blickte dann Gunvald Larsson ins Gesicht und sagte: «Sie meinen Graf von Brandenburg, nicht wahr? Er hat ein Ticket nach Jönköping gekauft und einen Platz in der Maschine 15 Uhr 40 gebucht. Er will mit dem Bus zum Flughafen; er fährt fünf vor drei ab Sergels Torg. Was hat Graf von ...»

«Danke, das war alles, was ich wissen wollte», sagte Gunvald Larsson. «Guten Tag.»

Er ging zur Tür und überlegte, was Mauritzon in Jönköping zu schaffen haben mochte. Dann fiel ihm ein, dass er in der Personalakte gesehen hatte, dass Mauritzon in Jönköping geboren war und dass seine Mutter noch dort lebte.

Mauritzon wollte also nach Hause und sich bei Mami verstecken.

Gunvald Larsson trat auf Sveavägen hinaus.

In der Entfernung konnte er sehen, wie Trofast Mauritzon Holm von Brandenburg langsam im Sonnenschein dahinflanierte.

Er selbst ging in die entgegengesetzte Richtung, um eine Telefonzelle zu suchen und Kollberg anzurufen.

23

Als Lennart Kollberg zu dem verabredeten Treffen mit Gunvald Larsson in Armfeltsgatan erschien, war er mit allen erdenklichen Nachschlüsseln und Werkzeugen zum Öffnen der Wohnung ausgerüstet. Was er hätte haben sollen, aber nicht bei sich hatte, war ein von Staatsanwalt Olsson ausgestellter Haussuchungsbefehl. Kollberg und Gunvald Larsson ließ es ziemlich kalt, dass sie im Begriff waren, eine Amtspflichtverletzung zu begehen. Sie kalkulierten kühl, dass Bulldozer entzückt sein würde, wenn sie etwas fänden, was ihm von Nutzen sein konnte. Er würde keinen Gedanken an die Amtspflichtverletzung verschwenden. Im umgekehrten Fall würden sie keine Veranlassung sehen, ihn darüber aufzuklären, dass eine begangen worden war.

Im Übrigen war der Ausdruck nicht mehr relevant. An ihrem Amt war etwas faul.

Mauritzon war zu diesem Zeitpunkt wohl schon auf dem Weg nach Süden; zwar nicht nach Afrika, aber genügend weit weg, so dass sie ungestört würden arbeiten können.

Die Türen zu den Wohnungen des Hauses waren mit Standardschlössern versehen. So auch die Tür zu Mauritzons Wohnung, und es kostete Kollberg nur ein paar Minuten, sie zu öffnen. Auf der Innenseite war die Tür mit zwei Sicherheitsketten und einem Riegel ausgerüstet, mit denen man sie aber nur von innen verrammeln konnte. Diese Schutzvorrichtungen ließen erkennen, dass Mauritzon mit aufdringlicheren Besuchern rechnete, als es die Bettler und Hausierer waren, deren Klingelei er sich mit einem emaillierten Schildchen am Türpfosten verbat.

Die Wohnung bestand aus drei Zimmern, Küche, Flur und Badezimmer und war an sich recht elegant. Möbliert war sie teuer, aber geschmacklos. Sie betraten das Wohnzimmer. An der gegenüberliegenden Wand stand eine Schrankwand mit Bücherregalen, Schubladen und einem eingebauten Sekretär. Ein Regal war mit Taschenbüchern gefüllt, während die übrigen mit allerlei Kleinkram voll gestopft waren; Souvenirs, Nippes, kleinen Vasen und Schälchen. An den Wänden hingen ein paar Drucke und Reproduktionen der Art, die man in weniger guten Rahmenhandlungen zu finden pflegt.

Gardinen und Teppiche wirkten keineswegs billig, schienen aber unüberlegt zusammengekauft worden zu sein. Muster, Material und Farben passten überhaupt nicht zusammen.

In einer Ecke stand eine kleine Bar. Ihr bloßer Anblick hätte schon ausgereicht, einem Übelkeit zu verursachen, selbst wenn man am Inhalt der Flaschen hinter den Spiegeltüren des Barschranks nicht einmal gerochen hatte. Die Vorderseite der Bar war mit seltsam gemustertem Kunststoffgewebe ausgekleidet; auf schwarzem Grund schwebten gelbe, grüne und rosa Figuren, die an Pantoffeltierchen oder möglicherweise auch an stark vergrößerte Spermien erinnerten. Das gleiche Muster, wenn auch in erheblich kleinerem Maßstab, wiederholte sich auf den Kunststeinplatten der Oberseite.

Kollberg öffnete den Barschrank. Er enthielt eine halb leere Flasche Parfait d'Amour, eine so gut wie leere Flasche schwedischen Dessertweins, eine unangebrochene halbe Flasche Carlshamns Flaggpunsch und eine ausschließlich mit Luft gefüllte Flasche Beefeater Gin. Kollberg machte die Türen mit einem Schaudern wieder zu und ging ins angrenzende Zimmer.

Zwischen dem Wohnzimmer und dem nächsten Raum, der wahrscheinlich als Esszimmer gedacht war, gab es keine Tür, sondern nur einen Bogen, der von zwei Säulen gestützt wurde. Der Raum war ziemlich klein und hatte zur Straße hin einen Erker. Hier stand ein Klavier, und in einer Ecke waren Radio und Plattenspieler untergebracht.

«Aha, hier haben wir also das Musikzimmer», sagte Kollberg mit einer ausholenden Geste.

«Ich kann mir nur schwer vorstellen, wie diese Ratte dasitzt und die Mondscheinsonate spielt», sagte Gunvald Larsson. Er machte den Klavierdeckel auf und blickte in die Innereien des Instruments. «Hier liegen jedenfalls keine Leichen», sagte er.

Als sie mit dem ersten Rundgang fertig waren, zog Kollberg sein Jackett aus. Sie begannen, die Wohnung etwas sorgfältiger durchzukämmen. Sie fingen im Schlafzimmer an, wo Gunvald Larsson sofort damit begann, den Kleiderschrank zu filzen, während Kollberg sich der Schubladen des Sekretärs annahm. Sie arbeiteten eine Zeit lang schweigend weiter, bis Kollberg schließlich sagte: «Du, Gunvald.» Aus den Tiefen des Kleiderschranks ertönte eine gedämpfte Antwort. Kollberg fuhr fort: «Das Beschatten von Roos war kein überwältigender Erfolg. Er ist vor ein paar Stunden von Arlanda abgeflogen, und Bulldozer bekam einen Schlussbericht, bevor ich wegging. Er war furchtbar enttäuscht.»

Gunvald Larsson grunzte. Dann steckte er den Kopf hinaus und sagte: «Bulldozers Optimismus und übertriebene Erwartungen lassen ihn immer wieder in Enttäuschungen reinschlittern. Aber er erholt sich schnell davon, wie du vielleicht bemerkt hast. Na, was hat Roos an seinen freien Tagen so angestellt?» Er verschwand wieder in dem begehbaren Kleiderschrank, und Kollberg schob die unterste Schublade zu und reckte sich.

«Mit Malmström und Mohrén hatte er sich jedenfalls nicht getroffen, wie Bulldozer gehofft hatte», berichtete er. «Am ersten Abend, also vorgestern, ist er mit einer Puppe essen gegangen, und hinterher haben die beiden nackt gebadet.»

«Ja, davon habe ich schon gehört», sagte Gunvald Larsson. «Und dann?»

«Er ist bis zum Nachmittag bei der Tante geblieben, und dann ist er in die Stadt gefahren. Dort ist er offensichtlich ziel- und planlos herumgerannt, allein übrigens. Gestern Abend ist er mit einer anderen Puppe in ein anderes Restaurant gegangen, hat dann aber nicht gebadet, jedenfalls nicht im Freien, sondern die Kleine mit zu sich nach Märsta genommen. Heute Vormittag hat er sie zum Odenplan gefahren, wo sie sich trennten. Dann ist er allein herumgelatscht, in einige Geschäfte gegangen, wieder nach Hause gefahren, hat sich umgezogen und ist nach Arlanda raus. Nicht besonders spannend, und vor allem nicht sonderlich kriminell.»

«Wenn man das Nacktbaden nicht als unsittlich ansieht und Ek, der da im Gebüsch hockte, ihn nicht wegen Erregung öffentlichen Ärgernisses anzeigen lässt», sagte Gunvald Larsson. Er verließ den Kleiderschrank und schloss die Tür. «Nichts da, abgesehen von ein paar unglaublich geschmacklosen Kleidungsstücken», sagte er und ging ins Bad.

Kollberg ging dazu über, ein grün gestrichenes Aktenschränkchen unter die Lupe zu nehmen, das neben dem Bett stand und als Nachttisch diente. Die beiden obersten Schubladen enthielten ein Sammelsurium mehr oder weniger brauchbarer Gegenstände: Papiertaschentücher, Manschettenknöpfe, einige leere Streichholzschachteln, eine halbe Tafel Schokolade, Sicherheitsnadeln, ein Fieberthermometer, zwei Schachteln Halspastillen, Restaurantquittungen, eine unangebrochene Packung schwarzer Kondome, Kugelschreiber, eine Ansichtskarte von Stettin mit dem Text: «Hier gibt's Wodka, Weib und Bett, Herz, was begehrst du mehr. Stisse», ein kaputtes Feuerzeug und ein stumpfes Mora-Messer ohne Scheide.

Auf dem Nachttisch lag ein Taschenbuch, dessen Umschlagzeichnung einen breitbeinig dastehenden Cowboy mit rauchenden Revolvern in den Händen zeigte.

Kollberg blätterte in dem Buch, das den Titel trug *Die Revolverschlacht in der Schwarzen Schlucht*, und dabei fiel ein Foto zu Boden. Es war ein Amateurfoto in Farbe und zeigte eine junge Frau, die auf einem Bootsanleger saß. Sie trug Shorts und einen kurzärmeligen weißen Pullover. Sie hatte dunkles Haar, und ihr Aussehen war alltäglich. Kollberg drehte das Bild um. Am oberen Bildrand hatte jemand mit Bleistift *Möja 1969* hingeschrieben und darunter stand in blauer Tinte und einer anderen Handschrift *Monita*.

Kollberg steckte das Foto wieder ins Buch hinein und zog die unterste Schublade heraus. Sie war tiefer als die beiden anderen, und nachdem er sie herausgezogen hatte, rief er Gunvald Larsson herbei. Sie betrachteten den Inhalt.

«Seltsamer Platz, eine Schleifmaschine aufzubewahren», sagte Kollberg. «Oder vielleicht ist es gar keine Schleifmaschine, sondern irgendein raffiniertes Massagegerät?»

«Möchte gern wissen, wozu er das Ding benutzt hat», sagte Gunvald Larsson nachdenklich. «Er ist nicht gerade der Typ des Hobby-Tischlers. Er kann das Ding natürlich geklaut oder als Bezahlung für Rauschgift bekommen haben.» Er kehrte ins Bad zurück.

Eine gute Stunde später hatten beide die Wohnung und das gesamte Inventar durchsucht, ohne etwas besonders Interessantes gefunden zu haben. Es gab kein verstecktes Geld, keine belastende Korrespondenz, keine Waffen und keine stärkeren Medikamente als Albyl und Alka Seltzer.

Jetzt standen sie in der Küche, wo sie alle Laden und Schränke durchwühlt hatten. Sie hatten festgestellt, dass der Kühlschrank nicht abgestellt und außerdem voller Lebensmittel war, was den Schluss zuließ, dass Mauritzon nicht die Absicht hatte, längere Zeit fortzubleiben. Unter anderem lag da ein Räucheraal, der Kollberg herausfordernd anstarrte. Kollberg litt seit dem Tag, an dem er sich zum Abnehmen entschlossen hatte, an ständigem Hunger. Er beherrschte sich jedoch und wandte sich mit knurrendem Magen von dem Kühlschrank und seinen Versuchungen ab.

Er entdeckte einen Schlüsselring mit zwei Schlüsseln, der hinter der Küchentür an einem Haken hing. «Schlüssel zum Boden», sagte er und zeigte mit dem Finger darauf.

Gunvald Larsson ging hin und nahm den Schlüsselring in die Hand. Er betrachtete die Schlüssel und sagte: «Oder Kellerschlüssel. Komm, probieren wir sie mal aus.»

Keiner der Schlüssel passte zur Bodentür. Sie nahmen den Fahrstuhl ins Erdgeschoss und gingen die Kellertreppe hinunter.

Der größte Schlüssel passte ins Patentschloss der Eisentür.

Sie kamen zunächst in einen kurzen Korridor mit Türen auf beiden Seiten. Sie machten die rechte Tür auf und guckten in den Müllraum. Das Haus hatte einen Müllschlucker und unter der Schachtmündung stand ein Metallgestell auf Rädern, in dem ein großer gelber Kunststoffsack hing. Drei weitere Gestelle mit Kunststoffsäcken, eins randvoll mit Müll gefüllt und zwei leere, standen an der Wand. In einer Ecke standen ein Besen aus Palmblattfasern und eine Schaufel.

Die Tür gegenüber war verschlossen und führte einem Schild zufolge in die Waschküche.

Der Korridor mündete in einen langen Gang, der sich nach links und nach rechts erstreckte. An den Seiten des Gangs befanden sich zahlreiche nummerierte Türen, die sämtlich mit verschiedenen Hängeschlössern versehen waren.

Kollberg und Gunvald Larsson probierten den kleineren Schlüssel an mehreren Schlössern aus, bis sie das richtige Schloss gefunden hatten.

In Mauritzons Keller fanden sich nur zwei Dinge: ein alter Staubsauger ohne Schlauch und ein großer Koffer, der verschlossen war. Während Kollberg das Schloss aufpulte, öffnete Gunvald Larsson den Staubsauger und warf einen Blick hinein.

«Leer», sagte er.

Kollberg klappte den Kofferdeckel auf und sagte: «Der hier nicht. Guck mal.»

In dem Koffer befanden sich vierzehn Flaschen fünfundsechzigprozentiger polnischer Wodka, vier Kassettentonbandgeräte, ein elektrischer Haartrockner und sechs Elektrorasierer, sämtlich fabrikneu und originalverpackt.

«Schmuggel», sagte Gunvald Larsson. «Oder bloß Hehlerei.»

«Das sind sicher nur Sachen, die er als Bezahlung gekriegt hat», sagte Kollberg. «Ich hätte nichts dagegen, den Wodka zu beschlagnahmen, aber vielleicht ist es besser, wir lassen alles, wie es ist.» Er klappte den Deckel zu und schloss den Koffer ab. Sie gingen hinaus in den Kellergang.

«Na ja, das war immerhin etwas», meinte Kollberg. «Aber Bulldozer können wir damit nicht kommen. Am besten hängen wir die Schlüssel wieder hin und hauen ab. Wir können hier nichts mehr tun.»

«Ein vorsichtiger Hund, dieser Mauritzon», sagte Gunvald Larsson. «Vielleicht hat er noch mehr Wohnungen.» Er hielt inne und deutete mit dem Kopf auf eine Tür am Kopfende des Gangs. LUFTSCHUTZRAUM stand dort in roten Lettern.

«Wollen wir nicht nachsehen, ob er offen ist?», fragte er. «Wo wir schon mal hier sind.»

Die Tür war offen. Der Luftschutzraum schien als Fahrradabstellraum und allgemeine Rumpelkammer zu dienen. Außer einigen Fahrrädern und einem auseinander genommenen Moped standen da noch ein paar Kinderwagen, ein Tretschlitten und ein altmodischer Schlitten mit Lenkrad. An einer Wand stand eine Hobelbank, und darunter, auf dem Fußboden, lagen einige Fensterrahmen ohne Glas. In einer Ecke lehnten ein Eisenspieß, ein paar Besen, eine Schneeschaufel und zwei Spaten.

«Ich kriege in solchen Räumen immer Platzangst», sagte Kollberg. «Bei Luftschutzübungen während des Krieges habe ich mir immer vorgestellt, wie es ist, wenn man unter einem zerbombten Haus im Keller sitzt und nicht mehr raus kann. Pfui Teufel.»

Er sah sich um. In der Ecke hinter der Hobelbank entdeckte er eine alte Holzkiste mit der kaum lesbaren Aufschrift SAND auf der Vorderseite. Auf dem Deckel stand ein Zinkeimer.

«Guck mal», sagte er. «Da ist noch so eine alte Sandkiste aus dem Krieg.» Er ging hin und hob den Eimer herunter. Öffnete den Deckel der Sandkiste. «Sogar noch Sand drin», sagte er.

«Der wurde ja nie gebraucht», sagte Gunvald Larsson. «Jedenfalls nicht zum Feuerlöschen nach Brandbomben. Was ist denn das?»

Kollberg hatte sich über die Kiste gebeugt, die Hand hineingesteckt und etwas herausgehoben. Er legte den Gegenstand auf die Hobelbank.

Es war eine grüne Segeltuchtasche, wie man sie bei der amerikanischen Armee findet.

Kollberg öffnete die Tasche und breitete den Inhalt auf der Hobelbank aus.

Ein zerknülltes hellblaues Hemd.

Eine blonde Perücke.

Ein blauer Baumwollhut mit breiter Krempe.

Eine Sonnenbrille.

Und eine Pistole, eine Llama Auto vom Kaliber fünfundvierzig.

24

Das Mädchen, das sich Monita nannte, hatte an jenem Sommertag vor drei Jahren, an dem sie auf einem Bootsanleger bei Möja in den Stockholmer Schären fotografiert worden war, noch keine Ahnung von Filip Trofast Mauritzons Existenz.

Jener Sommer war der letzte ihrer sechsjährigen Ehe mit Peter gewesen; im Herbst hatte er eine andere Frau kennen gelernt, und kurz nach Weihnachten hatte er Monita und ihre damals fünfjährige Tochter Mona verlassen. Sie kam seinem Wunsch entgegen und reichte die Scheidung wegen Ehebruchs ein; er hatte es eilig, seine neue Frau zu heiraten, die schon im fünften Monat war, als die Scheidung Rechtskraft erlangte. Monita behielt die Zweizimmerwohnung in Hökarängen, und es war ausgemacht, dass das Kind ihr zugesprochen werden sollte. Peter verzichtete auf sein Recht, das Kind regelmäßig zu sehen; später stellte sich heraus, dass er auch auf seine Unterhaltspflichten verzichtete.

Die Scheidung brachte ihr nicht nur eine erhebliche Verschlechterung ihrer wirtschaftlichen Lage, sondern zwang sie auch, ihr eben begonnenes Studium abzubrechen, was das Ärgerlichste an dieser traurigen Scheidungsgeschichte war.

Mit der Zeit hatte sie ihren Mangel an Ausbildung als Handikap empfunden. Das konnte ihr aber kaum angelastet werden, denn sie hatte nie Gelegenheit gehabt, sich weiterzubilden oder einen Beruf zu erlernen. Nach Abschluss der obligatorischen neun Schuljahre hatte sie ein Jahr pausiert. Danach hatte sie das Gymnasium besuchen wollen, aber dann hatte sie Peter kennen gelernt. Sie hatten geheiratet und das Studium wurde zunächst auf Eis gelegt. Im Jahr darauf war die Tochter geboren worden. Peter hatte begonnen, eine Abendschule zu besuchen, und erst als er mit seiner Zusatzausbildung fertig gewesen war, hatte sie daran denken können, eine Abendschule zu besuchen.

Als Peter sie verließ, waren ihre Möglichkeiten zur Weiterbildung zunichte, denn sie konnte niemanden finden, der regelmäßig die Kleine betreute, und selbst wenn sie jemanden gefunden hätte, hätte sie das Geld dazu nicht aufbringen können.

In den ersten zwei Jahren nach der Geburt war Monita zu Hause geblieben, aber sobald es ihr gelungen war, eine private Tagesmutter zu finden, hatte sie wieder zu arbeiten begonnen. Früher, das heißt vom Schulabschluss an bis kurz vor der Niederkunft, hatte sie eine Reihe verschiedener Jobs gehabt. In den wenigen Jahren hatte sie als Bürogehilfin, Kassiererin in einem Supermarkt, Expedientin, Fabrikarbeiterin und Serviererin gearbeitet. Sie war ein Unruhegeist. Sobald sie das Interesse an einem Job verlor, kündigte sie und suchte sich etwas Neues.

Nach der unfreiwilligen zweijährigen Pause wollte sie sich wieder einen Job suchen. Sie entdeckte, dass die Lage auf dem Arbeitsmarkt schlechter geworden war und dass es nicht viele Wahlmöglichkeiten gab. Und da sie weder fachlich ausgebildet war noch über Verbindungen verfügte, standen ihr nur die am schlechtesten bezahlten und unbefriedigendsten Jobs zur Verfügung. Wenn sie jetzt das Interesse verlor, war es nicht einfach, etwas Neues zu finden, aber nach Aufnahme ihrer Studien zeigte sich ein Lichtstreifen am Horizont, und die seelentötende Monotonie am Fließband war leichter zu ertragen.

Drei Jahre lang blieb sie bei ihrer Schichtarbeit in einer chemisch-technischen Fabrik am südlichen Stadtrand Stockholms, doch als die Scheidung eine Tatsache war und sie mit ihrer Tochter allein und dadurch gezwungen war, eine kürzere und schlechter bezahlte Schicht zu übernehmen, fühlte sie sich wie in einer Falle und kündigte aus Verzweiflung ihren Job, ohne zu wissen, was sie danach anfangen sollte.

Die Arbeitslosigkeit war unterdessen immer schlimmer geworden, und der Mangel an Arbeitsmöglichkeiten war so groß, dass selbst Akademiker und Angehörige qualifizierter Berufe ohne Arbeit waren oder sich um schlecht bezahlte Jobs schlagen mussten, die weit unter ihren Fähigkeiten lagen.

Monita ging eine Zeit lang stempeln und lebte von ihrer kargen Arbeitslosenunterstützung. Sie wurde immer deprimierter. Das Geld reichte vorn und hinten nicht; Miete, Essen und Kleidung für Mona schluckten alles, was sie zusammenkratzen konnte. Kleider für sich selbst konnte sie sich nicht mehr leisten, sie musste das Rauchen aufgeben, aber der Haufen unbezahlter Rechnungen schwoll trotzdem immer mehr an. Schließlich schluckte sie ihren Stolz hinunter und bat Peter um Hilfe, der immerhin zu einem Teil zu Monas Unterhalt beizutragen hatte. Er wollte sich damit herausreden, dass er selbst eine Familie zu versorgen habe, aber schließlich gab er ihr fünfhundert Kronen, mit denen sie sofort einen Teil ihrer Schulden abtrug.

Mit Ausnahme einer dreiwöchigen Vertretung in einer Telefonzentrale und zweier Wochen als Brotpackerin in einer Großbäckerei war sie den ganzen Herbst 1970 über ohne Arbeit. Sie hatte an und für sich nichts gegen Muße; es machte ihr Spaß, morgens lange zu schlafen und tagsüber mit Mona zusammen zu sein. Wären die Geldsorgen nicht gewesen, hätte der Mangel an Arbeit sie nicht bekümmert. Allmählich war ihr auch die Lust, sich weiterzubilden, vergangen; wozu sollte sie Zeit und Energie verschwenden und sich Studiendarlehen aufladen, wenn der Lohn der Mühe höchstens aus einigen wertlosen Zeugnissen und der eventuellen Befriedigung bestand, ein paar zusätzliche Kenntnisse erworben zu haben? Außerdem ging ihr allmählich auf, dass mehr dazu gehörte als ein hohes Gehalt und ein bequemer Arbeitsplatz, um die Integration in den Produktionsprozess als sinnvoll zu empfinden.

Kurz vor Weihnachten fuhr sie mit Mona zu ihrer älteren Schwester nach Oslo. Ihre Eltern waren vor fünf Jahren bei einem Autounfall ums Leben gekommen, und die Schwester war ihre einzige nähere Verwandte. Nach dem Tod der Eltern war das Weihnachtsfest bei der Schwester zur Tradition geworden. Um das Geld für die Fahrkarten aufzutreiben, versetzte sie die Trauringe der Eltern und einige andere Schmuckstücke, die sie geerbt hatte, bei einem Pfandleiher. Sie blieb vierzehn Tage in Oslo, und als sie nach Neujahr nach Stockholm zurückkehrte, hatte sie sechs Pfund zugenommen und fühlte sich so munter wie schon lange nicht mehr.

Im Februar 1971 wurde Monita fünfundzwanzig.

Es war ein Jahr vergangen, seitdem Peter sie verlassen hatte, und sie fand selbst, dass sie sich in diesem einen Jahr mehr verändert hatte als in all den Jahren ihrer Ehe. Sie war gereift und hatte an sich selbst neue Züge kennen gelernt, und das war gut. Sie war aber auch härter geworden und sogar ein wenig verbittert, und das war nicht so gut.

Vor allem war sie sehr einsam geworden.

Als allein stehende Mutter eines sechsjährigen Kindes, das all ihre Zeit beanspruchte, und mit einem Heim in einer großen Mietskaserne in einem Vorort, in der jeder seine Integrität zu verteidigen schien, ohne Arbeit und ohne Geld, hatte sie keine Möglichkeit, ihre Isolation zu durchbrechen.

Ihre früheren Freunde und Bekannten waren es leid geworden, von sich hören zu lassen. Sie konnte selten ausgehen, weil sie ihre Tochter nicht allein lassen wollte, und der Mangel an Geld verbot jede Art von Amüsement. In der ersten Zeit nach der Scheidung kam es noch vor, dass ein paar Freundinnen herauskamen und sie besuchten, aber der Weg nach Hökarängen war weit, und sie stellten die Besuche bald ein. Außerdem war sie zeitweise deprimiert gewesen und hatte vermutlich einen so beklemmenden Eindruck gemacht, dass sie ihre Freunde damit in die Flucht gejagt hatte.

Sie machte lange Spaziergänge mit ihrer Tochter, schleppte dicke Bücherpacken von der Bibliothek nach Hause. Die Bücher las sie in den stillen, einsamen Stunden, nachdem Mona eingeschlafen war. Ihr Telefon klingelte selten; sie selbst hatte niemanden, den sie hätte anrufen können, und als das Telefon schließlich gesperrt wurde, weil sie die Rechnungen nicht bezahlte, war kaum ein Unterschied zu früher spürbar. Sie fühlte sich wie eine Gefangene im eigenen Heim, aber nach und nach empfand sie die Gefangenschaft als Geborgenheit, und das Dasein außerhalb der Wände der tristen Vorstadtwohnung erschien ihr immer unwirklicher und fremder.

Nachts, wenn sie plan- und rastlos zwischen Wohnzimmer und Küche hin und her wanderte, zum Lesen zu müde und zum Schlafen zu unruhig, bildete sie sich manchmal ein, verrückt zu werden. Sie hatte das Gefühl, dass sie nur ein bisschen nachzugeben brauchte, bis die Dämme nachgaben und der Wahnsinn durchbrach.

Sie dachte oft an Selbstmord; ihr Gefühl der Hoffnungslosigkeit und Angst war häufig so stark, dass nur der Gedanke an das Kind sie davon abhielt.

Sie machte sich große Sorgen um die Kleine, und es kam vor, dass sie vor Erbitterung und Ohnmacht weinte, wenn sie an die Zukunft des Kindes dachte. Sie wollte es in einer geborgenen, warmen und menschlichen Umgebung aufwachsen lassen, in der der Zwang, nach Macht, Geld und sozialem Status zu jagen, die Menschen nicht zu Feinden macht und in der die Wörter «kaufen» und «besitzen» keine Synonyme für Glück sind. Sie wollte ihrem Kind die Chance geben, sich den eigenen Anlagen gemäß individuell zu entwickeln. Es sollte der Kleinen erspart werden, in eine der Schubladen gesteckt zu werden, die die Gesellschaft für sie bereithielt. Sie wollte ihrem Kind Freude an Arbeit, Gemeinschaft und Geborgenheit schenken, und es sollte in Selbstachtung leben können.

Sie hielt es nicht für vermessen, diese elementaren Voraussetzungen für ein menschenwürdiges Dasein ihrer Tochter zu verlangen, aber dass ihre Hoffnungen sich nicht erfüllen würden, solange sie in Schweden blieben, war ihr klar.

Sie sah nur nicht, wie sie die Mittel beschaffen sollte, um außer Landes gehen zu können, und manchmal drohten ihre Verzweiflung und Verzagtheit in Resignation und Apathie umzuschlagen.

Als sie vom Weihnachtsbesuch in Oslo zurückkehrte, beschloss sie, sich einen Ruck zu geben und etwas zu unternehmen.

Um größere Freiheit zu haben und auch um zu verhindern, dass Mona allzu isoliert aufwuchs, versuchte sie zum zehnten Mal, die Kleine in einem Tagesheim unterzubringen, das in der Nähe der Wohnung lag. Zu ihrem Erstaunen war ein Platz frei, und Mona konnte sofort hingehen.

Ohne große Hoffnung fing Monita an, auf Stellenangebote zu schreiben. Sie dachte ständig an ihr großes Problem: Was sollte sie nur tun, um Geld herbeizuschaffen? Sie sah ein, dass sie viel Geld brauchte, wenn sie eine radikale Veränderung ihrer Lebensumstände herbeiführen wollte. Sie wollte um jeden Preis außer Landes gehen; sie empfand immer größeres Unbehagen über die Gesellschaft, die mit einem Wohlstand prahlte, der nur wenigen Privilegierten vorbehalten war, während das einzige Privileg der Mehrheit darin bestand, die Tretmühle zu bewegen, die die Maschinerie in Gang hielt. Monita begann, diese Gesellschaft zu hassen.

In Gedanken ging sie immer wieder die verschiedenen Möglichkeiten durch, wie sie zu Geld kommen könnte, ohne eine Lösung des Problems zu finden.

Das Geld mit ehrlicher Arbeit zu verdienen schien ausgeschlossen; bislang hatte sie mit dem Inhalt ihrer Lohntüte nach Abzug der Steuern und Abgaben kaum mehr als die Miete und das tägliche Essen bezahlen können.

Dass sie im Toto eine größere Summe gewinnen könnte, war

wenig wahrscheinlich, aber sie gab dennoch Woche für Woche ihr Zweiunddreißig-Reihen-System ab, um zumindest hoffen zu können.

Sie hatte niemanden, der ihr ein Vermögen vermachen könnte.

Es würde auch kaum ein todkranker Millionär um sie anhalten und in der Hochzeitsnacht das Zeitliche segnen.

Es gab Mädchen, die als Prostituierte eine Menge Geld verdienten, sie kannte eines dieser Mädchen sogar persönlich. Heutzutage brauchte man nicht mehr auf die Straße zu gehen; man nannte sich Modell oder arbeitete in einem Massagesalon oder in irgendeinem eleganten Sexclub. Der bloße Gedanke war ihr aber zu widerwärtig.

Blieb also, das Geld zu stehlen – aber wie und wo? Sie war sicher zu ehrlich, um damit durchzukommen.

Bis auf weiteres würde sie jedenfalls versuchen, einen guten Job zu finden. Das ging leichter, als sie zu hoffen gewagt hatte. Sie bekam einen Arbeitsplatz als Serviererin in einem wohl bekannten und lebhaft besuchten Restaurant in der Stockholmer Innenstadt. Kurze und bequeme Arbeitszeit und gute Aussichten, anständige Trinkgelder dazuzuverdienen.

Einer der vielen, die dieses Lokal bevorzugten, war Filip Trofast Mauritzon.

Eines Tages saß er an einem von Monitas Tischen und bestellte Eisbein mit Steckrübenmus. Er war ein unansehnlicher, aber adretter kleiner Mann. Als sie kassierte, machte er eine freundliche und scherzende Bemerkung, aber er hatte nichts an sich, was Monita besonders auf ihn aufmerksam gemacht hätte.

Andererseits hatte auch Monita nichts an sich, was Mauritzons Interesse erregt hätte, jedenfalls damals noch nicht.

Monita sah recht alltäglich aus, was ihr mit der Zeit selbst bewusst geworden war, weil Menschen, denen sie ein oder ein paar Mal begegnet war, sie bei der nächsten Begegnung selten wiedererkannten. Sie hatte dunkles Haar, blaugraue Augen, gesunde Zähne und regelmäßige Gesichtszüge. Sie war mittelgroß, einsfünfundsechzig, normal gebaut und wog hundertzwanzig Pfund.

Es gab Männer, die sie hübsch fanden, aber erst nachdem sie sie näher kennen gelernt hatten.

Als Mauritzon sich zum dritten Mal innerhalb einer Woche an einem von Monitas Tischen niederließ, erkannte sie ihn wieder und sagte sich, er würde wohl Speck mit Kartoffeln in Milchsoße bestellen, das Stammgericht des Tages. Beim letzten Mal hatte er Pfannkuchen mit Speck gegessen.

Er bestellte Speck und Milch, und als sie ihm das Essen brachte, sah er sie an und sagte: «Sie sind sicher neu hier, nicht wahr?»

Sie nickte. Es war nicht das erste Mal, dass er mit ihr sprach, aber sie war gewohnt, anonym zu bleiben, und die Uniform machte es nicht leichter, sich an sie zu erinnern.

Als sie ihm die Rechnung brachte, gab er ihr reichlich Trinkgeld und sagte: «Ich hoffe, Sie werden sich hier wohlfühlen, denn ich mag dieses Lokal. Und das Essen ist gut, achten Sie ja auf Ihre Figur.» Bevor er ging, blinzelte er ihr freundschaftlich zu.

In den folgenden Wochen bemerkte Monita, dass der gepflegte kleine Mann, der immer Hausmannskost aß und nie etwas anderes trank als Milch, mit Absicht einen ihrer Tische zu wählen begann. Er stand dann immer an der Tür und sah nach, an welchen Tischen sie servierte, bevor er Platz nahm. Das erstaunte sie, schmeichelte ihr aber auch ein bisschen.

Sie selbst hielt sich für eine schlechte Serviererin; es fiel ihr schwer, bei nörgelnden und ungeduldigen Gästen nicht die Geduld zu verlieren, und wenn jemand sie anschnauzte, schnauzte sie zurück. Außerdem war sie oft in Gedanken, unkonzentriert und vergesslich. Andererseits war sie kräftig und flink, und Gästen gegenüber, die es ihrer Meinung nach verdienten, war sie freundlich und aufmerksam, ohne jedes affektierte Getue, wie sie es bei den anderen Mädchen manchmal beobachtet hatte.

Jedes Mal, wenn Mauritzon da war, wechselte sie ein paar Worte mit ihm. Allmählich fing sie an, ihn als alten Bekannten zu betrachten. Sein etwas altmodisches Auftreten faszinierte sie. Es stimmte allerdings nicht mit den Standpunkten überein, die er gelegentlich zu allen Fragen zwischen Himmel und Erde in lapidaren Kommentaren äußerte.

Monita war nicht direkt zufrieden mit ihrem neuen Job, aber sie fand ihn doch verhältnismäßig angenehm. Sie hörte tagsüber rechtzeitig auf, um Mona noch aus dem Tagesheim abholen zu können, bevor es zumachte. Sie fühlte sich nicht mehr so verzweifelt einsam und isoliert, hoffte aber trotzdem, eines Tages in ein in jeder Hinsicht freundlicheres Klima überzusiedeln.

Mona hatte im Tagesheim einige neue Freunde gefunden und konnte morgens gar nicht schnell genug hinkommen. Ihre beste Freundin wohnte im selben Haus, und Monita hatte die Eltern kennen gelernt, junge sympathische Menschen. Sie hatte mit ihnen vereinbart, dass die Mädchen auch mal über Nacht zusammen bleiben konnten, wenn jemand einen freien Abend haben wollte. Sie selbst hatte Monas Freundin schon ein paar Mal bei sich übernachten lassen, und Mona war zweimal bei ihrer Freundin geblieben, aber Monita hatte mit ihrer freien Zeit nichts anderes anfangen können, als ins Kino zu gehen. Das Abkommen gab ihr jedenfalls ein Gefühl der Freiheit, und es sollte sich später zeigen, dass es auch sehr praktisch war.

An einem Tag im April, als sie ihren neuen Job gerade zwei Monate hatte, stand sie da, träumte und hielt die Hände unter der Schürze gefaltet, als Mauritzon sie rief. Sie ging zu ihm, deutete mit dem Kopf auf den Teller mit Erbsensuppe, die er kaum angerührt hatte, und fragte: «Ist etwas nicht in Ordnung?»

«Doch, ausgezeichnet wie immer», sagte Mauritzon. «Mir ist nur etwas eingefallen. Hier sitze ich und futtere jeden Tag etwas in mich hinein, während Sie nur herumrennen und schuften. Ich wollte Sie fragen, ob ich Sie zur Abwechslung nicht mal zum Essen einladen darf. Natürlich an einem Abend, an dem Sie frei haben. Wie wär's mit morgen?»

Monita zögerte nicht lange. Sie hatte diesen Mann schon längst als ehrlichen und anständigen Nichttrinker eingestuft; er war zwar ein bisschen seltsam, aber ungefährlich und recht nett. Außerdem hatte dieser Vorschlag schon längst in der Luft gelegen, und sie hatte sich schon lange zurechtgelegt, was sie auf diese Frage antworten würde. Sie sagte also: «Tja, warum nicht.»

Nachdem Monita am Freitag mit Mauritzon ausgegangen war, brauchte sie ihr Urteil nur in einigen Punkten zu revidieren: Er war kein Nichttrinker und vermutlich auch nicht sonderlich ordentlich, aber das machte ihn nicht weniger nett. Sie fand ihn sogar richtig interessant.

Sie gingen in jenem Frühjahr noch mehrmals miteinander aus, und Monita wies seine Einladungen zu einem nächtlichen Drink in seiner Wohnung freundlich, aber fest zurück. Sie ließ ihn auch nicht zu sich nach Hökarängen kommen.

Zu Beginn des Sommers sah sie ihn eine Zeit lang nicht mehr, und sie selbst hatte im Juli zwei Wochen Urlaub, die sie bei ihrer Schwester in Norwegen verbrachte.

Am ersten Tag nach ihrer Rückkehr aus dem Urlaub kam er ins Lokal und ließ sich auf seinem Stammplatz nieder, und sie trafen sich gleich am selben Abend. Diesmal ging Monita mit zu ihm in Armfeltsgatan, und sie schliefen zum ersten Mal miteinander. Monita fand ihn auch im Bett höchst umgänglich.

Ihr Verhältnis entwickelte sich für beide Seiten zur Zufriedenheit. Mauritzon drängte sich nicht auf und bestand nicht darauf, sie öfter zu sehen, als sie selbst wollte, was bedeutete, dass sie sich ein- oder zweimal pro Woche trafen. Er war ihr gegenüber rücksichtsvoll und fürsorglich, und sie fühlten sich wohl, wenn sie zusammen waren.

Sie brachte ihm die gleiche Rücksichtnahme entgegen; er zeigte sich zum Beispiel sehr verschwiegen, was seine Arbeit oder Beschäftigung betraf; er sagte auch nicht, womit er sein Geld verdiente, aber obwohl sie es gern gewusst hätte, stellte sie keine Fragen. Sie wollte selbst vermeiden, dass er sich zu sehr in ihr Leben einmischte, besonders, was Mona anging, und vermied deshalb sorgfältig, ihre Nase in seine Angelegenheiten zu stecken. Wie sie selbst schien auch er wenig eifersüchtig zu sein. Entweder war ihm klar, dass er ihr einziger Liebhaber war, oder es war ihm egal, ob sie noch mit anderen Männern schlief; er fragte sie auch nie über ihre früheren sexuellen Erfahrungen aus.

Im Lauf des Herbstes gingen sie immer seltener aus, sondern blieben lieber bei ihm zu Hause, aßen etwas Gutes, tranken ein wenig und verbrachten den größeren Teil ihrer gemeinsamen Abende und Nächte im Bett.

Von Zeit zu Zeit verschwand Mauritzon auf eine Geschäftsreise, aber er sprach nie darüber, wohin er fuhr oder worum die Geschäfte sich drehten. Monita war klug genug, um recht bald zu wissen, dass er irgendeiner kriminellen Tätigkeit nachging, und weil sie selbst davon überzeugt war, dass Mauritzon im Grunde ein sympathischer und ehrlicher Mensch war, ging sie davon aus, dass es sich um eine Art Verbrechen handelte, das sich nicht gegen Einzelpersonen richtete. Sie konnte sich nicht vorstellen, dass er ein Dieb war, es sei denn, er bestahl die Reichen, um das Gestohlene wie eine Art Robin Hood an die Armen zu verteilen. Es erschien ihr auch unmöglich, dass er so etwas wie weißen Sklavenhandel betrieb oder an Kinder

Rauschgift verkaufte. Wenn sie Gelegenheit hatte, ließ sie durchblicken, dass Kriminalität für sie keine Frage der Moral war, wenn sie sich gegen Wucherer oder Profitjäger oder insgesamt gegen eine Ausbeutergesellschaft richtete; sie wollte ihn mit diesen vorsichtig formulierten Äußerungen dazu bringen, ihr wenigstens einiges über seine geheimnisvollen Vorhaben zu sagen.

Um die Weihnachtszeit sah Mauritzon sich genötigt, Monita einen gewissen Einblick in seine Aktivitäten zu erlauben. Weihnachten war auch in seiner Branche eine hektische Zeit, und jetzt hatte er in seinem Eifer, sich auch nicht das kleinste Geschäft entgehen zu lassen, so viele Aufträge übernommen, dass er sie allein einfach nicht bewältigen konnte. Außerdem war es ihm physisch unmöglich, sie selbst durchzuführen, denn am zweiten Weihnachtstag sollte er in Hamburg sein, um eine äußerst komplizierte Transaktion durchzuführen, die seine persönliche Anwesenheit erforderte, und gleichzeitig am Flughafen Fornebu außerhalb Oslos eine Lieferung übergeben. Weil Monita wie immer das Weihnachtsfest in Oslo verbringen wollte, konnte er der Versuchung nicht widerstehen, sie als Stellvertreterin und Kurier einzusetzen. Der Auftrag war nicht besonders riskant, aber die Arrangements bezüglich der Übergabe der Ware waren so seltsam und verwickelt, dass er ihr kaum einreden konnte, es handle sich um ein einfaches Weihnachtsgeschenk. Er gab ihr ausführliche Anweisungen, und weil er wusste, dass sie Rauschgifthandel ablehnte, machte er sie glauben, das Paket enthalte gefälschte Formulare, die für einen Coup bei der Post gebraucht würden.

Monita hatte nichts dagegen, ihm in dieser Sache zu assistieren, und sie erledigte den Auftrag ohne Komplikationen. Sie bekam ihre Reise bezahlt und außerdem noch ein paar hundert Kronen Honorar.

Dieser leichte und willkommene Nebenverdienst hätte sie eigentlich auf mehr scharf machen sollen, aber ihre Einstellung zu weiteren möglichen Unternehmen dieser Art geriet ins Wanken, nachdem sie ein wenig Zeit zum Nachdenken gehabt hatte.

Sie hatte zwar nichts gegen das Geld, aber wenn sie schon Gefahr lief, geschnappt zu werden oder gar ins Gefängnis zu kommen, so wollte sie jedenfalls wissen, wofür. Sie bereute, nicht nachgesehen zu haben, was sich im Paket befunden hatte. Ihr kam der Verdacht, dass Mauritzon sie hereingelegt hatte. Sie entschloss sich, weitere Kurierdienste zu verweigern, falls er sie darum bitten sollte. Sie hatte keine Lust, mit Paketen herumzulaufen, die von Opium bis zu Zeitbomben alles enthalten konnten.

Mauritzon musste ihre Einstellung intuitiv erfasst haben, denn er bat sie kein zweites Mal um solche Dienste. Sein Verhalten ihr gegenüber war unverändert, aber mit der Zeit entdeckte sie Züge an ihm, die sie früher nicht bemerkt hatte. Sie fand heraus, dass er sie oft belog, selbst dann, wenn es völlig überflüssig war; sie fragte ihn nämlich nie, was er trieb, wenn sie sich nicht sehen konnten, und versuchte auch nie, ihn in Verlegenheit zu bringen oder in die Enge zu treiben. Sie begann auch zu ahnen, dass er alles andere als ein Gentleman-Verbrecher war, sondern eher ein Kleinhändler, der für Geld praktisch alles machte.

In den ersten Monaten des neuen Jahres trafen sie sich nur selten. Dies lag weniger an Monitas zunehmender Hellsichtigkeit als vielmehr daran, dass Mauritzon ungewöhnlich viel zu tun hatte und oft auf Reisen war.

Monita glaubte nicht, dass er ihrer überdrüssig geworden war; sobald er einen freien Abend hatte, wollte er ihn mit ihr verbringen. Ein einziges Mal kam es vor, dass er Besuch bekam, während sie bei ihm war. Das war an einem Abend Anfang März, und die Besucher, die Mohrén und Malmström hießen und etwas jünger waren als Mauritzon, schienen so etwas wie

Geschäftsfreunde zu sein. Sie hatte besonders den einen sympathisch gefunden, aber keinen von ihnen wieder gesehen.

Für Monita wurde der Winter 1972 eine düstere Zeit. Das Restaurant, in dem sie arbeitete, wechselte den Eigentümer, wurde in einen Pub verwandelt und verlor seine alten Gäste, ohne dass es gelang, neue anzulocken. Schließlich wurde das Personal entlassen, und das Lokal wurde in eine Bingo-Halle umgewandelt. Monita war also wieder ohne Arbeit und fühlte sich jetzt einsamer als je zuvor. An den Wochentagen war Mona im Tagesheim, und an den Wochenenden spielte sie mit ihren Kameraden.

Es ärgerte Monita, dass sie mit Mauritzon nicht Schluss machen konnte, aber das irritierte sie eigentlich hauptsächlich in seiner Abwesenheit; wenn sie sich sahen, fühlte sie sich in seiner Gesellschaft recht wohl, und seine offensichtliche Verliebtheit schmeichelte ihr. Überdies war er außer Mona der Einzige, der sie zu brauchen schien.

Jetzt, wo sie tagsüber nichts zu tun hatte, ging sie manchmal in die Wohnung in Armfeltsgatan, wenn sie wusste, dass er nicht zu Hause war. Sie saß gern dort, las, hörte Platten oder wanderte einfach nur so zwischen all seinen Sachen herum, die ihr noch immer so fremd erschienen, obwohl sie sich längst an sie hätte gewöhnen müssen. Von einigen Büchern und Platten abgesehen, gab es in seiner Wohnung nichts, was sie gern in ihrer eigenen Wohnung gehabt hätte, aber trotzdem fühlte sie sich dort seltsam wohl.

Er selbst hatte ihr nie einen Schlüssel zu seiner Wohnung gegeben; sie hatte einen Zweitschlüssel anfertigen lassen, als er ihr einmal seinen überlassen hatte. Dies war die einzige Verletzung seiner Intimsphäre, die sie sich erlaubt hatte, und zu Anfang hatte sie deswegen ein schlechtes Gewissen gehabt.

Sie achtete immer peinlich genau darauf, dass nichts ihre Anwesenheit dort verriet. Sie ging auch nur dann in seine Wohnung, wenn sie sicher war, dass er sich auf Reisen befand. Sie fragte sich, wie er reagieren würde, wenn er Bescheid wüsste. Es kam natürlich vor, dass sie in seinen Sachen schnüffelte, aber sie hatte nie etwas gefunden, was irgendwie besonders belastend gewesen wäre. Sie hatte sich den Zweitschlüssel aber nicht nur zum Schnüffeln besorgt; sie wollte auch gern in seiner Wohnung sein, ohne dass es jemand wusste. Es war nicht so, dass jemand hinter ihr her war oder sich überhaupt darum kümmerte, wo sie sich aufhielt. Die Tatsache allein verlieh ihr ein Gefühl der Unerreichbarkeit und Souveränität, das an jenes Gefühl erinnerte, das sie als kleines Kind beim Versteckspielen gehabt hatte, wenn sie ein so gutes Versteck gefunden hatte, dass kein Mensch der Welt sie hätte finden können. Hätte sie Mauritzon gefragt, hätte er ihr sicher den Schlüssel gegeben, aber dann wäre alles zerstört gewesen.

An einem Tag Mitte April, als Monita sich ungewöhnlich rastlos und unruhig fühlte, ging sie in die Wohnung in Armfeltsgatan. Sie würde in Mauritzons hässlichstem und gemütlichstem Sessel sitzen, eine Vivaldi-Platte spielen und hoffen, dass dieses seltene Gefühl von Frieden und vollkommener Unberührtheit sich einstellen würde.

Mauritzon war in Spanien und würde erst am Tag darauf nach Hause kommen.

Sie hängte im Flur Mantel und Schultertasche an einen Haken, holte Zigaretten und Streichhölzer aus der Tasche und ging ins Wohnzimmer. Es sah aus wie immer und war wohlaufgeräumt wie üblich. Mauritzon machte seine Wohnung selbst sauber. Zu Beginn ihrer Bekanntschaft hatte sie gefragt, warum er sich keine Putzfrau halte, und er hatte erwidert, dass er gern sauber mache und keine Lust habe, dieses Vergnügen einem anderen zu überlassen.

Sie legte Zigaretten und Streichhölzer auf die breite Armlehne des Sessels, ging in das zweite Zimmer und setzte den Plattenspieler in Betrieb. Sie legte «Die vier Jahreszeiten» auf den Plattenteller, und während sie den ersten Tönen von «Frühling» lauschte, holte sie eine Untertasse aus dem Küchenschrank und ging damit ins Wohnzimmer. Dann hockte sie sich in den Sessel und stellte die Untertasse auf die Armlehne.

Sie dachte an Mauritzon und daran, wie dürftig ihr Verhältnis war. Sie kannten sich jetzt seit einem Jahr, und ihre Beziehung zueinander hatte sich in dieser Zeit nicht vertieft, war nicht reifer geworden, eher im Gegenteil. Sie konnte sich nicht erinnern, worüber sie sprachen, wenn sie zusammen waren, was vermutlich daran lag, dass sie nie über wesentliche Dinge sprachen. Als sie so in seinem Lieblingssessel hockte und auf das Bücherregal mit all seinen dämlichen Nippes sah, fand sie ihn eine ungewöhnlich lächerliche Figur und fragte sich zum hundertsten Mal, warum sie ihn nicht sausen ließ und sich stattdessen einen richtigen Mann anlachte.

Sie zündete sich eine Zigarette an, blies den Rauch in einem schmalen Strahl zur Decke und sagte sich, dass sie schnell aufhören müsse, an diesen albernen Heini zu denken, wenn sie nicht schlechte Laune bekommen sollte.

Sie setzte sich im Sessel zurecht, schloss die Augen und versuchte, nicht zu denken, während sie die Hand sacht im Takt der Musik bewegte. Mitten im Largo-Satz wischte sie die Untertasse von der Armlehne, die zu Boden fiel und in Stücke sprang.

«Gottverdammter Scheißmist», brummte sie, stand auf und ging in die Küche.

Sie öffnete das Schränkchen unter der Spüle und tastete nach dem Handfeger, der meist rechts von der Mülltüte stand. Er war aber nicht da, und sie hockte sich hin und sah in den Schrank. Der Handfeger lag auf dem Boden, und als sie die Hand danach ausstreckte, entdeckte sie eine Aktentasche, die hinter der Mülltüte stand. Die Aktentasche war alt und verschlissen, und sie hatte sie noch nie gesehen. Er hatte sie dort hingestellt, weil er sie in den Keller bringen und wegwerfen wollte. Sie war offensichtlich zu groß für den Müllschlucker.

Dann entdeckte sie, dass die Aktentasche mehrfach umschnürt und verknotet war. Sie holte sie hervor und stellte sie auf den Küchenfußboden. Sie war schwer.

Jetzt war sie neugierig geworden und löste vorsichtig die Knoten, während sie zu behalten versuchte, wo sie angebracht waren. Sie wickelte die Schnur auf und öffnete die Aktentasche.

Sie war voller Steine; es waren flache schwarze Schieferstücke, die ihr bekannt vorkamen, die sie gerade eben irgendwo gesehen zu haben glaubte.

Sie zog die Stirn kraus, stand auf und warf den Zigarettenstummel in die Spüle, während sie nachdenklich die Aktentasche anstarrte.

Warum hatte er eine alte Aktentasche mit Steinen voll gestopft, eine Schnur darum gebunden und sie in das Küchenschränkchen gestellt?

Sie betrachtete die Aktentasche etwas genauer. Sie war aus echtem Leder und sicher einmal sehr schön und kostbar gewesen. Sie sah auf die Innenseite des Deckels. Kein Name. Dafür bemerkte sie etwas Seltsames: Jemand hatte am Boden alle vier Ecken abgeschnitten; dies musste mit einem scharfen Messer oder einer Rasierklinge gemacht worden sein, denn die Schnittflächen im Leder waren noch völlig frisch.

Plötzlich ging ihr auf, was er mit der Aktentasche vorhatte: Er wollte sie im Meer versenken! Warum?

Sie bückte sich und begann, die Schieferstücke aus der Tasche zu holen, und während sie sie auf dem Fußboden aufhäufte, fiel ihr ein, wo sie solche Steine gesehen hatte. Unten am Hauseingang, an der Innentür zum Hof, hatte vorhin ein Stapel Schieferplatten gelegen. Offensichtlich sollte der Hof mit diesen Platten neu ausgelegt werden, und dort musste Mauritzon die Schieferstücke weggenommen haben.

Als sie das Gefühl hatte, bald die ganze Tasche ausgeräumt zu haben, berührten ihre Fingerspitzen etwas Glattes und Hartes. Sie holte den Gegenstand hervor, hielt ihn in der Hand und betrachtete ihn, während ein Gedanke, der schon lange tief in ihrem Bewusstsein gelegen und an ihr genagt hatte, langsam Gestalt annahm.

Hier lag vielleicht die Lösung; dieser blanke stählerne Gegenstand barg vielleicht die Freiheit, von der sie geträumt hatte.

Die Pistole war ungefähr zwanzig Zentimeter lang, hatte einen dicken Lauf und einen kräftigen Kolben, und auf dem blanken, bläulich schimmernden Stahl über dem Abzugsbügel war ein Name eingraviert: Llama.

Sie wog die Waffe in der Hand. Sie war schwer.

Monita ging in den Flur und verstaute die Pistole in ihrer Tasche. Dann ging sie zurück in die Küche, legte alle Steine in die Aktentasche zurück, wickelte die Schnur darum, versuchte, diese zu verknoten, wie sie es ursprünglich gesehen hatte, und stellte die Aktentasche schließlich auf denselben Platz, wo sie sie gefunden hatte.

Monita nahm den Handfeger, fegte die Scherben im Wohnzimmer zusammen und kippte sie in den im Treppenhaus befindlichen Müllschlucker. Als sie wieder in der Wohnung war, stellte sie den Plattenspieler ab, legte die Platte ins Regal und ging in die Küche. Dort holte sie den Zigarettenstummel aus der Spüle und spülte ihn in der Toilette weg. Sie zog ihren Mantel an, hängte ihre Tasche über die Schulter und machte, bevor sie die Wohnung verließ, noch einen Rundgang durch die Zimmer, um sich zu vergewissern, dass alles so war, wie es sein sollte. Sie überzeugte sich, dass der Schlüssel in der Manteltasche lag, bevor sie die Tür zuschlug und die Treppen hinunterlief.

Wenn sie zu Hause war, würde sie nachdenken.

25

Gunvald Larsson stand am Freitagmorgen, dem 7. Juli, sehr früh auf. Zwar nicht gerade mit der Sonne, aber das wäre auch unbillig gewesen. Der Name des Tages war Klas, und die Sonnenscheibe zeigte sich schon elf Minuten vor drei am Stockholmer Horizont.

Um halb sieben hatte er geduscht, gefrühstückt und sich angezogen. Eine halbe Stunde später befand er sich schon auf der Außentreppe zu dem Reihenhaus in Sångarvägen in Sollentuna, das Einar Rönn vor vier Tagen aufgesucht hatte.

An diesem Freitag sollte alles passieren; Mauritzon sollte wieder vor Bulldozer Olsson erscheinen; wie zu hoffen stand, unter weniger herzlichen Umständen als bislang. Außerdem würde vielleicht der Augenblick kommen, da man sich Malmström und Mohrén schnappen und ihren großen Coup verhindern konnte.

Aber bevor das Sonderdezernat ernsthaft loslegte, gedachte Gunvald Larsson ein kleines Problem zu lösen, das ihn schon die ganze Woche irritiert hatte. In größerem Zusammenhang gesehen, war es nur eine Kleinigkeit, aber darum nicht weniger ärgerlich. Er wollte es aus der Welt schaffen und überdies sich selbst beweisen, dass er richtig gedacht hatte und zu einer richtigen Schlussfolgerung gekommen war.

Sten Sjögren war nicht mit der Sonne aufgestanden. Es dauerte, bis er die Tür öffnete. Gähnend und mit seinem Bademantelgürtel spielend stand er da.

Gunvald Larsson war nicht unfreundlich, aber sehr direkt. «Sie haben die Polizei angelogen», sagte er.

«Habe ich?»

«Vor einer Woche haben Sie zweimal einen Bankräuber beschrieben, der beim ersten Hinsehen wie eine Frau ausgesehen haben soll. Außerdem haben Sie ausführlich von einem Wagen berichtet, der von dieser Person bei der Flucht benutzt worden sein soll, sowie von zwei Männern, die in dem Wagen gesessen haben, einem Renault R 16.»

«Das stimmt.»

«Und am Montag haben Sie Wort für Wort die gleiche Geschichte wiederholt. Einem Ersten Kriminalassistenten, der zu Ihnen kam, um mit Ihnen zu sprechen.»

«Auch das stimmt.»

«Und es stimmt außerdem, dass fast alles, was Sie gesagt haben, erstunken und erlogen ist.»

«Ich habe diese Blondine wirklich so gut beschrieben, wie ich konnte.»

«Ja, weil Sie wussten, dass noch andere den Bankräuber gesehen haben. Sie waren auch clever genug, sich auszurechnen, dass sich in der Bank eine versteckte Kamera befunden haben muss.»

«Aber ich glaube wirklich, dass es eine Frau war.»

«Warum?»

«Ich weiß nicht. Man hat doch einen gewissen Instinkt bei Weibern.»

«Jetzt hat Ihr Instinkt Sie aber offensichtlich im Stich gelassen. Aber deswegen bin ich nicht hergekommen. Ich möchte, dass Sie zugeben, dass die Geschichte mit dem Wagen und den beiden Männern erfunden ist.»

«Warum wollen Sie das?»

«Meine Gründe gehören nicht hierher. Sie sind übrigens privater Natur.»

Sjögren war jetzt gar nicht mehr verschlafen. Er sah Gunvald Larsson fragend an. «Soviel ich weiß, ist es kein Verbrechen, unvollständige oder fehlerhafte Angaben zu machen, solange man nicht unter Eid aussagt.»

«Völlig richtig.»

«In dem Fall ist diese Unterhaltung sinnlos.»

«Für mich nicht. Ich möchte der Sache gern auf den Grund

gehen. Sagen wir einfach, ich bin zu einem bestimmten Schluss gekommen und möchte gern wissen, ob er richtig ist.»

«Und wie lautet diese Schlussfolgerung?»

«Dass Sie der Polizei nicht zu Ihrem eigenen Vorteil eine Lügengeschichte aufgetischt haben.»

«Es gibt in dieser Gesellschaft genug Leute, die nur an ihren eigenen Vorteil denken.»

«Du aber nicht?»

«Ich versuche jedenfalls, es nicht zu tun. Das verstehen nicht viele. Beispielsweise meine Frau. Darum habe ich auch keine Frau mehr.»

«Du meinst, dass es richtig ist, Banken zu berauben, und dass die Polizei der natürliche Feind des Volkes ist?»

«Man könnte sich etwas in der Richtung vorstellen. Aber ganz so einfach liegen die Dinge nicht.»

«Eine Bank zu berauben und einen Turnlehrer zu erschießen ist keine politische Tat.»

«Nein, nicht hier und jetzt. Aber man kann es auch ideologisch sehen. Außerdem gibt's historische Perspektiven. Bei Banküberfällen hat's manchmal klare politische Motive gegeben. Während der Revolution in Irland, zum Beispiel. Der Protest kann aber auch unbewusst sein.»

«Du meinst, dass man gewöhnliche Verbrecher als eine Art Revolutionäre auffassen könnte?»

«Da ist was dran», sagte Sjögren. «Aber selbst hervorragende so genannte Sozialisten weisen den Gedanken zurück. Liest du manchmal Artur Lundkvist?»

«Nein.» Gunvald Larsson las meist Jules Regis und ähnliche Schriftsteller. Im Augenblick wühlte er sich durch die Produktion S. A. Duses hindurch. Das hatte jedoch nichts mit der Sache zu tun. Seine literarischen Gewohnheiten wurden durch sein Bedürfnis nach Unterhaltung bestimmt, und er hatte kein Verlangen nach reiner Buchstabenbildung.

«Lundkvist hat den Lenin-Preis bekommen», sagte Sten Sjögren. «In einer Anthologie, *Ein sozialistischer Mensch,* schreibt er – ich zitiere frei: ‹Manchmal geht es so weit, dass selbst ausgewachsene Verbrecher dargestellt werden, als protestierten sie bewusst gegen die bestehenden Missstände, als wären sie fast so etwas wie Revolutionäre … Das ist etwas, was in einem sozialistischen Land unter gar keinen Umständen toleriert werden würde.›»

«Weiter», sagte Gunvald Larsson.

«Ende des Zitats», sagte Sjögren. «Für mich ist der Gedankengang blödsinnig. Erstens können Leute dazu gebracht werden, gegen Missstände zu protestieren, ohne ideologisch bewusst zu sein. Und zweitens, was das mit den sozialistischen Ländern angeht, so fehlt da jede Logik. Warum, zum Teufel, sollten die Leute sich selbst berauben?»

Gunvald Larsson schwieg eine lange Zeit. Schließlich sagte er: «Es hat also keinen beigefarbenen Renault gegeben?»

«Nein.»

«Auch keinen unnatürlich blassen Fahrer in weißem T-Shirt und auch keinen schwarz gekleideten Burschen, der aussah wie Harpo Marx?»

«Nein.»

Gunvald Larsson nickte vor sich hin. Dann sagte er: «Jetzt ist es so, dass wir diesen Bankräuber gefasst zu haben glauben. Und er ist alles andere als ein unbewusster Revolutionär, sondern vielmehr eine gottverdammte Ratte, die sich vom Kapitalismus hat miternähren lassen und davon gelebt hat, Rauschgift und Pornographie zu verscheuern. Der Bursche hat an nichts anderes als seinen Profit gedacht. An den eigenen Gewinn also. Außerdem hat er sofort seine Kumpel verpfiffen, um die eigene Haut zu retten.»

Sjögren zog die Schultern hoch. «Solche Figuren gibt's überall», sagte er. «Aber wie auch immer: Derjenige, der die Bank ausgenommen hat, war eine Art *Underdog,* wenn du verstehst, was ich meine.»

«Ich verstehe genau, was du meinst.»

«Wie bist du eigentlich hinter das alles gekommen?»

«Versuch's doch selbst mal», sagte Gunvald Larsson. «Versetz dich in meine Lage.»

«Wie, zum Teufel, bist du nur Polizist geworden», sagte Sjögren.

«Ein Zufall. Eigentlich bin ich Seemann. Außerdem ist es lange her, und damals sah alles ganz anders aus. Aber das gehört nicht hierher. Ich habe jedenfalls gehört, was ich wissen wollte.»

«Ist das alles?»

«So ist es. Adjö.»

«Adjö», sagte Sjögren. Er machte ein verblüfftes Gesicht. Aber Gunvald Larsson konnte es nicht mehr sehen, denn er war schon aus dem Haus, und er konnte auch Sjögrens Schlussbemerkung nicht mehr hören: «Ich bin jedenfalls sicher, dass es ein Mädchen gewesen war.»

Um die gleiche Stunde stand Fru Svea Mauritzon in ihrer Küche in Pilgatan in Jönköping und backte Kuchen, denn der verlorene Sohn war heimgekehrt und sollte zum Morgenkaffee mit frischen Zimtschnecken verwöhnt werden. Sie befand sich in glücklicher Unwissenheit darüber, in welchen Worten man in einem dreihundert Kilometer entfernten Reihenhaus über ihren Sohn sprach, aber wenn sie gehört hätte, dass jemand ihren Augapfel eine Ratte nannte, hätte sie dem Betreffenden sofort eins mit dem Nudelholz über den Schädel gegeben.

Ein hartes Klingeln an der Tür unterbrach den morgendlichen Frieden; sie stellte das Backblech mit den frischen Zimtschnecken auf dem Spülbecken ab, trocknete die Hände an der Schürze und eilte mit kurzen, schlurfenden Schritten auf ihren niedergetretenen Hausschuhen zur Wohnungstür. Sie sah an der Standuhr, dass es erst halb acht war, und warf einen ängstlichen Blick zur Schlafzimmertür.

Dort drinnen schlief ihr Junge; sie hatte ihm auf der Couch im Wohnzimmer ein Bett bezogen, aber die Standuhr hatte ihn gestört. Er hatte sie mitten in der Nacht geweckt, und danach hatten sie die Schlafplätze getauscht. Er war völlig überarbeitet. Das arme Kind. Er musste erst einmal ordentlich ausschlafen. Sie selbst war so gut wie stocktaub und hörte die Standuhr nicht.

Vor der Tür standen zwei hoch gewachsene Männer.

Sie bekam nicht alles mit, was sie sagten, aber sie waren sehr aufdringlich und bestanden darauf, mit ihrem Sohn zu sprechen.

Sie versuchte vergebens, ihnen zu erklären, dass es zu früh sei und dass sie etwas später wiederkommen sollten, wenn er ausgeschlafen habe.

Sie blieben unerbittlich und behaupteten, die Angelegenheit sei höchst wichtig. Schließlich ging sie widerwillig zu ihrem Sohn ins Zimmer und weckte ihn behutsam. Er erhob sich auf den Ellbogen, sah auf die Uhr, die auf dem Nachttisch stand, und sagte empört: «Bist du verrückt geworden? Musst du mich mitten in der Nacht wecken? Ich habe dir doch gesagt, dass ich ausschlafen muss.»

Sie sah ihn unglücklich an. «Es sind zwei Herren da, die dich sprechen möchten», sagte sie.

«Was?», schrie er und war mit einem Satz aus dem Bett. «Du hast sie doch hoffentlich nicht reingelassen?»

Mauritzon war klar, dass es Malmström und Mohrén waren, die seinen Verrat spitzgekriegt und herausgefunden hatten, wo er sich versteckt hielt, und jetzt gekommen waren, um sich zu rächen.

Seine Mutter schüttelte den Kopf und sah ihm erstaunt zu,

als er sich in den Anzug zwängte, ohne sich die Zeit zu nehmen, den Schlafanzug auszuziehen, während er zugleich im Zimmer herumrannte, seine Sachen zusammenklaubte und sie in seine Reisetasche warf.

«Was ist denn?», fragte sie ängstlich.

Er machte die Tasche zu, packte sie am Arm und fauchte: «Du musst sie loswerden! Sag, dass ich nicht hier bin, sag, was du willst!»

Sie hörte nicht, was er sagte, weil ihr Hörgerät noch auf dem Nachttisch lag. Sie holte es, während Mauritzon zur Tür schlich, das Ohr an die Tür legte und lauschte. Kein Laut war zu hören. Da draußen standen sie und warteten. Vielleicht hatten sie ihr gesamtes Arsenal mitgebracht.

Seine Mutter trat zu ihm und flüsterte: «Was ist denn, Filip? Was sind denn das für Kerle?»

«Sieh nur zu, dass du sie loswirst», flüsterte er zurück. «Sag, dass ich ins Ausland gefahren bin.»

«Ich habe ihnen schon gesagt, dass du hier bist. Ich wusste doch nicht, dass du sie nicht sehen willst.»

Mauritzon knöpfte das Jackett zu und nahm seine Tasche.

«Willst du schon wieder gehen?», fragte seine Mutter enttäuscht. «Und ich habe Zimtschnecken für dich gebacken. Die magst du doch so gern.»

Er drehte sich zu ihr um und sagte empört: «Wie kannst du von Zimtschnecken reden, wenn ich …» Er hielt inne und lauschte zum Flur hin. Er hörte ein paar leise Stimmen. Jetzt waren sie eingedrungen, um ihn zu holen. Oder um ihn auf der Stelle zu liquidieren. Ihm brach der kalte Schweiß aus. Er sah sich verzweifelt im Zimmer um. Seine Mutter wohnte im siebenten Stock, das Fenster kam also nicht als Fluchtweg in Frage. Die einzige Tür des Zimmers führte auf den Flur und dort warteten Malmström und Mohrén.

Er ging zu seiner Mutter, die neben dem Bett stand und verwirrt aussah. «Sag ihnen, dass ich rauskomme, dass es aber noch etwas dauert. Biete ihnen Gebäck an. Beeil dich. Hau ab!» Er schob sie zur Tür und stellte sich mit dem Rücken an die Wand. Nachdem sie aus dem Zimmer gegangen war und die Tür geschlossen hatte, presste er das Ohr an die Tür. Er hörte Stimmen und nach einiger Zeit schwere Schritte, die näher kamen. Als die Männer stehen blieben, statt sich zu den Zimtschnecken in die Küche zu begeben, wie er gehofft hatte, ging ihm plötzlich auf, was es bedeutete, wenn man davon sprach, dass einem die Haare zu Berge stünden.

Stille. Ein metallischer Laut. Vielleicht wurde das Magazin in eine Pistole geschoben. Ein Räuspern. Ein hartes Klopfen, und eine Stimme sagte: «Kommen Sie raus, Mauritzon. Hier spricht die Kriminalpolizei.»

Mauritzon öffnete die Tür und fiel mit einem Stöhnen der Erleichterung Kriminalassistent Högflygt in die Arme. Dieser stand schon mit den Handschellen bereit.

Eine halbe Stunde später saß Mauritzon in der Maschine nach Stockholm mit einer großen Tüte Zimtschnecken auf den Knien. Die Handschellen waren ihm abgenommen worden, nachdem er Högflygt seinen Willen zur Zusammenarbeit versichert hatte. Mauritzon mampfte die Zimtschnecken, blickte auf das sonnenüberflutete Östergötland hinunter und fühlte sich trotz allem mit dem Dasein versöhnt.

Von Zeit zu Zeit hielt er seiner Reisebegleitung die Tüte hin; Högflygt schüttelte zunehmend verbissener den Kopf, denn der Kriminalassistent hatte Angst vorm Fliegen. Es ging ihm gar nicht gut.

Die Maschine landete planmäßig um fünf vor halb zehn in Bromma, und zwanzig Minuten später befand Mauritzon sich wieder im Polizeihaus auf Kungsholmen. Während der Autofahrt hatte er ängstliche Spekulationen angestellt, was Bulldozer jetzt wohl wieder ausgekocht haben mochte. Das befreiende Gefühl der Erleichterung, das dem schockartigen Erwachen am Morgen gefolgt war, war jetzt völlig verschwunden und bösen Ahnungen gewichen.

Bulldozer Olsson wartete ungeduldig auf Mauritzons Ankunft. Mit ihm warteten ausgewählte Mitarbeiter des Sonderdezernats: Einar Rönn und Gunvald Larsson. Die übrigen Angehörigen der Gruppe waren unter Führung Kollbergs dabei, die für den Nachmittag vorgesehene Aktion gegen die Mohrén-Bande vorzubereiten. Das war ein kompliziertes Manöver, das eine sorgfältige Planung erforderte.

Bulldozer war vor Freude beinahe aus dem Anzug gesprungen, als man ihn von dem Fund im Luftschutzraum unterrichtete, und er hatte in der Nacht vor lauter Vorfreude und Erregung kaum ein Auge zugetan. Der große Tag war da. Mauritzon war so gut wie erledigt, Mohrén und Konsorten ebenso, jedenfalls in dem Moment, in dem sie versuchten, ihren großen Coup in Szene zu setzen. War nicht dieser Freitag vorgesehen, würde es eben der kommende sein, und das Unternehmen dieses Tages wäre dann eine nützliche Generalprobe. Hatte er erst einmal die Mohrén-Bande hinter Schloss und Riegel, würde es nicht mehr lange dauern, bis auch Werner Roos am Angelhaken zappelte.

Bulldozers rosige Träume wurden durch das Klingeln eines Telefons gestört. Er riss den Hörer an sich, lauschte drei Sekunden und röhrte: «Her mit dem Kerl! Jetzt, sofort!» Er warf den Hörer auf die Gabel, schlug die Handflächen zusammen und sagte energisch: «Meine Herren, er ist im Anrücken. Sind wir bereit?»

Gunvald Larsson grunzte, und Rönn sagte ohne große Begeisterung: «Aber ja.»

Er war sich sehr wohl bewusst, dass ihm und Gunvald Larsson kaum mehr als die Rolle aufmerksamer Zuhörer zufiel. Bulldozer liebte es, vor Publikum zu glänzen, und heute gehörte die Vorstellung ohne Zweifel ihm. Er hatte nicht nur die

Hauptrolle, sondern auch die des Regisseurs übernommen. Er hatte die Stühle seiner Mitspieler wohl an die fünfzehnmal umgestellt, bis er endlich zufrieden war.

Jetzt thronte er hinterm Schreibtisch; Gunvald Larsson saß in der Ecke am Fenster, und Rönn zu seiner Rechten am Tischende. Mauritzons Stuhl war gegenüber von Bulldozer platziert, aber so weit zurückgesetzt, dass er mitten auf der freien Bodenfläche stand.

Gunvald Larsson stocherte mit einem abgebrochenen Streichholz in den Zähnen herum, während er Bulldozers sommerlich-frohen Aufzug mit einem tückischen Blick streifte: Senfgelber Anzug, blau-weiß gestreiftes Hemd und eine Krawatte mit einem Muster aus grünen Margeriten auf orangefarbenem Grund.

Jemand klopfte an die Tür, und man führte Mauritzon herein. Dieser war in der Zwischenzeit schon recht unruhig geworden und wurde nicht gerade ruhiger, als er in Bulldozers Dienstzimmer die inzwischen wohl bekannten Gesichter erblickte. Lauter grimmige Mienen.

Dass dieser große Blonde, Larsson oder wie er sonst heißen mochte, ihm keine herzlichen Gefühle entgegenbrachte, war ihm schon längst klar, und dieser Mann aus Norrland mit dem Säuferzinken hatte wohl ständig miese Laune. Dass aber sogar Bulldozer, der beim letzten Treffen wohl wollend wie Nikolaus am Heiligen Abend gewesen war, ihn jetzt mit barschem Missfallen betrachtete, gab ihm zu denken.

Mauritzon setzte sich auf den ihm zugewiesenen Stuhl, sah sich im Zimmer um und sagte: «Guten Tag.»

Niemand erwiderte seinen Gruß, und er fuhr fort: «In den Papieren, die ich von Ihnen bekommen habe, Herr Staatsanwalt, stand wirklich kein Wort davon, dass ich die Stadt nicht verlassen darf. Soweit ich mich erinnere, war in unserer Abmachung auch keine Rede davon.»

Bulldozer hob die Augenbrauen, und Mauritzon beeilte sich hinzuzufügen: «Ich stehe Ihnen natürlich gern zu Diensten, wenn ich kann.»

Bulldozer beugte sich vor, faltete auf der Tischplatte die Hände, sah Mauritzon ein Weilchen an und sagte dann mit seidenweicher Stimme: «Aha, Herr Mauritzon, Sie stehen gern zu Diensten. Das ist äußerst liebenswürdig von Ihnen, Herr Mauritzon, aber jetzt brauchen Sie uns keinen Dienst mehr zu erweisen, Herr Mauritzon. Nein, Herr Mauritzon, jetzt ist es an uns, Ihnen einen Dienst zu erweisen. Sie sind uns gegenüber nicht ganz aufrichtig gewesen, nicht wahr, Herr Mauritzon? Wir sehen ein, dass Sie das mächtig bedrücken muss, Herr Mauritzon, und deshalb haben wir uns die Mühe gemacht, dieses kleine Treffen zu arrangieren, damit Sie in aller Ruhe Ihr Herz erleichtern können, Herr Mauritzon.»

Mauritzon sah Bulldozer unsicher an: «Ich verstehe nicht ...»

«Ach, Sie verstehen nicht? Herr Mauritzon, ist es vielleicht so, dass Sie gar kein Bedürfnis haben, Ihr Herz zu erleichtern?»

«Ich ... Ich weiß gar nicht, warum ich mein Herz erleichtern sollte.»

«Aha, Sie wissen's nicht? Wenn ich nun sage, dass es um den vergangenen Freitag geht, dann wissen Sie vielleicht Bescheid, Herr Mauritzon?»

«Um den vergangenen Freitag?» Mauritzons Blick flackerte, und er rutschte unruhig auf seinem Stuhl herum. Er blickte von Bulldozer zu Rönn und wieder zurück zu Bulldozer, begegnete Gunvald Larssons kaltem porzellanblauem Blick und guckte schließlich auf den Fußboden. Es war vollkommen still im Raum, bis Bulldozer fortfuhr: «Am vergangenen Freitag, ja, vor einer Woche. Es kann doch wohl nicht möglich sein, dass Sie sich nicht mehr erinnern, was Sie da unternommen haben, Herr Mauritzon? Na schön, zumindest dürften Sie nicht vergessen haben, was dieser Tag Ihnen eingebracht hat, Herr Mauritzon. Neunzigtausend sind doch nicht gerade Kleingeld, nicht wahr, Herr Mauritzon?»

«Was denn für neunzigtausend? Ich weiß von keinen neunzigtausend.» Mauritzon klang jetzt schon aufmüpfiger, und Bulldozers Stimme war nicht mehr so sanft, als er sagte: «Sie wissen natürlich gar nicht, wovon wir reden, nicht wahr, Herr Mauritzon?»

Mauritzon schüttelte den Kopf. «Nein, das weiß ich nicht.»

«Sie möchten vielleicht, dass ich mich deutlicher ausdrücke? Wollen Sie das, Herr Mauritzon?»

«Das wäre nett», sagte Mauritzon demütig.

Gunvald Larsson reckte sich und sagte gereizt: «Stell dich nicht so dämlich an! Du weißt genau, worum es geht!»

«Natürlich weiß er das», sagte Bulldozer gutmütig. «Herr Mauritzon möchte uns nur zeigen, wie clever er sein kann. Das gehört sozusagen dazu, geht aber bald vorüber. Vielleicht ist es auch so, dass es ihm schwer fällt, sich auszudrücken.»

«Er hatte keine Schwierigkeiten damit, als es darum ging, seine Kumpel zu verpfeifen», sagte Gunvald Larsson säuerlich.

«Na, wir werden ja sehen», meinte Bulldozer. Er beugte sich vor und sah Mauritzon unverwandt an. Dann sagte er: «Du möchtest, dass ich mich deutlicher ausdrücke? Also schön, wie du willst. Wir wissen sehr gut, dass du derjenige gewesen bist, der die Bank in Hornsgatan am letzten Freitag überfallen hat. Leugnen ist zwecklos, denn wir haben Beweise. Nun ist es bedauerlicherweise nicht beim Raub geblieben, was an und für sich schon ernst genug ist, und ich brauche wohl kaum zu betonen, dass es verdammt mies für dich aussieht. Du kannst natürlich geltend machen, du seist erschrocken gewesen und hättest nicht geschossen, um zu töten, aber die Tatsache bleibt bestehen, und der Mann ist ohne jeden Zweifel tot.»

Mauritzon war blass geworden. Am Haaransatz brachen kleine Schweißperlen aus. Er öffnete den Mund, um etwas zu sagen, aber Bulldozer fuhr fort: «Ich hoffe, du siehst jetzt ein, dass deine Lage so ernst ist, dass es keinen Sinn hat, weiter Zicken zu machen. Es wäre für dich das Beste, du würdest jetzt mit uns zusammenarbeiten. Sonst verschlimmerst du deine Situation. Ist das klar?»

Mauritzon schüttelte mit offenem Mund den Kopf. Schließlich stammelte er: «Ich … ich weiß nicht … wovon Sie reden.»

Bulldozer stand auf und fing an, vor Mauritzon auf und ab zu gehen. «Mein lieber Mauritzon, ich habe eine unendliche Geduld, wenn es sein muss, aber blanke Dummheit kann ich schlecht vertragen», sagte er mit einem Tonfall, der deutlich verriet, dass selbst die größte Engelsgeduld ihre Grenzen habe.

Mauritzon schüttelte noch immer den Kopf, während Bulldozer gravitätisch zwischen Mauritzon und dem Schreibtisch hin und her schritt. Bulldozer fuhr fort: «Ich finde, ich habe mich sehr klar ausgedrückt, aber ich wiederhole: Wir wissen, dass du die Bank in Hornsgatan allein betreten hast, dass du einen Kunden erschossen hast und dass es dir gelungen ist, mit neunzigtausend in Scheinen zu entkommen. Das wissen wir, und du kannst durch Leugnen nichts gewinnen. Im Gegenteil. Dagegen kannst du in gewissem Umfang – nicht viel, das gebe ich zu – deine Lage verbessern, indem du ohne weitere Umstände gestehst und außerdem ein bisschen guten Willen zeigst. Und den zeigst du am besten, indem du uns den Tathergang aus deiner Sicht erzählst. Des weiteren, indem du sagst, was du mit dem Geld gemacht hast, wie du dich vom Tatort entfernt hast und wer deine Helfer gewesen sind. Na, habe ich mich klar genug ausgedrückt?»

Bulldozer unterbrach seinen Spaziergang und setzte sich wieder hinter den Schreibtisch. Er lehnte sich im Sessel zurück, warf zunächst Rönn, dann Gunvald Larsson einen Beifall heischenden Blick zu. Rönn machte nur ein zweifelndes Gesicht, und Gunvald Larsson bohrte mit abwesender Miene in der

Nase. Bulldozer, der sich wegen dieser vorbildlich straffen und psychologisch geschickten Ausführungen bewundernde Mienen erhofft hatte, dachte resigniert: Perlen vor die Säue geworfen, und wandte sich wieder Mauritzon zu.

Dieser starrte ihn mit einer Mischung aus Unglauben und Furcht an. «Aber ich habe mit all dem nicht das Geringste zu tun», sagte er erregt. «Ich habe nicht den blassesten Schimmer von einem Bankraub.»

«Kein dummes Zeug jetzt. Du hast doch gehört, was ich gesagt habe. Wir haben Beweise.»

«Was denn für Beweise? Ich habe weder eine Bank überfallen noch jemanden erschossen. Das ist doch absurd.»

Gunvald Larsson stand seufzend auf, stellte sich mit dem Rücken zum Zimmer ans Fenster. «Es ist sinnlos, bei so einem Typ freundliche Töne anzuschlagen», sagte er über die Schulter. «Eins in die Schnauze, das ist das Einzige, was er kapiert.»

Bulldozer winkte ihm beruhigend zu. «Warte ein bisschen, Gunvald.» Er stützte die Ellbogen auf die Tischplatte, legte das Kinn in die Hände und blickte Mauritzon mit kummervoller Miene an. «Nun, Mauritzon, wie hätten Sie's denn gern?»

Mauritzon breitete die Arme aus. «Aber ich hab's doch nicht getan! Wirklich nicht! Ich schwöre!»

Bulldozer sah ihn weiter bekümmert an. Dann bückte er sich und zog die unterste Schublade des Aktenschränkchens heraus, während er sagte: «Was du nicht sagst. Ich behalte mir aber das Recht vor, daran zu zweifeln.» Er richtete sich auf und warf die grüne Segeltuchtasche auf den Tisch und sah Mauritzon triumphierend an. Dieser betrachtete die Tasche mit verblüfftem Gesicht.

«Wie du siehst, Mauritzon, haben wir alles hier.» Er holte nach und nach die Gegenstände heraus und legte sie nebeneinander auf den Schreibtisch. «Perücke, Hemd, Sonnenbrille, Hut und, *last not least,* die Pistole. Na, was sagst du jetzt?»

Mauritzon starrte die verschiedenen Gegenstände zunächst verständnislos an, dann änderte sich sein Gesichtsausdruck, und er blickte auf den Tisch, während sein Gesicht langsam immer weißer wurde. «Was … was ist das denn?», flüsterte er. Die Stimme trug nicht richtig. Er räusperte sich und wiederholte die Frage.

Bulldozer gab ihm einen müden Blick und wandte sich an Rönn. «Einar», sagte er. «Kannst du mal rausgehen und nachsehen, ob die Zeugen inzwischen da sind?»

«Ja», sagte Rönn und stand auf. Es kam nach einigen Minuten zurück, blieb in der Tür stehen und sagte: «Ja.»

Bulldozer flog aus dem Schreibtischsessel hoch. «Gut», sagte er. «Dann wollen wir gleich rübergehen.»

Rönn verschwand wieder, und Bulldozer stopfte die Gegenstände wieder in die Tasche und sagte: «Komm mit, Mauritzon, wir gehen in ein anderes Zimmer. Wir wollen eine kleine Modenschau veranstalten. Kommst du mit, Gunvald?»

Er stürzte mit der Tasche im Arm zur Tür. Gunvald Larsson folgte nach und schob Mauritzon unsanft vor sich her. Sie gingen in ein Zimmer, das weiter unten im Gang lag.

Der Raum unterschied sich nicht sehr von den übrigen Diensträumen. Dort standen Schreibtische, Stühle, Aktenschränke und Schreibmaschinentische. In die Wand war ein Spiegel eingelassen. Auf der anderen Seite der Wand diente dieser Spiegel als Fenster, so dass man vom Nebenzimmer aus in den Raum sehen konnte, in dem Mauritzon sich jetzt mit Bulldozer und Gunvald Larsson befand.

Einar Rönn stand an der Scheibe und sah zu, wie Bulldozer Mauritzon in das blaue Hemd half, ihm die Perücke überzog und ihm den Hut und die Sonnenbrille gab. Mauritzon stellte sich vor den Spiegel und betrachtete sich verwundert, während Rönn auf der anderen Seite sehr unbehaglich zumute war, als er – selbst unsichtbar – durch die Rückseite des Spiegels dem anderen genau in die Augen blickte. Dann setzte Mauritzon den Hut und die Sonnenbrille auf. Alles schien perfekt zu passen.

Rönn ging hinaus und holte den ersten Zeugen, die Hauptkassiererin der Bank in Hornsgatan. Mauritzon stand mit der Tasche über der Schulter mitten im Zimmer, und als Bulldozer etwas zu ihm sagte, fing er an, auf und ab zu gehen.

Die Kassiererin betrachtete ihn durchs Fenster, dann sah sie Rönn an und nickte.

«Sehen Sie richtig hin», sagte Rönn.

«Sie ist es», sagte sie. «Da gibt's keinen Zweifel. Ich glaube, sie hatte damals engere Hosen an, aber das ist der einzige Unterschied.»

«Sind Sie völlig sicher?»

«O ja. Hundertprozentig.»

Der nächste Zeuge war der Bankangestellte. Er warf einen Blick auf Mauritzon. «Das ist sie», sagte er im Brustton der Überzeugung.

«Sie müssen bitte genau hinsehen», sagte Rönn. «Wir möchten nicht, dass ein Fehler begangen wird.»

Der Bankangestellte sah sich Mauritzon eine Weile an, der im Nebenzimmer auf und ab trabte. «Doch, ich erkenne sie wieder. Der Gang, die Haltung, das Haar … ja, ich bin absolut sicher.» Er schüttelte den Kopf. «Schade um so ein hübsches Mädchen», fügte er hinzu.

Den Rest des Vormittags beschäftigte sich Bulldozer mit Mauritzon, erst als es auf eins zuging, unterbrach er das Verhör. Es war ihm noch nicht gelungen, ein Geständnis aus ihm herauszulocken. Bulldozer rechnete aber damit, dass sein Abwehrmechanismus bald zusammenbrechen würde. Außerdem würden die Beweise gegen ihn auch so reichen. Mauritzon wurde Gelegenheit gegeben, einen Anwalt anzurufen, worauf er in Erwartung des Haftbefehls zunächst in Gewahrsam genommen wurde.

Bulldozer war trotz allem befriedigt vom Verlauf des Vormittags. Er nahm in der Kantine hastig einen leichten Lunch ein – gebratener Ostseehering mit Kartoffelbrei – und stürzte sich dann mit frischen Kräften auf die nächste Aufgabe. Das Auffinden der Mohrén-Bande.

Kollberg hatte eine harte Zeit hinter sich. Zu den beiden erwarteten Hauptangriffspunkten waren starke Kräfte in Marsch gesetzt worden: in Rosenlundsgatan und in die Umgebung der Bank.

Die beweglichen Polizeikräfte hatten Befehl, sich in diesen beiden Gebieten in Bereitschaft zu halten, aber ohne Aufsehen zu erregen. Auch entlang der Fluchtwege waren sicherheitshalber Fahrzeuge postiert, die den Bankräubern den Weg abschneiden sollten, falls diese wider Erwarten so weit kommen würden.

Im Polizeihaus auf Kungsholmen gab es nicht einmal ein Motorrad mehr; Hof und Garage waren geräumt und sämtliche Fahrzeuge an taktisch wichtigen Punkten der Stadt postiert.

Bulldozer selbst wollte sich in der kritischen Zeit im Polizeihaus aufhalten, wo er über Funk den Lauf der Ereignisse verfolgen und die Räuber in Empfang zu nehmen gedachte.

Die Mitglieder des Sonderdezernats sollten sich in der Bank selbst und in ihrer Nähe aufhalten, abgesehen von Rönn, dem die Bewachung von Rosenlundsgatan zugefallen war.

Als es zwei Uhr war, ließ Bulldozer sich in einem grauen Volvo 122 zu einer Inspektionstour herumfahren. Auf den Straßen um Rosenlundsgatan kreuzten vielleicht ein paar Streifenwagen zu viel, aber in der Nähe der Bank war von einer Überwachung nichts zu bemerken, und die Zahl von Polizeifahrzeugen hielt sich in angemessenen Grenzen. Bulldozer war mit den getroffenen Vorbereitungen vollauf zufrieden und ließ sich wieder nach Kungsholmsgatan zurückfahren, um den Beginn der Aktion abzuwarten.

Es wurde 14 Uhr 45, aber in Rosenlundsgatan war alles ruhig. Im Polizeihauptquartier geschah ebenfalls nichts. Als es 14 Uhr 50 geworden und auch die Bank nichts gemeldet hatte, wurde deutlich, dass dies nicht der Tag des großen Coups war.

Bulldozer wartete vorsichtshalber bis halb vier, ehe er die Aktion abblies, die jetzt als eine geglückte und bestens durchgeführte Vorübung betrachtet werden konnte.

Er rief das Sonderdezernat zur Manöverkritik zusammen. Anlage und Einzelheiten der Aktion würde man in der folgenden Woche noch weiter zurechtfeilen können. Alle Anwesenden waren jedoch übereinstimmend der Ansicht, dass alles planmäßig funktioniert hatte.

Alle hatten ihre Aufgaben zur Zufriedenheit bewältigt.

Der Zeitplan war eingehalten worden.

Jeder Mann war zur vorbestimmten Zeit am vorgesehenen Einsatzort gewesen.

Nur der Tag war falsch, aber in einer Woche würde sich das Ganze mit womöglich noch größerer Präzision wiederholen.

Unter Umständen würden sich dann – wie zu hoffen war – auch Malmström und Mohrén einfinden.

An diesem Freitag trat das ein, was jeder am meisten gefürchtet hatte. Der Reichspolizeichef setzte sich plötzlich in den Kopf, dass jemand die Absicht haben könne, den Botschafter der Vereinigten Staaten mit Eiern zu bewerfen. Vielleicht sogar das Botschaftsgebäude mit Tomaten. Oder das Sternenbanner in Brand zu stecken.

Die Sicherheitspolizei war beunruhigt. Sie lebte in einer Scheinwelt, in der es von gefährlichen Kommunisten, Bomben legenden Anarchisten und Ganoven wimmelte, welche die Gesellschaft dadurch ins Verderben stürzen wollten, dass sie gegen Einwegflaschen und die Zerstörung der städtischen Umwelt protestierten. Die Sicherheitspolizei bezog ihre Informationen vorwiegend von der Ustascha und anderen Faschistenorganisationen, mit denen sie noch immer fröhlich zusammenarbeitete, um Angaben über angebliche Linksaktivisten zu erhalten.

Der Reichspolizeichef persönlich war noch unruhiger. Er wusste nämlich, wovon bislang nicht einmal die Sicherheitspolizei Wind bekommen hatte. Ronald Reagan war im Anrücken. Der wenig populäre Gouverneur war schon in Dänemark aufgetaucht und hatte dort mit der Königin geluncht. Es war nicht auszuschließen, dass er auch in Schweden einzufallen gedachte, und keineswegs sicher, dass der Besuch geheim gehalten werden konnte.

Deshalb kam die für den Abend angesagte Vietnam-Demonstration äußerst ungelegen. Viele tausend Menschen hatten sich über die Bombenteppiche empört, mit denen Dämme und ungeschützte Dörfer in Nordvietnam belegt worden waren, die jetzt aus Prestigegründen in die Steinzeit zurückgebombt werden sollten. Einige der Demonstranten hatten sich auf Hakberget versammelt, um eine Resolution anzunehmen. Diese sollte später irgendeinem Posten in der US-Botschaft übergeben werden.

Das durfte nicht geschehen. Die Situation war kitzlig; der Polizeichef von Stockholm hatte dienstfrei, und der Chef der Ordnungspolizei befand sich im Urlaub. Tausende von Störenfrieden hielten sich in der Nähe des sakrosanktesten Gebäudes der Stadt auf – dem Glaspalast der amerikanischen Botschaft.

Der Reichspolizeichef fasste in dieser Lage einen historischen Beschluss; er würde persönlich darauf achten, dass die Demonstration einen friedlichen Verlauf nahm, den Zug selbst zu einem ungefährlichen Platz führen, weg von der gefährlichen Nachbarschaft. Der ungefährliche Platz war Humlegården, ein Park in der Innenstadt. Dort sollte die verflixte Resolution verlesen werden, und anschließend würde man den Demonstrationszug auflösen können. Die Demonstranten waren friedlich und ließen sich auf alles ein. Der Zug setzte sich in

Bewegung, über Karlavägen nach Norden. Jeder diensttaugliche Polizeibeamte, dessen man hatte habhaft werden können, war mobilisiert worden, um die Aktion zu überwachen.

Zum Beispiel Gunvald Larsson, der sich plötzlich in einem Hubschrauber wieder fand und auf die lange Reihe von Menschen herunterstarrte, die sich mit Spruchbändern und FNL-Fahnen in den Händen langsam in nördlicher Richtung bewegten. Er sah deutlich, was da unten geschah, konnte aber nicht viel dagegen machen. Er hatte im Übrigen auch keine Lust dazu.

An der Ecke Karlavägen und Sturegatan führte der Reichspolizeichef persönlich den Demonstrationszug direkt in ein zahlreiches und sehr saures Fußballpublikum hinein, das aus dem Stadion strömte. Die Fußballfans waren zum Teil angeheitert, vor allem aber unzufrieden über ein schlechtes Spiel. Das Durcheinander, das dann folgte, erinnerte an den Rückzug von Waterloo oder an den Besuch des Papstes in Jerusalem. Innerhalb von drei Minuten hieben Polizisten aller Gattungen wahllos auf alles und jeden ein; Anhänger von Djurgården ebenso wie Pazifisten wurden mit Knüppelschlägen überschüttet, Motorradstreifen und berittene Polizei drängten von allen Seiten auf die verwirrten Menschenmassen ein. Demonstranten und Fußballfreunde fingen plötzlich an, aufeinander loszugehen, ohne recht zu wissen, warum, und schließlich knüppelte die Polizei auch Kollegen in Zivil nieder. Der Reichspolizeichef musste mit einem Hubschrauber befreit werden.

Allerdings nicht mit dem, in dem Gunvald Larsson saß, denn er hatte schon nach etwa einer Minute befohlen: «Fliegen Sie los, verdammt noch mal, aber so weit weg wie möglich.»

Hundert Menschen waren festgenommen worden; noch mehr waren verletzt. Keiner von ihnen wusste, warum.

In der Stockholmer Innenstadt herrschte Chaos.

Und der Reichspolizeichef mahnte aus alter Gewohnheit: «Davon darf nichts an die Öffentlichkeit.»

26

Martin Beck ritt wieder. Gebeugt und in vollem Galopp jagte er über eine Ebene, an deren Rand Personen in Raglanmänteln standen. Vor sich sah er die russische Artilleriestellung; eine Kanonenmündung sah zwischen den Sandsäcken hervor, starrte ihn mit dem altgewohnten schwarzen Auge des Todes an. Er sah die Kugel direkt auf sich zukommen. Sie wuchs und wurde größer und größer, bis sie sein gesamtes Blickfeld ausfüllte und alles schwarz wurde. Dies musste Balaklawa sein. Dann stand er plötzlich bei Lions auf der Kommandobrücke. Die *Indefatigable* und die *Queen Mary* waren gerade explodiert und vom Meer verschlungen. Ein Kurier kam herbeigelaufen und schrie: «Die *Princess Royal* ist in die Luft geflogen!» Beatty beugte sich vor und sagte mit ruhiger, lauter Stimme, die das Bersten und Krachen des Kampflärms übertönte: «Beck, heute scheint mit unseren verdammten Schiffen etwas nicht in Ordnung zu sein. Halten Sie zwei Strich näher an den Feind.»

Dann kam die übliche Szene mit Garfield und Guiteau. Er warf sich vom Pferd, rannte durch den Bahnhof und fing die Kugel mit seinem Körper ab. Während er seinen letzten Seufzer tat, kam der Reichspolizeichef heran und heftete ihm eine Medaille an die durchschossene Brust, rollte etwas auf, was wie eine Pergamentrolle aussah, und schnarrte: «Du bist zum Sektionschef in Gehaltsgruppe B drei ernannt worden.» Der Präsident lag zusammengesunken auf dem Bahnsteig, während sein Zylinderhut davonrollte. Dann kam die Woge brennenden Schmerzes, und er schlug die Augen auf.

Er lag schweißgebadet im Bett. Die stereotypen Bilder wurden immer schlimmer. An diesem Morgen hatte Guiteau wieder wie der ehemalige Poliskonstapel Eriksson ausgesehen, James Garfield wie ein soignierter älterer Herr, der Reichspolizeichef wie der Reichspolizeichef und Beatty wie auf dem Bild auf dem Friedenspokal von 1919, mit Lorbeerkranz und leicht arroganter Miene. Im Übrigen hatte der Traum auch noch absurde Dinge und falsche Zitate enthalten. David Beatty hatte nie gesagt: «Halten Sie zwei Strich näher an den Feind.» Allen zugänglichen Quellen zufolge lautete der Satz: *«Chatfield, there seems to be something wrong with our bloody ships today. Turn two points to port.»*

Für die Sache selbst machte es keinen Unterschied. Zwei Strich backbord waren in diesem Zusammenhang das Gleiche wie zwei Strich näher an den Feind.

Und als Guiteau wie Carradine aussah, war die Pistole eine Hämmerli International. Jetzt, wo er wie Eriksson ausgesehen hatte, war die Waffe eine Derringer gewesen. Außerdem dürfte wohl nur Fitzroy James Somerset bei Balaklawa einen Raglanmantel getragen haben.

Diese Träume ergaben keinen Sinn und keinen Zusammenhang.

Er stand auf, zog den Schlafanzug aus und duschte. Während das kalte Wasser eine Gänsehaut hervorrief, dachte er an Rhea.

Auf dem Weg zur U-Bahn dachte er an sein seltsames Benehmen am vorhergehenden Abend.

Am Schreibtisch in Västberga fühlte er sich plötzlich bedrückend einsam.

Kollberg trat ein und fragte, wie es ihm gehe. Das war eine knifflige Frage, und er konnte nur antworten: «Ach, danke.» Kollberg verließ ihn beinahe sofort wieder. Er schwitzte und wirkte gehetzt. In der Tür sagte er: «Das Ding in Hornsgatan scheint aufgeklärt zu sein. Außerdem haben wir eine gute Chance, Malmström und Mohrén auf frischer Tat hoppzunehmen. Es wird aber wohl erst nächsten Freitag dazu kommen. Wie geht es übrigens mit deinem verschlossenen Zimmer?»

«Ziemlich gut. Besser als erwartet jedenfalls.»

«Tatsächlich», sagte Kollberg. Er blieb noch einige Sekunden stehen. «Ich finde, du siehst heute ein bisschen munterer aus. Also dann. Hej.»

«Hej.»

Damit war Martin Beck wieder allein und fing an, an Svärd zu denken. Gleichzeitig dachte er an Rhea. Sie hatte ihm viel mehr gegeben, als er erwartet hatte. Was seine Ermittlungen anging. Drei Hinweise, mit denen er etwas anfangen konnte, vielleicht vier.

Svärd war krankhaft geizig gewesen.

Svärd hatte immer, zumindest in den letzten Jahren, seine Wohnung verbarrikadiert, obwohl sich dort nicht der kleinste Wertgegenstand befunden hatte.

Svärd war schwer krank gewesen und hatte kurz vor seinem Tod in der radiologischen Abteilung der Klinik gelegen.

War es möglich, dass Svärd irgendwo Geld versteckt gehalten hatte? Wenn ja, wo? Hatte Svärd sich vor etwas gefürchtet? Wenn ja, wovor? Das einzig unter Umständen Wertvolle in seiner vergammelten Bude war sein eigenes Leben gewesen.

An welcher Krankheit hatte Svärd gelitten? Die Umstände deuteten auf Krebs hin. Wenn er aber ein Todeskandidat gewesen war, warum hatte er sich dann solche Mühe gegeben, sich vor etwas oder jemandem zu schützen?

Hatte er vielleicht vor einer bestimmten Person Angst gehabt? Wenn ja, vor welcher?

Und warum war er – geizig wie er war – in eine teurere und wahrscheinlich schlechtere Wohnung gezogen?

Fragen. Schwierig, aber nicht völlig unmöglich.

In ein paar Stunden waren sie kaum zu beantworten, vielleicht würden Tage darüber hingehen. Warum nicht Wochen oder Monate? Vielleicht Jahre. Vielleicht würde es nie gelingen.

Und wie stand es eigentlich mit der ballistischen Untersuchung? Am besten wäre es, damit anzufangen. Martin Beck griff zum Telefon.

Er musste sechs Gespräche führen, von denen vier damit endeten, dass jemand «einen Augenblick» sagte, ohne dass sich etwas tat, bis er endlich das Mädchen erwischte, das vor siebzehn Tagen Svärds Brustkorb geöffnet hatte. «Doch ja», sagte sie. «Jetzt fällt's mir wieder ein. Da war ein Polizist, der mal anrief und sich wegen dieser Kugel anstellte.»

«Erster Kriminalassistent Rönn.»

«Vielleicht. Ich weiß es nicht mehr. Es war jedenfalls nicht derselbe, der den Fall vorher zu bearbeiten hatte, ich meine, nicht Aldor Gustavsson. Der zweite schien nicht so erfahren zu sein. Er sprach auch immer etwas geschraubt.»

«Was ist dann passiert?»

«Wie ich schon beim letzten Mal gesagt habe, schien die Polizei zunächst kein übermäßiges Interesse an der Sache zu haben. Bevor dieser Knabe aus Norrland anrief, hat niemand eine ballistische Untersuchung verlangt. Ich wusste nicht so recht, was ich mit der Kugel anfangen sollte. Aber ...»

«Ja?»

«Ich hielt es nicht für richtig, sie wegzuwerfen. Ich habe sie in einen Umschlag gesteckt und meine Beobachtungen beigefügt. Genau so, als hätte es sich um einen Mord gehandelt. Ich habe die Kugel aber nicht ins Labor geschickt, weil ich zufällig weiß, wie überlastet die dort sind.»

«Und was haben Sie damit getan?»

«Ich habe den Umschlag weggelegt. Dann konnte ich ihn eine Zeit lang nicht finden. Ich bin hier ja nur zur Vertretung und habe keine eigenen Schränke und so. Ich habe ihn aber wieder gefunden und dann abgeschickt.»

«Zur Untersuchung?»

«Ich bin nicht dafür zuständig, das zu beantragen. Ich vermute, dass der Ballistikexperte jede Kugel untersucht, die er in die Finger kriegt, selbst wenn es sich um Selbstmord handelt.»

«Selbstmord?»

«Ja, ich habe eine Notiz dazu gemacht. Die Polizei hat doch sofort mitgeteilt, dass es sich um einen Fall von Suizid gehandelt hat.»

«Nun, dann werde ich mich ans Labor wenden müssen», sagte Martin Beck. «Ich hätte nur noch eine Frage.»

«Nämlich?»

«Ist Ihnen bei der Obduktion etwas Besonderes aufgefallen?»

«Nun, dass er sich erschossen hat. Das geht aus dem Gutachten hervor.»

«Ich habe mehr an etwas anderes gedacht. Haben Sie etwas gefunden, was darauf hindeutet, dass Svärd an einer ernsten Krankheit gelitten hat?»

«Nein. Die Organe schienen gesund zu sein. Allerdings …»

«Ja?»

«Ich habe ihn nicht sehr genau untersucht. Habe nur die Todesursache festgestellt. Folglich habe ich nur die Organe im Thorax untersucht.»

«Das heißt?»

«In erster Linie Herz und Lunge. An denen war alles in Ordnung. Von der Tatsache abgesehen, natürlich, dass der Mann tot war.»

«Im Übrigen kann er also jede denkbare Krankheit gehabt haben?»

«Stimmt. Alles, von der Gicht bis zum Leberkrebs. Sagen Sie mal, warum stellen Sie mir so viele Fragen in dieser Sache? Es ist doch ein Routinefall gewesen.»

«Fragen gehören zur Routine», erwiderte Martin Beck. Er beendete das Gespräch und versuchte anschließend, im Labor einen Ballistiker zu erreichen. Das gelang nicht, und am Ende war er gezwungen, sich direkt an den Abteilungsleiter zu wenden, einen gewissen Oskar Hjelm, der zwar ein hervorragender Kriminaltechniker, aber auch ein Mann war, an den man sich nur ungern wandte.

«Ach, du bist das», sagte Hjelm säuerlich. «Ich habe gedacht, du sollst Sektionschef werden. Da habe ich mich wohl zu früh gefreut.»

«Warum das denn?»

«Weil Sektionschefs rumsitzen und an ihre Karriere denken», erwiderte Hjelm. «Wenn sie nicht gerade Golf spielen oder im Fernsehen dummes Zeug reden. Vor allem rufen sie hier nicht an und fragen nicht nach Dingen, die sich ohnehin von selbst verstehen. Worum geht's?»

«Nur um eine ballistische Überprüfung.»

«Nur? Und um welche, wenn ich fragen darf? Jeder Verrückte schickt uns alles zu. Wir haben ganze Stapel von Untersuchungsobjekten und kein Personal. Neulich haben wir von Melander eine Tonne von einem Plumpsklo gekriegt. Er will wissen, wie viele verschiedene Personen reingeschissen haben. Das Ding ist randvoll und seit zwei Jahren bestimmt nicht mehr geleert worden.»

«Hört sich ziemlich scheußlich an.»

Fredrik Melander hatte früher dem Morddezernat angehört. Er war viele Jahre lang einer von Martin Becks wertvollsten Mitarbeitern gewesen. Vor einiger Zeit jedoch hatte irgendjemand ihn ins Diebstahlsdezernat versetzt, vermutlich in der Hoffnung, Melander werde das dort herrschende totale Chaos beseitigen.

«Ja», sagte Hjelm, «unsere Arbeit ist nicht die angenehmste, aber das scheint niemand zu begreifen. Der Reichspolizeichef hat sich hier schon seit Jahren nicht mehr blicken lassen, und als ich im Frühjahr um einen Gesprächstermin bat, ließ er mir ausrichten, er sei auf absehbare Zeit leider ausgebucht. Auf absehbare Zeit, wie findest du das?»

«Ich weiß, dass ihr es schwer habt», sagte Martin Beck.

«Gelinde gesagt», sagte Hjelm ein wenig versöhnlicher. «Du wirst kaum begreifen können, wie es hier aussieht, aber wir sind schon für das kleinste bisschen Verständnis oder Ermunterung dankbar.» Der Mann war ein unverbesserlicher Querulant, aber sehr fähig und überdies für Schmeicheleien empfänglich.

«Es ist ein Wunder, wie ihr alles schafft», sagte Martin Beck.

«Mehr als das», sagte Hjelm richtig freundlich. «Es ist schier unbegreiflich. Was war nun mit dieser ballistischen Frage?»

«Es geht um eine Kugel, die im Körper eines Toten gefunden worden ist. Der Mann hieß Svärd, Karl Edvin Svärd.»

«Ja, ja», sagte Hjelm. «Ich kenn die Sache. Typische Geschichte. Ein Selbstmord, wird behauptet. Die Obduzentin hat sie uns rübergeschickt, ohne zu sagen, was wir damit anfangen sollen. Sollen wir sie vergolden und dann ins Polizeimuseum schicken? Oder war das ein diskreter Wink, wir sollten uns auch lieber gleich das Leben nehmen?»

«Was für ein Projektil ist es?»

«Eine Pistolenkugel. Gebraucht. Hast du denn die Waffe nicht?»

«Nein.»

«Wie kann es dann ein Selbstmord sein?»

Gute Frage. Martin Beck schrieb etwas auf seinen Block. «Irgendwelche besonderen Charakteristika?»

«O ja. Sie könnte aus einer automatischen Fünfundvierziger stammen. Fabrikate gibt es ja viele. Aber wenn du die Patrone herschickst, kann ich dir Genaueres sagen.»

«Ich habe die Patrone nicht gefunden.»

«Nicht? Was hat dieser Svärd eigentlich noch gemacht, nachdem er sich erschossen hatte?»

«Weiß nicht.»

«Leute mit so einer Kugel im Leib laufen im Allgemeinen nicht mehr herum», meinte Hjelm. «Eigentlich können sie nur noch umfallen und sterben.»

«Ja», sagte Martin Beck. «Ich danke dir sehr.»

«Wofür?»

«Deine Hilfe. Und viel Glück.»

«Keine makabren Scherze, wenn ich bitten darf», sagte Hjelm und legte auf.

So war das also. Ob nun Svärd selbst oder ein anderer den tödlichen Schuss abgefeuert hatte, auf jeden Fall war der Betreffende kein Risiko eingegangen. Mit einer Fünfundvierziger kann man ziemlich sicher sein, das gewünschte Ergebnis zu erzielen, selbst wenn man nicht mitten ins Herz trifft.

Aber was hatte das Gespräch eigentlich gebracht?

Eine Kugel ist kein sonderlich gutes Beweisstück, solange man weder die Waffe noch die Patronenhülse hat.

Eines war jedoch erfreulich. Hjelm hatte gesagt, dass es eine automatische Fünfundvierziger gewesen war, und er war bekannt dafür, keine Angaben zu machen, für die er nicht geradestand. Folglich war Svärd mit einer automatischen Pistole erschossen worden. Im Übrigen war alles unbegreiflich wie zuvor.

Martin Beck arbeitete weiter.

Er begann mit den Banken, weil er aus Erfahrung wusste, dass diese Recherchen viel Zeit erforderten. Mit dem Bankgeheimnis ist es in Schweden zwar nicht weit her, dafür gibt es aber umso mehr Geldinstitute. Wegen der miserablen Sparzinsen ziehen es viele Kleinsparer vor, ihr Geld in einem der Nachbarländer anzulegen, beispielsweise in Dänemark.

Er telefonierte weiter. Hier ist die Kriminalpolizei, es geht um einen Mann mit Namen Soundso und mit einer der folgenden Adressen und einem dieser Geburtsdaten. Hat dieser Mann bei Ihnen ein Konto oder ein Schließfach?

Es waren scheinbar einfache Fragen, aber sie mussten vielen Leuten gestellt werden. Außerdem war es schon Freitag und kurz vor Kassenschluss. Vor Beginn der nächsten Woche mit Antworten zu rechnen wäre unrealistisch gewesen.

Er musste auch in dem Krankenhaus nachfragen, in dem Svärd gelegen hatte, aber das hatte Zeit bis Montag.

Was die Dienstzeit betraf, neigte der Freitag sich jetzt seinem Ende zu. In Stockholm herrschte zu dieser Zeit das vollkommene Chaos, die Polizei war hysterisch und ein großer Teil der Allgemeinheit von Panik ergriffen.

Martin Beck wusste nichts davon. Der Teil vom Venedig des Nordens, der vom Fenster seines Zimmers aus zu sehen war, bestand aus einer stinkenden Autobahn und einem Industriegebiet, und die Aussicht war nicht abstoßender als sonst.

Als es sieben Uhr war, war er noch immer nicht nach Hause gegangen, obwohl der Arbeitstag schon seit ein paar Stunden zu Ende war und er bei seinen Ermittlungen nichts mehr unternehmen konnte.

Das Ergebnis seiner Bemühungen an diesem Tag war kläglich. Das hervorstechendste Ergebnis war, dass Martin Beck nach allem Telefonieren der rechte Zeigefinger wehtat.

Seine letzte Amtshandlung an diesem Tag bestand darin, dass er im Telefonbuch Rhea Nielsens Nummer heraussuchte. Dort stand sehr richtig ihr Name, eine Berufsangabe fehlte, und Martin Beck hatte schon die Hand auf der Wählscheibe, als ihm einfiel, dass er Rhea keine Frage zu stellen hatte, jedenfalls keine, die Svärd betraf.

Die Amtshandlung war also nichts anderes als ein Selbstbetrug. Er wollte ganz einfach nur hören, ob sie zu Hause war, und die einzige Frage, die er wirklich stellen wollte, war äußerst einfach.

Darf ich ein Stündchen zu dir kommen?

Martin Beck legte den Hörer aus der Hand und die Telefonbücher an ihren Platz zurück. Dann räumte er seinen Schreibtisch auf, warf einige Zettel mit überflüssigen Notizen weg und tat die Kugelschreiber dorthin, wo sie hingehörten, in die Bleistiftschale.

Er tat dies alles langsam und sorgfältig und es gelang ihm, damit eine erstaunlich lange Zeit zuzubringen. Einem Kugelschreiber widmete er fast eine halbe Stunde, bis er sich entschloss, das Ding für unbrauchbar zu erklären und in den Papierkorb zu werfen.

Das Polizeihaus auf Söder war keineswegs leer, und irgendwo in der Nähe hörte er ein paar Kollegen mit schrillen Stimmen diskutieren.

Er war nicht im Mindesten neugierig, worum es ging.

Er verließ das Haus und ging zum U-Bahnhof Midsommarkransen. Er musste ziemlich lange auf einen der grünen U-Bahnzüge warten. Er sah von außen annehmbar aus, aber innen war er ziemlich mitgenommen. Vandalen hatten Sitze aufgeschnitten und alles, was nicht fest verankert war, entweder abgeschraubt oder herausgerissen.

In Gamla Stan stieg er aus und ging nach Hause.

Nachdem er sich den Schlafanzug angezogen hatte, sah er im Kühlschrank nach, ob Bier da war. Dann ging er in die Speisekammer, um nach Wein zu suchen, obwohl er wusste, dass er weder das eine noch das andere im Haus hatte.

Martin Beck öffnete eine Dose mit russischem Krabbenfleisch und machte sich ein paar Butterbrote. Holte eine Flasche Mineralwasser aus dem Kühlschrank. Aß. Das Essen war durchaus nicht schlecht, eher gut, aber er fand es verflucht langweilig, allein dazusitzen und die Brote in sich hineinzuwürgen. Am letzten Mittwoch war das Alleinsein noch genauso langweilig gewesen, aber da hatte es gewissermaßen keine Rolle gespielt.

Von einem plötzlichen Tätigkeitsdrang gepackt, ging er mit einem seiner vielen ungelesenen Bücher ins Bett. Er holte sich Ray Parkins' Roman über die Schlacht in der Java-See aus dem Regal. Martin Beck las diagonal und fand das Buch schlecht. Er verstand nicht, warum der Roman ins Schwedische übersetzt worden war, und sah nach, welcher Verlag ihn herausgegeben hatte. Norstedts. Seltsam.

In *The Two-Ocean War* hatte Samuel Eliot Morrison das Thema auf neun Seiten ausführlicher und unendlich fesselnder dargestellt, als es Parkins auf 257 Seiten gelungen war.

Bevor Martin Beck einschlief, dachte er an Spaghetti mit Fleischsoße. Gleichzeitig spürte er angesichts des kommenden Tages so etwas wie Erwartung.

Es war wohl dieses unbegründete Gefühl, das ihm den Samstag und den Sonntag als unerträglich inhaltslos vorkommen ließ. Zum ersten Mal seit Jahren war er ruhelos und fühlte sich auf quälende Weise eingesperrt. Er ging aus, am Sonntag fuhr er sogar mit einem Dampfer nach Mariefred, aber nichts half. Er fühlte sich draußen genauso eingesperrt. An seinem Dasein war irgendetwas grundlegend falsch und er war nicht bereit, diese Tatsache mit dem alten Gleichmut hinzunehmen. Er beobachtete die Menschen um sich herum und gewann den Eindruck, dass viele von ihnen sich in der gleichen Lage befanden, dies aber entweder nicht sahen oder es sich nicht einzugestehen wagten.

Am Montagmorgen ritt er wieder. Guiteau sah aus wie Carradine und schoss mit einer fünfundvierziger Automatic, und nachdem Martin Beck sein rituelles Opfer gebracht hatte, kam Rhea Nielsen hinzu und fragte: «Was, um Himmels willen, machst du da?»

Später saß er im Polizeihaus auf Söder und bearbeitete das Telefon. Er begann mit dem radiologischen Institut. Die Antwort ließ auf sich warten und war zudem recht unbefriedigend.

Svärd war am Montag, dem 6. März, aufgenommen worden. Schon am folgenden Tag war er jedoch in die Infektionsklinik von Södersjukhuset überwiesen worden.

Warum?

«So im Nachhinein lässt sich das nicht leicht sagen», erwiderte die Sekretärin, die in den Papieren endlich Svärds Namen gefunden hatte. «Sein Fall ist offenbar nichts für uns gewesen.

Die Krankenblätter sind nicht mehr hier, nur noch eine Anmerkung, dass er von einem praktischen Arzt überwiesen worden war, bevor er herkam.»

«Wer war dieser Arzt?»

«Ein gewisser Doktor Berglund. Ja, hier steht's, aber was auf dem Überweisungsformular steht, kann ich nicht entziffern. Sie wissen ja, wie Ärzte schreiben. Außerdem ist es eine schlechte Fotokopie.»

«Aber die Adresse?»

«Seiner Praxis? Odengatan 30.»

«Die ist also lesbar», sagte Martin Beck.

«Gestempelt», sagte die Sekretärin lakonisch.

Der automatische Anrufbeantworter Dr. Berglunds teilte mit, dass die Praxis geschlossen und er erst am 15. August wieder zu erreichen sei.

Der Doktor war natürlich im Urlaub.

Martin Beck hatte jedoch keine Lust, mehr als einen Monat auf den Bescheid zu warten, an welcher Krankheit Svärd gelitten hatte. Folglich rief er in Södersjukhuset an, einer sehr großen Anstalt mit erheblichem Telefonverkehr. Es dauerte annähernd zwei Stunden, bis ihm bestätigt wurde, dass Karl Edvin Svärd tatsächlich in der Klinik für Infektionskrankheiten gelegen hatte, genauer vom Dienstag, dem 7., bis zum Samstag, dem 18. März. An diesem Tag war er den Unterlagen zufolge entlassen worden.

Als gesund oder als Todgeweihter?

Es schien unmöglich zu sein, auf diese Frage eine Antwort zu bekommen; der Stationsarzt war zwar im Dienst, aber besetzt, und konnte nicht ans Telefon kommen.

Für Martin Beck war es offensichtlich wieder an der Zeit, die Ermittlungsarbeit auf der Straße aufzunehmen.

Er nahm ein Taxi zu Södersjukhuset und fand nach einstündigem Umherirren den richtigen Flur. Nur zehn Minuten später saß er bei dem Mann im Zimmer, der über Svärds Gesundheitszustand Bescheid wissen musste.

Der Arzt war ein Mann in den Vierzigern, kleinwüchsig, dunkelhaarig und mit unbestimmbarer Augenfarbe, einem Graublau mit Spuren von Grün und Hellbraun. Während Martin Beck in seinen Taschen nach nicht vorhandenen Zigaretten suchte, setzte der Mann seine Hornbrille auf und vertiefte sich in die Lektüre der Krankenblätter. Nach zehn Minuten völligen Schweigens schob der Arzt die Brille in die Stirn, sah den Besucher an und sagte: «Aha. Was wollten Sie wissen?»

«An welcher Krankheit Svärd gelitten hat.»

«An gar keiner.»

Martin Beck verdaute die überraschende Antwort einen Moment. Dann sagte er: «Warum hat er dann fast zwei Wochen hier gelegen?»

«Es waren elf Tage, um genau zu sein. Wir haben den Mann gründlich untersucht. Er hatte nämlich bestimmte Symptome und war uns außerdem von einem praktischen Arzt überwiesen worden.»

«Dr. Berglund?»

«Richtig. Der Patient war der Meinung, schwer krank zu sein. Er hatte ein paar kleinere Wucherungen am Hals und außerdem eine Geschwulst in der Lebergegend, die man sogar tasten konnte. Wie so viele andere bildete der Patient sich ein, er habe Krebs. Er ging zu einem Arzt, und dieser hielt die Symptome für alarmierend. Jetzt ist es aber so, dass praktische Ärzte nur selten über die Ausrüstung verfügen, die nun einmal nötig ist, um einen Fall dieser Art zu beurteilen. Manchmal sind sie auch nicht die besten Diagnostiker. In diesem Fall ist eine fehlerhafte Diagnose gestellt worden, worauf der Patient prompt in die Radiologie geschickt wurde. Dort konnte nur festgestellt werden, dass keine Untersuchung stattgefunden hatte, und darum ist er zu uns überwiesen worden. Hier haben wir eine Reihe von Untersuchungen durchgeführt und sind dabei sehr sorgfältig vorgegangen.»

«Und dabei hat sich herausgestellt, dass Svärd völlig gesund war?»

«Im Großen und Ganzen ja. Diese Dinger am Hals waren nichts weiter als gewöhnliche Fettansammlungen, völlig ungefährlich. Die Geschwulst in der Lebergegend allerdings erforderte eine genauere Prüfung. Wir haben unter anderem eine vollständige Aortographie vorgenommen und außerdem den gesamten Verdauungsapparat geröntgt. Außerdem haben wir eine Leberbiopsie gemacht, und …»

«Was ist das?»

«Eine Leberbiopsie? Allgemeinverständlich ausgedrückt, stechen wir dem Patienten dabei eine Röhre in die Seite und entnehmen eine Leberprobe. Ich habe das damals übrigens selbst gemacht. Danach haben wir die Probe ins Labor geschickt, und dort ist die Probe unter anderem auf das Vorkommen von Krebszellen hin untersucht worden. Nun, wir haben nichts in der Richtung gefunden. Es hat sich gezeigt, dass die Geschwulst eine Zyste am Colon …»

«Verzeihung?»

«Am Darm. Eine Zyste, wie gesagt. Nichts Lebensbedrohendes. An und für sich kann man solche Geschwülste operativ entfernen, aber wir haben einen solchen Eingriff für unnötig gehalten. Der Patient hatte keine Beschwerden. Er behauptete zwar, er habe vorher schwere Schmerzen gehabt, aber diese Schmerzen dürften psychosomatischer Natur gewesen sein.» Der Arzt machte eine Pause und gab Martin Beck einen Blick von der Art, mit der man Kinder und hoffnungslos ungebildete Erwachsene bedenkt, und erklärte: «Es waren eingebildete Schmerzen, wollte ich sagen.»

«Haben Sie selbst einen persönlichen Kontakt mit Svärd gehabt?»

«Aber ja. Ich habe mich jeden Tag mit ihm unterhalten, und bevor er entlassen wurde, habe ich ein langes Gespräch mit ihm geführt.»

«Wie reagierte er?»

«Zunächst war sein gesamtes Auftreten von der eingebildeten Krankheit geprägt. Er war überzeugt, an Krebs zu leiden, und glaubte, nicht viel mehr als einen Monat vor sich zu haben.»

«Das hatte er auch nicht», sagte Martin Beck.

«Tatsächlich? Ist er überfahren worden?»

«Erschossen. Möglicherweise hat er Selbstmord begangen.»

Der Arzt nahm die Brille ab und wischte sie nachdenklich mit einem Zipfel seines weißen Kittels sauber. «Dass er Selbstmord begangen hat, erscheint mir äußerst unwahrscheinlich», sagte er.

«Warum?»

«Bevor Svärd entlassen wurde, habe ich, wie ich schon sagte, ein langes Gespräch mit ihm geführt. Er war unglaublich erleichtert, als ich ihm klarmachen konnte, dass er gesund war. Vorher war er völlig verzweifelt gewesen, aber mit einem Mal war er wie ausgewechselt. Fröhlich, möchte ich sagen. Wir hatten schon vorher festgestellt, dass seine Schmerzen verschwanden, nachdem wir ihm sehr milde Schmerzmittel gegeben hatten. Tabletten, die unter uns gesagt praktisch wirkungslos waren.»

«Sie glauben also, dass er auf keinen Fall Selbstmord begangen haben kann?»

«Er war nicht der Typ.»

«Was für ein Typ war er denn?»

«Ich bin kein Psychiater, aber ich hatte den Eindruck gewonnen, dass er ein harter und verschlossener Mann war. Ich weiß, dass das Krankenhauspersonal eine gewisse Mühe mit ihm hatte und ihn für einen anmaßenden Querulanten hielt. Diese Züge seiner Persönlichkeit zeigten sich allerdings erst kurz vor seiner Entlassung, als er schon wusste, dass sein Leiden nicht lebensgefährlich war.»

Martin Beck dachte nach. Dann sagte er: «Wissen Sie zufällig, ob er während seiner Zeit hier Besuch bekommen hatte?»

«Nein, ich habe keine Ahnung. Er hat mir übrigens gesagt, er habe keine Freunde.»

Martin Beck stand auf. «Danke», sagte er. «Das wäre im Augenblick alles. Adjö.» Er war schon an der Tür, als der Arzt sagte: «Ach, übrigens, was Besucher und Freunde angeht, ist mir noch etwas eingefallen.»

«Nämlich?»

«Nun, ein Verwandter Svärds hat sich tatsächlich einmal gemeldet. Ein Neffe. Er rief einmal an, als ich gerade Sprechstunde hatte, und fragte, wie es seinem Onkel gehe.»

«Und was haben Sie ihm geantwortet?»

«Dieser Neffe rief gerade in dem Augenblick an, da wir unsere Untersuchungen beendet hatten. Ich konnte ihm also die erfreuliche Mitteilung machen, dass Svärd gesund sei und alle Aussichten habe, steinalt zu werden.»

«Wie hat der Anrufer reagiert?»

«Er schien erstaunt zu sein. Svärd hatte offensichtlich auch ihn überzeugt, er sei schwer krank und werde den Krankenhausaufenthalt kaum überleben.»

«Hat der Neffe seinen Namen genannt?»

«Wahrscheinlich, aber ich erinnere mich nicht mehr daran.»

«Mir fällt gerade etwas anderes ein», sagte Martin Beck. «Ist es nicht so, dass Patienten, die frisch eingeliefert worden sind, die Namen und Anschriften von Angehörigen oder Bekannten angeben, falls sie ...» Er ließ den Satz unvollendet.

«Doch, das ist richtig», erwiderte der Arzt und setzte sich die Brille auf. «Lassen Sie mich mal sehen. Hier müsste ein Name stehen. Ja, da ist er schon.»

«Welcher?»

«Rhea Nielsen.»

Martin Beck spazierte durch Tantolunden, in tiefes Grübeln versunken. Er wurde nicht ausgeraubt, nicht einmal niedergeschlagen. Er sah nur zahlreiche Alkoholiker, die in den Büschen herumlagen und offensichtlich pflegebedürftig waren.

Er hatte jetzt wirklich Stoff zum Nachdenken.

Karl Edvin Svärd hatte keine Geschwister gehabt. Wie konnte er da einen Neffen haben?

Martin Beck sah sich jetzt veranlasst, nach Tulegatan zu gehen, und war an diesem Montagabend auch schon ein gutes Stück auf dem Weg dorthin. Als er aber bei T-Centralen angekommen war, wo er umsteigen musste, besann er sich eines anderen, fuhr stattdessen zwei Stationen zurück und stieg bei Slussen aus. Dann ging er Skeppsbron entlang, um zu sehen, ob da irgendwelche interessanten Schiffe lagen, die er sich angucken konnte.

Was er sah, entsprach nicht seiner Vorstellung von Schiffen.

Mit einem Mal merkte er, dass er hungrig war. Weil er vergessen hatte einzukaufen, ging er in *Den Gyldene Freden* und bestellte sich Bayonne-Schinken, während er von verschiedenen Touristen angestarrt wurde, die das Personal des Lokals mit schwachsinnigen Fragen nach anwesenden Prominenten quälten. Martin Beck war im Jahr zuvor zwar recht bekannt geworden, aber die Menschen vergessen schnell, und inzwischen war sein Ruhm verblasst.

Nachdem er die Rechnung bezahlt hatte, ging ihm plötzlich auf, dass dieser Restaurantbesuch der erste seit langer Zeit war. In der Zeit seiner Enthaltsamkeit waren die schon früher exorbitanten Preise nämlich noch weiter gestiegen.

Zu Hause fühlte er sich unruhiger als je und rannte in der kleinen Wohnung lange auf und ab, bevor er sich mit einem Buch ins Bett legte; es war nicht langweilig genug, um ihm zu einem schnellen Einschlafen zu verhelfen, und auch nicht interessant genug, um ihn wachzuhalten. Gegen drei Uhr stand er auf und nahm ein paar Schlaftabletten; das war etwas, was er sonst zu vermeiden suchte. Die Tabletten wirkten schnell, und als er aufwachte, fühlte er sich noch immer benommen. Trotzdem hatte er weit über seine normale Zeit hinaus geschlafen und überhaupt nicht geträumt.

Nachdem er endlich in seinem Dienstzimmer angekommen war, eröffnete er die Ermittlungen des Tages mit der genauen Lektüre all seiner Aufzeichnungen. Diese Arbeit beschäftigte ihn bis zum Mittagessen, das, was ihn betraf, nur aus einer Tasse Tee und zwei Stück Zwieback bestand. Danach ging er auf die Toilette und wusch sich die Hände.

Als er wieder in seinem Zimmer saß, geschah etwas.

Das Telefon klingelte.

«Kommissar Beck?»

«Ja.»

«Hier ist Handelsbanken.» Der Mann nannte die Zweigstelle, in der er arbeitete, und fuhr fort: «Wir haben eine Anfrage bekommen, die einen Kunden namens Karl Edvin Svärd betrifft.»

«Ja?»

«Er hat bei uns ein Konto.»

«Mit einem Guthaben?»

«Ja. Es handelt sich um eine beträchtliche Summe.»

«Wie viel?»

«Etwa sechzigtausend. Es ist …» Der Mann verstummte.

«Was wollten Sie sagen?», fragte Martin Beck.

«Na ja, ich finde, es ist ein seltsames Konto.»

«Haben Sie die Papiere da?»

«Selbstverständlich.»

«Dann kann ich also zu Ihnen kommen und sie jetzt gleich ansehen?»

«Aber gewiss. Fragen Sie nur nach Herrn Bengtsson.»

Martin Beck empfand es als große Erleichterung, dass er das Haus verlassen und sich bewegen konnte. Die Zweigstelle lag an der Ecke Odengatan-Sveavägen, und trotz des Straßenverkehrs war er in weniger als einer halben Stunde da.

Der Bankangestellte hatte Recht gehabt. Es war ein seltsames Konto.

Martin Beck saß an einem Tisch hinterm Banktresen und studierte die Akten. Wenigstens diesmal empfand er so etwas wie Dankbarkeit für ein System, das es der Polizei und anderen Behörden erlaubte, in den Privatangelegenheiten der Bürger ohne jede Hemmung herumzuschnüffeln.

Der Bankmann sagte: «Auffallend ist, dass dieser Kunde sein Geld mit gesetzlicher Kündigungsfrist angelegt hat. Eine längerfristige Anlage wäre vorteilhafter gewesen. Sie hätte ihm höhere Zinsen gebracht.»

Dies war korrekt beobachtet, aber die Regelmäßigkeit der Einzahlungen war noch auffälliger. Dem Konto waren jeden Monat siebenhundertfünfzig Kronen gutgeschrieben worden, und der Buchungstag hatte immer zwischen dem 15. und dem 20. eines jeden Monats gelegen.

«Diese Gelder sind, soweit ich sehen kann, nicht direkt eingezahlt worden», sagte Martin Beck.

«Nein, niemals. Sie wurden immer woanders eingezahlt. Wenn Sie mal sehen wollen, Herr Kommissar, so zeigt sich, dass immer in anderen Zweigstellen eingezahlt worden ist, oft sogar bei anderen Banken. Rein technisch spielt das natürlich keine Rolle, weil die Gelder immer bei uns beziehungsweise auf Svärds Konto gelandet sind. Aber diesem ständigen Wechsel der Einzahlungsstellen scheint mir eine gewisse Systematik zugrunde zu liegen.»

«Sie wollen also sagen, Svärd selbst hat die Gelder eingezahlt, weil er anonym bleiben wollte?»

«Nun ja, diese Möglichkeit bietet sich immerhin an. Wenn man auf sein eigenes Konto einzahlt, braucht man ja nicht seinen Namen anzugeben.»

«Aber muss man nicht auf jeden Fall das Formular selbst ausfüllen?»

«Nicht unbedingt. Sehr oft ist es so, dass der Kunde mit dem Geld nur an die Kasse geht und sagt, dass er es auf sein eigenes Konto einzahlen möchte. Viele Menschen stehen mit Schreibkram ja auf Kriegsfuß, und in diesen Fällen füllt der Kassierer die Formulare aus. Als Kundendienst, sozusagen.»

«Aber was geschieht mit dem Formular?»

«Der Kunde erhält eine Kopie als Quittung. Wenn es eine Einzahlung aufs eigene Konto ist, schickt die Bank nur auf Wunsch eine Bestätigung ins Haus, wie sonst auch.»

«Wo befinden sich die Originale?»

«Im Zentralarchiv.»

Martin Beck ließ den Finger an den Zahlenreihen entlanggleiten. Dann sagte er: «Hat Svärd etwas abgehoben?»

«Nein, und das finde ich am seltsamsten. Er hat das Konto nie mit einem Scheck belastet, und als ich der Sache nachging, stellte ich fest, dass er sich in den letzten Jahren nicht einmal ein Scheckheft hatte geben lassen.»

Martin Beck rieb sich energisch die Nasenwurzel. Ein Scheckheft hatte man bei Svärd nicht gefunden, auch keine Kassenquittungen oder Kontoauszüge. «War Svärd hier persönlich bekannt?»

«Nein, keiner von uns hat ihn je gesehen.»

«Wie lange besteht dieses Konto?»

«Es scheint im April 1966 eröffnet worden zu sein.»

«Und seitdem sind jeden Monat siebenhundertfünfzig Kronen dazugekommen?»

«Ja. Die letzte Einzahlung ist allerdings am 16. März dieses Jahres erfolgt.» Der Mann sah in seinen Taschenkalender. «Das war ein Donnerstag. Im nächsten Monat ist kein Geld mehr gekommen.»

«Die Erklärung dafür ist recht einfach», sagte Martin Beck. «Weil Svärd um diese Zeit schon tot war.»

«Oh. Das ist uns nicht mitgeteilt worden. Die Hinterbliebenen melden sich meist sofort.»

«Es dürfte keine Hinterbliebenen geben.»

Der Bankmensch sah verwirrt aus.

«Außerdem gibt's ja erst jetzt einen Nachlass», sagte Martin Beck. «Auf Wiedersehen.»

Er hielt es für am besten, sich davonzumachen, bevor die Bank überfallen würde. Sollte dies eintreten, würde er kaum vermeiden können, in die Tätigkeit des Sonderdezernats verwickelt zu werden.

Neue Aspekte des Falls. Siebenhundertfünfzig Kronen im Monat, und das über eine Dauer von sechs Jahren. Das war ein bemerkenswert regelmäßiges Einkommen, und da Svärd nie etwas abgehoben hatte, hatte sich auf dem rätselhaften Konto nach und nach ein beachtlicher Betrag angesammelt. Vierundfünfzigtausend Kronen plus Zinsen.

Für Martin Beck war das viel Geld. Für Svärd muss es mehr als das gewesen sein, fast so etwas wie ein Vermögen.

Rhea war also der Wahrheit ziemlich nahe gekommen, als sie vom Geld in der Matratze gesprochen hatte. Der Unterschied lag nur darin, dass Svärd ein rationell denkender Mensch und auf der Höhe der Zeit gewesen war.

Die neue Entwicklung des Falls ermunterte Martin Beck zu besonderer Betriebsamkeit.

Der nächste Schritt würde darin bestehen, dass er mit dem Finanzamt sprach und dann die Einzahlungsbelege studierte, die hoffentlich irgendwo abgelegt waren.

Das Finanzamt wusste nichts über Svärd. Man hatte ihn dort als arm eingestuft und sich mit der raffinierten Form der Ausbeutung begnügt, die da Mehrwertsteuer auf Lebensmittel heißt und geschaffen worden ist, um die ohnehin Schwachen und weniger glücklich Gestellten besonders hart zu treffen.

Martin Beck glaubte am Telefon zu hören, wie der Finanzbeamte sich bei dem Gedanken an das Konto mit den vierundfünfzigtausend Kronen plus Zinsen die Lippen leckte. Dieses Geld würde man natürlich unter irgendeinem Vorwand mit Beschlag belegen, selbst wenn sich herausstellen sollte, dass Svärd das Kunststück gelungen war, seine Tausender auf eine Weise zusammenzusparen, die man früher ehrlich genannt hatte, etwa durch Arbeit.

Nun, Svärd hatte dieses Geld sicher nicht zusammengespart, und der Gedanke, dass jemand in seiner Lebenslage etwas hätte von seiner Rente sparen können, war absurd.

Und die Einzahlungsbelege?

Das Hauptbüro der Bank förderte schnell die letzten zweiundzwanzig zutage – insgesamt mussten es zweiundsiebzig sein, wenn er richtig gezählt hatte –, und schon am selben Nachmittag saß Martin Beck am Schreibtisch und starrte sie an. Sie stammten sämtlich aus verschiedenen Bankfilialen und schienen alle mit jeweils verschiedenen Handschriften ausgefüllt worden zu sein, ohne Zweifel von Bankangestellten. Nach und nach würde es natürlich möglich sein, all diese Leute aufzusuchen und sie zu fragen, ob sie sich an den Kunden erinnerten. Das wäre jedoch eine enorme Arbeit, die überdies alle Aussicht hätte, ohne Ergebnis zu bleiben.

Wer sollte sich wohl an jemanden erinnern, der vor vielen Monaten siebenhundertfünfzig Kronen auf sein eigenes Konto eingezahlt hatte? Die Antwort war einfach: niemand.

Wenig später saß Martin Beck bei sich zu Hause und trank Tee aus dem Friedensbecher. Er betrachtete ihn und dachte: Wenn der rätselhafte Einzahler wie Feldmarschall Haig ausgesehen hätte, würde natürlich jeder ihn wieder erkennen. Aber wer sieht schon wie Haig aus? Niemand, nicht einmal in den anspruchsvollsten Filmen oder Theateraufführungen.

An diesem Abend war Martin Beck wieder etwas anders zumute. Er war zwar noch immer ruhelos und unbefriedigt, aber jetzt lag das zum Teil daran, dass er seine Gedanken nicht von der Arbeit losreißen konnte.

Svärd.

Der idiotische verschlossene Raum.

Der rätselhafte Einzahler.

Wer mochte das sein? Am Ende doch Svärd selbst?

Nein. Es war äußerst unwahrscheinlich, dass Svärd sich all diese Mühe gemacht hätte. Überhaupt war es nicht wahrscheinlich, dass Svärd, ein Lagerarbeiter, selbst auf den Gedanken gekommen war, sich ein Bankkonto zuzulegen.

Nein, der Einzahler war ein anderer. Vermutlich ein Mann, da eine Frau kaum eine Bankfiliale betreten und sagen würde, ihr Name sei Karl Edvin Svärd und sie wolle siebenhundertfünfzig Kronen auf ihr Konto einzahlen.

Warum sollte überhaupt jemand den Wunsch gehabt haben, Svärd Geld zu geben? Diese Frage musste bis auf weiteres unbeantwortet bleiben. Damit hatte er eine weitere in Nebel gehüllte Figur, mit der er arbeiten konnte. Den ominösen Neffen.

Und am wenigsten greifbar war der Mensch, dem es irgendwann im April oder Anfang Mai gelungen war, Svärd zu erschießen, obwohl dieser sich in einer wahren Festung befunden hatte, in einem von innen verriegelten Zimmer.

Bestand vielleicht die Möglichkeit, dass diese drei ein und dieselbe Person waren? Einzahler, Neffe und Mörder?

Das war eine Frage, über die man lange nachdenken konnte.

Martin Beck stellte den Becher ab und sah auf die Uhr. Die Zeit war schnell vergangen. Schon halb zehn. Es war zu spät, um noch auszugehen. Wohin hätte er übrigens gehen sollen?

Martin Beck suchte eine Bach-Platte heraus und setzte den Plattenspieler in Gang. Dann ging er ins Bett.

Dachte weiter nach. Von allen weißen Flecken und Fragezeichen abgesehen, ließ sich aus dem, was er schon wusste, eine Geschichte zusammensetzen. Neffe, Einzahler und Mörder waren ein und dieselbe Person. Svärd war ein Erpresser von mäßiger Größenordnung gewesen und hatte diese Person sechs Jahre lang gezwungen, jeden Monat siebenhundertfünfzig Kronen zu bezahlen. Wegen seines krankhaften Geizes hatte Svärd jedoch nie etwas von dem Geld ausgegeben. Das Opfer hatte weitergezahlt, Jahr für Jahr. Schließlich hatte der Betreffende es jedoch satt gehabt.

An und für sich fiel es Martin Beck nicht schwer, sich Svärd als Erpresser vorzustellen. Ein Erpresser muss aber etwas in der Hand haben, etwas, was für den Erpressten eine latente Bedrohung darstellt.

Zu Hause hatte Svärd nichts aufbewahrt, was sich für irgendjemanden als belastend hätte erweisen können. Es war natürlich denkbar, dass er sich ein Schließfach gemietet hatte. In dem Fall würde das der Polizei bald zur Kenntnis gelangen. Auf jeden Fall muss ein Erpresser über irgendeine Information verfügen. Wo kann ein Lagerarbeiter an solche Informationen herankommen? An seinem Arbeitsplatz. Möglicherweise auch in dem Haus, in dem er wohnte. Diese beiden Umgebungen waren, soweit bekannt war, die einzigen, in denen Svärd je figuriert hatte. Sein Zuhause und sein Job.

Svärd hatte aber im Juni 1966 aufgehört zu arbeiten; zwei Monate vorher war die erste Einzahlung auf sein Konto erfolgt.

Dies war also vor mehr als sechs Jahren geschehen. Womit hatte Svärd sich seitdem beschäftigt?

Als Martin Beck aufwachte, drehte sich der Plattenteller noch immer. Falls er etwas geträumt hatte, so hatte er es vergessen.

Es war Mittwoch, und Martin Beck stand klar vor Augen, wie der Arbeitstag begonnen werden musste. Mit einem Spaziergang. Aber nicht zur U-Bahn. Das Zimmer in Västberga lockte ihn nicht, und er glaubte, heute gute Gründe zu haben, nicht hinzugehen.

Stattdessen gedachte er ein wenig an den Kaianlagen entlangzuschlendern. Er begann damit, dass er Skeppsbron entlang nach Süden ging, dann weiter über Slussen hinaus nach Osten zu Stadsgården.

Dies war der Teil Stockholms, den er immer am liebsten gemocht hatte. Besonders als er noch ein Kind gewesen war, als hier noch all die vielen Schiffe mit ihren Ladungen aus nah und fern gelegen hatten. Heutzutage dauerte es lange, bis mal wieder ein richtiges Schiff anlegte. Die Zeit der richtigen Pötte war vorbei. Die Säuferfähren nach Åland waren an ihre Stelle getreten. Ein dürftiger Ersatz. Die alte Garde von Stauern und Seeleuten war ebenfalls im Begriff auszusterben, gerade die Leute, die diesem Teil des Hafens früher seine Anziehungskraft gegeben hatten.

Martin Beck selbst fühlte sich heute wieder etwas anders. Er fand es beispielsweise schön, an der frischen Luft zu sein und zielbewusst und schnell zu laufen und den Gedanken freie Bahn zu lassen.

Er grübelte über die hartnäckigen Beförderungsgerüchte nach und fühlte sich dann beunruhigter als früher. Bis zu dem betrüblichen Fehler vor fünfzehn Monaten hatte Martin Beck sich genau vor diesem Fall gefürchtet, nämlich ein Amt zu bekommen, das ihn an den Schreibtisch fesselte. Er hatte schon immer gern draußen, vor Ort gearbeitet; das Mindeste, was er erwartete, war die Möglichkeit, nach eigenem Belieben zu kommen und zu gehen.

Der Gedanke an ein Büro mit Konferenztisch, zwei echten Ölgemälden an der Wand, Drehsessel, Besuchersesseln, maschinengewebtem Knüpfteppich und an eine eigene Sekretärin war heute erheblich erschreckender als noch vor einer Woche. Nicht etwa, weil ihm klar war, dass die Gerüchte nicht grundlos sein konnten, sondern weil er heute die Konsequenzen genauer bedachte.

Was aus seinem Leben wurde, war trotz allem vielleicht nicht völlig bedeutungslos.

Ein halbstündiger schneller Marsch brachte ihn ans Ziel. Das Lagerhaus war alt und würde bald abgerissen werden; es war nicht für Containerbetrieb gedacht und entsprach auch nicht den Anforderungen der Zeit.

Die Aktivität dort drinnen war nicht überwältigend. Der abgeteilte Raum, in dem der Lagerchef hätte sitzen sollen, war leer, und die Scheiben, durch die Höchstderselbe die Arbeit hätte beaufsichtigen sollen, bedeckte seit langem der Staub. Eine von ihnen war zerschlagen, und der Wandkalender war zwei Jahre alt.

Neben einer nicht sehr imponierenden Menge Stückgut stand ein Gabelstapler, und dahinter befanden sich zwei Männer; der eine trug einen knallgelben Overall, der andere einen grauen Kittel.

Sie saßen auf Bierkästen aus Kunststoff; zwischen sich hatten sie einen umgedrehten Kasten. Einer der Männer war jung, der andere schien um die Siebzig zu sein, obwohl er kaum so alt sein konnte. Der jüngere las eine Abendzeitung vom Vortag und rauchte eine Zigarette, der ältere tat gar nichts.

Beide sahen Martin Beck uninteressiert an, nur der jüngere der beiden bekundete seine Kenntnisnahme von Martin Becks Gegenwart, indem er seine Zigarette zu Boden fallen ließ und sie mit dem Absatz austrat.

«Im Lager rauchen», sagte der Ältere und schüttelte den Kopf. «Zu meiner Zeit ...»

«Ja, ja, damals», sagte der Jüngere gelangweilt. «Aber wir leben heute in einer anderen Zeit, vielleicht kapierst du das mal,

Alter.» Er wandte sich zu Martin Beck und sagte unfreundlich: «Was wollen Sie? Dies ist ein Privatgrundstück. Das steht sogar an der Tür. Können Sie nicht lesen?»

Martin Beck holte seine Brieftasche hervor und zeigte seinen Ausweis.

«Bulle», sagte der Jüngere mit Abscheu.

Der andere sagte nichts; er begnügte sich damit, auf den Boden zu starren, sich zu räuspern und so zu tun, als spucke er aus.

«Seit wann arbeiten Sie hier?»

«Seit sieben Tagen», erwiderte der Jüngere. «Morgen ist es vorbei. Dann fange ich wieder beim Fernfahrer-Terminal an. Aber was geht das Sie an?»

Als Martin Beck nicht antwortete, fuhr der Mann fort: «Hier ist sowieso bald alles zu Ende. Aber der Kumpel hier, der weiß noch, wie es damals war, als noch fünfundzwanzig Mann und zwei Vorarbeiter in dieser Bruchbude rumliefen. Das hat er mir in dieser Woche schon fünfundzwanzigmal erzählt. Nicht wahr, Opa?»

«Dann erinnert er sich sicher noch an einen Mann, der Svärd hieß. Karl Edvin Svärd.»

Der Ältere gab Martin Beck einen erloschenen Blick und sagte: «Was soll schon sein? Ich weiß nichts.»

Es war nicht schwer zu verstehen, wo ihn der Schuh drückte. Irgendjemand im Büro hatte schon gesagt, dass die Polizei nach Leuten fragte, die Svärd gekannt hatten. Martin Beck sagte: «Svärd ist tot und begraben.»

«Aha. Ist er tot? Wenn das so ist, erinnere ich mich an ihn.»

«Gib nicht so an, Opa», sagte der Lkw-Fahrer. «Als Johansson neulich hier war und fragte, hast du gar nichts gewusst. Du bist ja gaga, Alter.» Da er Martin Beck offensichtlich als total ungefährlich einstufte, zündete er sich völlig ungeniert eine neue Zigarette an und fügte erklärend hinzu: «Der Alte hier ist wirklich weg vom Fenster, ehrlich. Nächste Woche wird er entlassen, und ab Neujahr kriegt er Rente. Wenn er das noch erlebt, natürlich.»

«Ich habe ein sehr gutes Gedächtnis», sagte der alte Mann beleidigt. «Und ob ich mich an Kalle Svärd erinnere. Mir hat nur kein Mensch gesagt, dass er tot ist.»

Martin Beck sagte nichts.

«Mit Toten können nicht mal mehr die Bullen umspringen, wie sie wollen», meinte der Mann philosophisch.

Der Lkw-Fahrer stand auf, nahm den Bierkasten hoch, auf dem er gesessen hatte, und ging zum Tor. «Wann kommt denn dieser Scheißlaster», sagte er. «Ich will raus aus diesem Altersheim.» Dann setzte er sich draußen in die Sonne.

«Wie war eigentlich dieser Kalle Svärd?», fragte Martin Beck.

Der alte Mann schüttelte den Kopf, räusperte sich wieder und spuckte. Diesmal richtig und Martin Beck genau vor die Füße. Es fehlten nur wenige Zentimeter zum rechten Schuh. «Wie er war? Ist es das, was du wissen willst?»

«Ja.»

«Stimmt es wirklich, dass er tot ist?»

«Ja.»

«Na, wenn das so ist, kann ich Ihnen sagen, dass Kalle Svärd das größte Arschloch war, das in diesem Scheißland je gelebt hat. Jedenfalls der übelste Bursche, den ich je kennen gelernt habe.»

«Inwiefern?»

Der Mann ließ ein brüchiges Lachen hören. «In jeder Weise, die man sich nur denken kann. Ich hab noch nie mit einem mieseren Mann zusammengearbeitet, und das will was heißen, denn ich habe die sieben Weltmeere gesehen, *yes, Sir*. Nicht einmal solche Penner wie der da draußen können Kalle Svärd schlagen. Dabei haben solche Jünglinge diesen feinen Beruf zu einem Scheißjob gemacht.» Er deutete mit dem Kopf zur Tür.

«Was war denn mit Svärd los?»

«Sie meinen, gerade mit ihm? Na ja, was Besonderes war der immer. In erster Linie war er das faulste Arschloch, das mir je über den Weg gelaufen ist. Kein Mensch konnte sich so geschickt vor der Arbeit drücken wie er. Und kein Mensch war so geizig und unsolidarisch. Der hätte nicht einmal einem Sterbenden einen Schluck Wasser abgegeben.» Der Mann verstummte. Dann sagte er bauernschlau: «Aber ein paar Sachen konnte er wirklich.»

«Nämlich welche?»

Der Blick des Mannes wurde etwas flackernd, und er zögerte, bevor er antwortete: «Na ja, den Vorarbeitern in den Arsch kriechen, das war etwas, was er wirklich konnte. Und die Arbeit anderen überlassen. Und krank spielen. Er hat's doch sogar geschafft, auf Frührente gesetzt zu werden, bevor die Massenentlassungen kamen.»

Martin Beck setzte sich auf einen Bierkasten. «Du wolltest aber etwas anderes sagen», sagte er.

«Wirklich?»

«Ja, was hast du mir sagen wollen?»

«Ist es sicher, dass Kalle krepiert ist?»

«Ja, er ist tot. Ehrenwort.»

«Bei Bullen gibt's kein Ehrenwort, und über Tote soll man eigentlich keinen Scheiß reden, aber ich habe schon immer gesagt, dass das keine große Rolle spielt, solange man mit denen solidarisch ist, die noch leben.»

«Genau meine Meinung», sagte Martin Beck. «Aber was war es nun, was Kalle Svärd so gut konnte?»

«Er war fabelhaft, wenn es darum ging, die richtigen Kisten kaputtzuschlagen. Er hat es aber meist in seinen Überstunden gemacht, damit er nicht mit anderen teilen musste.»

Martin Beck stand auf. Dies war eine Information; wahrscheinlich die einzige, die dieser Mann geben konnte. Die Fähigkeit, die richtigen Kisten kaputtzuschlagen, war in diesem

Job schon immer eine wichtige Sache gewesen, ein Berufstrick und ein gut gehütetes Geheimnis. Alkohol, Tabak und Lebensmittel waren durch Transportschäden besonders gefährdet. Und dann natürlich noch verschiedene verkäufliche Artikel in gängigen und handlichen Formaten.

«Also», sagte der Mann. «Da ist es mir rausgerutscht. Das war's doch wohl, was du wissen wolltest. Und jetzt haust du ab. Hej, mein Freund.»

Karl Edvin Svärd war nicht beliebt gewesen, aber niemand konnte sagen, dass er unsolidarisch behandelt worden war, jedenfalls nicht zu seinen Lebzeiten.

«Auf Wiedersehen», sagte der Mann. «Adjö, adjö.»

Martin Beck war schon einen Schritt zur Tür gegangen und hatte schon den Mund aufgemacht, um «Vielen Dank» oder so etwas zu sagen. Doch dann blieb er stehen, kehrte um und setzte sich wieder auf den Bierkasten. «Ich würde gern noch ein Weilchen bleiben und mit dir quatschen», sagte er.

«Was?», sagte der Mann.

«Schade, dass wir kein Bier haben. Ich könnte ein paar Dosen holen.»

Der Mann starrte ihn an. Allmählich wich die Resignation aus seinem Blick und machte dem Erstaunen Platz. «Was?», wiederholte er misstrauisch. «Du willst reden? Mit mir?»

«Aber ja.»

«Ich habe was da», sagte der Mann. «Bier, meine ich. Unter dem Kasten, auf dem du sitzt.»

Martin Beck stand auf, und der Mann holte ein paar Dosen Bier hervor.

«Ist es dir recht, wenn ich bezahle?», fragte Martin Beck.

«Mir ist das sehr recht. Aber es spielt keine Rolle.»

Martin Beck nahm einen Fünfkronenschein aus der Brieftasche und reichte ihn dem Mann. «Du bist mal zur See gefahren», sagte er. «Wann hast du abgemustert?»

«1922 in Sundsvall. Ich war auf einem Kahn, der *Fram* hieß. Der Käpt'n hieß Jansson. Das war ein Teufel, wenn's je einen gegeben hat.»

Nachdem sie sich eine Weile miteinander unterhalten und zwei weitere Dosen Bier aufgemacht hatten, kam der Lkw-Fahrer wieder herein. Er starrte sie verblüfft an und sagte: «Sind Sie wirklich Polizist?»

Martin Beck antwortete nicht.

«So was wie Sie sollte man wirklich anzeigen», sagte der Fahrer und ging wieder in die Sonne hinaus.

Martin Beck ging erst, als der Lastwagen kam, mehr als eine Stunde später.

Das Gespräch war ergiebig gewesen. Es war oft interessant, alten Arbeitern zuzuhören. Unbegreiflich, dass sich kaum jemand die Zeit dafür nahm. Dieser Mann hatte an Land und auf See eine ganze Menge erlebt. Warum kamen solche Menschen in den Massenmedien nie zu Wort? Hörte sich irgendein Politiker oder Technokrat an, was sie zu sagen hatten? Sicherlich nicht, denn dann hätten viele schwerwiegende Fehlgriffe in Beschäftigungs- und Umweltfragen vermieden werden können.

Was Svärd anging, so war jetzt ein neuer Faden da, den es aufzurollen galt. Aber im Augenblick fühlte Martin Beck sich dazu außerstande. Er war nicht daran gewöhnt, schon vor dem Lunch drei Dosen «Hof» zu trinken, und die Folgen machten sich bereits bemerkbar. Leichte Schwindelgefühle und bohrende Kopfschmerzen.

Das waren jedoch keine unheilbaren Leiden.

Bei Slussen nahm Martin Beck ein Taxi zu Centralbadet, saß eine Viertelstunde in der Sauna, blieb noch zehn Minuten länger, tauchte ein paar Mal prustend ins Abkühlungsbecken und beendete die Übung mit einer Stunde Schlaf auf der Pritsche in seiner Kabine.

Die Kur hatte die gewünschte Wirkung, und als er kurz nach

dem Lunch im Büro der Speditionsfirma an Skeppsbron ankam, war er wieder völlig klar.

Er hatte eine Frage zu stellen und war darauf vorbereitet, auf geringes Verständnis zu stoßen. Die Reaktion war wie erwartet.

«Transportschäden?»

«Genau das.»

«Natürlich haben wir Transportschäden. Wissen Sie eigentlich, wie viele Tonnen Güter wir pro Jahr bewegen?» Die Frage war rhetorisch. Man wollte ihn so schnell wie möglich loswerden, aber er biss sich fest.

«Heutzutage, wo wir die neuen Systeme haben, sind Transportschäden natürlich seltener, aber dafür sind die Fälle, die tatsächlich eintreffen, viel verlustreicher. Der Containerverkehr …»

Martin Beck interessierte sich nicht für den Containerverkehr. Er wollte wissen, was sich in Svärds Zeit ereignet hatte.

«Vor sechs Jahren?»

«Ja, oder davor. Sagen wir in den Jahren 1965 und 1966.»

«Es ist völlig unmöglich, dass Sie von uns die Beantwortung dieser Frage verlangen. Wie ich schon sagte, ist es in den alten Lagerhäusern öfter zu Transportschäden gekommen. Es sind manchmal Kisten kaputtgegangen, aber die möglichen Verluste sind immer von den Versicherungen abgedeckt worden. Einzelne Lagerarbeiter sind nur selten verantwortlich gemacht worden. Es ist zwar gelegentlich vorgekommen, dass wir jemanden entlassen haben, aber in diesen Fällen handelte es sich meist um Aushilfskräfte. Im Übrigen lassen sich Pannen nie ganz vermeiden.»

Er wollte nicht wissen, ob jemand entlassen worden war. Stattdessen fragte er, ob die Schäden notiert würden und wer direkt verantwortlich sei.

Nun, der Vorarbeiter habe natürlich immer eine Notiz in den Lagerbüchern gemacht.

Seien diese Lagerbücher noch vorhanden?

Durchaus möglich.

Wenn ja, wo?

In irgendeiner alten Kiste auf dem Dachboden. Unmöglich zu finden. Jedenfalls nicht so im Handumdrehen.

Die Firma war uralt und hatte ihr Hauptbüro immer in diesem Haus in Gamla Stan gehabt. Es mussten also in irgendwelchen Ecken zahlreiche alte Papiere herumliegen.

Martin Beck ließ nicht locker und machte sich sehr bald unbeliebt. Diesen Preis bezahlte er aber gern. Nach weiterer kurzer Argumentation um die Auslegung des Begriffs «unmöglich» sahen die Speditionsleute ein, dass der einfachste Weg, ihn loszuwerden, darin bestand, dass man ihm seinen Willen ließ.

Ein junger Mann wurde auf den Dachboden geschickt und kam beinahe sofort wieder – mit leeren Händen und resignierter Miene. Martin Beck stellte fest, dass der Jüngling nicht einmal auf der Jacke Staub hatte, und erbot sich, bei der nächsten Expedition mitzumachen.

Auf dem Boden war es sehr warm. Der Staub wirbelte im Sonnenlicht vor den Dachluken herum, aber im Übrigen war die Arbeit leicht. Nach einer halben Stunde fanden sie die richtige Kiste. Die Lagerbücher sahen mit ihren Leinenrücken und spröden Pappdeckeln etwas altfränkisch aus. Auf den Schildchen standen die Nummern der Lagerhäuser sowie die Jahreszahlen. Insgesamt fand Martin Beck fünf Bände mit richtiger Nummer aus dem zweiten Halbjahr 1965 und dem ersten Halbjahr 1966.

Der junge Mann aus dem Büro sah nicht mehr so tadellos aus. Sein Jackett war reif für die chemische Reinigung, und sein Gesicht zeigte staubige Schweißränder.

Im Büro betrachtete man die Journale mit Erstaunen und Widerwillen. Nein, eine Quittung sei nicht nötig, sie brauchten nicht einmal retourniert zu werden.

«Ich hoffe, ich habe Ihnen keine Mühe gemacht», sagte Martin Beck liebenswürdig.

Seine Helfer betrachteten ihn ohne Begeisterung, als er sich mit der Beute unterm Arm entfernte.

Er hatte nicht das Gefühl, das «größte Dienstleistungsunternehmen» des Landes beliebter gemacht zu haben. So hatte vor kurzem der Reichspolizeichef die Polizei genannt – in einer Stellungnahme, die im Polizeikorps an Bestürzung grenzende Verblüffung ausgelöst hatte.

In Västberga brachte Martin Beck die Wälzer auf die Toilette, wo er sie gründlich abstaubte. Dann wusch er sich die Hände, ging in sein Zimmer und setzte sich hin, um zu lesen.

Es war drei Uhr, als er zu lesen anfing, und fünf, als er meinte, fertig zu sein.

Die Lagerbücher waren verhältnismäßig sorgfältig geführt worden, aber für den Uneingeweihten waren sie mitunter unverständlich. Die Aufzeichnungen waren Tag für Tag gemacht worden und wiesen die umgeschlagenen Gütermengen aus.

Was Martin Beck suchte, war jedoch auch enthalten. In unregelmäßigen Abständen fanden sich Eintragungen über beschädigte Güter. Zum Beispiel: *Transportschaden, 1 Kiste Suppendosen, Empf. Svanbergs Großh., Huvudstagat. 16, Solna.*

Die Eintragungen zeigten immer die Art der Ware und den Empfänger auf. Über Art und Umfang des Schadens war jedoch nichts vermerkt, ebenso wenig über den eventuellen Schuldigen.

Es war in der Tat nicht oft zu Transportschäden gekommen, aber Alkohol, Lebensmittel und andere Güter des täglichen Verbrauchs waren deutlich überrepräsentiert.

Martin Beck übertrug sämtliche Schadensmeldungen in seinen Notizblock. Außerdem die Daten. Insgesamt waren es etwa fünfzig Schadensfälle.

Als er die Wälzer durchgearbeitet hatte, trug er den gesamten Stapel ins Sekretariat und notierte auf einem Zettel, dass die Bücher der Speditionsfirma zurückzuschicken seien. An das oberste Lagerbuch heftete er eine der weißen Karten der Polizei und schrieb: *Vielen Dank für Ihre Hilfe! Beck*.

Auf dem Weg zur U-Bahn fiel ihm ein, dass die Firma jetzt noch ein bisschen mehr zu tun bekommen würde, und empfand dabei zu seinem Erstaunen so etwas wie kindliche Schadenfreude.

Während er auf den übel zugerichteten grünen U-Bahnzug wartete, dachte er über den modernen Containerverkehr nach; niemand konnte es fertig bringen, zufällig einen Stahlcontainer mit Cognacflaschen fallen zu lassen, um dann den Inhalt in Fässer umzufüllen. Hingegen waren die Verbrechersyndikate von heute durchaus in der Lage, in Containern Waren jeder Art ins Land zu schmuggeln. Das taten sie wohl auch Tag für Tag. Die Zollbehörden hatten völlig den Überblick verloren und beschäftigten sich vorzugsweise damit, einzelne Reisende zu verfolgen, die höchstens eine Stange Zigaretten oder eine Flasche Whisky über die Grenze zu bringen hofften.

Der Zug lief ein. Martin Beck stieg in T-Centralen um und verließ den Zug bei Handelshögskolan.

In dem staatlichen Alkoholgeschäft in Surbrunnsgatan starrte die Verkäuferin misstrauisch auf sein Jackett, das bei seinem Besuch auf dem Dachboden der Speditionsfirma staubig geworden war.

«Ich möchte ein paar Flaschen Rotwein», sagte er.

Sie streckte sofort die Hand aus und betätigte den Schalter unterm Tresen, der die rote Kontrolllampe aufleuchten ließ. «Darf ich um Ihren Ausweis bitten?», sagte sie grimmig.

Er zeigte seinen Dienstausweis, und sie errötete leicht, als habe man sich einen besonders dummen und unpassenden Scherz mit ihr erlaubt.

Danach ging er zu Rhea.

Er zog einmal am Glockenstrang und fasste danach an die Tür. Sie war verschlossen. Im Flur brannte aber Licht und nach etwa einer halben Minute versuchte er es noch einmal.

Sie öffnete. An diesem Tag trug sie braune Kordhosen und eine seltsame lila Jacke, die ihr bis über die Schenkel reichte.

«Ach, du bist's», sagte sie etwas ungnädig.

«Ja. Darf ich reinkommen?»

Sie sah ihn an. «Okay.»

Sie machte auf dem Absatz kehrt, und er folgte ihr in die Wohnung. Nach zwei Schritten blieb sie mit gesenktem Kopf stehen. Dann ging sie zur Tür zurück und öffnete das Schnappschloss. Besann sich anders und verriegelte wieder die Tür. Ging vor ihm in die Küche.

«Ich habe ein paar Flaschen Wein mitgebracht.»

«Stell sie in die Speisekammer», sagte sie und setzte sich an den Küchentisch. Dort lagen einige aufgeschlagene Bücher und Papiere, ein Bleistift und ein rosafarbener Radiergummi.

Er nahm die Flaschen aus der Tüte und stellte sie weg. Rhea sah ihn von der Seite an und sagte missgelaunt: «Warum hast du so eine teure Marke gekauft?»

Er setzte sich ihr gegenüber hin. Sie starrte ihm in die Augen und sagte: «Svärd, nicht wahr?»

«Nein», erwiderte er sofort. «Aber ich benutze ihn als Vorwand.»

«Brauchst du einen Vorwand?»

«Ja. Was mich betrifft.»

«Gut», sagte sie. «In Ordnung. Ich mach uns Tee.» Sie schob die Bücher zur Seite, stand auf und begann, mit Küchengerät zu klappern. «Heute Abend wollte ich eigentlich zur Vorlesung», sagte sie. «Es macht aber nichts. Es ist so stinklangweilig, allein zu sein. Hast du gegessen?»

«Nein.»

«Gut. Ich mach uns was.» Sie stand breitbeinig mit einer

Hand auf der Hüfte da und kratzte sich mit der anderen im Nacken. «Reis», sagte sie. «Das dürfte das Richtige sein. Ich koche Reis, und dann können wir irgendwas reinschmeißen, was uns schmeckt.»

«Ja, das klingt gut.»

«Es dauert nur ein bisschen, zwanzig Minuten vielleicht. Trinken wir erst mal Tee.» Sie stellte Tassen auf den Tisch und schenkte ein. Setzte sich hin, hielt mit ihren starken, breiten Händen die Tasse umfangen und blies in den Tee, während sie ihn über den Tassenrand hinweg anblinzelte.

«Du hast übrigens Recht gehabt, was Svärd angeht. Er hatte Geld auf der Bank. Ziemlich viel sogar.»

«Mmm», sagte sie.

«Irgendjemand hat ihm jeden Monat siebenhundertfünfzig Kronen gezahlt. Hast du eine Ahnung, wer das gewesen sein könnte?»

«Nein. Er hatte keine Bekannten.»

«Warum ist er wohl umgezogen?»

Sie zog die Schultern hoch. «Die einzige Erklärung für mich ist, dass er sich hier nicht wohl fühlte. Er war ja ein bisschen komisch. Ein paar Mal hat er sich beschwert, dass die Haustür so spät abgeschlossen wurde. Er fand wohl, das ganze Haus sei nur für ihn da.»

«Ja, das stimmt.»

Sie schwieg lange. Dann sagte sie: «Was stimmt? Ist irgendwas an diesem Svärd besonders interessant?»

«Ich weiß nicht, ob du es interessant finden wirst», meinte Martin Beck. «Irgendjemand muss ihn erschossen haben.»

«Merkwürdig», sagte sie. «Erzähl.» Sie lärmte wieder mit ihren Kochtöpfen, hörte aber genau zu und unterbrach ihn nicht. Ab und zu runzelte sie die Augenbrauen. Als er fertig war, lachte sie laut heraus. «Das ist ja wundervoll», sagte sie. «Sag mal, liest du keine Krimis?»

«Nein.»

«Ich lese sie haufenweise, alles, was mir in die Finger kommt. Das meiste vergesse ich, sowie ich das Buch aus der Hand gelegt habe. Aber diese Geschichte ist ein klassischer Fall. Ein verschlossener Raum, darüber gibt's ellenlange Abhandlungen. Gerade neulich habe ich eine gelesen. Warte mal. Stell schon die Teller auf den Tisch. Nimm die Sojasoße da auf dem Regal. Deck den Tisch, aber mach's ein bisschen hübsch.»

Er tat, was er vermochte. Sie blieb einige Minuten weg und kam mit einer Zeitschrift in der Hand zurück. Legte sie aufgeschlagen neben ihren tiefen Teller und begann, ihm aufzufüllen. «Iss», sagte sie knapp. «Solange es warm ist.»

«Gut», sagte er.

«Mmm», sagte sie. «Das ist mir wieder mal gelungen.» Sie mampfte eine ansehnliche Portion in sich hinein, blickte dann in die Zeitschrift und sagte: «Hier hab ich's. Der verschlossene Raum. Eine Untersuchung. Es gibt drei Hauptkategorien, A, B und C. A: Das Verbrechen ist in einem Raum begangen worden, der wirklich verschlossen und verriegelt ist, der Mörder ihn aber trotzdem irgendwie verlassen hat. B: Das Verbrechen ist in einem Raum begangen worden, der nur scheinbar hermetisch verschlossen ist. Es gibt aber mehr oder minder trickreiche Möglichkeiten, ihn ungesehen zu verlassen. C: Ein Mord, nach dem der Mörder dableibt und sich versteckt hält.» Sie löffelte noch mehr Essen in sich hinein. «Kategorie C scheint ausgeschlossen zu sein», meinte sie. «Niemand kann sich zwei Monate in so einer Wohnung versteckt halten und nur von einer halben Dose Katzennahrung leben. Aber hier gibt's noch jede Menge Unterabteilungen. Zum Beispiel A 5: Mord mit Hilfe eines Tiers. Oder B 2: Man verschafft sich Zutritt zu einem Raum, indem man die Seite der Tür öffnet, wo die Scharniere sitzen, und lässt Schlösser und Riegel unangetastet. Anschließend schraubt man die Scharniere wieder an.»

«Wer hat das geschrieben?»

Sie sah nach. «Göran Sundholm heißt er. Er zitiert aber auch andere Autoren. A 7 klingt gar nicht dumm. Vorgetäuschter Mord durch fehlerhaften Zeitablauf. Eine gute Variante ist auch A 9: Das Opfer erhält woanders den Todesstoß und schleppt sich in den betreffenden Raum, schließt ab und stirbt. Ach, lies doch selbst.» Sie gab ihm die Zeitschrift. Martin Beck überflog den Artikel und legte das Blatt zur Seite.

«Wer wäscht ab?», fragte sie.

Er stand auf und begann abzuräumen. Sie zog die Beine hoch, stemmte die Fersen auf die Sitzfläche und schlang die Arme um die Knie. «Du bist doch hier der Detektiv», sagte sie. «Es sollte dir doch Spaß machen, dass etwas passiert ist, was anders ist als sonst. Glaubst du, dass es der rätselhafte Mörder war, der im Krankenhaus angerufen hat?»

«Weiß nicht.»

«Ich glaube, ja.» Sie zuckte die Achseln. «Es ist natürlich schrecklich einfach, wenn man's erst mal weiß.»

«Vermutlich.»

Er hörte, wie jemand an der Wohnungstür hantierte, aber die Glocke läutete nicht, und Rhea reagierte nicht.

Dieses System funktionierte also. Wer seine Ruhe haben wollte, schloss die Tür hinter sich ab. Wenn aber jemand etwas Wichtiges auf dem Herzen hatte, läutete er. Das erforderte ein durch Vertrauen geprägtes Verhältnis zur Umwelt.

Martin Beck setzte sich.

«Wir sollten vielleicht mal den teuren Wein probieren», meinte sie. Er schmeckte ausgezeichnet. Sie saßen beide lange schweigend da.

«Kannst du's eigentlich ertragen, bei der Polizei zu sein?»

«Tja.»

«Wir können ein anderes Mal darüber sprechen.»

«Sie wollen mich die Treppe hinaufbefördern, glaube ich.»

«Und das möchtest du nicht», stellte sie fest. Kurz darauf fragte sie: «Welche Art Musik würdest du gern hören? Ich habe alles da.»

Sie gingen ins Nebenzimmer, wo der Plattenspieler und die Sessel standen. Legten etwas auf.

«Zieh doch dein Jackett aus», sagte Rhea. «Und die Schuhe.» Sie hatte die zweite Flasche geöffnet, aber jetzt tranken sie langsam und bedächtig.

«Du schienst ziemlich sauer zu sein, als ich vor der Tür stand», bemerkte er.

«Ja und nein.» Mehr sagte sie nicht. Sie hatte ihm mit ihrem Verhalten zeigen wollen, dass man mit ihr nicht so mir nichts, dir nichts ins Bett steigen konnte. Sie wusste, dass er das begriffen hatte, und er wusste, dass sie es wusste.

Martin Beck nahm einen Schluck Wein. Im Augenblick ging es ihm unverschämt gut.

Er blinzelte ihr zu. Sie stützte die Ellbogen auf die Tischplatte und hatte eine unergründliche Miene aufgesetzt. «Wollen wir ein Puzzle legen?», fragte sie plötzlich.

«Ich hab zu Hause ein gutes Puzzle», sagte er. «Die alte *Queen Elizabeth.*» In der Tat. Er hatte es vor etwa zwei Jahren gekauft, aber völlig vergessen, dass er es besaß.

«Bring es beim nächsten Mal mit», sagte sie. Sie wechselte schnell und plötzlich die Stellung und setzte sich mit gekreuzten Beinen zurecht, das Kinn in die Hände gestützt. Sie sagte: «Nur zu deiner Information sollte ich vielleicht sagen, dass ich bis auf weiteres im Bett nicht zu gebrauchen bin.»

Er warf ihr einen schnellen Blick zu, und sie fuhr fort: «Du weißt doch, wie das mit Weibern ist, Infektionen und so 'n Mist.»

Martin Beck nickte.

«Mein Sexualleben ist uninteressant», sagte sie. «Und deins?»

«Es gibt keins.»

«Gar nicht gut», meinte sie. Sie legte eine andere Platte auf, und beide tranken noch etwas. Er gähnte.

«Du bist müde», stellte sie fest.

Er sagte nichts.

«Aber du möchtest nicht nach Hause gehen», sagte sie. «Also gut, dann bleibst du eben hier.» Kurz darauf sagte sie: «Ich glaube, ich lese noch ein bisschen. Und diese Hosen mag ich überhaupt nicht mehr anhaben. Eng und doof.» Sie riss sich die Kleider vom Leib und warf sie in einem Haufen auf den Fußboden. Sie zog ein dunkelrotes Nachthemd aus Flanell an, das ihr bis zu den Füßen reichte und überhaupt sehr eigenartig aussah.

Er beobachtete sie interessiert, während sie sich umzog.

Nackt sah sie genau so aus, wie er es sich vorgestellt hatte. Fester Körper, kräftig und wohlgebaut. Helles Haar. Gewölbter Bauch, flache, runde Brüste. Große hellbraune Brustwarzen. Er dachte nicht: Keine Narben, Male oder sonstige besondere Kennzeichen.

«Warum legst du dich nicht ein bisschen hin?», fragte sie. «Du siehst doch völlig fertig aus.»

Martin Beck gehorchte. Er fühlte sich in der Tat fertig und schlief fast augenblicklich ein. Das Letzte, was er sah, war, dass sie am Tisch saß, den blonden Kopf über die Bücher gesenkt.

Als er wieder die Augen aufschlug, stand sie über ihn gebeugt und sagte: «Du, wach auf. Es ist zwölf. Ich habe einen wahnsinnigen Hunger. Kannst du runtergehen und die Haustür abschließen? Ich mach uns was zu essen. Was Überbackenes. Der Schlüssel hängt an einer grünen Schnur am linken Türpfosten.»

27

Malmström und Mohrén überfielen die Bank am Freitag, dem 14. Juli. Punkt Viertel vor drei traten sie durch die Türen, angetan mit Donald-Duck-Masken, Gummihandschuhen und orangefarbenen Overalls.

In den Händen hielten sie großkalibrige Pistolen, und Mohrén feuerte sofort einen Schuss an die Decke. Damit allen Anwesenden unmissverständlich klar wurde, worum es ging, rief er in ziemlich gebrochenem Schwedisch: «Dies ist ein Banküberfall!»

Hauser und Hoff hatten ihre normalen Straßenanzüge an sowie große schwarze Kapuzen mit Augenlöchern. Hauser war überdies mit einer Maschinenpistole ausgerüstet, und Hoff trug eine Schrotflinte mit abgesägtem Lauf der Marke Maritza. Beide blieben an den Eingangstüren stehen, um den Rückweg freizuhalten.

Hoff schwenkte drohend die Schrotflinte hin und her, während Hauser eine taktische Position einnahm, um entweder in den Schalterraum oder auf den Bürgersteig schießen zu können.

Unterdessen begannen Malmström und Mohrén, systematisch die Kassen zu leeren.

Wohl noch nie war etwas so exakt nach Plan abgelaufen.

Fünf Minuten zuvor war in Rosenlundsgatan im Süden der Stadt auf einem Parkgrundstück ein schrottreifer Wagen explodiert. Unmittelbar nach dem Knall feuerte jemand eine Reihe von Schüssen in verschiedene Richtungen ab, und ein Haus ging plötzlich in Flammen auf. Unternehmer A, der dieses spektakuläre Feuerwerk inszeniert hatte, trabte seelenruhig zur nächsten Querstraße, bestieg seinen Wagen und fuhr davon.

Eine Minute später fuhr ein gestohlener Möbelwagen schräg rückwärts durchs Portal zum Hof des Polizeihauses, so dass der

Laster im Gewölbe stecken blieb. Der Laderaum spie beim Aufprall sofort einen Berg von Pappkartons aus, die mit ölgetränkter Holzwolle gefüllt waren. Die Holzwolle fing sofort an zu brennen.

Unterdessen spazierte Unternehmer B auf dem Bürgersteig von dannen, offensichtlich unbeeindruckt von dem Wirrwarr, den er verursacht hatte.

Ja, das Ganze lief genau wie vorausberechnet ab. Jede Kleinigkeit des Plans stimmte bis aufs i-Tüpfelchen und wurde haargenau nach Vereinbarung ausgeführt.

Vom Standpunkt der Polizei aus gesehen, klappte ebenfalls alles wie vorausberechnet. Es traf alles so ein, wie man es erwartet hatte, und selbst die Zeiten wurden auch eingehalten.

Die Sache hatte nur einen kleinen Haken.

Die Bank, die Malmström und Mohrén überfielen, lag nicht in Stockholm.

Sie lag in Malmö.

Per Månsson, Kriminalinspektor beim Fahndungsdezernat der Polizei Malmö, saß in seinem Zimmer und trank Kaffee. Er hatte eine schöne Aussicht über den Hof. Als es knallte und große fette Rauchwolken aus der Ausfahrt aufstiegen, hätte er fast seinen Kopenhagener verschluckt. Gleichzeitig riss Benny Skacke, ein hoffnungsvoller junger Mann, der es trotz intensiver Bemühungen um seine Karriere bislang nicht weiter als zum Kriminalassistenten gebracht hatte, seine Tür auf und rief, es sei gerade Katastrophenalarm ergangen. In Rosenlundsgatan sei ein Sprengstoffattentat verübt worden; dort solle es auch einen wilden Schusswechsel geben, und mindestens ein Gebäude brenne lichterloh.

Obwohl Skacke seit dreieinhalb Jahren in Malmö wohnte, hatte er noch nie etwas von Rosenlundsgatan gehört und wusste folglich auch nicht, wo diese Straße lag. Das wusste jedoch Per Månsson, der seine Heimatstadt in- und auswendig kannte, und es erschien ihm höchst seltsam, dass ausgerechnet in dieser gottverlassenen Straße in dem friedlichen Stadtviertel Sofielund ein Attentat verübt worden sein sollte.

Aber weder er noch irgendein anderer Polizist bekam die Chance, darüber nachzudenken. Während alles verfügbare Personal nach Süden dirigiert wurde, schien zugleich das Polizeihaus bedroht zu sein; es dauerte ein Weilchen, bis allen klar geworden war, dass die taktische Reserve im Hof praktisch eingesperrt war. Etliche Beamte begaben sich per Taxi oder in Privatwagen ohne Sprechfunkanlage in Rosenlundsgatan.

Was Månsson betraf, so kam er sieben Minuten nach drei dort an. Zu diesem Zeitpunkt war es der fixen Feuerwehr der Stadt bereits gelungen, das Feuer zu löschen. Das Feuer war offensichtlich angelegt worden und hatte auf einem leeren Parkplatz nur geringe Schäden verursacht. Um diese Zeit waren zwar erhebliche Polizeikräfte in das Stadtviertel um Rosenlundsgatan beordert worden, aber außer einem ziemlich schrottreifen alten Auto war nichts besonders Verdächtiges zu sehen. Acht Minuten später schnappte ein Streifenpolizist, der mit seinem Motorrad unterwegs war, die Meldung auf, dass mitten in der City ein Bankraub verübt werde.

In diesem Moment hatten Malmström und Mohrén Malmö schon verlassen. Passanten hatten beobachtet, dass sie in einem blauen Fiat von der Bank weggefahren waren. Sie waren nicht verfolgt worden. Bereits fünf Minuten später hatten sie sich getrennt und waren in zwei andere Wagen umgestiegen.

Nachdem es der Polizei nach und nach gelungen war, das Durcheinander vor der eigenen Haustür zu beseitigen und den Möbelwagen und die lästigen Kartons fortzuschaffen, wurden die Ausfallstraßen gesperrt. Es wurde Reichsalarm gegeben. Die Fahndung nach dem Fluchtauto begann.

Es wurde drei Tage später in einem Schuppen des östlichen Hafengebietes samt Overalls, Donald-Duck-Masken, Gummihandschuhen, Pistolen und verschiedenen anderen nützlichen Kleinigkeiten aufgefunden.

Hauser und Hoff zeigten sich der fetten Honorare würdig, die man auf die Konten ihrer Ehefrauen überwiesen hatte. Sie hielten nach dem Verschwinden von Malmström und Mohrén noch fast zehn Minuten lang die Stellung. Sie machten sich erst dann aus dem Staub, als die ersten Polizisten auftauchten. Dies waren zwei Streife gehende Beamte, deren berufliche Erfahrung sich fast ausschließlich auf das Verscheuchen von Schulkindern beschränkte, die in der Öffentlichkeit Bier tranken. Ihr heutiger Einsatz bestand darin, dass sie sich in ihre Walkie-Talkies heiser schrien. Um diese Zeit gab es in Malmö kaum einen Polizisten, der nicht in ein Walkie-Talkie schrie, aber kaum einen, der zuhörte.

Hauser kam sogar durch, womit niemand gerechnet hatte, nicht einmal er selbst; er verließ das Land unangetastet über die Route Helsinborg-Helsingør.

Hoff wurde geschnappt, allerdings nur wegen einer selbstverschuldeten Unterlassungssünde. Fünf vor vier ging er nämlich an Bord der Eisenbahnfähre *Malmöhus,* angetan mit grauer Kombination, weißem Hemd, Krawatte und eine Kapuze im Stil des Ku-Klux-Klan. In seiner Zerstreutheit hatte er vergessen, sie abzunehmen. Polizisten und Zöllner der Fährstation ließen ihn passieren, weil sie glaubten, an Bord gebe es ein Kostümfest. Das Personal an Bord hielt ihn aber für einen komischen Vogel, und bei der Ankunft in Frihavnen wurde er einem älteren, unbewaffneten dänischen Wachtmeister übergeben, der vor Erstaunen beinahe die Bierflasche zu Boden fallen ließ, als der Festgenommene gutmütig zwei geladene Pistolen, ein Bajonett und eine Handgranate auf den Tisch der Frihavns-Wache legte.

Außer einer Fahrkarte nach Frankfurt hatte Hoff noch etwas Geld bei sich, genau vierzig D-Mark, zwei dänische Zehner und drei Kronen fünfunddreißig in schwedischer Währung.

Dies war alles, was von der Beute beschlagnahmt wurde. Dadurch verringerte sich der Verlust der Bank auf zwei Millionen sechshundertdreizehntausendvierhundertsechsundneunzig Kronen und fünfundsechzig Öre.

In Stockholm ereigneten sich bemerkenswerte Dinge.

Die gefährlichste Begegnung hatte Einar Rönn. Er war zusammen mit sechs Streifenbeamten für die weniger bedeutungsvolle Aufgabe abgestellt worden, Rosenlundsgatan zu überwachen und Unternehmer A festzunehmen. Weil die Straße ziemlich lang ist, verteilte er seine geringe Streitmacht taktisch möglichst klug, Ein mobiles Kommando saß in einem Streifenwagen, und die übrigen Männer waren an strategischen Punkten postiert.

Bulldozer Olsson hatte ihm gesagt, er solle alles ruhig angehen und sich nicht aus der Fassung bringen lassen, was auch geschähe.

Zweiundzwanzig Minuten vor drei stand er auf dem Bürgersteig gegenüber von Bergsgruvan und fühlte sich relativ ruhig, als zwei junge Männer an ihn herantraten. Sie sahen aus wie sehr viele junge Leute heutzutage, nämlich schmutzig.

«Kannste mir 'ne Zigarette geben?», sagte der eine.

«Ja, nein», sagte Rönn friedlich. «Das heißt, ich habe keine.»

Eine Sekunde später zeigte ein Stilett auf seinen Bauch, während in beunruhigender Nähe seines Kopfes eine Fahrradkette geschwungen wurde.

«Jetzt kannst du was erleben, du Arsch», sagte der Jüngling mit dem Stilett. Und im selben Atemzug sagte er zu seinem Kumpel: «Du nimmst die Brieftasche. Ich nehme die Uhr und den Ring. Dann schneiden wir den Alten auf.»

Rönn war in Jiu-Jitsu oder in Karate noch nie ein Ass gewesen, aber ein bisschen hatte er noch von den Übungen in der Turnhalle behalten.

Er stellte dem Messerstecher auf höchst elegante Weise ein Bein. Dieser setzte sich verblüfft auf den Hintern. Die Fortsetzung war nicht so gelungen. Obwohl Rönn so schnell wie möglich den Kopf zur Seite riss, traf ihn die Fahrradkette über dem rechten Ohr, aber während ihm schwarz vor Augen wurde, packte er gleichzeitig Räuber Nummer zwei und zog diesen mit sich auf den Bürgersteig.

«Jetzt hast du dein letztes Radieschen gepflanzt, Alter!», fauchte der mit dem Stilett.

Aber genau in diesem Augenblick war das mobile Kommando zur Stelle, und als Rönn wieder klar sehen konnte, hatten die Beamten die beiden Rowdys mit Gummiknüppeln und Pistolenkolben zusammengeschlagen und ihnen überdies Handschellen angelegt.

«Was ist passiert?»

«Du bist in eine Polizeifalle gerannt, mein Kleiner», sagte einer der Polizisten.

«Eine Falle? Für uns? Ihr seid wohl nicht ganz dicht! Wir wollten doch nur diesen Heini da ausnehmen.»

Rönn hatte wieder eine Beule am Kopf, im Übrigen die einzige Verletzung, welche das Sonderdezernat sich an diesem Tag zugezogen hatte.

Sonst war es höchstens zu seelischen Traumen gekommen.

Bulldozer Olsson, der in dem in technischer Hinsicht vollendet ausgerüsteten grauen Bus saß, in dem die Befehlszentrale untergebracht war, konnte vor Erwartung kaum stillsitzen. Das war sehr störend für den Funker, der versuchen musste, seinen Job zu erfüllen, wie auch für Kollberg, der ebenfalls im Bus hockte.

Nachdem die Spannung fünfzehn Minuten vor drei auf dem Höhepunkt angelangt war, dehnten sich die Sekunden endlos und vergingen mit quälender Langsamkeit.

Um drei begannen die Bankangestellten, auf das Schließen

der Bank zu drängen, und das von Gunvald Larsson angeführte ansehnliche Polizeiaufgebot im Schalterraum konnte die Angestellten kaum daran hindern, wie gewohnt ihrer Arbeit nachzugehen.

Ein Gefühl großer Leere bemächtigte sich aller, aber Bulldozer Olsson sagte: «Meine Herren, man hat uns diesmal überlistet. Vielleicht nicht einmal das. Roos ahnt vielleicht, dass wir etwas wissen, und hofft, dass wir aufgeben. Er wird Malmström und Mohrén am nächsten Freitag zuschlagen lassen, also heute in einer Woche. Im Grunde ist das ein Zeitverlust für ihn, nicht für uns.»

Um halb vier kam der erste wirklich beunruhigende Bericht. Er war alarmierend genug, um einen sofortigen Rückzug ins Hauptquartier auf Kungsholmen auszulösen. Die weitere Entwicklung sollte von dort aus beobachtet werden. In den nächsten Stunden tickerten immer neue Nachrichten über die Fernschreiber.

Nach und nach nahm das Bild Gestalt an, aber es dauerte eine ganze Zeit.

«Mailand bedeutete also nicht das, was du geglaubt hast», sagte Kollberg kühl.

«Nein», erwiderte Bulldozer. «Malmö, das war wirklich clever.» Er saß jetzt schon eine beachtliche Zeit still.

«Wer, zum Teufel, kann denn wissen, dass es in Malmö die gleichen Straßennamen gibt», sagte Gunvald Larsson.

«Und dass fast alle Bankneubauten nach den gleichen Zeichnungen errichtet werden», sagte Kollberg.

«Wir hätten es wissen müssen, meine Herren», rief Bulldozer aus. «Roos hat es gewusst. Aber jetzt sind wir gewarnt. Wir haben die Rationalisierung vergessen. Es wird billiger, immer nach demselben Strickmuster zu bauen. Roos hat uns auf Stockholm fixiert. Aber beim nächsten Mal gelingt ihm das nicht. Jetzt geht's nur darum, mit frischen Kräften weiterzumachen.» Bulldozer stand auf und sagte, sichtlich wiederhergestellt: «Und wo ist Werner Roos?»

«In Istanbul», sagte Gunvald Larsson. «Er hat ein paar Tage frei und ruht sich dort unten aus.»

«Aha», meinte Kollberg. «Möchte gern wissen, wo Malmström und Mohrén sich ausruhen?»

«Spielt keine Rolle», sagte Bulldozer mit einem Anflug seiner alten Glut. «Wie gewonnen, so zerronnen. Die sind bald wieder hier. Dann sind wir an der Reihe.»

«Wenn du meinst», sagte Kollberg zweifelnd.

Die Lage war jetzt nicht mehr rätselhaft, aber dafür war es spät abends.

Malmström etwa war mittlerweile in seinem Hotel in Genf angekommen, wo er schon vor drei Wochen ein Zimmer hatte reservieren lassen.

Mohrén befand sich in Zürich. Er beabsichtigte aber, schon am nächsten Tag nach Südamerika weiterzureisen.

Die beiden hatten während der kurzen Minuten in dem Schuppen, in dem sie in andere Wagen umgestiegen waren, für lange Gespräche keine Zeit gehabt.

«Pass auf, dass du deine sauer verdienten Piepen nicht für Unterhosen und unwürdige Frauen wegschmeißt», hatte Mohrén seinen Freund ermahnt.

«Wahnsinnige Masse Geld. Was sollen wir mit dem vielen Geld bloß machen?»

«Zur Bank bringen, natürlich. Was denn sonst?»

Ein paar Tage später saß Werner Roos in der Bar des *Hilton Istanbul* und nippte an einem Daiquiri, während er die *Herald Tribune* las.

Zum ersten Mal war es ihm gelungen, in diesem anspruchsvollen Blatt rezensiert zu werden. Die Zeitung brachte einen kurzen einspaltigen Bericht unter der lakonischen Überschrift: *Bankraub in Schweden.*

Im Text wurden weitere wichtige Fakten genannt, etwa die Höhe der geraubten Summe. Mindestens eine halbe Million Dollar. Und eine weniger wichtige Nachricht: *Ein Vertreter der schwedischen Polizei teilte heute mit, dass man zu wissen glaube, welche Organisation hinter dem Coup stehe.*

Etwas tiefer fand sich eine andere Nachricht aus Schweden:

Massenflucht aus Gefängnis. Fünfzehn der gefährlichsten Bankräuber Schwedens sind heute aus dem als ausbruchsicher geltenden Gefängnis in Kumla ausgebrochen.

Diese zweite Nachricht erreichte Bulldozer Olsson, als er sich zum ersten Mal seit Wochen zu seiner Frau ins Bett gelegt hatte. Er sprang sofort auf und fing an, im Schlafzimmer herumzutraben, während er immer wieder entzückt ausrief: «Welche Möglichkeiten! Was für fabelhafte Möglichkeiten. Jetzt gibt es einen Krieg auf Leben und Tod!»

28

Am Freitag um Viertel nach fünf betrat Martin Beck das Haus in Tulegatan. Mit dem Puzzle unterm Arm und einer Tüte mit Alkoholika in der Hand. Er traf Rhea im Erdgeschoss. Sie klapperte auf ihren roten Holzschuhen die Treppe herunter und hatte im Übrigen nur ihre lange lila Jacke an. In den Händen trug sie Mülltüten.

«Hej», sagte sie. «Schön, dass du kommst. Ich möchte dir etwas zeigen.»

«Komm, gib mir den Müll», sagte er.

«Es ist mein Müll», sagte sie. «Und außerdem hast du schon was zu tragen. Ist das das Puzzle?»

«Ja.»

«Gut. Du kannst mir die Tür aufmachen.»

Er hielt ihr die Tür zum Hof auf und sah ihr nach, während sie zu den Abfalltonnen ging. Die Beine waren wie alles andere an ihr kräftig, muskulös und wohlgeformt. Nachdem der Deckel der Mülltonne mit einem Knall zugefallen war, drehte sie sich auf dem Absatz um und lief zurück. Sie lief wie eine Läuferin, zielbewusst, geradeaus und mit gesenktem Kopf.

Sie lief auch schnell die Treppen hinauf und er musste mehrere Stufen auf einmal nehmen, um mitzuhalten.

In der Küche saßen ein paar Menschen und tranken Tee; das Mädchen, das Ingela hieß, und dann noch eine junge Frau, die er nicht kannte.

«Was wolltest du mir zeigen?»

«Hier», sagte sie. «Komm mit.»

Er folgte ihr. Sie zeigte auf eine Tür. «Bitte sehr», sagte sie. «Ein verschlossener Raum.»

«Das Kinderzimmer?»

«Genau. Es ist niemand drin, und es ist von innen verschlossen.»

Er starrte sie an. Sie sah heute froh aus. Und sehr gesund. Sie fing plötzlich an zu lachen, heiser, aber herzlich. «Die Gören haben da drinnen einen Haken», erläuterte sie. «Ich habe ihn selbst angebracht. Sie sollen die Möglichkeit haben, in Ruhe gelassen zu werden, wenn sie das wollen.»

«Aber sie sind doch nicht zu Hause.»

«Ach was, Dummkopf», sagte sie. «Ich habe da drinnen staubgesaugt, und als ich fertig war, habe ich die Tür zugeknallt. Ein bisschen zu heftig vielleicht. Der Haken ist dabei hochgeflogen und hat sich in die Öse gelegt. Jetzt kann man die Tür nicht aufmachen.»

Er fasste an die Tür. Sie war nur nach außen zu öffnen und bewegte sich nicht.

«Der Haken sitzt an der Tür und die Öse am Türpfosten», sagte Rhea. «Es sind reelle Dinger.»

«Wie kriegt man sie auf?»

Sie zuckte die Achseln. «Mit Gewalt, nehme ich an. Bitte sehr, für solche Sachen braucht man doch einen Mann im Haus, wie es heißt.»

Er machte wohl ein ungewöhnlich dummes Gesicht, denn sie lachte laut heraus. Dann strich sie ihm hastig mit der Handoberfläche über die Wange und sagte: «Mach dir nichts draus. Ich schaff's auch allein. Aber immerhin ist es ein von innen verschlossener Raum. In welche Unterkategorie er gehört, weiß ich nicht.»

«Kann man nicht vielleicht ein Instrument durch den Türspalt stecken?»

«Da ist ja gar keiner. Ich sagte dir doch, dass ich selbst den Haken angebracht habe. Es ist anständige Arbeit.»

Sie hatte Recht. Die Tür gab nicht mehr als etwa einen Millimeter nach. Sie nahm die Türklinke in die Hand, schüttelte ihren rechten Schuh ab und setzte den Fuß gegen den Türpfosten.

«Nein, warte mal», sagte er. «Ich mache das.»

«Also gut», meinte sie und ging zu den anderen in die Küche.

Martin Beck sah die Tür lange an. Dann tat er das Gleiche wie Rhea. Setzte den Fuß gegen den Türpfosten und packte die Türklinke, die glücklicherweise alt und stabil zu sein schien.

Es gab tatsächlich keine andere Möglichkeit, wenn man nicht die Splinte der Scharniere rausschlagen wollte.

Beim ersten Mal packte er noch nicht mit aller Kraft an, aber beim zweiten Mal, und dennoch hatte er erst beim fünften Versuch Erfolg. Die Schrauben wurden mit einem ächzenden Laut aus dem Holz gezogen, und die Kinderzimmertür ging auf.

Die Schrauben, mit denen der Haken befestigt war, hatten nachgegeben. Die Öse saß noch immer fest im Türpfosten verankert. Sie war zusammen mit der Bodenplatte, die vier Löcher hatte, aus einem Stück gemacht.

Der Haken steckte noch immer in der Öse. Auch sie war breit und augenscheinlich unzerstörbar. Vermutlich Stahl.

Martin Beck sah sich um. Das Kinderzimmer war leer und das Fenster fest verschlossen.

Um die Schließvorrichtung wieder in Ordnung zu bringen, würde es nötig sein, sowohl Haken wie Öse ein paar Zentimeter zu versetzen. Die alten Schraubenlöcher waren ausgerissen.

Martin Beck ging in die Küche, wo alle aufeinander einredeten. Es ging gerade um den Völkermord in Vietnam.

«Rhea», sagte er. «Wo hast du das Werkzeug?»

«In der Kiste dahinten.» Sie deutete mit dem Fuß, weil sie beide Hände voll hatte, um einer der anderen Frauen etwas zu zeigen, was mit Häkeln zusammenhing.

Martin Beck holte einen Meißel und einen Bohrer, doch sie winkte ab. «Das hat doch noch Zeit. Gieß dir 'ne Tasse Kaffee ein und setz dich hin. Anna hat was gebacken. Es sind Semmeln da.»

Er setzte sich hin und aß eine frische Semmel. Folgte ein Weilchen zerstreut der Unterhaltung, beschäftigte sich dann aber mit etwas anderem.

Er saß still da und lauschte einer elf Tage alten Tonbandaufzeichnung, die nur in seinem Kopf gespeichert war.

Gespräch in einem Flur des Stockholmer Gerichtsgebäudes, geführt am Dienstag, dem 4. Juli 1972.

Martin Beck: Nachdem ihr die Splinte abgeschlagen und die Tür aufbekommen hattet, habt ihr also die Wohnung betreten?

Kenneth Kvastmo: Ja.

Martin Beck: Wer ging als Erster hinein?

Kenneth Kvastmo: Ich. Kristiansson ist es von dem Geruch übel geworden.

Martin Beck: Was genau hast du getan, nachdem du hineingegangen warst?

Kenneth Kvastmo: Da drinnen herrschte ein fürchterlicher

Gestank. Man konnte zwar nicht viel erkennen, aber ich sah die Leiche sofort auf dem Fußboden liegen, etwa zwei oder drei Meter vom Fenster entfernt.

Martin Beck: Und dann? Versuche bitte, dich an Details zu erinnern.

Kenneth Kvastmo: Man konnte da drinnen kaum atmen. Ich bin um die Leiche herum zum Fenster gegangen.

Martin Beck: War das Fenster geschlossen?

Kenneth Kvastmo: Ja. Und das Rollo war heruntergezogen. Ich habe versucht, es aufzuziehen, aber es ging nicht. Die Feder war nicht gespannt. Aber wir mussten das Fenster unbedingt aufmachen, um Luft zu kriegen.

Martin Beck: Was hast du also getan?

Kenneth Kvastmo: Ich habe erst mal das Rollo zur Seite geschoben und das Fenster aufgemacht. Dann haben wir das Rollo mit der Hand aufgedreht und die Feder gespannt. Aber das war erst hinterher.

Martin Beck: Und das Fenster war wirklich geschlossen?

Kenneth Kvastmo: Ja, zumindest der linke Haken steckte in der Öse. Ich habe ihn hochgenommen und das Fenster geöffnet.

Martin Beck: Weißt du noch, ob es der obere oder der untere Haken war?

Kenneth Kvastmo: Ich kann's nicht genau sagen. Ich glaube, der obere. Was mit dem unteren war, weiß ich nicht mehr. Ich glaube, ich habe den unteren auch … Nein, ich bin nicht sicher.

Martin Beck: Du bist aber sicher, dass das Fenster von innen verschlossen war?

Kenneth Kvastmo: Ja, hundertprozentig. Ich bin da absolut sicher.

Rhea trat ihm spielerisch gegen das Bein. «Nimm noch eine Semmel, verdammt noch mal», sagte sie.

«Rhea», sagte er. «Hast du eine gute Taschenlampe im Haus?»

«Aber ja. Sie hängt an einem Nagel in der Speisekammer.»

«Darf ich sie mal leihen?»

«Natürlich darfst du das.»

«Ich gehe ein bisschen an die Luft. Ich werde nicht lange wegbleiben. Die Tür bringe ich nachher in Ordnung.»

«Prima», sagte sie. «Hej.»

«Hej», sagten auch die anderen.

«Hej», sagte Martin Beck. Er holte die Taschenlampe, bestellte ein Taxi und fuhr direkt zu Bergsgatan. Er blieb eine Weile auf dem Bürgersteig stehen und sah zum Fenster im Haus auf der anderen Straßenseite hoch.

Dann drehte er sich um. Dort erhob sich Kronobergsparken. Der Abhang war steinig, steil und mit Büschen bewachsen.

Martin Beck kletterte hinauf, bis er sich auf gleicher Höhe mit dem Fenster befand. Die Entfernung dorthin betrug etwa fünfundzwanzig Meter. Er holte seinen Kugelschreiber aus der Tasche und zielte auf das dunkle Fensterrechteck. Das Schnapprollo war heruntergezogen. Dem Hauseigentümer war zu seinem Kummer bis auf weiteres verboten worden, die Wohnung neu zu vermieten. Er musste auf die Freigabe durch die Polizei warten.

Martin Beck wechselte seinen Standort, bis er den besten Platz gefunden hatte. Er war kein guter Schütze, aber wenn der Kugelschreiber eine fünfundvierziger Automatic gewesen wäre, würde er eine Person, die sich dort am Fenster zeigte, treffen können, dessen war er sicher.

Die Stelle, wo er stand, hatte außerdem den Vorteil, dass er nicht gesehen werden konnte. Die Vegetation war im April natürlich nicht so üppig gewesen, aber auch damals musste es möglich gewesen sein, unbemerkt zu bleiben – vorausgesetzt, der Mörder hatte sich nicht bewegt.

Jetzt herrschte zwar helles Tageslicht, aber selbst spät am Abend würden die Straßenlaternen für eine ausreichende Beleuchtung sorgen. Die Dunkelheit war für jemanden, der auf dem Abhang stand, ohnehin ein besserer Schutz.

Dagegen würde es an dieser Stelle niemandem einfallen, ohne Schalldämpfer einen Schuss abzufeuern.

Martin Beck überlegte noch einmal sehr genau, welcher Platz der beste war. Dann machte er sich auf die Suche.

Unter ihm gingen ein paar Menschen vorüber. Sie blieben stehen, als sie ihn oben im Gebüsch herumstöbern hörten. Aber nur einen Augenblick. Dann hasteten sie weiter, nervös und voller Angst, sie könnten in etwas hineingezogen werden.

Martin Beck suchte systematisch. Begann auf der rechten Seite. Fast alle automatischen Pistolen werfen die leere Hülse nach rechts aus; Richtung und Länge der Flugbahn sind aber verschieden. Martin Becks Geduld wurde auf eine harte Probe gestellt. Dicht über dem Erdboden schaltete er die Taschenlampe an.

Martin Beck dachte nicht eine Sekunde daran, aufzugeben. Jedenfalls nicht so schnell.

Nach einer Stunde und vierzig Minuten fand er die Patronenhülse. Sie war zwischen ein paar Steinen eingeklemmt, mit Erde bedeckt und sah ziemlich mitgenommen aus. Seit April hatte es oft geregnet. Hunde und andere Tiere waren im Gebüsch herumgelaufen, sicher auch ein paar Menschen, etwa solche, die damit gegen das Gesetz hatten verstoßen wollen, dass sie in der Öffentlichkeit Bier tranken.

Martin Beck nahm vorsichtig den kleinen Messingzylinder auf, wickelte ihn in ein Taschentuch und steckte ihn ein. Dann ging er über Bergsgatan nach Osten. Beim Gerichtsgebäude hielt er ein Taxi an und fuhr zum Kriminaltechnischen Labor. Dort müsste um diese Zeit eigentlich schon alles geschlossen sein, aber er rechnete damit, dass neuerdings immer ein paar Leute da waren, die Überstunden machten.

So war es auch, aber er musste lange argumentieren, bis sich jemand fand, der seinen Fund entgegennahm. Schließlich wurde er ihn los. Die Hülse wurde in eine Kunststoffschachtel gelegt, und Martin Beck trug auf einer Karteikarte sorgfältig alles ein, was für das Labor von Belang war.

«Und es ist natürlich wie immer wahnsinnig eilig», sagte einer der Überstunden machenden Kriminaltechniker.

«Nicht besonders», sagte Martin Beck. «Eigentlich gar nicht. Ich würde mich freuen, wenn ihr das Ding mal vornehmt, wenn ihr Zeit habt.» Er betrachtete die Hülse. Sie sah nach nichts aus, war zerdrückt, schmutzig und wenig verheißungsvoll.

«Nur weil du das gesagt hast, werde ich mir die Hülse so schnell wie möglich ansehen», versprach der Techniker. «Man kriegt allmählich diese Typen satt, denen nichts schnell genug gehen kann.»

Es war inzwischen so spät geworden, dass Martin Beck meinte, Rhea anrufen zu müssen.

«Hej», sagte sie. «Ich bin jetzt übrigens allein. Die Haustür ist verschlossen, aber ich werfe dir den Schlüssel runter.»

«Ich will noch diese Tür in Ordnung bringen.»

«Das habe ich schon selbst getan. Hast du erledigt, was du erledigen wolltest?»

«Ja.»

«Gut. Dann bist du also in einer halben Stunde hier.»

«Ungefähr.»

«Wenn du unten bist, mach dich bemerkbar.»

Er kam kurz nach elf an. Er pfiff, als er unten auf dem Bürgersteig stand.

Zunächst geschah nichts. Dann kam sie selbst herunter und machte ihm auf. Sie war barfuß und hatte das lange rote Nachthemd an. Oben in der Küche sagte sie: «Hat dir die Lampe etwas genützt?»

«O ja. Verdammt viel sogar.»

«Wollen wir jetzt den Wein probieren? Hast du übrigens gegessen?»

«Nein.»

«Das geht aber nicht. Ich mach etwas fertig. Das ist schnell geschehen. Du musst doch ausgehungert sein.»

Ausgehungert. Ja, vielleicht war er das.

«Wie geht's mit Svärd?»

«Die Sache scheint allmählich klarer zu werden.»

«Tatsächlich? Erzähl mal. Ich bin immer so wahnsinnig neugierig.» Um eins war die Weinflasche leer. Sie gähnte. «Ich verschwinde morgen übrigens aus der Stadt», sagte sie. «Montag bin ich wieder da. Vielleicht auch erst am Dienstag.»

Er wollte sagen: Ich gehe jetzt.

«Du willst nicht nach Hause gehen», sagte sie.

«Nein.»

«Dann bleib doch hier.»

Er nickte. Sie sagte: «Es ist aber kein reines Vergnügen, mit mir im selben Bett zu liegen. Ich wühle entsetzlich, sogar im Schlaf.»

Er zog sich aus und legte sich ins Bett.

«Möchtest du, dass ich dieses rote Schätzchen ausziehe?», fragte sie.

«Ja.»

«Gut.» Sie zog das Nachthemd aus und legte sich neben ihn. «Spaßiger als so wird's aber nicht.»

Ihm fiel ein, dass tatsächlich zwei Jahre vergangen waren, seit er zum letzten Mal mit einem anderen Menschen in einem Bett gelegen hatte.

Martin Beck erwiderte nichts. Sie war warm und sehr nah.

«Wir haben noch gar nicht mit dem Puzzle angefangen», sagte sie. «Das muss dann bis zur nächsten Woche warten.»

Kurz darauf schlief er ein.

29

Montagmorgen. Martin Beck traf pfeifend in Västberga ein. Auf dem Flur starrte ihn ein Kanzleibeamter erstaunt an. Das Wochenende war für Martin Beck sehr schön gewesen, obwohl er es allein verbracht hatte. Er konnte sich nicht erinnern, wann er sich das letzte Mal so optimistisch gefühlt hatte. Am Mittsommerabend 1968 vielleicht.

War er dabei, aus dem eigenen geschlossenen Raum auszubrechen, während er zugleich in Svärds einbrach?

Er legte die Auszüge aus den Lagerbüchern vor sich auf den Schreibtisch, las noch einmal die Namen, die in zeitlicher Hinsicht am ehesten in Betracht kamen, und machte sich ans Telefonieren.

Versicherungsgesellschaften haben eine vordringliche Aufgabe, nämlich soviel Geld wie möglich zu verdienen, und halten darum ihr Personal auf Trab. Aus den gleichen Gründen haben sie auch mustergültig geführte Papiere, weil sie ständig in der Angst leben, jemand könnte sie übers Ohr hauen und ungestraft am Profit knabbern.

Stress ist heutzutage oft so etwas wie Selbstzweck.

Unmöglich, wir haben keine Zeit.

Es gab da verschiedene Gegenmaßnahmen, etwa dergestalt, wie er sie am Freitagabend bei den Kriminaltechnikern angewandt hatte. Eine andere Möglichkeit war, noch gehetzter zu tun, als der Gesprächspartner zu sein vorgab; dieser Trick funktionierte, wenn man im Namen einer Behörde auftrat. Als Polizist allerdings einen anderen Polizisten einzuschüchtern, ist kaum möglich. Dagegen funktioniert das in einer Reihe anderer Fälle ausgezeichnet.

Unmöglich, wir haben keine Zeit. Ist es eilig?

Unglaublich eilig. Sie müssen's einfach schaffen.

Wir haben keine Zeit.

Wer ist Ihr direkter Vorgesetzter?

Und so weiter.

Nach und nach liefen die Antworten ein, und er machte auf seiner Liste Notizen. Schadensersatz ausgezahlt. Angelegenheit erledigt. Versicherungsnehmer verstorben, bevor der Schaden hatte reguliert werden können.

Martin Beck telefonierte und kritzelte weiter. Der Rand seiner Liste war jetzt schon ziemlich voll geschrieben, obwohl er nicht auf alles eine Antwort erhalten hatte.

Beim achten Gespräch fiel ihm etwas ein, und er sagte: «Was geschieht mit dem beschädigten Gut, nachdem die Gesellschaft die Versicherungssumme ausgezahlt hat?»

«Es wird natürlich untersucht. Wenn die Waren noch verwendbar sind, können unsere Angestellten sie zu Vorzugspreisen erwerben.»

Aha. Daraus ließ sich natürlich auch ein bisschen Gewinn machen.

Ihm fiel plötzlich ein, dass er auf diesem Gebiet eigene Erfahrungen gemacht hatte. Als frisch gebackener Ehemann vor bald zweiundzwanzig Jahren hatte er sehr magere Einkünfte gehabt. Vor der Geburt des Heiratsgrundes hatte Inga, seine Frau, bei einer Versicherung gearbeitet. Dort hatte sie zu einem Vorzugspreis eine große Zahl transportbeschädigter Dosen mit einer ungewöhnlich ekelhaften Bouillon gekauft. Sie hatten monatelang von dem Zeug gelebt. Seitdem hatte er Bouillon nicht mehr ausstehen können. Vielleicht war die widerliche Brühe schon von Kalle Svärd oder einem anderen Experten probiert und als für den menschlichen Verzehr ungeeignet eingestuft worden.

Martin Beck schaffte es nicht mehr, das neunte Telefonat zu führen.

Sein Apparat läutete schrill.

«Ja, Beck.»

«Hmm, hier Hjelm.»

«Hej, nett, dass du anrufst.»

«Stimmt auffallend. Du scheinst dich hier draußen recht manierlich benommen zu haben, und außerdem wollte ich dir einen letzten Dienst erweisen.»

«Einen letzten Dienst?»

«Bevor du Sektionschef wirst. Ich habe gesehen, dass du diese Hülse gefunden hast.»

«Habt ihr euch das Ding angeguckt?»

«Was meinst du wohl, warum ich anrufe?», sagte Hjelm gereizt. «Wir haben keine Zeit für überflüssige Gespräche.»

Der hat doch was in der Hinterhand, dachte Martin Beck. Hjelm rief immer nur dann an, wenn er auf die eine oder andere Weise triumphieren konnte. Normalerweise musste man hübsch warten, bis die schriftlichen Gutachten geschickt wurden. Laut sagte Martin Beck: «Riesig nett von dir.»

«Kann man wohl sagen», stimmte Hjelm ihm zu. «Nun, diese Hülse sieht ja ziemlich traurig aus. Sehr knifflig, was damit anzufangen.»

«Ich verstehe.»

«Das bezweifle ich. Du willst wissen, ob sie zu der Selbstmordkugel passt, nehme ich an?»

«Ja.»

Schweigen.

«Ja», sagte Martin Beck. «Das würde ich schrecklich gern wissen.»

«Sie tut es», sagte Hjelm.

«Bist du sicher?»

«Habe ich nicht schon ein für alle Mal gesagt, dass wir hier keine Ratespiele betreiben?»

«Entschuldige bitte. Die Dinger gehören also zusammen?»

«Ja. Du hast nicht zufällig die Pistole?»

«Nein. Ich weiß nicht, wo sie sich befindet.»

«Das weiß ich aber», sagte Hjelm trocken. «Sie liegt vor mir auf dem Tisch.»

Im Quartier des Sonderdezernats in Kungsholmsgatan deutete nichts auf Optimismus hin. Bulldozer Olsson war zu Konsultationen zur Reichspolizeiführung geeilt. Der Reichspolizeichef hatte verlauten lassen, dass nichts durchsickern dürfe, und versuchte jetzt herauszubekommen, was es war, das nicht durchsickern durfte.

Kollberg, Rönn und Gunvald Larsson saßen schweigend in Posen da, die an Rodins *Denker* gemahnten.

Es klopfte an der Tür, und im selben Augenblick stand Martin Beck schon im Zimmer. «Hej», sagte er.

«Hej», sagte Kollberg. Rönn nickte und Gunvald Larsson tat nicht einmal das.

«Ihr scheint mir nicht sehr gut gelaunt zu sein.»

Kollberg betrachtete seinen alten Freund und sagte: «Das hat seine Gründe. Dafür siehst du munter aus. Welche Wandlung. Und was führt dich her? Hierher kommt niemand freiwillig.»

«Doch, ich. Ihr habt einen Spaßvogel namens Mauritzon hier, wenn ich recht unterrichtet bin.»

«Ja», sagte Rönn. «Den Mörder von Hornsgatan.»

«Was willst du denn von dem?», fragte Kollberg misstrauisch.

«Nur mit ihm sprechen.»

«Warum?»

«Ich will nur mit ihm sprechen, wenn es sich einrichten lässt.»

«Ziemlich aussichtslos», meinte Kollberg. «Er ist zwar redselig, aber auf die falsche Art.»

«Leugnet er?»

«Darauf kannst du Gift nehmen. Aber wir haben ihn trotzdem überführt. Wir haben die Requisiten für seine Maskerade in dem Haus gefunden, in dem er wohnt. Dazu die Mordwaffe. Und es ist seine Waffe.»

«Woher wisst ihr das?»

«Die Seriennummer auf der Pistole ist weggefeilt worden. Und die Feilspuren stammen von einer Schleifmaschine, die unzweifelhaft ihm gehört und die wir in seiner Nachttischschublade gefunden haben. Das Schleifmuster stimmt mit dem mikroskopischen Bild überein. Die Sache ist wasserdicht. Trotzdem streitet er alles ab.»

«Ja. Und die Zeugen haben ihn identifiziert», sagte Rönn.

«Tja …», begann Kollberg. Dann drückte er auf einige Knöpfe seines Telefons und bekam sofort Verbindung. «Sie kommen mit ihm runter.»

«Wo können wir uns hinsetzen?»

«Nimm mein Zimmer», sagte Rönn.

«Geh gut mit dem Aas um», sagte Gunvald Larsson. «Er ist alles, was wir haben.»

Nach nur fünf Minuten kam Mauritzon, an einen Beamten in Zivil gefesselt, herunter.

«Das scheint mir überflüssig zu sein», sagte Martin Beck. «Wir wollen uns nur ein bisschen unterhalten. Schließen Sie auf und warten Sie draußen.»

Der Beamte hantierte mit den Handschellen. Mauritzon rieb sich irritiert das rechte Handgelenk.

«Bitte, nehmen Sie Platz», sagte Martin Beck. Sie setzten sich an je eine Seite des Schreibtischs. Martin Beck hatte Mauritzon noch nie gesehen und stellte ohne Erstaunen fest, dass der Mann seelisch aus dem Gleichgewicht zu sein schien und äußerst nervös war, an der Grenze des Zusammenbruchs.

Vielleicht hatte er Prügel bezogen. Vermutlich nicht. Es kommt oft vor, dass Totschläger und Mörder labil veranlagt sind und aus dem Konzept kommen, wenn sie geschnappt worden sind.

«Ich bin das Opfer eines teuflischen Komplotts», sagte Mauritzon schrill. «Die Polizei oder sonst jemand hat mir lauter gefälschte Beweise in die Wohnung gepflanzt. Ich war nicht in der Stadt, als diese Bank beraubt wurde, aber nicht mal mein eigener Anwalt glaubt mir. Was, zum Teufel, soll ich denn nur machen?»

«Haben Sie mal in den USA gelebt?»

«Nein. Wieso?»

«Sie haben ‹gepflanzt› gesagt.»

«Wie, zum Teufel, soll man es denn nennen, wenn die Polizei bei einem einbricht und Perücken und Sonnenbrillen und Pistolen und weiß der Teufel was sonst noch hinlegt und dann so tut, als hätte sie die Sachen gefunden? Ich schwöre, ich habe keine Bank überfallen. Aber sogar mein eigener Anwalt sagt, dass ich keine Chance habe. Was soll ich denn nur tun? Was meinen Sie? Einen Raubmord gestehen, mit dem ich nicht das Geringste zu tun habe? Ich werde noch wahnsinnig.»

Martin Beck steckte eine Hand unter den Tisch und betätigte einen Knopf. Rönns Schreibtisch war neu und mit einem eingebauten Tonbandgerät ausgerüstet.

«Mit dieser Sache habe ich leider gar nichts zu tun», sagte Martin Beck.

«Nicht?»

«Nein. Gar nichts.»

«Was wollen Sie dann von mir?»

«Über etwas anderes sprechen.»

«Und was könnte das sein?»

«Eine Geschichte, von der ich glaube, dass Sie Ihnen bekannt ist. Sie beginnt im März 1966. Mit einer Kiste mit spanischem Likör.»

«Was?»

«Ich kann fast alles belegen. Sie haben völlig legal eine Kiste mit Likör importiert. Haben sie verzollen lassen und die Gebühren entrichtet. Die Zollgebühren vor allem, aber auch die Frachtkosten. Ist das richtig so?»

Mauritzon antwortete nicht. Martin Beck sah hoch und entdeckte, dass der Mann vor Verblüffung den Mund aufriss.

«Ich habe alle Unterlagen», wiederholte Martin Beck. «Ich vermute also, dass ich Recht habe.»

«Ja», sagte Mauritzon schließlich. «Schon möglich.»

«Sie haben die Sendung aber nie erhalten. Wenn ich recht verstehe, ging die Kiste beim Transport aus Versehen zu Bruch.»

«Ja. Aber aus Versehen ist das bestimmt nicht passiert.»

«In dem Punkt haben Sie sicher Recht. Ich vermute übrigens, dass ein Lagerarbeiter namens Svärd die Kiste absichtlich zerschlagen hat, um an den Schnaps heranzukommen.»

«Da vermuten Sie verdammt richtig. Genau das ist passiert.»

«Hmm», sagte Martin Beck. «Ich habe das Gefühl, dass diese andere Geschichte Ihnen zum Hals heraushängt. Sie wollen vielleicht auch nicht über diese alte Sache reden.»

Mauritzon ließ sich viel Zeit, bis er sagte. «Warum eigentlich nicht? Es tut mir gut, über etwas zu reden, was tatsächlich passiert ist. Sonst werde ich wirklich noch verrückt.»

«Wie Sie wollen», sagte Martin Beck. «Ich bin der Meinung, dass diese Flaschen keinen Likör enthielten.»

«Sie haben noch immer Recht.»

«Was sie wirklich enthielten, können wir dahingestellt sein lassen.»

«Wenn es Sie interessiert, kann ich es Ihnen sagen. Die Flaschen waren in Spanien präpariert worden. Sie sahen völlig echt aus, enthielten aber eine Lösung aus Morphinbase und Phenedrin, die damals sehr geschätzt wurde. Die Partie war relativ wertvoll.»

«Nun, soweit ich verstehe, ist dieser versuchte Schmuggel, denn mehr als ein Versuch ist ja nicht daraus geworden, inzwischen verjährt.»

«Da haben Sie Recht», sagte Mauritzon, als hätte er diese Tatsache bislang übersehen.

«Ferner habe ich Anlass zu vermuten, dass dieser Svärd Sie erpresst hat.»

Als Mauritzon nicht antwortete, zuckte Martin Beck die Achseln und sagte: «Sie brauchen sich nicht dazu zu äußern, wenn Sie nicht wollen.»

Mauritzon schien noch immer genauso aufgewühlt zu sein. Er rutschte dauernd hin und her und konnte die Hände nicht stillhalten. Die müssen ihm wirklich hart zugesetzt haben, dachte Martin Beck mit einem gewissen Erstaunen.

Er kannte die Methoden Kollbergs und wusste, dass sie fast immer human zu sein pflegten.

«Doch, ich will Ihnen antworten», sagte Mauritzon. «Das bringt mich in die Wirklichkeit zurück.»

«Sie haben Svärd jeden Monat siebenhundertfünfzig Kronen gezahlt.»

«Er verlangte tausend. Ich bot ihm fünfhundert. Wir haben uns dann auf siebenhundertfünfzig geeinigt.»

«Warum erzählen Sie nicht selbst?», fragte Martin Beck. «Wenn Ihnen etwas unklar ist, können wir die Sache gemeinsam rekonstruieren.»

«Glauben Sie?», fragte Mauritzon. Es zuckte in seinem Gesicht. Er murmelte: «Ist es möglich?»

«Sicher», sagte Martin Beck.

«Halten Sie mich auch für geisteskrank?», fragte Mauritzon plötzlich.

«Nein. Warum sollte ich?»

«Hier halten mich alle für verdreht. Ich glaube es bald selbst.»

«Erzählen Sie nur, was geschehen ist», sagte Martin Beck. «Es wird sich für alles eine Erklärung finden lassen. Svärd hat Sie also um Geld angegangen.»

«Er war ein Blutsauger», sagte Mauritzon. «Als das damals passierte, konnte ich es mir nicht leisten, in den Knast zu kommen. Ich hatte schon früher gesessen und hatte Bewährung und stand unter Aufsicht. Aber das wissen Sie natürlich alles schon.»

Martin Beck sagte nichts. Er hatte Mauritzons Vorleben noch nicht so genau durchleuchtet.

«Na ja», sagte Mauritzon. «Siebenhundertfünfzig Piepen im Monat sind nicht die Welt. Neuntausend in einem Jahr. Allein diese eine Kiste war viel mehr wert.» Er hielt inne und sagte schließlich konsterniert: «Ich begreife nicht, woher Sie das alles wissen können.»

«In einer Gesellschaft wie der unseren ist fast alles mit Unterlagen belegt», sagte Martin Beck freundlich.

«Aber diese Arschlöcher da haben doch jede Woche irgendwelche Kisten zerteppert», sagte Mauritzon.

«Ja, aber Sie sind der Einzige gewesen, der nicht um Schadenersatz eingekommen ist.»

«Das stimmt. Ich musste praktisch darum betteln, dass man mir diese verdammte Versicherung nicht auszahlte. Sonst wären auch die Inspektoren der Versicherung gekommen und hätten geschnüffelt. Mir hat Svärd schon gereicht.»

«Ich verstehe. Sie haben also gezahlt.»

«Nach einem Jahr etwa versuchte ich, damit aufzuhören, aber ich brauchte nur ein paar Tage zu überziehen, da fing dieser Bursche schon an, mir zu drohen. Und meine Tätigkeit war so beschaffen, dass sie einer näheren Prüfung nicht standgehalten hätte.»

«Sie hätten Svärd wegen Erpressung anzeigen können.»

«Prima Idee. Und wäre dann selbst für ein paar Jahre in den Knast gewandert. Nein, mir blieb nur eines. Zu blechen. Das Schwein hörte auf zu arbeiten und benutzte mich als so eine Art Pensionskasse.»

«Aber schließlich hatten Sie es satt?»

«Ja.» Mauritzon zog nervös an einem Taschentuch und zwirbelte es zwischen den Fingern. «Unter uns», sagte er. «Hätten Sie es anders gemacht? Wissen Sie, wie viel ich dieser Figur gezahlt habe?»

«Ja. Vierundfünfzigtausend Kronen.»

«Sie wissen ja alles», staunte Mauritzon. «Sagen Sie mal, können Sie nicht diese Bankraub-Affäre von diesen Irren hier übernehmen?»

«Das dürfte schwierig sein», erwiderte Martin Beck. «Aber Sie haben doch nicht stillschweigend gezahlt? Sie haben ihm sicher von Zeit zu Zeit gedroht?»

«Woher können Sie das bloß wissen? Vor etwa einem halben Jahr habe ich angefangen, darüber nachzudenken, wie viel Geld ich diesem Ganoven im Lauf der Jahre gezahlt hatte. Im Winter habe ich mit ihm Kontakt aufgenommen.»

«Wie?»

«Ich fing ihn in der Stadt ab und sagte, jetzt wäre Schluss. Aber dieser miese Typ sagte nur, dass ich schon wisse, was passieren würde, wenn die Gelder nicht wie gewohnt eingingen.»

«Was würde passieren?»

«Er wäre zur Polizei gerannt. Diese Sache mit der Kiste war natürlich uralt, aber die Polizei würde trotzdem anfangen, in meinen Angelegenheiten zu wühlen. Ein Teil meiner Tätigkeit war nicht gesetzlich. Außerdem wäre es mir schwer gefallen zu erklären, warum ich jahrelang geblecht habe.»

«Svärd hat Sie jedenfalls beruhigt. Er hat gesagt, dass er bald sterben würde.»

Mauritzon schwieg lange. «Hat Svärd Ihnen das alles erzählt? Oder ist es irgendwo schriftlich festgehalten?»

«Nein.»

«Sind Sie so 'ne Art Gedankenleser?»

Martin Beck schüttelte den Kopf.

«Woher wissen Sie denn alles? Er sagte mir, er hätte Krebs und nur noch ein halbes Jahr zu leben. Und da dachte ich, jetzt hast du den Kerl sechs Jahre lang unterhalten, da kommt's auf ein halbes Jahr mehr oder weniger auch nicht mehr an.»

«Wann haben Sie zuletzt mit ihm gesprochen?»

«Das war im Februar. Da jammerte er mir Gott weiß was vor und sagte, dass er ins Krankenhaus müsse. Die Todesfabrik nannte er es. Die Radiologische Klinik. Er schien echt fertig zu sein. Na wenn schon, dachte ich.»

«Sie haben aber im Krankenhaus angerufen und sich erkundigt?»

«Ja. Da war er aber nicht. Sie sagten, er liege auf Söder in irgendeiner Abteilung. Da fing ich an, Unrat zu wittern.»

«Aha. Sie haben dann den dortigen Arzt angerufen und ihm gesagt, Svärd sei Ihr Onkel.»

«Es hat wohl keinen Sinn, dass ich Ihnen irgendwas erzähle. Es gibt ja nichts, was Sie nicht schon wissen.»

«O doch.»

«Was könnte das sein?»

«Zum Beispiel, unter welchem Namen Sie sich meldeten.»

«Svärd, natürlich. Wie hätte ich der Neffe von diesem Arsch sein können, wenn ich nicht gesagt hätte, mein Name sei Svärd? Haben Sie daran noch nicht gedacht?» Mauritzon sah Martin Beck angenehm überrascht an.

«Nein, tatsächlich nicht. Da können Sie mal sehen.»

Sie fingen an, so etwas wie eine Beziehung zueinander herzustellen.

«Der Doktor, mit dem ich sprach, sagte, der Alte sei putzmunter und könne es gut und gern noch zwanzig Jahre machen. Ich dachte, dass …» Er verstummte. Martin Beck rechnete schnell nach und sagte: «Dass Sie das einhundertachtzigtausend zusätzliche Kronen kosten würde.»

«Also, ich gebe auf. Sie sind zu viel für mich. Am selben Tag zahlte ich das Geld für März ein, damit der verdammte Beleg schon da war, wenn er aus der Klinik kam. Gleichzeitig … Na ja, Sie wissen sicher, was ich gleichzeitig tat?»

«Sie hatten beschlossen, dass es die letzte Zahlung sein sollte.»

«Genau. Ich hatte erfahren, dass er am Samstag entlassen werden sollte, und sobald er die Nase in den Laden gesteckt hatte, in dem er immer seinen verfluchten Katzenfraß kaufte, habe ich ihn mir gekrallt und gesagt, jetzt ist Schluss. Aber er war frech wie immer und sagte, wenn er nicht spätestens am 20. des nächsten Monats den Einzahlungsbeleg habe, wisse ich schon, was passieren würde. Aber einen Schrecken habe ich ihm doch eingejagt. Wissen Sie auch, was er dann tat?»

«Er zog um.»

«Natürlich, das ist doch klar, dass Sie auch das wissen. Dann wissen Sie auch, was ich daraufhin getan habe?»

«Ja.»

Es wurde eine Weile still. Martin Beck sagte sich, dass das Tonbandgerät tatsächlich lautlos arbeitete. Vor dem Besuch hatte er es kontrolliert und ein neues Band eingelegt. Jetzt galt es, sich für eine Taktik zu entscheiden. «Wie gesagt, ich weiß es. Wir können dieses Gespräch im Großen und Ganzen als beendet ansehen.»

Mauritzon war sichtlich unangenehm berührt. «Warten Sie ein bisschen», sagte er. «Wissen Sie's wirklich?»

«Ja.»

«Ich weiß es nämlich nicht. Ich weiß verflucht noch eins nicht einmal, ob der Alte tot ist oder noch lebt. Da fängt der Spuk nämlich an.»

«Der Spuk?»

«Ja, seitdem ist alles wie … ja, wie verhext gewesen, oder wie man das nennen soll. Und in vierzehn Tagen werde ich für etwas lebenslänglich kriegen, was nur der Leibhaftige gedreht haben kann. Himmel noch mal, es geht nicht mit rechten Dingen zu.»

«Sie kommen aus Småland.»

«Ja, haben Sie das erst jetzt rausgehört?»

«Ja.»

«Unbegreiflich. Sie sind doch sonst so fix. Also, was habe ich getan?»

«Zunächst haben Sie herausgefunden, wo Svärd wohnte.»

«Ja, das war einfach. Ich behielt ihn ein paar Tage im Auge, überprüfte, wann er aus dem Haus ging und so. Das war nicht oft der Fall. Und das Rollo vor seinem Fenster war fast immer heruntergezogen, sogar wenn er abends lüftete. Aber das habe ich auch gecheckt.»

‹Checken› war ein Modewort, das zu sehr in Gebrauch gekommen war. Martin Beck benutzte es mitunter selbst, obwohl er sich Mühe gab, seine Sprache von Unarten frei zu halten.

«Sie wollten Svärd einen Schuss vor den Bug verpassen. Ihn zur Not auch töten.»

«Mir war ziemlich Wurst, wie es ausgehen würde. Es war aber schwer, an ihn heranzukommen. Ich dachte mir also ein einfaches Verfahren aus. Sie wissen natürlich, was ich meine?»

«Sie wollten ihn durchs Fenster erschießen, entweder als er das Fenster zum Lüften öffnete oder aber, als er es wieder zumachte.»

«Sehen Sie. Das waren die einzigen Gelegenheiten, bei denen er sich zeigte. Und ich hatte eine prima Stelle gefunden. Wo, wissen Sie natürlich.»

Martin Beck nickte.

«Habe ich's mir doch gedacht. Es gibt nur eine Stelle, die sich dazu eignet. Der Abhang am Park auf der anderen Straßenseite. Svärd öffnete das Fenster jeden Abend um neun und machte es um zehn wieder zu. Ich ging also hin, um dem Alten eine Kugel zu verpassen.»

«An welchem Tag?»

«Am Montag, dem 17. Statt zur Bank zu gehen, sozusagen. Zehn Uhr abends. Und jetzt fängt der Spuk an. Glauben Sie mir nicht? Ich kann es beweisen, zum Teufel. Lassen Sie mich vorher nur eins erklären. Wissen Sie, womit ich ihn umlegen wollte?»

«Ja. Mit einer fünfundvierziger Automatic, Llama IX A heißt das Modell.»

Mauritzon stützte den Kopf in die Hände und murmelte: «Sie sind auch an diesem Komplott beteiligt. Sie können das nämlich gar nicht wissen. Trotzdem wissen Sie's. Das geht nicht mit rechten Dingen zu.»

«Damit der Knall keine Passanten anlockte, haben Sie einen Schalldämpfer benutzt.»

Mauritzon nickte verstört.

«Ich nehme an, Sie haben das Ding selbst gebaut. Den üblichen Typ, so ein Ding, das nur einmal zu verwenden ist.»

«Ja, ja, stimmt», sagte Mauritzon. «Es stimmt, es stimmt, es stimmt. Aber jetzt erzählen Sie mir, was dann passiert ist.»

«Fangen Sie an», sagte Martin Beck. «Dann erkläre ich Ihnen den Rest.»

«Also gut. Ich ging hin. Ach, übrigens, ich bin mit dem Wagen hingefahren, aber das spielt keine Rolle. Es ist dunkel. Kein Schwanz in der Nähe. Die Wohnung ist dunkel. Das Fenster ist geöffnet. Das Rollo heruntergezogen. Ich baue mich am Abhang auf. Nach ein paar Minuten sehe ich auf die Uhr. Zwei Minuten vor zehn. Alles geht so, wie ich's mir gedacht habe. Das Schwein zieht das Rollo zur Seite, er erscheint am Fenster und hat wohl die Absicht, es zuzumachen, denke ich mir. Jetzt war es aber so, dass ich mich noch immer nicht entschlossen hatte. Aber das wissen Sie sicher auch?»

«Sie hatten sich noch nicht entschlossen, ob Sie Svärd umlegen oder ihn mit einer Kugel in den Arm oder vielleicht in den Fensterrahmen warnen sollten.»

«Selbstverständlich», sagte Mauritzon ergeben. «Ist doch selbstverständlich, dass Sie das wissen. Es handelt sich ja nur um Dinge, die ich mir selbst ausgedacht habe und die nur hier drinnen existiert haben.» Er klopfte sich mit den Knöcheln an die Stirn.

«Aber Sie entschließen sich sehr schnell.»

«Ja, ich sehe ihn da stehen und denke, besser, ihn ein für alle Mal zu erledigen. Ich drücke also ab.» Er verstummte.

«Was geschah dann?»

«Ja, was geschah dann? Ich weiß es nicht. Es scheint unbegreiflich, dass ich ihn hätte verpassen können, aber zunächst glaubte ich das. Er verschwindet, und für mich sieht es so aus, als würde das Fenster zugemacht. Schnell wie der Blitz. Das Rollo ist wie sonst heruntergezogen. Alles wie immer.»

«Was haben Sie dann gemacht?»

«Ich bin nach Hause gefahren. Was, zum Teufel, hätte ich sonst tun sollen? Dann gucke ich Tag für Tag in die Zeitungen, aber da steht nichts. Es scheint alles unbegreiflich zu sein. Das fand ich damals. Das ist aber gar nichts gegen das, was ich heute finde.»

«In welcher Position stand Svärd in dem Augenblick, als Sie geschossen haben?»

«Etwas vorgebeugt, den rechten Arm erhoben. Wahrscheinlich hielt er mit einer Hand gerade den Fensterhaken und stützte sich mit der anderen ab.»

«Woher hatten Sie die Pistole?»

«Ich kenne ein paar Knaben, die damals auf Exportlizenz im Ausland Waffen kauften. Ich habe dafür gesorgt, dass die Ware ins Land kam. Gleichzeitig meinte ich, dass es gut wäre, selbst einen Kracher zu haben. Ich habe also für mich eine Pistole zusätzlich gekauft. Die Jungs hatten mir schon eine reservieren lassen. Ich bin kein Waffenexperte, aber ich fand, das Ding sah gut aus.»

«Sind Sie sicher, Svärd getroffen zu haben?»

«Ja. Jede andere Möglichkeit ist undenkbar. Aber den Rest der Geschichte verstehe ich überhaupt nicht. Warum zum Beispiel hat sich niemand darum gekümmert? Ich bin oft am Haus vorbeigegangen und habe ein Auge auf das Fenster riskiert. Immer das gleiche Bild: Fenster zu, Rollo heruntergezogen. Dann fing ich an, mich zu fragen, ob ich am Ende doch nicht vorbeigeschossen habe. Mein Gott, was für eine Suppe. Ich kapiere nichts. Und dann kommen plötzlich Sie daher und wissen alles.»

«Einiges kann ich Ihnen schon erklären», sagte Martin Beck.

«Darf ich zur Abwechslung mal ein paar Fragen stellen?»

«Aber gern.»

«Erstens: Habe ich den Alten getroffen?»

«Ja. Er war auf der Stelle tot.»

«Immerhin etwas. Ich habe schon gedacht, der hört vom Nebenzimmer alles mit und pisst sich vor Lachen in die Hose.»

«Sie haben also einen Mord begangen», sagte Martin Beck ernst.

«Ja», entgegnete Mauritzon ungerührt. «Das behaupten diese anderen hellen Jungs auch. Mein Anwalt, um ein Beispiel zu nennen.»

«Noch weitere Fragen?»

«Warum hat es niemanden interessiert, dass er tot ist? In den Zeitungen hat nicht eine Zeile gestanden.»

«Svärd ist erst sehr viel später gefunden worden. Aufgrund gewisser Umstände wurde zunächst angenommen, er habe Selbstmord begangen.»

«Selbstmord?»

«Ja, auch die Polizei schlampt manchmal. Die Kugel hatte Svärd frontal getroffen, was auch dadurch erklärt wird, dass er sich im Augenblick des Schusses vorbeugte. Und das Zimmer, in dem wir ihn gefunden haben, war von innen verschlossen. Auch das Fenster war zu.»

«Aha. Er muss es im Fallen mitgezogen haben, und da ist der Haken in die Öse gefallen.»

«Das deckt sich in etwa mit meinen Ermittlungen. Wenn jemand von einem derart großkalibrigen Projektil getroffen wird, wird er mehrere Meter zurückgeschleudert. Selbst wenn Svärd den Fensterhaken nicht in der Hand gehalten hatte, kann er trotzdem beim Zufallen des Fensters in der Öse gelandet sein. Ich habe ein ähnliches Phänomen übrigens schon einmal gesehen. Vor kurzem.» Martin Beck lächelte in sich hinein. «Damit wäre die Sache soweit klar», fügte er hinzu.

«Soweit klar? Wie können Sie zum Beispiel wissen, was ich kurz vor dem Abfeuern des Schusses gedacht habe?»

«Das habe ich nur geraten», sagte Martin Beck. «Haben Sie noch mehr Fragen?»

Mauritzon starrte ihn verblüfft an. «Noch mehr? Wollen Sie mich auf den Arm nehmen?»

«Durchaus nicht.»

«Dann seien Sie doch so nett und erklären mir Folgendes. An jenem Abend bin ich auf dem kürzesten Weg nach Hause gefahren. Ich habe die Pistole in eine alte Aktentasche gelegt, die ich vorher mit Steinen gefüllt hatte. Dann habe ich die Tasche ordentlich verzurrt, beinahe mehr, als nötig gewesen wäre, und sie an einen sicheren Ort gestellt. Vorher hatte ich den Schalldämpfer abgenommen und plattgehämmert. Das war so ein Wegwerfding, aber ich habe ihn nicht selbst gebaut, wie Sie meinen, sondern zusammen mit der Waffe gekauft. Am nächsten Morgen fahre ich zum Bahnhof und nehme einen Zug nach Södertälje. Auf dem Weg zum Bahnhof gehe ich in ein wildfremdes Haus und werfe den Schalldämpfer in den Müllschlucker. Ich weiß nicht mehr, welches Haus es war. In Södertälje hole ich mein Motorboot, das ich dort liegen habe. Ich fahre damit nach Stockholm und komme am Abend an. Am nächsten Tag nehme ich die Aktentasche mit der Pistole und fahre ganz weit raus Richtung Vaxholm und werfe die Tasche in die See. Mitten in der Fahrrinne.»

Martin Beck runzelte die Augenbrauen.

«Ich weiß also sehr genau, dass ich das alles getan habe», sagte Mauritzon hitzig. «In meine Wohnung kommt niemand rein, wenn ich nicht da bin. Kein Mensch hat von mir je einen Schlüssel zu der Wohnung bekommen. Zu den wenigen Bekannten, die ich habe, habe ich gesagt, dass ich in jenen Tagen in Spanien sein würde – also zu der Zeit, als ich das mit Svärd erledigte.»

«Ja?»

«Und trotzdem sitzen Sie heute hier vor mir und wissen über die kleinste Kleinigkeit Bescheid. Sie wissen alles über die Pistole, die nachweislich auf dem Grund der Ostsee liegt. Sie wissen alles über diesen Schalldämpfer. Seien Sie doch mal so verdammt liebenswürdig, mir das alles zu erklären.»

Martin Beck dachte nach. Schließlich sagte er: «Sie müssen sich irgendwie verrechnet haben.»

«Verrechnet? Aber ich habe Ihnen die Sache doch in allen Einzelheiten erzählt. Ich werde doch wohl noch wissen, was ich tue? Oder ...» Mauritzon lachte plötzlich schrill los. Hörte abrupt auf zu lachen und sagte: «Sie wollen mich auch nur reinlegen wie die andern. Und glauben Sie ja nicht, dass ich vor Gericht wiederholen werde, was ich jetzt gesagt habe.» Wieder fing der Mann an, unkontrolliert zu lachen.

Martin Beck stand auf, öffnete die Tür, winkte den Wachbeamten heran und sagte: «Ich bin fertig. Jedenfalls im Augenblick.»

Mauritzon wurde abgeführt. Er lachte noch immer. Es klang unheimlich.

Martin Beck öffnete das Schreibtischschränkchen, ließ den Rest des Bandes schnell ablaufen, nahm das Band heraus und ging zum Sonderdezernat.

Rönn und Kollberg waren da.

«Na», sagte Kollberg. «Gefällt dir dieser Mauritzon?»

«Nicht besonders. Aber ich habe Material für eine Mordanklage gegen ihn.»

«Wen hat er denn jetzt ermordet?»

«Svärd.»

«Wirklich?»

«Absolut sicher. Er hat sogar ein Geständnis abgelegt.»

«Ach ja, dieses Tonband», sagte Rönn. «Stammt das aus meinem Gerät?»

«Ja.»

«Dann wirst du nicht viel Freude daran haben. Das Ding funktioniert nicht.»

«Ich habe es aber vorher ausprobiert.»

«Ja, es nimmt die ersten zwei Minuten auf, dann ist aber nichts mehr zu hören. Morgen soll jemand kommen und das Gerät reparieren.»

«Aha.» Martin Beck betrachtete das Band und sagte: «Macht nichts. Ich habe unwiderlegliche Beweise gegen Mauritzon. Es ist seine Waffe, worauf Lennart vorhin schon hingewiesen hat. Hat Hjelm euch gesagt, dass der Lauf mit einem Schalldämpfer versehen war?»

«Ja», erwiderte Kollberg und gähnte. «In der Bank hat er aber keinen Schalldämpfer benutzt. Du siehst übrigens so komisch aus. Was ist los?»

«Mit Mauritzon stimmt was nicht», sagte Martin Beck. «Da ist etwas, was ich nicht verstehe.»

«Was verlangst du?», fragte Kollberg. «Einen vollen Einblick in die menschliche Psyche? Willst du etwa eine kriminologische Abhandlung schreiben?»

«Hej», sagte Martin Beck.

Und ging.

«Doch», sagte Rönn. «Die Zeit dafür hat er ja bald. Jetzt, wo er Sektionschef wird.»

30

Mauritzon kam in Stockholm vors Schwurgericht. Man klagte ihn des Mordes, des Totschlags, des bewaffneten Raubüberfalls, des Vergehens gegen das Rauschmittelgesetz sowie verschiedener anderer Dinge an.

Er stritt alles ab. Auf sämtliche Fragen erwiderte er, er wisse von nichts, und die Polizei habe ihn zum Sündenbock auserkoren und die Beweise gegen ihn selbst arrangiert.

Bulldozer Olsson war in seinem Element, und der Angeklagte stand ständig unter hartem Druck. Der Staatsanwalt wandelte die Anklage während der Verhandlung sogar von Totschlag in Mord um.

Nach nur dreitägiger Verhandlung war das Urteil fertig.

Mauritzon wurde wegen Mordes an Gårdon und des Bankraubs in Hornsgatan zu lebenslänglich Zuchthaus verurteilt. Außerdem wurde er verschiedener anderer Verbrechen für schuldig befunden, unter anderem der Beihilfe an den Bankrauben der Mohrén-Bande.

Die Anklage wegen Mordes an Karl Edvin Svärd wurde jedoch vom Gericht verworfen. Der Verteidiger, der sich im ersten Teil der Verhandlung eher apathisch verhalten hatte, wurde plötzlich munter und ging mit den Indizienbeweisen hart ins Gericht. Unter anderem hatte er eigene Sachverständige hinzuziehen lassen, die Zweifel an der Stichhaltigkeit der ballistischen Untersuchung äußerten und mit vollem Recht darauf hinwiesen, dass die Patronenhülse durch äußere Einwirkung in einem zu schlechten Zustand sei, um mit letzter Sicherheit als aus der Pistole Mauritzons stammend angesehen zu werden.

Martin Beck wurde als Zeuge vernommen, aber seine Aussage wurde als lückenhaft abgelehnt. Überdies wurde gesagt, sie gründe sich zum Teil auf unbeweisbare Vermutungen.

Vom Standpunkt der so genannten Gerechtigkeit aus gesehen, spielte das keine so große Rolle. Ob Mauritzon nun für einen Mord oder für zwei Morde verurteilt wurde, hatte auf das Strafmaß keinen Einfluss. Lebenslänglich ist nun einmal die strengste Strafe des schwedischen Strafrechts.

Mauritzon lauschte der Urteilsverkündung mit einem schiefen Lächeln. Überhaupt hatte er während der gesamten Verhandlung einen sonderbaren Eindruck gemacht.

Als der Vorsitzende fragte, ob der Angeklagte das Urteil verstanden habe, schüttelte Mauritzon den Kopf.

«Kurz gesagt bedeutet es, dass Sie des Mordes an Herrn Gårdon und des Bankraubs in Hornsgatan für schuldig befunden worden sind. Dagegen hat das Gericht Sie von der Anklage des Mordes an Karl Edvin Svärd freigesprochen. Sie sind zu einer lebenslänglichen Zuchthausstrafe verurteilt worden und werden jetzt, bis das Urteil Rechtskraft erlangt, wieder in Haft genommen.»

Mauritzon lachte, als die Beamten ihn abführten; diejenigen unter den Beobachtern, die das bemerkt hatten, hielten ihn für einen ungewöhnlich verstockten Verbrecher, der weder Reue zeigte noch dem Gesetz und dem Gericht Achtung erwies.

Monita saß mit ihrem italienischen Lehrbuch aus der Volkshochschule auf den Knien in der schattigen Ecke der Hotelterrasse.

Unten in dem kleinen Pinienwäldchen spielte Mona mit einer ihrer neuen Freundinnen. Die Kinder saßen auf der sonnengefleckten Erde unter den Pinien. Monita hörte ihre hellen Stimmen und wunderte sich, wie leicht Kinder kommunizieren können, selbst wenn sie kein Wort der jeweils fremden Sprache verstehen. Mona hatte allerdings schon einige Wörter gelernt, und Monita war überzeugt, dass ihre Tochter die fremde Sprache bedeutend schneller lernen würde als sie selbst. Monita begann bereits an ihrer eigenen Fähigkeit zu zweifeln, sie überhaupt jemals zu lernen.

Hier im Hotel kam sie mit Englisch und zur Ergänzung mit ihrem holprigen Deutsch gut zurecht, aber sie wollte gern noch mit anderen Menschen sprechen als nur mit dem Hotelpersonal. Darum hatte sie Italienisch in Angriff genommen, das erheblich leichter als Slowenisch zu sein schien und für das sie in dieser Gegend nahe der italienischen Grenze bis auf weiteres Verwendung zu finden hoffte.

Es war unglaublich heiß. Sie fühlte sich schläfrig in dieser Hitze, obwohl sie im Schatten saß und gerade in ihrem Zimmer gewesen war, um zum vierten Mal an diesem Tag zu duschen. Sie schlug das Buch zu und steckte es in die Tasche, die neben ihrem Stuhl auf dem Steinfußboden stand.

Auf der Straße und am Kai hinter dem Garten des Hotels flanierten leichtgekleidete Touristen, darunter viele Schweden; zu viele, dachte Monita. Die ortsansässigen Bewohner der kleinen Stadt waren im Gewimmel leicht zu erkennen. Sie bewegten sich zielbewusst und waren offensichtlich heimisch. Viele von ihnen trugen etwas: Körbe mit Eiern oder Obst, große dunkle Brote aus der Bäckerei am Kai, Fischereigerät oder Kinder. Vor ein paar Minuten war ein Mann mit einem frisch geschlachteten Schwein auf dem Kopf vorbeigegangen. Überdies waren zumindest die älteren Einheimischen fast ausnahmslos schwarz gekleidet.

Sie rief Mona, die, von ihrer neuen Freundin gefolgt, herbeilief. «Ich möchte spazieren gehen», sagte Monita. «Nur zu Rozetas Haus und zurück. Willst du mitkommen?»

«Muss ich?», fragte Mona.

«Nein, natürlich musst du nicht. Bleib hier und spiel weiter, wenn du willst. Ich bin bald zurück.» Monita ging den Abhang hinterm Hotel hinauf.

Rozetas Haus lag eine Viertelstunde vom Hotel entfernt oben am Berg. Das Haus hieß noch immer so, obwohl Rozeta schon seit fünf Jahren tot war. Es gehörte jetzt ihren drei Söhnen, die unten in der Stadt eigene Häuser besaßen.

Schon in der ersten Woche hatte Monita den ältesten der drei Söhne kennen gelernt. Er besaß unten am Wasser eine Hafenbar, und mit seiner kleinen Tochter spielte Mona am liebsten. Jetzt kannte Monita die ganze Familie, konnte sich aber nur mit dem Mann unterhalten, der Seemann gewesen war und leidlich Englisch sprach. Sie war froh, so schnell Freunde in der Stadt gefunden zu haben. Die beste Lösung würde aber doch sein, Rozetas Haus im Herbst zu mieten. Der Amerikaner, der jetzt dort wohnte, wollte dann wieder nach Hause. Und weil das Haus erst wieder für den kommenden Sommer vermietet war, konnten Monita und Mona dort den Winter verbringen.

Rozetas Haus war weißgetüncht, geräumig und bequem und lag in einem großen Garten. Man hatte von dort eine fabelhafte Aussicht über die Berge, den Hafen und die Bucht.

Monita ging manchmal hinauf, um eine Weile im Garten zu sitzen und sich mit dem Amerikaner zu unterhalten, einem pensionierten Offizier, der sich hier niedergelassen hatte, um seine Memoiren zu schreiben.

Während sie den steilen Abhang hinaufging, dachte Monita wieder an die Ereignisse zurück, die sie hierhergeführt hatten. Zum wievielten Mal in den letzten Wochen dies geschah, wusste sie nicht. Sie würde wohl nie aufhören, sich darüber zu wundern, wie einfach und beinahe selbstverständlich alles gegangen war, nachdem sie sich einmal entschlossen hatte. Sie würde auch nie richtig darüber hinwegkommen, dass sie getötet hatte, um ihr Ziel zu erreichen. Mit der Zeit würde sie sich vielleicht mit der Erinnerung an den unabsichtlichen, aber endgültigen Schuss versöhnen, der in schlaflosen Nächten jetzt noch in ihrem Kopf widerhallte.

Der Fund in Filip Mauritzons Küchenschrank war entscheidend gewesen. Im Grunde hatte sie schon in dem Moment ihren Entschluss gefasst, als sie plötzlich mit der Pistole in der Hand dastand. Dann hatte es noch zweieinhalb Monate gedauert, den Plan auszuarbeiten und Mut zu sammeln. Zehn Wochen, in denen sie an nichts anderes gedacht hatte.

Als sie den Plan schließlich in die Tat umgesetzt hatte, war sie der Meinung gewesen, alle eventuellen Pannen einkalkuliert zu haben, einschließlich solcher im Schalterraum.

Sie hatte aber nie mit der Möglichkeit gerechnet, so überrumpelt zu werden, wie es dann geschah. Sie wusste nichts über Schusswaffen, hatte die Pistole nicht näher untersucht, weil sie sie nur dazu benutzen wollte, die Leute in Schach zu halten. Sie hätte nie geglaubt, dass man so ohne weiteres damit schießen konnte.

Als der Mann ihr entgegenkam, hatte sie unwillkürlich fester zugegriffen und war total unvorbereitet, als der Schuss losging. Als sie den Mann stürzen sah und ihr aufging, was sie getan hatte, war sie wie von Sinnen vor Angst. Es erstaunte sie jetzt noch, dass sie überhaupt imstande gewesen war, danach einigermaßen planmäßig zu handeln; der Schock hatte sie innerlich gelähmt.

Sie war mit der U-Bahn nach Hause gefahren und hatte die Einkaufstasche mit dem Geld zwischen die Kleider Monas in eine der drei Reisetaschen gestopft, die sie schon am Vortag zu packen begonnen hatte.

Nach der Ankunft in der Wohnung hatte sie angefangen, irrational zu handeln.

Sie zog sich ein Kleid und Sandalen an und nahm ein Taxi zu

Armfeltsgatan. Dies war zwar kein Bestandteil ihres ursprünglichen Plans, aber sie hatte mit einem Mal gefühlt, dass Mauritzon mitschuldig daran war, dass sie den Mann in der Bank erschossen hatte. Sie wollte die Waffe dorthin zurücklegen, wo sie sie gefunden hatte.

Als sie in Mauritzons Küche stand, sah sie ein, wie unvernünftig dieser Gedanke war. Sie wurde plötzlich von Panik ergriffen und lief aus der Wohnung. Im Erdgeschoss angekommen, sah sie die Kellertür weit offen stehen. Sie ging in den Keller, wollte gerade die Tür zum Müllraum öffnen, um die grüne Segeltuchtasche in eine der Tonnen zu stecken, als sie Stimmen hörte. Ihr war sofort klar, dass es die Leute von der Müllabfuhr waren, die die Abfallsäcke holen wollten. Sie lief noch weiter in den Kellergang hinein, kam in einen Abstellraum und versteckte die Tasche in einer Holzkiste, die in einer Ecke stand. Dann wartete sie, bis die Tür hinter den Müllmännern zugeschlagen war, und verließ kurz danach das Haus.

Am folgenden Morgen verließ sie das Land.

Monita hatte schon immer davon geträumt, Venedig zu sehen, und weniger als vierundzwanzig Stunden nach dem Bankraub war sie mit Mona dort. Sie blieben nur zwei Tage. Es war schwierig, Hotelzimmer zu bekommen, es herrschte drückende Hitze, die im Verein mit dem Gestank der Kanäle beinahe unerträglich war. Sie konnten überdies wiederkommen, wenn die schlimmste Touristensaison vorüber war.

Sie fuhren mit der Bahn nach Triest und von dort weiter zu der kleinen Stadt in Istrien in Jugoslawien, in der sie sich jetzt befanden.

In einem der Koffer, die im Kleiderschrank ihres Hotelzimmers standen, lag die schwarze Einkaufstasche aus Nylon mit siebenundachtzigtausend Kronen in schwedischer Währung. Sie hatte mehrmals überlegt, dass sie das Geld vielleicht an einem sichereren Ort aufbewahren sollte. Irgendwann in der nächsten Zeit würde sie nach Triest fahren und mit dem Geld ein Konto eröffnen.

Der Amerikaner war nicht zu Hause. Monita ging in den Garten und setzte sich mit dem Rücken an einen Baum. Eine Pinie, wie sie vermutete.

Sie zog die Beine hoch, stützte das Kinn auf die Knie und blinzelte auf die Adria hinaus.

Die Sicht war ungewöhnlich klar. Sie konnte den Horizont erkennen und ein kleines weißes Passagierschiff, das auf den Hafen zudampfte.

Die Klippen dort unten, der weiße Strand und die strahlend blaue Bucht sahen in der Mittagshitze einladend aus. Bald würde sie hinuntergehen und baden.

Der Reichspolizeichef hatte Polizeidirektor Stig Malm in sein großes, helles Eckzimmer gebeten, das in dem ältesten Komplex des Polizeihauptquartiers lag. Die Sonne warf einen Lichtrhombus auf den himbeerroten Teppich. Durch die geschlossenen Fenster drang gedämpfter Lärm vom U-Bahn-Bau da draußen herein.

Das Gespräch betraf Martin Beck.

«Du hast ja öfter als ich Gelegenheit gehabt, ihn zu treffen, sowohl damals, als er noch krankgeschrieben war, wie auch jetzt, wo er seit zwei Wochen wieder im Dienst ist», sagte der Reichspolizeichef. «Was für einen Eindruck macht er auf dich?»

«Das kommt darauf an, was du meinst», erwiderte Malm. «Meinst du seinen Gesundheitszustand?»

«Seinen physischen Zustand werden die Ärzte am besten beurteilen können. Soweit ich orientiert bin, ist er jetzt völlig wiederhergestellt. Ich meine eher, welchen Eindruck du von seinem psychischen Zustand hast.»

Polizeidirektor Malm strich sich über die gepflegten Locken. «Tja», sagte er. «Das ist schwer zu sagen …»

Es wurde still im Raum. Der Reichspolizeichef wartete ein Weilchen auf die Fortsetzung, bevor er mit einem Anflug von Gereiztheit in der Stimme sagte: «Ich verlange nicht, dass du eine eingehende psychiatrische Analyse liefern sollst. Ich habe mir gedacht, du erzählst einfach, welchen Eindruck du gegenwärtig von ihm hast.»

«So wahnsinnig oft habe ich ihn ja auch nicht gesehen», sagte Malm ausweichend.

«Aber du hast mehr mit ihm zu tun als ich», sagte der Reichspolizeichef. «Ist er eigentlich wieder der Alte?»

«Du meinst, so wie damals, bevor er angeschossen wurde? Nein, vielleicht nicht. Er ist ja sehr lange krank und aus dem Job raus gewesen. Es dauert vielleicht einige Zeit, bis er wieder in Gang kommt.»

«Inwiefern hat er sich verändert? Was meinst du?»

Malm sah seinen Chef unsicher an und erwiderte: «Na ja, jedenfalls nicht zum Besseren. Er war ja schon immer ein bisschen seltsam und schwer zu durchschauen. Und im Dienst ist er ja oft auch ein bisschen eigenmächtig gewesen.»

Der Reichspolizeichef beugte sich vor und runzelte die Stirn. «Findest du? Ja, das ist sicher richtig, aber früher ist er bei seiner Arbeit immer zu guten Ergebnissen gekommen. Findest du, dass er noch eigenmächtiger geworden ist?»

«Na ja, ich weiß nicht recht. Er ist ja erst seit vierzehn Tagen wieder im Dienst …»

«Mein Eindruck ist, dass er unkonzentriert ist», sagte der Reichspolizeichef. «Dass er den Biss verloren hat. Guck dir doch nur diese letzte Ermittlungsarbeit im Todesfall von Bergsgatan an.»

«Ja», sagte Malm. «Das war schlechte Arbeit.»

«Skandalös. Aber das ist es nicht allein. Das Ganze ist ein heilloses Durcheinander. Wir können nur dankbar sein, dass die Presse kein größeres Interesse für die Sache gezeigt hat. Das kann natürlich jederzeit noch passieren. Plötzlich ist die Sache raus, und das wäre für uns gar nicht gut, am allerwenigsten für Beck.»

«Ich weiß nicht, was ich sagen soll», tastete Malm sich vor. «Einige Dinge in dieser Ermittlung scheinen mir die reinen Phantastereien zu sein. Und dieses angebliche Geständnis … Nun ja, ich weiß nicht so recht, was ich glauben soll.»

Der Reichspolizeichef stand auf, ging ans Fenster und blickte auf Agnegatan und das gegenüberliegende Gerichtsgebäude hinaus. Nach einigen Minuten kehrte er zu seinem Stuhl zurück, legte die Handflächen auf die Tischplatte, inspizierte seine Fingernägel und sagte: «Ich habe viel über Beck nachgedacht. Und wie du sicher verstehen wirst, bin ich beunruhigt, nicht zuletzt im Hinblick auf unseren früheren Beschluss, ihn zum Sektionschef zu machen.» Er machte eine Pause, und Malm wartete aufmerksam. «Jetzt sehe ich die Sache folgendermaßen an», fuhr der Reichspolizeichef fort. «Becks Art, diese Sköld-Geschichte zu handhaben …»

«Svärd», unterbrach Malm. «Svärd hieß der Mann.»

«Wie bitte? Na ja, Svärd, von mir aus. Becks Auftreten scheint mir darauf hinzudeuten, dass er etwas aus dem Gleichgewicht ist. Was meinst du?»

«In gewisser Weise scheint er völlig übergeschnappt zu sein», sagte Malm.

«Na ja, so schlimm wird's schon nicht sein. Das wollen wir jedenfalls hoffen. Aber er befindet sich durchaus nicht im früheren seelischen Gleichgewicht. Ich meine, man sollte abwarten und sehen, ob das ein permanenter Zustand ist oder nur eine vorübergehende Folge der Krankheit.» Der Reichspolizeichef hob die Hände zehn Zentimeter von der Tischplatte und ließ sie wieder fallen. «Mit anderen Worten», fuhr er fort. «In dieser Lage würde ich es für reichlich gewagt halten, ihn für die Position eines Sektionschefs vorzuschlagen. Er sollte vorerst bei seiner jetzigen Tätigkeit bleiben, dann können wir weitersehen. Seine Beförderung ist ja bis jetzt nicht offiziell, er steht nur auf der Vorschlagsliste. Ich empfehle also, dass wir das Ganze einfach vergessen und bis auf weiteres auf sich beruhen lassen. An anderen geeigneten Kandidaten für diesen Posten fehlt es mir nicht. Beck selbst braucht nie zu erfahren, dass er in der engeren Wahl gewesen ist, und damit ist kein Schaden entstanden. Wollen wir so verbleiben?»

«Ja», erwiderte Malm. «Das dürfte ein vernünftiger Beschluss sein.»

Der Reichspolizeichef erhob sich, ging zur Tür und hielt sie Malm auf, der aus seinem Stuhl aufsprang.

«Das möchte ich meinen», sagte der Reichspolizeichef und schloss hinter Malm die Tür. «Ein sehr vernünftiger Beschluss.»

Als das Gerücht von der vereitelten Beförderung ein paar Stunden später Martin Beck erreichte, sah er sich endlich einmal genötigt, einer Äußerung des Reichspolizeichefs zuzustimmen.

Es war unleugbar ein selten vernünftiger Beschluss, zu dem dieser gekommen war.

Filip Trofast Mauritzon lief in seiner Zelle auf und ab.

Er war ununterbrochen in Bewegung, und auch seine Gedanken ruhten nicht. Mit der Zeit jedoch beschränkten sie sich nur noch auf einige wenige Fragen.

Was war eigentlich geschehen?

Wie war es dazu gekommen?

Er konnte weder auf die eine noch auf die andere eine Antwort finden.

Das Aufsichtspersonal, das ihn im Auge behielt, hatte schon mit dem Anstaltspsychiater gesprochen. Nächste Woche wollten sie auch dem Pfarrer Nachricht geben.

Mauritzon sagte oft, er verlange Erklärungen; der Pfarrer verstand sich aufs Erklären. Vielleicht würde er sich als nützlich erweisen.

Der Häftling lag in der Dunkelheit still da. Er konnte nicht schlafen. Er dachte:

Was, zum Teufel, ist eigentlich passiert?

Wie hat sich das alles zugetragen?

Irgendjemand muss es doch wissen.

Wer?